BRITTA ORLOWSKI

Das Strandbad am Wolzensee

Über die Autorin

Britta Orlowski wohnt im Havelland und ist Mutter zweier Söhne. Mit acht Jahren gründete sie ihren eigenen Verlag und war Autor, Setzer, Illustrator und Buchbinder in einer Person. Später absolvierte sie eine Ausbildung zur zahnmedizinischen Fachangestellten und gründete eine Familie. Nach Jahren widmete sie sich schließlich wieder ihrem Traumjob, wurde Buchautorin und jobbte nebenbei in verschiedenen Buchhandlungen. Inzwischen arbeitet sie in einer Arztpraxis und lebt ihre Liebe zu Büchern trotzdem aus. Ihr Lebensmotto: Tu, was du liebst. Wenn sie nicht gerade Quilts näht, tummelt sie sich in ihrem geliebten Garten und/oder schreibt am nächsten Buch.

Britta Orlowski

Das Strandbad
am Wolzensee

Lübbe

Die Bastei Lübbe AG verfolgt eine nachhaltige Buchproduktion. Wir
verwenden Papiere aus nachhaltiger Forstwirtschaft und verzichten darauf,
Bücher einzeln in Folie zu verpacken. Wir stellen unsere Bücher in
Deutschland und Europa (EU) her und arbeiten mit den Druckereien
kontinuierlich an einer positiven Ökobilanz.

MIX
Papier | Fördert
gute Waldnutzung
FSC® C014496

Dieser Titel ist auch als E-Book erschienen

Vollständige Taschenbuchausgabe
der bei Bastei Lübbe erschienenen E-Book-Ausgabe

Copyright © 2024 by Bastei Lübbe AG,
Schanzenstraße 6–20, 51063 Köln

Umschlaggestaltung: Christin Wilhelm, www.grafic4u.de
unter Verwendung von Motiven von © shutterstock: Werner Spremberg |
Roman Nerud | Everett Collection
Satz: 3w+p GmbH, Rimpar (www.3wplusp.de)
Gesetzt aus der Minion
Druck und Verarbeitung: GGP Media GmbH, Pößneck

Printed in Germany
ISBN 978-3-404-19259-5

1 3 5 4 2

Sie finden uns im Internet unter luebbe.de
Bitte beachten Sie auch: lesejury.de

Liebe Leserinnen, liebe Leser,

die Geschichte vom Strandbad am Wolzensee entstand aus meinen wunderbaren Erinnerungen an die Sommer meiner Kindheit und Jugend. Bis ich die Idee dafür in einem Exposé zusammenschnürte, war mir nicht klar, wie sehr ich das Anwesen des Strandbades geliebt habe.

Die schöne Villa mit der geschwungenen Treppe, die Steganlage mit dem Sprungturm – von dem ich nie gesprungen bin –, die große Liegewiese am Nordstrand und natürlich die Tretboote.

Die Sommer der Kindheit waren lang, sonnig und vor allem unbeschwert. Wenn ich die Augen schließe, höre ich wieder das allseits fröhliche Lachen, spüre, wie die sanften Wellen ans Ufer schwappen und die Sonne meine Haut wärmt. All das ließ ich in die Geschichte einfließen und stellte Luisa, meine Hauptfigur, in das Jahr 1950 mitten hinein. Eine junge Frau, die den Krieg überstanden hatte und sich im Anschluss dafür gewappnet wähnte, sich ihren Traum zu erfüllen. Den Traum vom eigenen Strandbad am Wolzensee, das ich bis zum heutigen Tag so sehr liebe.

Ich wette, auch in Ihren Erinnerungen leuchtet irgendwo ein herrliches Strandbad-Abenteuer.

Lassen Sie uns gemeinsam an diesen Ort zurückkehren, wo wir noch einmal die Seele baumeln lassen können und wir uns einbilden, es wäre erst gestern gewesen.

Viel Spaß beim Lesen wünscht Ihnen
Britta Orlowski

Personenverzeichnis

Familie von Rochlitz:
Luisa von Rochlitz geb. Marquardt
Hajo – Hans Joachim von Rochlitz – Luisas Ehemann
Christiane von Rochlitz – Hajos Mutter
Carl von Rochlitz – verstorben, Christianes Ehemann

Familie Marquardt:
Julius Marquardt Senior – verstorben – Luisas Vater
Josepha Marquardt – Luisas Mutter
Julius Marquardt Junior – Luisas Bruder
Robert Marquardt – verstorben – Luisas Bruder
Ellinor Marquardt – Luisas Schwägerin, Ehefrau von Julius Junior
Peter Marquardt – Luisas Neffe, Julius und Ellinors Sohn
Marlies Marquardt – Luisas Nichte, Julius und Ellinors Tochter

Familie Rößler:
Paul Rößler
Barbara Rößler – Pauls Mutter

Ferner:
Dr. Heise – Arzt in Rathenow
Gustav Keller – Pauls Meister
Helena Frantzen – Luisas Freundin
Mitja Bereshnoi – Offizier der roten Armee – Pauls Freund
Sieglinde Böhmer – vom Rat der Stadt Rathenow
Renate Stephan

Theo Stephan
Harald
Die Hotters: Michael, Achim, Fred und Gerd

Für meine Eltern – danke für all die schönen Sommer meiner Kindheit am Wolzensee

»Wenn es einen Glauben gibt, der Berge versetzen kann, so ist es der Glaube an die eigene Kraft.«

Marie von Ebner-Eschenbach

1

Der Wolzensee kannte keine Eile. Er lag eingebettet inmitten lichter Wälder, und seine gemächlichen Wellen glitzerten in der Sonne. Sie führten nirgendwohin und trugen doch Hoffnung an die von Schilf bewachsenen Ufer. Hoffnung war es, die Luisa von Rochlitz nie aufgegeben hatte während dieses schrecklichen Krieges, der nun seit fünf Jahren vorbei war.

Wie fast jeden Morgen stand sie mit den Füßen im Wasser und blickte auf den umlaufenden U-förmigen Betonsteg der ehemaligen Schwimmsportstätte. Er hatte schon als Begrenzung gedient, als hier einst den Regimentsmitgliedern der Zieten-Husaren das Schwimmen beigebracht worden war. Lange, bevor Luisas Vater, Julius Marquardt Senior, das Anwesen in den Zwanzigern gekauft hatte. Seitdem verbrachte ihre Familie die Sommerfrische am idyllischen Wolzensee in Rathenow, das man mit der Eisenbahn von Berlin aus in einer knappen Stunde erreichte.

Ein balzendes Haubentaucherpaar, das mit gespreizten Federhauben heftig die Köpfe schüttelte, riss Luisa aus ihren Gedanken. Durch rasches Paddeln mit den Füßen erhoben sich die Vögel fast senkrecht voreinander aus dem Wasser. *Sie sehen aus wie Pinguine*, dachte Luisa amüsiert und sah ihnen eine Weile zu.

Aber dann ballten sich am Himmel Wolkenberge zusammen, die es der Sonne schwer machten, hindurchzublinzeln. Luisa wandte sich um und ging zurück. Das zweistöckige Haus der Familie war eine stattliche Villa, und doch duckte es sich unter hohen Birken und Pappeln, als suche es Schutz. Plötzlich begann es wie aus Eimern zu schütten. Luisa rannte die ausladende steinerne Treppe hinauf, schlüpfte durch die Haustür und lief in die große Küche. Um diese frühe Uhrzeit war im Haus noch alles still, was ihr die Gelegenheit gab, sich die zurechtgelegten Worte ins Gedächtnis zu rufen. »So kann es nicht weitergehen«, sagte sie zu dem Herd. »Der Krieg ist seit fünf Jahren vorbei, und niemand von euch tut etwas. Wovon sollen wir in Zukunft leben? Die Gelegenheitsarbeiten werden auf die Dauer nicht reichen, um dieses Haus zu unterhalten und uns zu versorgen. Hajo ist immer noch nicht in der Lage, die Geschicke der Familie zu leiten.« Sie schluckte, als sie an ihren Mann dachte, kramte nach einem Kochlöffel und schwang ihn wie ein Zepter energisch durch die Luft. »Deshalb habe *ich* mir etwas einfallen lassen.« Sie wusste, wenn sie diese Rede halten würde, musste sie an der Stelle eine kleine Pause einlegen, damit sie sich der Aufmerksamkeit ihrer Angehörigen sicher sein konnte. »Warum nutzen wir nicht das, was wir haben, und bauen ein kleines Familienunternehmen darauf auf?«

Hinter ihrem Rücken erklang ein einsamer Applaus. »Bravo.«

Mit klopfendem Herzen wirbelte Luisa herum. Im Türrahmen stand ihre Schwiegermutter, Christiane von Rochlitz, und lächelte warmherzig. »Ich bin so froh, dass du die Initiative ergreifst. Auf meinen Sohn …«, sie stockte und senkte für einen Moment den Blick, »deinen Mann können wir nicht hoffen.«

Sie blinzelte, und Luisa war sich nicht sicher, ob da eine Träne in ihrem Augenwinkel schimmerte.

»Du bist mir nicht böse?«, flüsterte Luisa mit angehaltenem Atem.

»Mein liebes Kind, nein. Wie könnte ich? Du bist es doch, die seit dem Krieg die Familie zusammenhält. Das ist mir nicht entgangen.« Christiane trat auf sie zu und strich mit dem Finger sanft über Luisas Wange. »Du hast also einen Plan. Sehe ich das richtig?«

Luisa drehte sich um, zog eine Pfanne aus dem Schrank und knallte sie heftiger als beabsichtigt auf den Herd. »Ja.«

»Erzähl.«

»Wir werden ein Strandbad eröffnen … mit allem, was dazugehört.« Sie umklammerte den Pfannengriff und starrte gleichzeitig über die Schulter ihre Schwiegermutter an.

»Und das wäre?«, fragte diese knapp.

Luisa konnte sich täuschen, aber Christiane schien offenbar neugierig. »Einer Liegewiese, Bootsverleih, Schwimmsportveranstaltungen und einem Imbiss«, platzte es aus ihr heraus.

Christiane runzelte die Stirn und verzog dann den Mund zu einem Lächeln, das immer breiter wurde. »Ich helfe dir.« Mit diesen Worten schob sie sich an Luisa vorbei, gab etwas Margarine in die Pfanne und zündete die Gasflamme darunter an.

Luisa wurde in diesem Moment klar, dass ihre Schwiegermutter nicht das Frühstück meinte, und atmete erleichtert aus. Christianes Segen hatte sie also für ihr großes Ziel. Am Ende ihres verwegenen Traums stand ein florierendes Strandbad mit Restaurant und Kulturveranstaltungen. Doch das würde sie noch ein wenig für sich behalten.

»Luisa, gibt es heute kein Frühstück?«, erklang es ungehalten aus dem Esszimmer.

»Josepha«, flüsterten Luisa und ihre Schwiegermutter gleichzeitig und verdrehten die Augen. Normalerweise würde sie es nicht wagen, ihre Mutter beim Vornamen zu nennen, aber Christianes Beistand für ihr Vorhaben versetzte sie geradezu in Euphorie. »Kommt gleich«, rief sie zurück.

»Wie oft habe ich dir schon gesagt: Sprich in ganzen Sätzen, Luisa«, erklang es dumpf aus dem Nebenraum.

»Ja, Mutter. Heute gibt es Rühreier und Speck … zur Feier des Tages.« Luisa warf Christiane einen Blick zu, und diese nickte aufmunternd.

»Wieso? Heute ist ein normaler Sonntag«, ließ sich ihre Mutter vernehmen.

Eben nicht.

»Warum müsst ihr euch so laut unterhalten, dass man euch im ganzen Haus hören kann? Ich verspüre die ersten Anzeichen einer Migräne.« Luisas Schwägerin Ellinor stand im Flur und presste mit Leidensmiene Daumen und Mittelfinger gegen die Nasenwurzel.

Während Christiane die Eier in der Pfanne verrührte, lud Luisa Butter, Salzstreuer, die selbst gemachte Brombeermarmelade vom letzten Jahr und das Besteck auf ein Tablett. Leider stand, wie meistens, nur Muckefuck zur Verfügung, aber mit etwas Milch verrührt schmeckte er gar nicht mal übel. Der Kaffee-Ersatz aus Getreide und Zichorien war viel preiswerter als richtiger Bohnenkaffee. Wenn sie ihre Mutter schon mit deren Lieblingsfrühstück aus der guten alten Zeit bestach, in das sie seit einer Englandreise vor fünfundzwanzig Jahren vernarrt war, mussten die Prioritäten anders verteilt werden. Nach dem Frühstück würde sie die Familie ins Bild setzen. Sie konnte ihr Vorhaben einfach nicht länger aufschieben und wollte es hinter sich bringen.

Das Gespräch wird bestimmt in einem Fiasko enden, ging es Luisa wenig später durch den Kopf. Sie verbarg ihre zitternden Hände unter dem Tisch. Wahrscheinlich fiel niemandem auf, dass sie als Einzige keinen Bissen hinunterbrachte. Weder ihrer Schwiegermutter noch ihrer Schwägerin Ellinor, die sich zum zweiten Mal knusprigen Speck aus der Pfanne nahm, ohne die anderen zu fragen, ob noch jemand etwas davon haben wollte. Oder Peter, dem achtjährigen Sohn ihres ältesten Bruders Julius und seiner Frau Ellinor, der den heißen

Muckefuck durch ein Stück Zucker zwischen seinen Zähnen schlürfte, was Luisa eine Gänsehaut bereitete. Und schon gar nicht Hajo, der die Fürsorge seiner Mutter, die ihm den Brotkorb und die Marmelade zuschob, schlichtweg ignorierte und nur stumm auf seinen Teller starrte.

In Josephas Mundwinkel hing ein kleiner Rest Rührei, den sie nun mit der Serviette abtupfte. »Luisa, ich kann nur hoffen, dass du zu scherzen beliebst. Eine junge, verheiratete Frau wie du sollte sich liebevoll um ihren Mann kümmern.«

Luisa blickte rasch in Hajos Richtung, aber der sah nach wie vor auf seinen Teller, der fast ebenso unberührt war wie ihrer. »Ihm bei all seinen Aufgaben Unterstützung angedeihen lassen und …« Ihre Mutter ließ den Satz in der Luft hängen.

Luisa konnte ihn indes mühelos im Stillen fortführen: Kinder in die Welt setzen. Doch genau das würde nicht passieren. Hajo hatte im Krieg nicht nur die Amputation seines linken Unterschenkels über sich ergehen lassen müssen. Sie hatte die Narben an seinem Unterleib gesehen. Zwar verlor er darüber kein Wort, aber es war sehr unwahrscheinlich, dass ihr Mann jemals würde Kinder zeugen können.

»Nun, wie auch immer«, holte Josepha sie aus ihren Gedanken. »Es ist unsinnig, dass du ein Unternehmen leiten willst, Luisa. Schlag dir das aus dem Kopf.« Achtlos warf sie die Serviette von sich, die auf der Butter landete.

»Pass doch bitte auf, Mutter!« Luisa hob die Serviette hoch und bemühte sich, den aufsteigenden Ärger hinunterzuschlucken.

»Ich muss schon sehr bitten«, mischte sich Ellinor ein. »Wie du in letzter Zeit mit deiner Mutter redest! Und übrigens nicht nur mit ihr …«

Luisa presste ihre Lippen zusammen und ballte die Fäuste. Gerade noch rechtzeitig, so hoffte sie, schob sie sie wieder unter den Tisch.

Hajo bemerkte es dennoch und warf ihr einen raschen

Blick zu, als wolle er sie ermahnen. Dann räusperte er sich in Ellinors Richtung, und Luisa versuchte, an seiner Miene abzulesen, ob er sie verteidigen würde. Es war jedoch nur ein müdes Lächeln, das er ihr zuwarf. Er war ein anderer Mann, seit er aus dem Krieg nach Hause zurückgekehrt war.

»Also, ich kann mich beim besten Willen nicht über Luisas Manieren beschweren.« Christiane zog den kleinen Löffel aus der Marmelade und klopfte ihn am Rand des Glases ab. »Und im Übrigen hat sie recht. Wir müssen etwas unternehmen. Am Haus stehen Reparaturen an, von den laufenden Kosten will ich gar nicht erst reden, und das Vermögen der Marquardts gibt es nicht mehr. Bis auf diesen Hektar Land am Wolzensee. Hierauf ein Unternehmen aufzubauen halte ich für die klügste Idee seit Langem.«

Empört sah Josepha Christiane an, die unter dem Tisch kurz Luisas Hand streichelte.

Immerhin lenkte Ellinor nun ein. »Ganz unrecht habt ihr natürlich nicht.« Sie hob ihre Tasse und spreizte dabei den kleinen Finger ab, wie es ihr ganz sicher als Kind beigebracht worden war. Ebenso wie Luisa, die solche Gepflogenheiten inzwischen jedoch affig fand und längst darauf verzichtete.

»Aber wenn ich so darüber nachdenke, steht all das hier meinem Mann zu. Nicht wahr?« Ellinor setzte ein überlegenes Lächeln auf, trank einen Schluck und verzog dann das Gesicht, als wolle Luisa sie mit dem Muckefuck vergiften. »Julius ist der Erbe der Marquardts, ihm würde das Unternehmen, nennen wir es ruhig ›Strandbad Wolzensee‹, zustehen. Und bei aller Liebe: Julius ist mit *mir* verheiratet.«

Was Ellinor damit sagen wollte, war jedem am Tisch klar.

»Das stimmt genau«, pflichtete Josepha ihr bei.

»Ja, natürlich. Aber Julius gilt als im Krieg verschollen und ist demzufolge nun mal nicht hier«, brachte Christiane es auf den Punkt.

»Aber ich bin es«, stellte Ellinor klar.

»Ja, ist es denn nicht schön, dass wir uns alle nach den schrecklichen Zeiten hier zusammengefunden haben? Ich bin sehr dankbar dafür.« Christiane presste die Hände auf ihr Herz.

»Es war sehr großzügig von Josepha, dich und dann auch deinen Sohn aufzunehmen. Versteh mich nicht falsch, Hajo.« Ellinor warf Luisas Mann ein aufgesetztes Lächeln zu.

Luisa hielt ihrer Mutter zugute, dass sie bei den Worten ihrer Schwiegertochter immerhin peinlich berührt errötet war. Es konnte Ellinor wohl kaum entgangen sein, dass Christiane es war, die Luisa von Zeit zu Zeit Geld zusteckte, damit sie nicht alle verhungerten.

»So, wie es aussieht, bist du wohl jetzt das Familienoberhaupt«, brach es aus Luisa heraus. Wütend funkelte sie ihre Schwägerin an. »Bestimmt hast du dann einen Plan für unserer aller Zukunft parat.«

»Den habe ich in der Tat«, trumpfte Ellinor gehässig auf.

Luisa verschränkte die Arme vor der Brust. Sie war fest entschlossen, ihr Vorhaben nicht fallen zu lassen.

»Wir könnten ein Hotel eröffnen, hier am Wolzensee«, fuhr Ellinor fort.

Luisa beobachtete, dass ihre Mutter bereits über den Vorschlag ihrer Schwiegertochter nachdachte. Sie konnte sogar die Sekunde ausmachen, in der sie mit den Gedanken über den entscheidenden Punkt stolperte. Für ein Hotel bräuchten sie einen hohen Kredit. Im selben Moment besaß Ellinor doch tatsächlich die Unverfrorenheit, Hajo zuzuzwinkern. Quasi als Aufforderung, seine Mutter zu einer Finanzspritze zu überreden.

Er verstand es offenbar genauso wie Luisa und stieß ein abschätziges Lachen aus. »Macht, was ihr wollt«, sagte er, stützte sich auf der Tischkante ab und erhob sich schwerfällig. Da er sein linkes Bein mit der Prothese nachzog, schlurfte er mit ungelenken Schritten über den Flur zur Haustür. Christiane sah ihrem Sohn besorgt nach.

»Das ist jetzt aber mal wieder typisch«, bemerkte Ellinor.

»Halt den Mund!« Zwar schoss Luisa derselbe Gedanke durch den Kopf, aber ihrer Schwägerin stand es nicht zu, ihn auszusprechen.

Josepha hieb mit der flachen Hand so fest auf den Tisch, dass die Tassen klirrten. »Ende der Diskussion. Wir müssen eine Lösung finden, ohne Frage. Aber ich schlage vor, eine Entscheidung von solcher Tragweite zu vertagen. Bis Julius heimkehrt.«

Doch wann wird das sein, und was, wenn er nie mehr kommt?, fragte sich Luisa.

»Rößler, Menschenskind, Paul, ein Anruf aus der Lungenheilstätte. Deiner Mutter geht es schlecht.«

Mit dieser Hiobsbotschaft holte sein Meister ihn während der Frühschicht in der Mechanikwerkstatt auf dem Werksgelände des ehemaligen Motorrad- und Fahrzeugwerkes Brennabor zu sich. Nicht weit von der Stelle, wo Paul damals unter einer Plane das Motorrad, in Einzelteile zerlegt, gefunden hatte. Niemand wusste, warum es dort gelegen und wem es ursprünglich gehört hatte. Sein Meister hatte erlaubt, dass Paul es zusammenbaute, und er hatte so lange daran herumgebastelt, bis er die Maschine wieder flottbekam.

Jetzt holperte Pauls Herz in der Brust und hämmerte schmerzhaft gegen die Rippen. Er ließ den schweren Schraubenschlüssel fallen und wischte sich über die Stirn.

»Sie haben gesagt, du sollst so schnell wie möglich kommen. Die Zeit drängt.« In einer väterlichen Geste legte ihm der Meister die Hand auf die Schulter. »Du bist ganz blass geworden. Geh, mein Junge. Beeil dich! Und melde dich …«

Noch während sein Meister ihm die Aufforderung, ihn auf dem Laufenden zu halten, hinterherrief, rannte Paul los in den Hof der Brandenburger Traktorenwerke, wo sein Motorrad abgestellt war und der Pförtner stets ein wachsames Auge darauf hatte. Da Paul gleich in der Nähe ein kleines Zimmer bewohnte, das er zu Fuß in ein paar Minuten erreichte, stand seine geliebte Excelsior Brennabor die meiste Zeit in der Woche herum. Er konnte es sich ohnehin nicht leisten, ständig zum reinen Vergnügen mit dem Motorrad zu fahren. Aber hergeben würde er sie auf gar keinen Fall.

Erst beim dritten Antritt sprang der Motor an, Paul schwang sich eilig auf den Sitz und raste los. Er fluchte über den Regen, den das Aprilgewitter über dem Land ausgekippt hatte und der einfach nicht enden wollte, während er von Brandenburg in Richtung Rathenow fuhr. Der Staub der letzten trockenen Wochen hatte sich mit dem Regen zu einem rutschigen Film verbunden, der die holprige Pflasterstraße unter seinen Reifen glatt wie Eis werden ließ und immer wieder an seinem Hinterrad zog. Ein Unfall hätte ihm jetzt gerade noch gefehlt. Er wischte sich mit dem Ärmel über das Gesicht, aber es brachte rein gar nichts.

In den Pfützen schimmerten regenbogenfarbene Benzinsprenkel. Der Wind zerrte an seinen Haaren, schoss messerscharf durch seine dünne Jacke, die zu seiner Arbeitskleidung gehörte, und kalter Regen durchdrang sein Hemd. Weder hatte Paul an die Lederjacke noch an den Helm samt Brille gedacht, die in seinem Zimmer am Garderobenhaken hingen.

Sein Herz klopfte immer noch in einem falschen Rhythmus, und im Magen ballte sich ein viel zu großer Knoten zusammen. Wieder wischte er sich übers Gesicht und war froh, dass es auf halbem Weg von Brandenburg nach Rathenow endlich aufhörte zu regnen. Doch da sich die Wolken am Himmel aneinander festzuhalten schienen, war ihm wahrscheinlich nur eine kurze Pause vergönnt. Hoffentlich hatte er noch genügend Benzin im Tank, um es bis zur Heilstätte im Rathenower Stadtforst zu schaffen.

Glücklicherweise hielt sich das Wetter, obwohl es keinen Unterschied mehr machte, denn er war bereits nass bis auf die Haut. Darum würde Paul sich später kümmern. Jetzt ging es einzig und allein um seine Mutter. Als er das Anwesen erreichte, verschwendete er keinen Blick auf das zweistöckige Haus mit dem Walmdach und dem runden Türmchen, das sich majestätisch im Wald erhob. Er war so oft hier gewesen, dass er das Bild mit geschlossenen Augen aufrufen konnte. Am großen Eingangsportal war niemand zu sehen, und so fuhr er hindurch, stellte aber sofort den Motor ab und ließ sich bis fast vor die Haustür ausrollen. Das Einzige, was Paul dabei bemerkte, war der trockene Boden und das Fehlen aufblitzender Pfützen im grauen Morgenlicht. In Rathenow hatte es offenbar noch nicht geregnet, aber wenn er sich den Himmel ansah, konnte es nicht mehr lange dauern. Dennoch ließ er sein Motorrad achtlos stehen und rannte in das Haupthaus, wo ihm scharfe Desinfektionsmittel unangenehm in die Nase stachen. Er hastete weiter über den langen Flur.

»He, wohin wollen Sie, junger Mann?«, rief eine Frau aufgebracht in seinem Rücken.

Paul blieb abrupt stehen und wandte sich um. »Man hat mich benachrichtigt, meiner Mutter gehe es schlecht.«

Die rundliche Krankenschwester legte den Kopf schief und musterte ihn streng. »Name?«

»Paul Rößler.«

Sie verdrehte die Augen und stemmte die Hände in die Hüften. »Der Name Ihrer Mutter.«

»Auch Rößler, Barbara«, stieß er atemlos aus, da die Angst

ihm jetzt fast die Stimme raubte. Bildete er es sich nur ein, oder warf ihm die resolute Krankenschwester einen mitleidigen Blick zu? Schließlich nickte sie und versuchte sich an einem aufgesetzten freundlichen Lächeln. In seiner Kehle begann es zu schmerzen, als triebe dort eine geballte Faust ihr Unwesen.

»Gehen Sie nur, Jungchen.« Sie wies mit der Hand den Flur entlang. »Immer geradeaus, am Ende des Ganges links.« Ihr mildes Lächeln hielt ihm immer noch stand und sollte ihn wohl beruhigen, doch das tat es nicht, im Gegenteil.

Als er endlich die Tür erreichte, verließ ihn beinahe der Mut. Zögernd legte er die Hand auf die Klinke, straffte die Schultern und zwang sich, tief einzuatmen. Er klopfte leise an und betrat das Krankenzimmer, ohne auf das »Herein« zu warten. Seine Mutter lag blass, klein und vollkommen reglos im Bett. Ihre Lippen schimmerten in einem dramatischen Lila.

Obwohl Paul versucht hatte, sich auf diesen Moment vorzubereiten, erschrak er zutiefst. Mit wenigen Schritten erreichte er sie und sank auf den Stuhl, der neben dem Bett stand. Der Atem seiner Mutter quälte sich pfeifend durch ihre Lungen. Ihr Anblick fuhr ihm direkt in den Magen und verursachte Übelkeit. Er wollte nicht weinen und strich sanft über ihre Hand, auf der er mühelos die Adern nachzeichnen konnte. »Mama? Kannst du mich hören?«

Ihre Lider flatterten.

2

Luisa musste sich beherrschen, bevor sie sich vergaß und ihr womöglich Worte über die Lippen kamen, die ihre Familie gänzlich gegen sie aufbrachte. Als sie den Kopf hob, streifte ihr Blick Christiane, die kaum merklich nickte. Luisa nahm es als Aufforderung, das Esszimmer zu verlassen. Zwar regnete es immer noch, aber sie brauchte dringend frische Luft. »Entschuldigt mich.«

Im Flur warf sie sich hastig das Regencape über, schlüpfte in ihre Schuhe und rannte aus dem Haus. Es war unmöglich für sie, tatenlos darauf zu warten, ob ihr älterer Bruder, der als verschollen galt, heimkam. Sosehr sie sich für Julius wünschte, dass er nach Hause zurückkehrte, so war ihr doch klar, dass sie trotzdem das Strandbad aufbauen wollte – als Geschäftsführerin oder wenigstens als gleichberechtigte Partnerin. Sie war einfach nicht dafür geschaffen, von Entscheidungen anderer abhängig zu sein.

Wenn nur ihr jüngerer Bruder Robert hier gewesen wäre! Mit ihm an ihrer Seite wäre es so viel leichter, ihren Traum lebendig werden zu lassen. Im Stillen hörte sie noch sein helles fröhliches Lachen, aber Robert war in Stalingrad umgekommen, als er gerade einmal neunzehn Jahre alt gewesen war, und würde ihr nie mehr helfen können. Luisa spürte, wie ihre Augen sich mit Tränen füllten und schließlich überliefen, wie so oft, wenn sie an ihren Bruder dachte.

Sie sprang über eine große Pfütze und bog auf den Trampelpfad ab, der um den See herumführte. Ihre Schuhe waren, ebenso wie die einst teure Steghose, nach wenigen Schritten mit Schlammspritzern übersät. Sie lief immer weiter, scheuchte unbeabsichtigt ein paar Vögel auf und blieb irgendwann stehen, weil sie es vor heftigem Seitenstechen nicht mehr aushielt. Zu ihrem Leidwesen sah sie in Gedanken Jupp Schmitz vor sich, der seinen Faschingsohrwurm *Wer soll das bezahlen?* rotierend wie ein Jahrmarktskarussell vor sich hin schmetterte. »Nein, nein, nein, nein.« Luisa trommelte wild mit den Fäusten gegen den Stamm einer Birke, bis die Haut über ihren Fingerknöcheln aufplatzte und blutete. Da erst bemerkte sie Hajo. Er kauerte nicht weit von ihr entfernt auf dem kleinen Holzsteg, der von Anglern gern benutzt wurde und nicht mehr zum Grund und Boden ihrer Familie gehörte.

Hajo beobachtete sie. »Der Baum kann nichts dafür.«

»Das weiß ich.« Genervt holte Luisa tief Luft und blieb einen Moment lang reglos stehen, bevor sie sich dazu entschloss, auf ihren Mann zuzugehen, der sich inzwischen wieder umgewandt hatte und auf den See hinausstarrte. Als sie den Steg betrat, knarrten die Bretter leise unter ihren Schritten. »Ich werde das Strandbad aufbauen.« Sie sah auf Hajos Hinterkopf und entdeckte zahllose silberne Fäden in seinem Haar, obwohl er noch keine dreißig Jahre alt war. Kurz überlegte sie, die Hand auszustrecken und ihn zu berühren, ließ es jedoch bleiben.

Hajo schaute zwar nach wie vor blicklos auf den See, nickte aber. »Das dachte ich mir. Du hast dich verändert, Luisa.«

Das sagt der Richtige. Allein, wie nachlässig er sich seit seiner Genesung kleidete. Offenbar war ihm sein Äußeres nicht mehr wichtig. Nichts war ihm mehr wichtig. Immerhin hatte er sich rasiert und war wohl dabei abgerutscht. Sie entdeckte am Hals einen frischen Schnitt.

»Ist das alles, was du dazu zu sagen hast?« Luisa trat so nah an ihn heran, dass ihre Beine seinen Rücken streiften, und sah dabei ebenfalls auf das Wasser.

»Wir sind die Verlierer dieses sinnlosen Krieges.« Hajos Stimme war tonlos vor unendlicher Müdigkeit.

»Nein. Das ist nicht wahr. Wir hatten Glück. Haben wir nicht überlebt?« Dabei drückte sie ihre Knie so energisch gegen seinen Oberkörper, dass er sich festhalten musste, um nicht in den See zu fallen.

»Entschuldige.« Sie trat rasch einen Schritt zurück. »Ich kann nicht mehr warten, dass noch mal ein Wunder geschieht.«

Hajo stieß einen verächtlichen Ton aus. »Du bezeichnest unser Überleben ernsthaft als Wunder?«

»Natürlich, und ich möchte dein Einverständnis für meine Pläne.« Endlich nieselte es nur noch, und sie schob die Kapuze auf den Rücken.

»Luisa, habe ich dir je etwas abgeschlagen?«, fragte er matt. Irgendwo im dichten Schilf schnatterten ein paar Enten, als stritten sie sich.

»Nein«, gab sie fairerweise zu. Noch immer sahen sie sich nicht an.

»Na also. Ich kann dir keine große Hilfe sein. Es tut mir leid.« Die Resignation in seiner Stimme tat ihr weh. »Du wirst das schon machen.«

Am liebsten hätte sie ihn angeschrien, was das heißen solle. Doch er wirkte so verloren, dass sie es nicht übers Herz brachte. Stattdessen malte sie sich aus, wie er sich langsam erholen würde, wenn das Unternehmen Strandbad erst an Fahrt aufgenommen hätte. Wie die Energie und die Begeisterung in seinen Körper zurückkehren würden. In seinen Geist. Und vor allem in seine Seele. Es musste alles gut werden. Luisa wollte es so sehr.

Wenige Tage später, die Abschürfungen auf ihren Fingerknöcheln waren kaum noch zu sehen, hatte sie sich eines der Zimmer in ihrer Villa am See als Büro eingerichtet, in denen die Marquardts bis vor einem Jahr auf Weisung der Wohnraumkommission Flüchtlinge aus dem Osten untergebracht hatten. Eine anstrengende Zeit, in der Ellinor und die anderen Frauen ständig aneinandergeraten waren. Selbst Luisas Mutter hatte eingesehen, dass diese armen Menschen schließlich irgendwo wohnen mussten. Als die fünf Familien nach und nach ausgezogen waren, um anderswo neu anzufangen, entspannte sich die Atmosphäre im Haus wieder deutlich.

Luisa grübelte über den Zahlenkolonnen, die sie auf einen Schreibblock gekritzelt hatte. Mithilfe des Holzlineals und dem Bleistift unterteilte sie die Ziffern in mehrere Blöcke. Einzeln betrachtet sah das Ganze schon positiver aus. Es lag auf der Hand, dass sie nur Schritt für Schritt würde vorgehen können und zwischendurch immer wieder abwarten müsste, wie ihr Strandbad bei den Besuchern ankäme. Immerhin hatte sie bereits einen Antrag an den Rat der Stadt geschickt und wartete ungeduldig auf die Antwort. Nervös trommelte sie mit den Fingern auf die Schreibtischplatte, als könne sie so den ersehnten Posteingang beschleunigen.

»Mach dich nicht verrückt, Liebes.« Christiane betrat den Raum und brachte ihr eine Tasse Pfefferminztee.

»Danke.« Luisa lehnte sich auf ihrem Stuhl zurück. »Was würde ich nur ohne dich machen?«

»Nun, vermutlich selbst kochendes Wasser auf die Kräuter gießen.« Ihre Schwiegermutter lachte. »Wenn du hier im Büro erst mal nicht weiterkommst, kannst du dich doch anderweitig beschäftigen. Wie wäre es, wenn ich dir dabei helfe, auf dem Gelände ein bisschen Ordnung zu schaffen?«

»Das ist eine wunderbare Idee! Vom letzten Herbststurm liegen noch so viele Äste herum, und die kleineren Sträucher zur Wiese hin sollten wir auch beschneiden.« Eilig trank Luisa ihren Tee aus. Plötzlich konnte sie es nicht mehr abwarten, endlich anzufangen. Bald schon würde sich hier vieles verändern, sie spürte ein verheißungsvolles Kribbeln in den Händen.

Christiane hatte sich mit einem riesigen Rechen bewaffnet und schob Äste und Stöcke zusammen.

Luisa machte sich daran, das wild ausgesamte Unkraut an der Giebelseite des Hauses zu jäten. Unglaublich, wie hoch es gewachsen war. Sie hätte schon viel früher hier mal Grund reinbringen müssen. Aber bisher hatte Luisa die Prioritäten anders gesetzt und zahlreiche Aushilfsarbeiten angenommen. Zum Beispiel im Konsum die Regale einzuräumen, in einer Kohlenhandlung das Büro zu putzen oder Telefondienst in der Taxizentrale am Bahnhof zu leisten. Sie war sich zu nichts zu schade gewesen, um die Familie über Wasser zu halten. Zwar hatten sie alle für die Lebensmittelkarten arbeiten müssen, aber Luisa hatte sich entschieden mehr eingebracht und nebenbei immer mal wieder eine Extraration bekommen, die sie natürlich mit allen aus der Familie geteilt hatte. Christiane war oft mit von der Partie gewesen, doch dann war Hajo nach seiner schweren Verletzung heimgekommen, und seine Mutter hatte die Pflege übernommen. Jetzt wo es ihm körperlich deutlich besser ging, unterrichtete sie abends in einer Tanzschule. Als junge Frau, vor ihrer Hochzeit mit dem Papierfabrikanten Carl von Rochlitz, war Christiane eine gefeierte Tänzerin gewesen.

Ein seltsames Geräusch riss Luisa aus ihren Gedanken. Es klang beinahe wie die schlurfenden Schritte ihres Mannes, nur viel leiser, aber als sie sich umblickte, war niemand zu sehen außer Christiane, die sich ein Stück weiter weg nach einem Stock bückte. Da war es wieder zu hören, gleich schräg vor ihr am Haus. Seltsam. Plötzlich bewegte sich in Höhe ihres Knies hinter dem wuchernden Beifuß etwas. Als Luisa genauer hinschaute, entdeckte sie die mit einem Lochmuster versehene Metallplatte, auf die der Gärtner zu Glanzzeiten des Hauses immer eine Schale mit den schönsten Blumenarrangements gestellt hatte. Sie vernahm erneut dasselbe Geräusch, und gleichzeitig huschte etwas Graues über das Lochmuster. War etwa ein Vögelchen irgendwo aus dem Nest gefallen? Fest entschlossen, dem armen Küken zu helfen, blinzelte sie direkt in die Augen einer Ratte und begriff allmählich, was passiert war. Luisa schrie auf, ihr Herz pochte wild, und trotz ihrer weichen Knie preschte sie los.

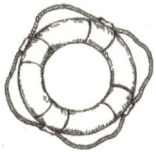

Paul gab sich keinen Illusionen hin. Er würde seine Mutter bald verlieren, aber hier und heute nicht. Sie hatte dem Sensenmann noch einmal ein Schnippchen geschlagen, und er war unglaublich froh darüber. Lag es daran, dass er ihr jeden Tag Hühnerbrühe eingeflößt hatte, nachdem er einem Bauern in der Nähe ein fettes Huhn abgekauft und eine der Schwestern in der Heilstätte angefleht hatte, man möge eine Suppe für seine Mutter daraus kochen? Oder weil er stundenlang an ihrem Bett gesessen und ihr leise zugeflüstert hatte, dass er sie brauche? Den Grund würde er wohl nie herausfinden, Hauptsache, sie hatte sich etwas erholt. Ihre Wangen schienen nicht mehr ganz so durchsichtig, die Lippen waren rosiger, und das Atmen fiel ihr leichter.

»Jetzt denken Sie aber auch mal an sich und schlafen sich gründlich aus«, hatte ihn die Nachtschwester am Vorabend aufgefordert, nach Hause zu gehen. Doch Paul war viel zu müde gewesen, um mit dem Motorrad nach Brandenburg zu fahren. Die Wohnung seiner Mutter hatte er vor ein paar Wochen auflösen müssen, dorthin konnte er also auch nicht.

Ihm war nur Mitja eingefallen, sein russischer Freund, dem er sein Leben verdankte, seit er am Kriegsende in seinem Versteck aufgespürt worden war und die russischen Soldaten ihn für einen Nazi gehalten hatten. Mitja war Offizier der Roten Armee und wohnte in einer Stadtvilla am Fontanepark. Dort hatte Paul die Nacht verbracht. Sie hatten Wodka getrunken und sich über gemeinsame Bekannte unterhalten, alte wie neue. Mitja hatte von den Fortschritten beim Aufbau des Landes erzählt, davon, wie die Rathenower Optikbetriebe nun unter einer sozialistischen Leitung geführt wurden und dass sich eine Frau in den Kopf gesetzt hatte, am Wolzensee ein Strandbad zu errichten. Am meisten überraschte Paul allerdings, dass sich Mitja seit Neustem mit einer der Verkäuferinnen aus dem Konsum traf. Irgendwann war Paul auf Mitjas Sofa einfach eingeschlafen.

»Iss nur, iss«, lud Mitja ihn auch zum Frühstück ein. »Ich habe Piroggen aus Buchweizenmehl gebacken.«

Paul ließ sich nicht lange bitten und griff zu, während er über vieles, worüber sie in der vergangenen Nacht gesprochen hatten, nachdachte. Er genoss jeden Bissen des üppigen Frühstücks. Mitja war ein fantastischer Koch. Als er sich schließlich von seinem Freund verabschiedete, hatte er längst den Entschluss gefasst, sich am Wolzensee umzusehen. Von dort war es nicht weit bis zur Heilstätte im Stadtforst. Vielleicht könnte er am See arbeiten und so in der Nähe seiner Mutter bleiben. Solange sie noch lebte, wollte er bei ihr sein, auch wenn das hieße, dass er die Arbeit in Brandenburg aufgeben musste.

Als er das eingezäunte Gelände am See betrat, harkte eine hochgewachsene ältere Frau Reisig zusammen.

»Guten Tag«, grüßte er freundlich.

Sie hielt inne und stützte sich auf den Stiel der Harke. »Guten Tag, kann ich Ihnen helfen?«

Im selben Moment war ein Stück entfernt von ihnen ein Schrei zu hören. Sie fuhren beide herum. Eine junge Frau kam mit schreckgeweiteten Augen auf sie zugerannt. »Christiane!« Ihre Stimme überschlug sich.

»Was ist denn passiert, Luisa?« Die Ältere zog sie in die Arme und strich ihr beruhigend über den Rücken.

»Da ist eine Ratte.« Die junge Frau zitterte am ganzen Leib und wies mit ausgestrecktem Zeigefinger in die Richtung, aus der sie herangestürmt war.

»Beruhige dich, Liebes. Wenn da eine Ratte war, dann hat sie jetzt Reißaus genommen.«

Luisa schüttelte vehement den Kopf. »Eben nicht. Sie hängt fest.« Sie atmete abgehackt, als bekäme sie kaum noch Luft. »Die Ratte … steckt mit dem Oberschenkel … im Lochmuster«, stieß sie aus.

Paul war einen Schritt näher getreten und beobachtete die beiden Frauen. Was die jüngere namens Luisa gesagt hatte, ergab im ersten Moment wenig Sinn für ihn.

»Das Viech dreht sich um die eigene Achse und kann nicht weg«, schob diese hinterher und schüttelte sich vor Ekel.

»Das hört sich ja grauenhaft an!« Christiane zog sie noch fester in die Arme.

In der oberen Etage des Hauses wurde ein Fenster aufgerissen, und eine dritte Frau lehnte sich heraus. »Würde mir mal jemand sagen, was überhaupt los ist?«

»Hier ist eine Ratte, die offenbar eingeklemmt ist«, klärte Christiane sie auf.

»Grundgütiger! Erschlagt sie mit der Kohlenschippe. Ich komme erst wieder raus, wenn die Ratte fort ist.« Im nächsten Moment wurde das Fenster zugeknallt.

»Sieh an. War es nicht Ellinor, die sich um alle Belange der Familie kümmern wollte?«, fragte Christiane und klang amüsiert.

»Zwar mag ich deinen feinen Humor, finde ihn in dieser Situation aber tatsächlich nicht angebracht. Was machen wir denn jetzt?« Luisa rang die Hände.

»Vielleicht kann ich etwas tun«, schaltete sich Paul ein. Es war die perfekte Gelegenheit für ihn, den Frauen zu helfen und gleichzeitig eine Aufgabe zu erledigen, um später nach einer Arbeitsstelle zu fragen.

Luisa schien ihn erst in diesem Moment wahrzunehmen. Sie fuhr herum und blinzelte ihn an. »Verzeihen Sie. Luisa von Rochlitz, und Sie sind …?«

»Paul Rößler.« Er tippte sich gegen die nicht vorhandene Schiebermütze. »Wo ist die Ratte, die Sie so erschreckt hat?«

»Dort, wo das große Beifußgestrüpp an der Hauswand lümmelt.« Sie wies mit der Hand nach vorn.

Lümmelt? Paul verkniff sich ein Lachen.

»Ich kann da unmöglich hingehen. Bitte tun Sie etwas! Was immer es ist, Sie haben meine Erlaubnis dafür.« Zitternd sah sie zu ihm auf.

»Keine Angst, ich kümmere mich darum.« Paul schritt zu der Stelle, und tatsächlich steckte dort eine Ratte fest, rotierte wie wild um ihre eigene Achse. Unternähme er nichts, würde sich das Tier irgendwann das Bein abfressen, um freizukommen. Kein sehr angenehmer Gedanke, er schüttelte sich.

»Ich brauche eine Kohlenzange«, rief er über die Schulter.

»Kommt sofort.« Christiane hastete an ihm vorbei ins Haus, während Luisa wie erstarrt noch immer dort stand, wo er sie stehen gelassen hatte.

Die Ältere drückte ihm schließlich das Werkzeug in die Hand. Paul betrachtete die Branchen der Zange und hoffte, dass es funktionierte. Ganz wohl war ihm nicht bei seinem Vorhaben. Als er die Kohlenzange langsam an die Ratte heranschob, begann diese zu fauchen. So etwas hatte er noch nie erlebt. Das Tier war ebenso panisch wie Luisa von Rochlitz. Es versuchte, sich aufzubäumen, um größer zu erscheinen, schnappte nach der Zange und biss in das Metall. Paul war klar, dass die Ratte auf gar keinen Fall die Gelegenheit bekommen durfte, an seine Hand zu kommen. Mit angehaltenem

Atem legte er die Branchen um den schmächtigen Körper, drückte zu und zerrte mit einem Ruck die schreiende Ratte aus ihrer Falle, um sie sofort durch die Luft zu schleudern und dann die Zange zu öffnen. Schnell wie der Blitz flitzte das Tier davon.

»Ist sie weg?«, rief Luisa ihm zu.

»Ja«, antworteten Paul und die ältere Frau, die ein Stück weit entfernt hinter ihm stand, aus einem Mund. Sie ging auf Luisa zu. »Bist du in Ordnung, Liebes? Soll ich dir vielleicht einen Tee kochen?«

»Nein, danke, es geht schon. Wir haben ja noch genug zu tun.« Luisa lächelte zaghaft.

»Also gut.« Christiane griff nach der Harke und machte sich wieder an die Arbeit.

Luisa trat zögernd auf Paul zu. Sie war so außer Fassung, dass sie ihm vor Erleichterung die Hände auf die Brust legte. »Gott sei Dank.« Als sie begriff, was sie gerade tat, zog sie die Hände rasch wieder fort und schob sie hinter ihren Rücken.

Paul musterte sie eine Weile. Sie war hübsch, und durch ihre großen braunen Augen hatte sie etwas Kindliches, Unverdorbenes an sich, wie ein Blatt aus einem Tagebuch, das erst mit Geheimnissen beschrieben werden würde. »Haben Sie noch weitere Aufgaben für mich?«

Sie seufzte. »Im Grunde schon.«

Er legte den Kopf schief und wartete, dass sie sich erklärte, aber sie schwieg. »Sie haben es sehr schön hier«, sagte er schließlich.

»Vielen Dank, das finde ich auch. An manchen Tagen kann ich mich gar nicht sattsehen am Wolzensee. Wohnen Sie in der Nähe, Herr Rößler?«, wollte sie plötzlich wissen und fuhr sich durch ihr braunes Haar.

»Leider nein. Ich suche Arbeit.«

»Sind Sie deswegen hergekommen?« Sie sah ihn mit schräggelegtem Kopf an.

»Was, wenn es so wäre?«, fragte er zurück. »Nun, ich habe tatsächlich gehört, dass hier ein Strandbad eröffnet werden soll. Ich bin auf Arbeitssuche und könnte mir vorstellen, mich hier nützlich zu machen.«

»Wer hat Ihnen den Tipp gegeben?« Sie war schnell im Denken, das gefiel ihm.

»Sagen wir mal so. Ich kenne jemanden, der über fast alles Bescheid weiß, was in Rathenow vorgeht.« Es machte schließlich keinen Sinn, sie anzulügen, entschied Paul.

»Beängstigend.« Sie sah aus, als überlege sie, was sie mit dieser Information anfangen sollte. »Ich werde hier ein Strandbad aufbauen, ob es Ihren Leuten nun passt oder nicht.«

»Halt, halt, halt.« Paul hob begütigend die Hände. »Warum sollte jemand etwas dagegen haben?«

»Sie haben ja keine Ahnung!« Sie seufzte wieder. »Fragen Sie mal meine Schwägerin Ellinor.«

»Mit der Familie kann ich Ihnen nicht helfen.« Paul lachte. »Ansonsten machen Sie sich keine Sorgen. Ich suche tatsächlich nur eine Arbeit, und wie ich gesehen habe, können Sie Unterstützung ganz gut gebrauchen.« Paul schob vorsichtshalber noch ein Lächeln hinterher, das ihre Bedenken zerstreuen sollte.

»Na schön. Wenn Sie nun schon mal hier sind. Was können Sie denn?«, fragte sie schließlich.

»Fast alles, was anfällt. Inklusive Schädlingsbeseitigung«, antwortete er trocken.

Erst zuckten ihre Mundwinkel, dann lachte sie. »Ja, das war wirklich überzeugend. Wann können Sie anfangen?«

»Ich kann mich täuschen, aber das habe ich bereits, Fräulein von Rochlitz.« Paul schmunzelte.

»Frau«, sagte sie.

Paul schielte auf ihre rechte Hand, einen Ehering entdeckte er nicht. »Verzeihung.«

»Das konnten Sie ja nicht wissen«, erwiderte sie.

Nein. Paul ließ den Blick über das Haus und den See gleiten. In diesem Augenblick erhoben sich majestätisch fünf Schwäne aus dem Wasser und segelten anmutig flügelschlagend mit einem Rauschen davon. Fasziniert sah er den Vögeln nach und bemerkte erst jetzt, dass er einen Moment lang den Atem angehalten hatte und Luisa von Rochlitz schweigend musterte.

3

Luisa schloss die Augen und hielt das Gesicht in die Sonne. Sie wartete auf Helena, die sie in ein Café in der Stadt eingeladen hatte. Sie konnte sich kaum noch daran erinnern, wann sie das letzte Mal ausgegangen war. Am Ende hatte der April mit seinen Wettereskapaden gegen den Mai verloren. Der Himmel strahlte makellos blau, und die Natur leuchtete in dem für diesen Monat so typischen hellen Grün. Gerade ließ sich ein Marienkäfer auf Luisas Handrücken nieder, und sie betrachtete das rot-schwarze Käferchen verzaubert.

Luisa war mit dem Fahrrad zur Bushaltestelle an der Stalinallee geradelt und wartete auf die Ankunft ihrer Freundin. Sie hatten sich 1946 auf dem Schulhof kennengelernt, als Luisa sich entschlossen hatte, das Abitur nachzuholen, das sie wegen des Krieges und ihrer Heirat hatte abbrechen müssen. An ihrem ersten Tag dort auf der Jahnschule war sie sich etwas komisch vorgekommen – mit ihren neunzehn Jahren und als bereits verheiratete Frau. Der fast vierzehnjährigen Helena hatte es nichts ausgemacht. Sie waren ins Gespräch gekommen, weil sich das Mädchen genauso fremd fühlte wie Luisa, und es dauerte nicht lange, bis die beiden Freundschaft geschlossen hatten.

Als der Bus schließlich heranrollte und die Tür geöffnet wurde, sprang Helena als Erste heraus und eilte auf sie zu, obwohl sie eine schwere Tasche bei sich trug. Sofort fiel Luisa auf, dass ihre Freundin ihr langes blondes Haar zu einem Bob hatte abschneiden lassen. Es war gewöhnungsbedürftig, aber durchaus hübsch. Helena setzte die Tasche ab und umarmte Luisa überschwänglich.

»Hallo, ich bin so froh, dass wir uns endlich mal wieder treffen. Und …« Sie zog das letzte Wort in einem Singsang in die Länge und lachte ausgelassen.

Typisch Helena. Luisa freute sich, dass sie ihren Frohsinn wiedergefunden hatte, den sie vor einem Jahr vorübergehend verloren zu haben schien. Im Herbst 1949 war die Nachbarsfamilie, an der Helena sehr hing, in den Westen gegangen. Luisa hatte erst später begriffen, dass es der Freundin eigentlich um Jakob, den Nachbarsjungen, ging, in den sie bis über beide Ohren verliebt war, sodass sie die räumliche Trennung kaum aushielt.

»Spann mich nicht auf die Folter«, ermahnte Luisa sie und senkte dann die Stimme. »Ich habe ebenfalls Neuigkeiten. Aber gib mir rasch deine Tasche, ich hänge sie an die Lenkstange.« Schon streckte sie ihre Hand danach aus und bemerkte erst in diesem Moment, dass der Marienkäfer verschwunden war.

Auf der Straße hupte ein Lkw. Vor Schreck presste Luisa eine Hand auf ihren Bauch. Der Verkehrslärm kam ihr unglaublich laut vor.

»Sag bloß, du bist in anderen Umständen?«, flüsterte Helena dicht an Luisas Ohr. »Wir haben uns so lange nicht gesehen. Du musst mir alles erzählen.«

»Was du wieder denkst! Ich baue mir ein eigenes Unternehmen auf«, platzte sie heraus, obwohl sie eigentlich hatte abwarten wollen, bis sie bei einem Stück Kuchen im Café saßen.

»Los komm, lass uns rasch einen Platz in der Bäckerei Schönemann suchen, mir wird ganz schwindelig vor Neugier.« Helena kicherte, reichte Luisa ihre Tasche und lief mit großen Schritten voran. Luisa verstaute die Tasche und schob das Fahrrad über den Bürgersteig zum alten Markt.

Als der Kellner ihnen einen Tisch zugewiesen hatte, konnte Helena nicht mehr an sich halten. Sie ließ sich auf ihren Stuhl fallen und blickte erwartungsvoll zu Luisa hoch, die noch dabei war, ihre Jacke auszuziehen. »Erzähl!«

Um die Spannung zu steigern, sah Luisa aus dem Schaufenster und bemerkte, dass die Frauen vor der Konsum-Verkaufsstelle in einer langen Schlange anstanden. Kein Wunder, denn im HO-Geschäft nebenan waren die Preise um ein Vielfaches höher.

»Luisa!« Helena schlug ihr spielerisch auf die Hand. Lachend berichtete Luisa schließlich von ihrem Plan, am Wolzensee ein Strandbad aufzubauen.

Helena hörte ihr mit großen Augen zu. »Das ist ja wunderbar!« Sie sah aus, als hindere sie nur der Kellner, der freundlich lächelnd nach ihrer Bestellung fragte, daran, in Jubel auszubrechen.

Während Luisa noch dabei war, ihre Vorstellung vom eigenen Strandbad mit unzähligen Details auszuschmücken, brachte der Kellner die Kännchen Kaffee, einen Windbeutel mit Sahne für Helena und ihr Stück Biskuitrolle.

»Vielen Dank für deine Einladung.« Genießerisch sog sie den herrlichen Duft nach echtem Bohnenkaffee ein. *Sie gibt ziemlich viel Geld für mich aus*, dachte sie flüchtig.

»Ich wollte mit dir feiern, also denk nicht darüber nach«, sagte Helena, als wüsste sie, was ihr gerade durch den Kopf ging. »An den Wochenenden und in den Schulferien verdiene ich mir immer was dazu. Bei der Post habe ich bisher am meisten bekommen. Also guck nicht so komisch, du verdirbst mir sonst die Laune.« Helena schob sich ein großes Stück Windbeutel in den Mund. Puderzucker klebte an ihren Lippen, als sie grinste. »Meine Mutter hat endlich eingewilligt, dass ich Kunst studieren darf.«

»Oh, ich freue mich so für dich!« Luisas Mutter hätte dafür niemals ihre Zustimmung gegeben. Helena lebte mit ihrer

Mutter auf einem kleinen Bauernhof auf dem Land in Milow. Die Ländereien der ehemaligen Gutshöfe und Großbauern sowie die Gärtnerei ihrer ehemaligen Nachbarn war der genossenschaftlichen LPG angeschlossen worden. Ihre Freundin hatte allerdings andere Pläne, als in der Landwirtschaft zu arbeiten. Das konnte Luisa gut verstehen.

»Ich hab dir übrigens Milch, frische Eier, Butter und selbst gebackenes Brot mitgebracht.« Helena wies auf ihre Tasche.

Luisa genoss den zarten Biskuit, der fast auf der Zunge zerging, und versuchte sich vorzustellen, wie ihr Leben ohne regelmäßige Treffen mit ihrer Freundin aussehen würde. Anders, so viel war sicher, aber wenn sie es genau betrachtete, würde sie mit der Einrichtung ihres Strandbades sehr viel zu tun haben. Wahrscheinlich sogar mehr, als sie jetzt ahnte. Trotzdem war der Gedanke seltsam aufregend und erfüllte sie mit erwartungsvoller Energie.

»Meine Mutter hat zur Bedingung gemacht, dass ich in Berlin studiere«, plapperte Helena fröhlich weiter und leckte sich Sahne aus dem Mundwinkel. »Aber damit habe ich kein Problem. Jakob und ich schreiben uns sowieso jede Woche Briefe. Sein Stiefvater meint, Lehrjahre wären keine Herrenjahre. Wahrscheinlich hat er recht, obwohl ich solche Sprüche altmodisch finde.«

Genauso altmodisch wie die Einstellung ihrer Familie, es sei Unsinn, dass eine junge Frau ein Unternehmen leite. Nun, Luisa würde ihnen beweisen, dass sie damit falschlagen.

Eine Woche später war es bereits so warm, dass Luisa am Vormittag beim Rasenmähen ins Schwitzen kam. Sie arbeitete ein gutes Stück vom Haus entfernt am Nordufer des Sees und überlegte, ob sie nicht eine Pause einlegen und eine Runde schwimmen sollte, als ihre Mutter aufgeregt winkte und nach ihr rief. Luisa ließ den kleinen mechanischen Mäher stehen und wandte sich um.

»Wildfremde Leute sind hier und wollen dich sprechen. Was hat das zu bedeuten, Luisa?« Ihre Mutter tupfte sich mit dem Spitzentaschentuch die Stirn. »Was treibst du hier überhaupt?«

Da das offensichtlich war, machte sich Luisa nicht die Mühe, auf die letzte Frage einzugehen. Stattdessen warf sie einen Blick zum Haus, wo zwei Männer und eine Frau die Köpfe zusammensteckten und sich unterhielten. »Ich kläre das, Mutter.« Zusammen gingen sie auf die Besucher zu.

»Luisa von Rochlitz?«, erkundigte sich ein Mann, der eine Zigarette rauchte.

Sie nickte und bemerkte, dass sie sich geirrt hatte. Einer der beiden vermeintlich männlichen Besucher war eine Frau, die sie aufgrund des kurzen Haarschnitts und ihres Hosenanzugs für einen Mann gehalten hatte.

»Guten Tag, was kann ich für Sie tun?«, fragte Luisa lächelnd. Ihr Blick blieb an dem Damenbart der Frau im Anzug hängen.

»Wir sind vom Rat der Stadt, Sie haben einen Antrag gestellt, hier am Wolzensee ein Strandbad zu eröffnen.«

Luisa hörte, wie ihre Mutter nach Luft schnappte. Sie selbst bekam plötzlich heftiges Herzklopfen. »Das ist richtig.« Mit weichen Knien zwang sie sich zu einem geschäftsmäßigen Gesichtsausdruck – auch wenn der nicht zu den Grasflecken auf ihrer Hose passte. Hatte sie wirklich gedacht, sie bekäme einen Brief mit der amtlichen Genehmigung und könne dann einfach loslegen? Stattdessen stand hier eine Kommission, und jedes einzelne Mitglied musterte sie argwöhnisch, von den finsteren Blicken, die ihre Mutter ihr zuwarf, ganz zu schweigen.

»Mein Name ist Sieglinde Böhmer«, sagte die Frau, die wie ein Mann wirkte, und reichte Luisa die Hand. »Dürfen wir uns etwas umsehen, um einen Eindruck von dem Gelände zu bekommen?«

»Ja, natürlich, ich führe Sie gern herum.« An ihre Mutter gewandt fügte sie hinzu: »Entschuldige mich. Ich habe zu tun.«

Luisas Mutter lief rot an, als träfe sie jeden Moment der Schlag. Luisa ahnte, dass ihr Verhalten ein Nachspiel haben würde. Darum würde sie sich später kümmern. Sie hoffte, dass sie dann auf Hajos Beistand zählen konnte.

Die Kommissionsmitglieder interessierten sich sehr für Luisas Pläne. Davon angetan, beantwortete sie jede Frage so ausführlich wie möglich. Eine der Frauen machte sich fleißig Notizen, fotografierte sogar hier und dort und schenkte ihr ein unverbindliches Lächeln. Am Revers der Jacke des einzigen Mannes blitzte ein Parteiabzeichen der SED.

Schließlich hatten sie genug gesehen, verabschiedeten sich dienstbeflissen, ohne dass Luisa einschätzen konnte, wie die Entscheidung ausfallen würde.

»Sie hören von uns«, war alles, was Frau Böhmer zu ihr sagte.

Wie sollte Luisa mit dieser unmöglichen Ansage heute Abend in den Schlaf finden? Das Knattern eines Motorrads riss sie aus ihren Grübeleien. Sie wusste, dass Paul Rößler jeden Moment eintreffen würde, und fragte sich, wie sie in so kurzer Zeit seine Excelsior von anderen Motorengeräuschen unterscheiden gelernt hatte.

Kurz darauf bockte er die Maschine auf und begrüßte sie lächelnd. »Guten Tag, Frau von Rochlitz.« Er zog die Lederjacke aus, legte sie auf den Sitz des Motorrads und krempelte sich bereits die Hemdsärmel hoch. »Was liegt heute an?«

»Ich bin dabei, Rasen zu mähen.« Sie wies nach vorn und lief geradeaus los.

Plötzlich stieß Paul Rößler hinter ihr ein Lachen aus. »Mit diesem Spielzeug von Rasenmäher wollen Sie das ganze Gelände bearbeiten? Da brauchen wir ja bis November.«

»Haben Sie eine andere Idee?«, fragte Luisa leicht verärgert.

»Ja, geben Sie mir ein paar Minuten. Ich besorge uns etwas Besseres.« Im Laufschritt eilte er zum Motorrad zurück, schwang sich darauf und fuhr davon.

»Na, da bin ich ja mal gespannt«, sagte Luisa und sah den tanzenden Sonnenstrahlen zu, die auf den Wellen des Wolzensees wippten und das Wasser zum Funkeln brachten.

Paul Roßler hielt Wort und kam kurz darauf mit einem kleinen Traktor, samt Mähbalken, zurück. »Das ist ein Hanomag, noch Vorkriegsware«, erklärte er gut gelaunt.

Als ob es für Luisa irgendeine Rolle spielen würde, um was für einen Traktor es sich handelte. Hauptsache, das Ding würde ihnen die Arbeit erleichtern.

»Ich mähe, und Sie können in der Zeit etwas anderes erledigen«, schlug er vor.

Sie nickte ihm zu. Doch da Luisa nicht die geringste Lust hatte, ihrer Mutter in die Arme zu laufen, holte sie sich den großen Holzrechen und harkte das gemähte Gras zu Haufen.

In der Pause wollte sie von Paul Rößler wissen, woher er den Trecker habe. »Geborgt von einem Bauern aus Neufriedrichsdorf. Ist nicht weit von hier.«

»Ja, ich weiß. Vielen Dank für Ihren Einsatz. Ich komme selbstverständlich für das Benzin auf. Ach, und es dauert bestimmt nicht mehr lange, und ich kann Sie tatsächlich fest anstellen. Eine Kommission vom Rat der Stadt war heute da.«

Statt etwas dazu zu sagen, kaute er auf einem Grashalm

herum und ließ sich mit geschlossenen Augen die Sonne ins Gesicht scheinen.

»Darf ich auch mal probieren?«, fragte Luisa.

Er sah sie irritiert an, zog sich den Grashalm aus dem Mund und betrachtete ihn skeptisch.

»Ich meine das Treckerfahren«, stellte Luisa lachend klar.

»Natürlich. Steigen Sie auf, ich zeig es Ihnen.«

Als Luisa anfuhr, ruckelte der Hanomag stotternd vorwärts. »Ich glaube, er ist bockig«, rief sie aus.

»Das wird es sein.« Paul Rößler hielt sich gespielt krampfhaft am Haltegriff fest, sodass Luisa lachen musste.

Bereits am nächsten Tag war der Spaß vorbei. Im Schreiben vom Rat der Stadt teilte man ihr mit, dass man ihren Antrag ablehne und vorhabe, das Gelände zu verstaatlichen, um es dann allen Werktätigen zur Naherholung zur Verfügung zu stellen. Luisa schlug die Hand vor den Mund. Das durfte nicht wahr sein! Ihre Familie hatte doch bereits alles verloren: die Fabrik, das Vermögen, sämtliche Wertgegenstände. Da konnten sie ihr nicht auch noch das Anwesen am Wolzensee wegnehmen. Sie knüllte das maschinenbeschriebene Papier zusammen, ließ es zu Boden flattern und starrte aus dem Küchenfenster.

Christiane hinter ihr bückte sich und überflog die Zeilen. »Oh nein!«

Ellinor, deren Aufgabe es war, im gesamten Haus die Zimmerpflanzen zu gießen, kam herein und erfasste die Situation sofort. »Hat der Strandbad-Spuk also ein jähes Ende gefunden?« Sie verdrehte die Augen und goss so schwungvoll Wasser auf die Grünlilie, dass deren Ableger hüpften. »Mach dir nichts draus, es wäre sowieso nur so lange gegangen, bis Julius wieder heimkehrt.«

»Spar dir deine Schadenfreude«, wies Christiane Ellinor

zurecht. »Wenn sie euch das Land wegnehmen, sitzen wir alle zusammen auf der Straße.«

Ellinor erschrak sichtlich. »Wie meinst du das?«

»Lies! Und da du dich ja selbst zum Familienoberhaupt erklärt hast, finde eine Lösung«, antwortete Christiane. »Aber auf Julius kannst du nicht warten, fürchte ich.«

Sie wollte Luisa tröstend in die Arme ziehen, doch diese hielt es nicht länger aus und rannte hinaus.

Auf der untersten Stufe der ausladenden Treppe gerieten ihre Schritte ins Stocken. Sie stolperte und knickte um. Ein furchtbarer Schmerz schoss durch ihren rechten Knöchel. Sie schrie auf – und schaffte es nicht mehr, ihren Sturz abzufangen. Heiße Tränen tropften auf die staubigen Stufen.

»Haben Sie sich wehgetan?«, fragte Paul Rößler.

Luisa wusste nicht, woher er auf einmal aufgetaucht war. Eigentlich war er vorhin noch damit beschäftigt gewesen, den alten Betonsteg auszubessern. Hastig wischte sie sich über die Augen und sah ihn schweigend an. Aber dann nickte sie.

»Es geht gar nicht um den Fuß, oder?« Er ging in die Hocke.

Luisa schüttelte den Kopf. »Es … tut mir sehr leid, Herr Rößler. Aber ich fürchte, ich kann Sie nicht länger beschäftigen.«

Er biss sich einen Moment lang auf die Unterlippe und betrachtete sie. Offenbar ratlos runzelte er die Stirn. »Ihr Antrag wurde abgelehnt?«

Erneut kamen ihr die Tränen, sodass sie seinem Blick auswich und zur Seite sah.

»Verstehe.« Er half ihr, sich aufzurichten, und ließ sie auf der Treppe sitzen, während er sich ihren Fuß ansah.

Nach einer Weile hatte Luisa plötzlich genug und fuhr sich mit einer wütenden Handbewegung durchs Haar. »Die wollen das Anwesen verstaatlichen.« Sie schaute statt in Pauls Richtung auf das Treppengeländer und polkte an der abblätternden Farbe.

»Wie sehr wünschen Sie sich dieses Strandbad?«, fragte er leise.

Luisa horchte auf und spürte dem Gefühl nach, das seine Worte in ihrem Inneren ausgelöst hatten. Ohne es näher benennen zu können, empfand sie eine zarte Hoffnung. Als sie schniefte, reichte er ihr ein blütenreines Taschentuch. »Danke.«

Sie putzte sich die Nase und überlegte. Wie sehr sie ihr Strandbad wollte? *Wie sehr*, hallte es in ihrem Inneren nach. Ihre Antwort darauf war simpel: ganz und gar. Luisa erkannte es mit einer Klarheit, die sie verblüffte. Mehr als alles andere auf der Welt wollte sie das Strandbad Wolzensee erschaffen – und zwar als ihr eigenes Unternehmen. Für die Alternative, ein Freibad an einem anderen Ort aufzubauen, fehlten ihr die Mittel. Zudem liebte sie diesen See, der untrennbar mit den schönsten Kindheitserinnerungen verknüpft war. An sorglose Sommerferien in einer Zeit, als die Welt für Luisa noch in Ordnung gewesen war. Als sie ein Herbarium mit den typischen Pflanzen des Havellands angelegt hatte. Oder auf der Schiffsschaukel, die ihr Vater auf der Wiese neben dem Haus extra für sie hatte montieren lassen, den Schwingungen in ihrem Bauch nachgefühlt hatte. Später hatte Luisa hier mitten auf dem See in einem Ruderboot ihren allerersten Kuss bekommen. Der Junge hieß Bernhard und war der Sohn der Wirtsleute des Gasthauses »Vogelgesang«, das sich in unmittelbarer Nachbarschaft zum Wolzensee befand. Damals war sie zwölf Jahre alt gewesen.

Eine am Ufer entlangwatschelnde Stockente mit ihrem grün-blau schimmernden Kopf, den ein weißer Halsring vom Körper zu trennen schien, holte Luisa in die Realität dieses Maitages zurück. Entschlossen richtete sie sich auf und wischte sich die Tränenspuren von den Wangen. Sie war keine

Heulsuse, und weinen brachte sie ohnehin nicht weiter, das hatte sie während des Krieges und der Hungerjahre danach begriffen. Das hier war das Anwesen ihrer Familie. Ihr Leben. Ihre Vision. Sie würde sich das nicht von einem dahergelaufenen Stadtrat nehmen lassen. »Herr Rößler, in der nächsten Woche, pünktlich zum Junianfang, beginnt die erste Badesaison im Strandbad Wolzensee.«

Zu ihrer Belustigung stieß er einen anerkennenden Pfiff aus. »Soll heißen?«

»Ab sofort sind Sie fest angestellt, ich mache noch heute Ihren Arbeitsvertrag fertig.« Als sie von der Treppenstufe, auf der sie saß, aufstand, stach ein scharfer Schmerz durch ihren Knöchel, und sie stöhnte auf.

»Geht's?« Er streckte die Hand aus, wie um sie zu stützen, ließ es aber bleiben.

»Ich denke schon«, sagte sie, hielt sich aber am Geländer fest und biss auf die Zähne. »Dahinten am Norduder gibt es ja schon den Strand.« Luisa wies nach links, und neben ihrem verstauchten Knöchel spürte sie auch einen wilden Tatendrang, der ihren gesamten Körper erfasst hatte.

Paul Rößler nickte. »Der Strand, wie er typisch für einen heimischen See ist, mit dieser Mischung aus Wiese und Sand.«

»Ja, und der sich anschließenden Liegewiese. Sie ist groß genug, und ich biete dort freien Eintritt für alle an«, sagte Luisa, die sich gerade in dem Moment dazu entschlossen hatte. »Sie kennen doch da so einen einflussreichen Menschen … oder habe ich das letztens falsch verstanden?«

Er schüttelte den Kopf und sah sie abwartend an.

»Dann richten Sie dieser Person aus, dass Luisa von Rochlitz sich einer Verstaatlichung widersetzen wird.« Sie stemmte die Hände in die Hüften und hätte wie ein bockiges Kind mit dem Fuß aufgestampft, wenn der Schmerz in ihrem Knöchel nicht so höllisch rumort hätte.

Offenbar wirkte es komisch, denn er stieß ein Lachen aus. »Das sollte ich besser nicht tun, man könnte es als Provokation auslegen, und das ist nicht Ihr Ziel. Machen Sie dem Unterzeichnenden Ihres Schreibens klar, dass Sie ihnen entgegenkommen. Zum Beispiel mit der für alle offenen Liegewiese. Kooperieren Sie mit den Stadtvätern.«

»Aber ich brauche auch Einnahmen, wenn ich nicht verhungern will«, wandte Luisa ein. Sie schloss die Augen und überlegte. »Woher bekomme ich Traktor- oder Lkw-Reifen?« Jetzt sah sie ihn wieder an. »Mit den Dingern hat man einen Riesenspaß auf dem See.«

»Sie sprechen wohl aus Erfahrung?«, wollte er lachend wissen.

Luisa schenkte ihm ein verschmitztes Lächeln, enthielt sich aber einer Antwort.

»Ich denke drüber nach.« Paul Rößler legte auf seine unnachahmliche Art den Kopf schief, wie ein Junge, der sie herausfordern wollte.

Luisa bemerkte zum ersten Mal, dass seine Augen so grau schimmerten wie das Wasser des Wolzensees, kurz nachdem die Sonne aufgegangen war. »Und Paul ...« Als ihr aufging, wie sie ihn genannt hatte, korrigierte sie ihren Fehler rasch. »Herr Rößler, zählt zu der enormen Bandbreite Ihrer Fähigkeiten eventuell auch das Bauen eines Tretboots?«

»Bleiben Sie ruhig bei Paul«, erwiderte er und kratzte sich nachdenklich am Kopf. »Möglicherweise kann ich so was bauen. Lassen Sie mich eine Nacht darüber schlafen.«

»Natürlich.«

Endlich war Luisa wieder voller Hoffnung, und es fühlte sich einfach wunderbar an. Würde sich schon bald ihr großer Traum erfüllen? An diesen Gedanken hielt sie sich den ganzen Tag über fest. Auch als Christiane Luisas schmerzverzerrtes Gesicht bemerkte, ihr einen Quarkumschlag anlegte und behauptete, jede Tänzerin würde auf Quarkwickel schwören.

Oder Ellinor sich zu ihrer Überraschung anbot, heute das Abendessen zu zubereiten. Selbst dann noch, als Luisa wenig später ihren Mann im alten Angelkahn, der am Ufer vor dem Haus vertäut lag, in Gesellschaft einer halb leeren Flasche Korn entdeckte, wo er in einer schmutzigen Anzughose und einem verblichenen Hemd mit glasigen Augen in den wolkenlosen Abendhimmel starrte.

4

Als Paul nach Feierabend das Krankenzimmer in der Lungenheilanstalt am Stadtforst betrat, richtete sich seine Mutter mühsam in ihren Kissen auf. Sie schenkte ihm ein Lächeln. »Mein Junge, ich freue mich, dass du da bist. Wie ich sehe, gibt es Neuigkeiten.«

»Woher weißt du das?«, fragte er verblüfft.

Sie lachte leise. »Mein lieber Paul, eine Mutter kann im Gesicht ihres Kindes lesen wie in einem Buch.« Sie sprach leise und abgehackt, als bereite ihr das Reden große Mühe. »Wusstest du das nicht? Später einmal wirst du es begreifen und an meine Worte denken.« Erneut musste sie eine Pause einlegen, während dieser Paul das Blumenstillleben an der Wand betrachtete. »Und nun sag mir endlich, was los ist. Ich war viel zu lange krank und hab nicht viel von dem mitbekommen, was um mich herum geschehen ist.« Sie sank zurück in das Kissen.

»Nur zu gern.« Er ließ sich auf den Besucherstuhl fallen und musterte sie. »Geht es dir wirklich besser, Mama?« Paul musste sich zwingen, nicht jetzt darüber nachzudenken, wie schrecklich blass sie immer noch war. Ihre bläulich schimmernden Lippen ängstigten ihn besonders. Das Nachthemd, das sie trug, war zwar frisch, hatte aber schon bessere Tage gesehen. Sie wurde hier gut versorgt, zu Hause hätte er gar nicht die Möglichkeit gehabt. Und dennoch nagten Schuldgefühle an ihm, sie zu oft allein zu lassen. Sie hatte sich tatsächlich ein kleines bisschen erholt, hielt er sich vor Augen. »Ich habe eine feste neue Arbeitsstelle ganz hier in der Nähe, Mama.«

Kurz schien sie zu überlegen und lächelte zaghaft. »Ich freue mich für dich. Wirst du gut bezahlt?«, wollte sie plötzlich wissen.

Das nun nicht gerade. Diese Tatsache behielt er besser für sich. »Ich kann mir die Arbeitszeit einteilen. Wenn es dir noch ein wenig besser geht, zeige ich dir das Gelände am Wolzensee. Meine Chefin will ein richtiges Strandbad aufbauen. Es wird dir gefallen, da unter einem Sonnenschirm zu sitzen und vielleicht ein Eis zu löffeln.« Paul nahm sich sofort vor, Luisa von Rochlitz zu fragen, ob sie nicht auch Eisbecher anbieten würde. »Von nun an machen wir sonntags Ausflüge dahin. Vorausgesetzt natürlich, die strengen Schwestern erlauben es. Ich habe gesehen, dass sie Rollstühle haben, und werde mich darum kümmern, einen für unseren Spaziergang auszuleihen.« Er nahm ihre Hand in seine und fragte sich, ob sie geschrumpft oder immer schon so klein gewesen war.

»Paul, lieber Paul, du hast diese Arbeitsstelle doch nicht etwa nur meinetwegen angenommen?« Seine Mutter stützte sich auf einen Ellenbogen.

Vorsichtshalber wich er ihrem Blick aus, bückte sich und tat, als würde er die Filzpantoffeln unter dem Bett zurechtrücken. »Ich kann den ganzen Tag an der frischen Luft arbeiten, Mama. Das wollte ich schon immer«, erklärte er an den Fußboden gewandt.

»Sieh mich an, Paul!«, forderte sie ihn auf.

Wie schaffte es seine Mutter in ihrem geschwächten Zustand, mit dieser leisen Stimme und mühsam nach Luft schnappend, derart streng zu klingen? Das war mehr als lächerlich. Er konnte schlecht länger an ihren Pantoffeln herumzupfen und richtete sich wieder auf.

»Tu das nicht, Paul. Du brauchst ein anständiges Einkommen. Hast du vergessen …«

»Nein, ich habe gar nichts vergessen, glaub mir«, unterbrach er sie, bevor sie zu einer richtigen Standpauke ausholen konnte. »Es ist gut, so wie es ist. Ich verspreche dir, dass ich für alles sorgen werde.« Wieder ergriff er ihre Hand. Zum einen, um sie zu beschwichtigen, zum anderen, weil er nicht wusste, was er im Augenblick sonst für seine Mutter tun konnte. »Vertrau mir, Mama.«

Sie lächelte, und in ihren müden Augen blitzte für wenige Lidschläge das lebendige Strahlen auf, das er früher an ihr für selbstverständlich gehalten und beinahe schon vergessen hatte, dass es sie einst ausgezeichnet hatte. »Wir schaffen das, Mama. Gemeinsam kriegen wir alles hin, das weißt du doch längst.« Er zwinkerte ihr zu.

»Versuch ja nicht, deine kranke alte Mutter auszutricksen.« Sie sah ihn streng an und wackelte als spielerische Drohung mit ihrem Zeigefinger.

Wenn ihn die Geste einschüchtern sollte, musste sie sich schon mehr anstrengen. »Mach mir keine Angst, Mama.« Er setzte absichtlich eine bekümmerte Miene auf, was sie dazu brachte, ein helles Lachen auszustoßen. Ihr erstes seit langen qualvollen Wochen der Atemnot.

Es hörte sich so schön an, dass Paul sich wünschte, den Moment festhalten zu können, um ihn bis in alle Ewigkeit in seinem Herzen aufzubewahren.

Es rumste kurz an der Tür, und eine Krankenschwester trat ein. Sie jonglierte ein volles Tablett in den Händen und hatte Mühe, es in der Waage zu halten, ohne dass die Kanne Tee gefährlich ins Rutschen geriet. Paul sprang sofort auf, um ihr zu helfen, und griff danach.

»Ich bringe das Abendessen.« Sie blickte erst seine Mutter und dann Paul an, und schnalzte mit der Zunge. »Herr Rößler, die Besuchszeit ist schon seit einer Stunde vorbei. Wieso sind Sie immer noch hier?« Gemeinsam stellten sie das Tablett auf dem Nachtschrank ab.

Er warf einen auffälligen Blick auf seine Uhr, dem einzigen Geschenk von seinem Großvater mütterlicherseits. »Ich habe schlichtweg die Zeit vergessen«, log Paul ungeniert. »Es tut mir wahnsinnig leid.«

Er sah, wie seine Mutter fast unmerklich den Kopf schüttelte und sich hinter vorgehaltener Hand ein Grinsen verkniff.

»Na ja, das kann natürlich immer mal vorkommen.« Die Krankenschwester half seiner Mutter dabei, sich aufzusetzen, um einigermaßen bequem das Abendbrot essen zu können. Sie wandte sich wieder um. »So, Herr Rößler, Sie verabschieden sich jetzt von ihrer Mutter und folgen mir. Wo kämen wir denn da hin, wenn jeder machen würde, was er will.«

Paul befolgte ihre Weisung. Was nützte es schließlich, sich darüber zu ärgern, wenn sie nur ihre Vorschriften einhalten musste. Auf dem Flur legte sie ihm die Hand auf den Arm. »Herr Rößler, es ist so, dass Sie hier nicht länger übernachten können. Die Oberschwester fragt sich bereits, warum um alles in der Welt die Besenkammer ständig abgeschlossen ist und wer den Schlüssel eingesteckt hat.« Paul war der Schwester dankbar, dass er für ein paar Nächte im Haus hatte unterkommen können. Auf keinen Fall wollte er, dass sie seinetwegen Schwierigkeiten bekäme, und nickte.

»Wir können das nicht länger machen. Suchen Sie sich bitte eine andere Unterkunft. Am besten noch heute. So leid es mir tut.« Sie verzog bedauernd das Gesicht.

»Natürlich.« Paul wusste, es war lange genug gut gegangen. Er musste eine Bleibe finden, um zu übernachten. »Ich hole nur meine Sachen und bringe Ihnen sofort den Schlüssel.«

Sie war bereits damit beschäftigt, den Wagen mit den vorbereiteten Abendbrotportionen weiterzuschieben, und nickte in seine Richtung, ohne ihn dabei anzusehen.

Er ging auf direktem Weg die Treppe nach oben zu den Unterkünften der Schwestern und schloss die kleine Abstellkammer auf. Rasch rollte er seine wenigen Habseligkeiten zu einem Bündel zusammen und verließ das Gebäude, nachdem er, wie versprochen, den Schlüssel abgeliefert hatte. Er zurrte seine Sachen am Gepäckträger fest, und noch während er überlegte, an wen er sich wenden könnte, schob er das Motorrad in Richtung Wolzensee und trat außer Hörweite der Heilanstalt den Motor an. Bestimmt wusste Luisa von Rochlitz einen Rat.

Am Anwesen angekommen, schob er seine Maschine durch die kleine Pforte und den kurzen betonierten Weg entlang bis zur Villa. Er sah sich einen Moment lang um und entdeckte die junge Frau ein Stück weit entfernt rechts neben einem kleinen Schilfgürtel. Sie stand vornübergebeugt mit den Füßen im Wolzensee, am alten, schwarz geteerten Angelkahn, der mit einer rostigen Kette stets am Ufer vertäut lag und gemächlich auf den kleinen Wellen schaukelte. Paul sah, wie sie sich mit einer schweren Last abmühte, und machte sich eilig auf den Weg zu ihr, um mit anzupacken.

»Musste das sein?«, schimpfte sie an den Kahn gewandt und stieß verärgert den Atem aus. »Ich hab doch weiß Gott genug zu tun.« Wieder zerrte sie gebückt an ihrer Last, hatte aber nicht den gewünschten Erfolg. »Unterstütz mich lieber mal, statt da zu liegen und Löcher in die Luft zu starren.«

Paul hörte ein Brummen voller Unmut, und als er näher kam, sah er, dass eine Person im Kahn lag, die offensichtlich nicht mehr in der Lage war, selbst aufzustehen. »Warten Sie, ich helfe Ihnen«, sagte er.

Luisa, die bis dahin mit dem Rücken zu Paul gestanden hatte, wirbelte herum. Er konnte sich täuschen, aber sie wirkte nicht gerade erfreut über sein Hilfsangebot. Paul registrierte die Schnapsflasche, den verwahrlost wirkenden Mann im Kahn, der ein Bein verloren und sich eingenässt hatte, und erfasste die Situation. Hajo von Rochlitz, Luisas Ehemann, dem er bisher nur kurz und von Weitem begegnet war, lag dort sturzbetrunken, und Luisa versuchte verzweifelt, ihn hochzuziehen. Pauls Blick streifte ihr Gesicht, und sofort war ihm klar, wie peinlich ihr war, dass er ihren Mann in diesem Zustand sah.

»Lassen Sie mich das machen, Frau von Rochlitz«, bat Paul schlicht. »Es hat doch keinen Sinn, wenn Sie es allein versuchen.«

Sie richtete sich auf, schien einen Moment zu überlegen und nickte schließlich resigniert.

Bei dem erneuten Versuch, ihr in die großen braunen Augen zu blicken, entdeckte Paul das Glitzern von Tränen. Hastig wandte sie sich ab, und er tat so, als hätte er es nicht bemerkt. Rasch schlüpfe er aus seinen Schuhen, streifte die Socken ab und krempelte die Hosenbeine hoch. Dann watete er ins Wasser und zog den Kahn so weit an das Ufer, dass dieser nicht mehr schaukeln würde, wenn er ihn gleich betrat.

»Guten Abend, Herr von Rochlitz. Ich bin Paul Rößler, Sie erinnern sich?« Ohne eine Antwort abzuwarten, stieg Paul in das Boot. »Wäre ja gelacht, wenn wir Sie nicht wieder nach Hause schaffen könnten.« Er schob seine Arme unter die Achseln des Mannes und richtete dessen Oberkörper auf.

»Lass mich ei … fach hier liegen«, lallte Hajo von Rochlitz.

»Die Mücken werden Sie auffressen in der Nacht.« Paul postierte sich hinter ihm und stützte seinen Rücken, während Luisa wortlos von vorn Hajos Hände ergriff und daran zog, um Paul zu helfen, ihren Mann irgendwie aus dem Kahn zu befördern.

»Egal.« Ein Spuckefaden lief dem Betrunkenen aus dem Mundwinkel.

Um die im Kahn verbliebenen Krücken würde Paul sich später kümmern.

Luisas Mann hatte sich nicht die Mühe gemacht, seine Beinprothese anzuschnallen, als er die Villa verlassen hatte, um sich volllaufen zu lassen. Wie der Mann überhaupt in den Kahn hatte gelangen können, war Paul ein Rätsel. Wahrscheinlich hatte er sich einfach auf den Hintern fallen lassen und war dann weitergerobbt. Das linke leere Hosenbein war mit einer Sicherheitsnadel im Bereich des Oberschenkels festgesteckt.

»Lasst … mich … los …«

Sie ignorierten seinen Einwand und hievten ihn gemeinsam hoch. Anschließend stützten sie ihn je von der Seite, indem sie sich jeder einen seiner Arme um die Schultern legten.

»Ich will meine Ruhe. Is doch nich zu viel verlangt, oder?«, knurrte Hajo von Rochlitz.

»Sei still jetzt!« Seine Frau war wütend.

Mehr schlecht als recht zogen sie ihn vorwärts, legten auf ihrem beschwerlichen Weg einige Zwischenstopps ein und zerrten ihn zum Haus. Die vielen Treppenstufen stellten allerdings ein großes Hindernis dar. Sie lehnten den Betrunkenen an das Treppengeländer.

»Ich bin gleich wieder da«, sagte Luisa und hastete die Stufen hinauf. Oben angekommen, riss sie die Haustür auf. »Kann mir jemand helfen?«, rief sie in den spärlich beleuchteten Flur hinein.

Unterdessen hatte Paul Mühe, ihren Mann so abzustützen, dass dieser nicht in sich zusammensackte und an Ort und Stelle seinen Rausch ausschlief. Zum Glück eilten ihm nach kurzer Zeit Luisa und ihre Schwiegermutter entgegen. Zu dritt trugen sie Hajo von Rochlitz nach oben und legten, im Haus angekommen, eine Verschnaufpause ein.

»Ach du liebe Güte.« Mit diesen Worten gesellte sich eine weitere Frau zu ihnen.

»Statt dich zu wundern, mach uns lieber die Tür zu unserem Schlafzimmer auf, Ellinor« fuhr Luisa sie gereizt an.

»Was ist denn hier los?«, wollte Peter wissen, der hinter ihnen in der Haustür erschienen war. Paul kannte ihn. Schon öfter hatte sich der Junge an seine Fersen geheftet und ihn mit unzähligen Fragen gelöchert.

»Geh noch eine Runde spielen, mein Liebling.« Ellinor schickte ihren Sohn hastig zurück nach draußen.

»Ja ... spielen!«, lallte Luisas Mann.

»Was?«, fragte Peter verdutzt.

»Komm schon, geh raus. Ich rufe dich zum Abendessen.« Ellinor konnte ihren Sohn gar nicht schnell genug ins Freie komplimentieren und wedelte aufgebracht mit der Hand. Eine verlängerte Spielzeit ließ sich der Junge offenbar nicht zweimal in Aussicht stellen und verschwand so schnell, wie er gekommen war.

»Vor der Kaserne, vor dem großen Tor ...«, stimmte der Betrunkene Lale Andersons Lied an.

»Jetzt wird's immer verrückter.« Mit diesen Worten eilte Ellinor Marquardt voraus und öffnete schließlich eine der Türen, die im Hausflur mündeten.

»... stand eine Laterne und steht sie noch da davor ...« Hajo von Rochlitz legte eine Gesangspause ein, als wüsste er nicht weiter im Text.

Im Schlafzimmer stand das Ehebett in der Mitte der gegenüber der Tür liegenden Wand. Bis dahin mussten sie den Mann, der mit jedem Schritt schwerer zu werden schien, noch schleppen. Paul biss die Zähne zusammen, und endlich konnten sie ihn ins Bett legen. *Gott sei Dank.*

Den letzten Meter hatte Ellinor Marquard noch mit angepackt. Jetzt starrte sie auf ihren Schwager hinunter. »Hat er sich etwa eingepinkelt?«, fragte sie angewidert. »Was für eine Schande!« Beinahe fluchtartig verließ sie das Schlafzimmer der Eheleute von Rochlitz.

Luisa presste ihre Lippen zu einem schmalen Strich zusammen, und Paul konnte sehen, wie sehr sie mit den Tränen kämpfte, ihnen aber um keinen Preis nachgeben wollte.

»Vor der Kaserne ...«, setzte ihr Mann von Neuem an. »Ham sie euch das auch immer wieda vorgedudelt? Wo haben se dich hingeschickt?« Er sah zu Paul auf. »Zu General Pauly, der armen Sau, oder dem Wüstenfuchs Rommel, wo die Malaria gra... grassierte?«

Paul hatte zu keinem Zeitpunkt in der Wehrmacht gedient, aber darüber sprach er nie, daher zuckte er nur mit den Schultern. Er spürte, wie Luisa ihn von der Seite musterte und schließlich eine Waschschüssel holte. Paul machte sich daran, die Schnürsenkel ihres Mannes zu lösen, bis Luisas Schwiegermutter ihn sanft beiseiteschob.

»Das müssen Sie nicht tun. Ich kümmere mich um meinen Sohn. Gehen Sie nur, Sie haben uns heute Abend bereits genug geholfen. Vielen Dank, Herr Rößler. Und bitte entschuldigen Sie sein Verhalten, es ist ...«

Paul schüttelte den Kopf. »Pst.« Er legte den Zeigefinger auf die Lippen. »Ist schon gut«, flüsterte er und kam ihrem Wunsch zu gehen nach. Als er sich an der Tür noch einmal umdrehte, sah er, dass Luisa ihrem Mann die Socke auszog und seine Mutter dessen Hosenträger löste.

Paul überlegte einen Moment, ob er im Flur vor der Tür warten oder einfach das Haus verlassen sollte. Er entschied sich für Letzteres und setzte sich draußen auf dieselbe Treppenstufe, auf der Luisa heute Vormittag gekauert hatte, nachdem sie sich den Fuß verletzt hatte. Was sollte er tun? Wohin könnte er jetzt gehen? Immer bei Mitja unterzuschlüpfen wurde vonseiten der Roten Armee bereits argwöhnisch beobachtet. Ellinor rief Peter ins Haus, der murrend ihrer Aufforderung Folge leistete.

»Wieso bist du noch hier, Paul? Dich ruft wohl keiner ins Bett?«, fragte der Junge, während er auffallend langsam die Treppenstufen hinaufschlich.

»Wahrscheinlich, weil ich schon erwachsen bin«, erklärte Paul lachend.

Peter stieß verächtlich einen Laut aus. »Tschüss, bis morgen.«

»Bis morgen«, erwiderte Paul. Der Junge wusste gar nicht, wie gut er es hatte, im Frieden aufwachsen zu dürfen.

Es war schon fast dunkel, als Luisa vor die Tür trat und Paul entdeckte.

»Paul, was machen Sie denn noch hier?« Sie stieg die Stufen nach unten und sah ihn an. Er hob den Kopf, stand aber rasch auf, um nicht unhöflich zu erscheinen.

»Ich habe mich noch gar nicht bei Ihnen bedankt«, sagte sie.

Sofort wiegelte er ab. »Ich will kein Wort davon hören. Für mich ist es selbstverständlich zu helfen.« Um sicherzugehen, falls er sich im Ton vergriffen haben sollte, schickte er ein Lächeln hinterher.

Sie lächelte jetzt ebenfalls, wenn es auch nicht ganz vom Herzen zu kommen schien, sondern eher aufgesetzt wirkte, so als bedrücke sie etwas.

»Bestimmt wird es Ihrem Mann bald besser gehen. So was braucht seine Zeit. Es tut mir sehr leid, Frau von Rochlitz.«

Plötzlich sah sie ihm direkt in die Augen. »Sie können ja nichts dafür. Haben Sie zufällig eine Zigarette, die ich schnorren könnte?«

»Nein, ich rauche nicht. Aber ich habe ein Problem.« Warum sein Anliegen nicht direkt angehen?

»Sie stehen in meiner Schuld. Wie kann ich Ihnen helfen?« Sie sah ihn abwartend an.

»So habe ich es nicht gemeint.« Paul wollte das unbedingt klarstellen. »Ich brauche einen Schlafplatz für heute Nacht.«

Sie nickte und schien einen Moment zu überlegen. »Nun …« Sie räusperte sich. »Ich kann Ihnen nicht viel Lohn zahlen, das habe ich Ihnen ja bereits gesagt.«

»Darum geht es mir nicht«, sagte er rasch und befürchtete schon, sie könnte sich das mit dem Arbeitsangebot anders überlegt haben. Sie hatte sich umgezogen und trug ein anderes Kleid als vorhin, wie er jetzt erst bemerkte.

»Ich habe vielleicht eine Lösung für Ihr Problem. Wenn ich Ihnen schon nicht viel zahlen kann, wie wäre es, wenn Sie hier ein Zimmer bekämen? Natürlich Kost und Logis frei«, fügte sie eilig hinzu. »Würde das Ihren Wünschen entgegenkommen?«

Das war mehr, als er zu hoffen gewagt hatte, Paul brauchte nicht lange zu überlegen. Außerdem mochte er ihre gehobene Ausdrucksweise, obwohl diese eindeutig signalisierte, dass sie beide aus unterschiedlichen Schichten stammten. »Ja. Ihr Vorschlag rettet mich vor der Obdachlosigkeit. Ich nehme das Angebot sehr gern an. Jedenfalls bis sich mir eine andere Möglichkeit bietet.« Paul bemühte sich ebenfalls um eine gewählte Sprache.

Luisa lächelte. »Es hat keine Eile.« Geistesabwesend rieb sie sich über ihren verletzten Knöchel.

»Tut es noch sehr weh?«, erkundigte sich Paul. Bestimmt hatte die beschwerliche Prozedur, ihren Mann ins Haus zu tragen, nicht eben zur Linderung der Verstauchung ihres Fußes beigetragen.

»Irgendwann wird alles gut. Nicht wahr, so sagt man doch?«, fragte sie und wirkte ein wenig gedankenverloren.

Das war keine Antwort auf seine Frage.

»Wenn Sie bei uns im Haus wohnen, fällt Ihr Arbeitsweg weg, und Sie können die Zeit hier auf dem Gelände noch besser nutzen«, sagte sie stattdessen im geschäftsmäßigen Ton.

Als Paul kurz hintereinander seine Augenbrauen spielerisch hoch und runter schnellen ließ, kicherte sie leise. »Gut, dann nehme ich das auch so in den Arbeitsvertrag auf, wenn Sie damit einverstanden sind.«

Paul nickte. Gleich morgen würde er nach Brandenburg fahren und seine restlichen Sachen abholen. Bei der Gelegenheit könnte er mit seinem alten Meister sprechen, der immer noch davon ausging, dass Paul in das Traktorenwerk zurückkehrte.

»Ist das auch wirklich in Ordnung für Sie?«, vergewisserte sich Luisa von Rochlitz bei ihm.

»Ja«, antwortete Paul. »Machen Sie sich keine Gedanken. Es ist alles so, wie ich es möchte. Allerdings habe ich noch eine Bitte. Ich müsste morgen nach Brandenburg fahren, zu meiner alten Arbeitsstelle. Und gerade schießt mir eine Idee durch den Kopf, die Ihr Tretboot betrifft.«

»Als ob ich in dem Fall ablehnen könnte …« Luisa von Rochlitz lachte leise. »Und Sie kommen auch ganz bestimmt wieder?«

»Selbstverständlich.«

»Gut, dann warte ich auf Sie, und danach müssen wir aber wirklich die Ärmel hochkrempeln, um zur Eröffnung am ersten Juni fertig zu sein.« Wieder rieb sie sich über den Knöchel.

»Ich bin bereit für das Abenteuer Strandbad. Am besten Sie zeigen mir jetzt mein Zimmer. Ich hole nur rasch meine Sachen.« Paul wies auf das Bündel, das immer noch am Motorrad hing, und machte sich daran, es eilig abzuschnallen. Danach gingen sie gemeinsam ins Haus.

»Haben Sie schon zu Abend gegessen?«, fragte Luisa.

Paul schüttelte den Kopf, und sie bedeutete ihm, ihr in die Küche zu folgen.

»Mein Neffe Peter war heute angeln und hatte großes Glück. Mögen Sie Fisch?« Sie wandte sich zu ihm um.

»Ja, und wenn Sie mir sagen, wo ich was finde, bereite ich mir mein Abendessen selbst zu«, bot Paul ihr an, als sie in der Küche waren und sie Besteck aus einer Schublade nahm.

»Das müssen Sie nicht. Es ist meine Art, Danke zu sagen. Nehmen Sie einfach Platz.«

Die Küche war ein großer Raum mit der üblichen Spüle, einem Tisch und Stühlen, dem Ausgussbecken und einem Buffetschrank, in dem vor allem die Chaiselongue unter dem Fenster an der Wand für Behaglichkeit sorgte. Paul zog einen der Stühle mit den dunkelblauen Lehnenschonern hervor und setzte sich. Sein Bündel schob er auf den Stuhl daneben. Inzwischen hatte er einen Bärenhunger. Luisa stellte einen Teller mit zwei Scheiben Brot, etwas Margarine und eine Pfanne mit dem gebratenen Fisch auf den Tisch. Er war zwar nur noch lauwarm, aber die goldbraune Kruste und der appetitliche Duft ließen Paul das Wasser im Mund zusammenlaufen.

»Vorsicht«, mahnte Luisa. »Er hat ziemlich viele Gräten, aber er schmeckt vorzüglich.« Sie schob ihm das Besteck zu. »Paul ...«, sagte sie leise. »Ich möchte Sie um Diskretion bitten.«

Er hob den Kopf und nickte vage. »Natürlich. Um was genau geht es gerade?«, hakte er nach, schob sich endlich die volle Gabel in den Mund und schloss genüsslich die Augen.

»Um meinen Mann«, stellte sie klar.

Paul nickte und öffnete die Lider wieder, um sie ansehen zu können. »Machen Sie sich keine Sorgen, Frau von Rochlitz. Sie können mir vertrauen.« Sofort nahm er den nächsten Happen und kaute vorsichtig wegen der Gräten.

»Hajo geht es nicht gut seit dem Krieg«, fuhr sie fort. »Seit seiner Verletzung«, präzisierte sie. »Er ist so mutlos.«

Sie machte eine kleine Pause, in der Paul nichts weiter tat, als zu essen. »Wenn erst das Strandbad fertig ist, wird Ihr Mann bestimmt stolz auf Sie sein«, versuchte er, sie ein wenig aufzuheitern, und lächelte sie an.

Sie sagte weiter nichts, saß ihm gegenüber und sah aus dem Fenster. Ihr Blick hing an irgendeinem Punkt in der Ferne. Vielleicht war sie in Gedanken an einem schönen Ort, an den Paul ihr allerdings nicht folgen konnte. Viel lieber ließ er sich das wunderbare Abendessen schmecken. Er verteilte die Margarine dünn auf der Brotscheibe und biss davon ab. Ob Luisa an die Vergangenheit dachte? An die fröhlichen Jahre, die sie und ihr Mann erlebt hatten, bevor er so schlimm verletzt worden war?

»Darf ich Ihnen morgen meine Lebensmittelkarten überlassen?«, fragte er schließlich, während er die zweite Brotscheibe in Stücke zupfte, um damit das Fett aus der Pfanne aufzutupfen und sie sich in den Mund zu schieben. »Oder ich kaufe selbst ein, und wir nutzen unsere Vorräte gemeinsam.«

Jetzt hatte er wieder ihre volle Aufmerksamkeit. »Ja, legen wir unsere Lebensmittelkarten zusammen. Mögen Sie ein Bier? Schließlich soll so ein Fisch ja schwimmen.«

»Sehr gern.«

Sie stand auf, verließ die Küche und kehrte kurz darauf zurück. Lächelnd stellte sie die Flasche vor ihn auf den Tisch. Paul bedankte sich, öffnete den Bügelverschluss, der mit einem Ploppen aufsprang, und trank das gekühlte Bier. *Ich hätte es schlimmer treffen können*, dachte er, rundum satt und zufrieden.

»Ich zeige Ihnen rasch Ihr Zimmer, kommen Sie mit.«

Paul folgte ihr die Treppe nach unten ins Souterrain. Hier im Haus nahm er zum ersten Mal ihren eigenen Duft nach Sommerfrische, Kräutern und einer blumigen Seife wahr, der ihm draußen auf dem Gelände nicht aufgefallen war. Sie öffnete eine Tür, und sein Blick fiel in einen kleinen Raum.

Luisa knipste das Licht an. »Früher hat hier unser Verwalterehepaar gewohnt, und danach gab es die Einquartierungen der Flüchtlinge. Dieses Wohnzimmer und eine Schlafstube nebenan stehen Ihnen zur Verfügung. Beides müsste dringend tapeziert werden, aber …« Sie zuckte mit den Schultern.

Paul war so froh, jetzt über eine eigene kleine Zweiraumwohnung zu verfügen, dass ihn die verblichene Blümchentapete wenig störte.

»Es sind noch ein paar von unseren Sachen hier untergestellt, aber die würde ich morgen ausräumen.« Sie öffnete ein Fenster und ließ frische Luft herein.

»Hauptsache ist doch, ich habe eine Decke und ein Kissen für die Nacht, alles andere wird sich finden.« Paul ging hinüber in den anderen Raum und trat an das Doppelbett mit dem geschnitzten Haupt aus dunklem Eichenholz. Seltsam, dieses Gefühl, hierherzugehören, als ob alles Bisherige in seinem Leben nur passiert war, um eines Tages in der Villa am Wolzensee anzukommen.

»Im Schrank dort finden Sie Bettwäsche. Soll ich Ihnen beim Beziehen behilflich sein?«, fragte Luisa.

Sie war seine Arbeitgeberin, wollte sie ihm wirklich sein Kissen beziehen? Es kam ihm nicht richtig vor, und so schüttelte er den Kopf.

»Dann sehen wir uns morgen«, verabschiedete sie sich lächelnd.

Paul nickte und beschloss, noch einen kleinen Spaziergang zu machen.

»Und denken Sie daran«, rief sie ihm über die Schulter zu. »Was man in der ersten Nacht im neuen Zuhause träumt, das geht auch in Erfüllung.« Damit ließ sie ihn allein.

Er winkte ihr zum Abschied zu und erwähnte nicht, dass er manchmal schweißgebadet mitten in der Nacht aufwachte, weil der Krieg immer noch die Hände nach ihm ausstreckte. Stattdessen öffnete er auch die anderen Fenster, er mochte den abgestandenen Geruch nicht. Der Strohsack auf dem Bett sah ziemlich durchgelegen aus, darum würde er sich in den nächsten Tagen kümmern.

Wieder draußen schlug Paul den Weg zum Nordstrand ein, der zur Liegewiese gehörte. War hier ein geeigneter Platz, um ein Tretboot festzumachen? Sie würden einen Steg brauchen, an dem rechts und links Ruder- und Tretboote an einer Kette lagen. Für einen Augenblick schloss er die Augen und stellte sich vor, einen geeigneten Steg aus Balken und Holzplanken zu bauen. Zwar hatte er bisher überwiegend mit Metall gearbeitet, aber er würde auch hier die richtige Lösung finden. Vorrangig beschäftigte ihn die Tatsache, wie das Tretboot, von dem Luisa von Rochlitz träumte, wohl aussehen sollte. In der Herstellung durfte es sicher nicht zu teuer sein. Die Leihgebühr für eine Fahrt auf dem Wolzensee sollte für jedermann erschwinglich sein. Aber das lag in der Verantwortung seiner Chefin. Später würden sie mehrere Tretboote brauchen, vielleicht jedes in einer anderen Farbe. Ob ihr das gefallen würde? Er konnte es sich gut vorstellen. Paul setzte sich ans Ufer, zog die Schuhe aus, seine Socken lagen immer noch am alten Kahn, ein Stück weit entfernt von hier, und tauchte die Füße in den See. Eine Mücke tankte an seinem Arm. Er schlug darauf und blieb eine Weile im feuchten Sand sitzen. Bei der einen Mücke blieb es nicht, und so machte er sich, mit ein paar juckenden Stichen mehr, auf den Rückweg.

Zurück in der Souterrainwohnung schloss er rasch die Fenster, um die kleinen surrenden Plagegeister auszusperren. Mit der eigenen Spucke versuchte er, den Juckreiz zu unterbinden, und kramte anschließend in seinen Hosentaschen, wo er einen Bleistiftstummel fand. Er sah sich suchend um, öffnete eine der Schranktüren und zog das Einlegepapier heraus. Bevor er sich auf den Strohsack fläzte, bezog er das Bett, wusch sich am Waschbecken und machte es sich, nur mit seiner Unterhose bekleidet, gemütlich. Er kritzelte verschiedene Entwürfe eines Tretboots auf das vergilbte Schrankpapier, so lange, bis er vor Müdigkeit den Stift fallen ließ. Gähnend beschloss er, für heute Feierabend zu machen.

Am nächsten Morgen bestand Pauls Frühstück aus zwei Scheiben Brot, einem kleinen Klumpen grauer Streichwurst und gesüßtem Quark. Die Angehörigen der Familie Marquardt beäugten ihn argwöhnisch. Luisa jedoch erklärte ungerührt, dass er von jetzt an im Hause wohnen werde. Plötzlich herrschte Schweigen in der Küche. Nur Luisas Schwiegermutter lächelte ihn an, und der kleine Peter grinste durch eine frische Zahnlücke, die er jedem am Tisch mit großem Brimborium präsentierte. Paul schüttete den Muckefuck in sich hinein und spülte damit den Quark hinunter. Mit den Gepflogenheiten in diesem Haushalt war er noch nicht vertraut und hoffte, die Etikette nicht zu verletzen, wenn er so schnell wie möglich an seine Tagesaufgaben ging. Bevor er daher aufstand, räusperte er sich.

»Ich weiß, Sie haben heute viel vor, Paul«, kam ihm Luisa zu Hilfe. »Gehen Sie nur. Wir treffen uns später.« Während er sich nickend verabschiedete, hoffte Paul, mit der Tankfüllung noch nach Brandenburg und wieder zurück zu kommen. Langsam ging ihm das Benzin aus, und er hatte erst einen halben Monatslohn in der Tüte gehabt. Vielleicht konnte er nach Feierabend für Mitja noch ein paar Gefälligkeiten erledigen, um so im Gegenzug ein wenig Treibstoff zu erhalten, überlegte er während der Fahrt.

Sein ehemaliger Meister und die Kollegen freuten sich, als Paul die Mechanikwerkstatt im Traktorenwerk betrat.

»Mensch, Junge, wie geht's dir denn?« Sein Meister klopfte ihm auf die Schulter. »Und was macht deine Mutter? Wann kommst du zurück?«

»Sie hat sich wieder berappelt«, antwortete Paul, gerührt von der offensichtlichen Wiedersehensfreude des Mannes.

»Ich sag ja immer: Unkraut vergeht eben nicht, siehste ja an mir.« Die Kollegen lachten nach dem Ausspruch des Meisters. »Und nach diesem kleinen Späßchen wird weitergearbeitet«, befahl er brummelnd, zog Paul jedoch beiseite. »Deinem Gesichtsausdruck nach kommst du wohl nicht wieder?«

Paul schüttelte bedauernd den Kopf. »Ich habe eine neue Stelle gefunden, ganz in der Nähe der Heilanstalt.«

»Dann muss ich dich also wirklich ziehen lassen? Du weißt, dass du hier jederzeit gebraucht wirst, falls …« Betreten inspizierte sein Meister die Steinquader des Fußbodens. »Falls du es dir noch mal überlegst, meine ich.« Er räusperte sich.

Paul nickte, es erleichterte ihn, bei all dem Bedauern über seinen Weggang auch Verständnis im Gesicht des Älteren zu lesen. Er hielt den Zeitpunkt für gekommen, dem Mann die Frage zu stellen, die ihm auf der Seele brannte.

5

Luisa wollte Pauls Abwesenheit nutzen, um einen Brief an den Rat der Stadt zu schreiben, aber ihre Gedanken wanderten immer wieder zu ihm. Er hatte so eine Art an sich, die ihr sehr gefiel, gestand sie sich ein. Obwohl sie eine verheiratete Frau war, klopfte ihr Herz in seiner Gegenwart stets ein kleines bisschen schneller.

Ihr wurde wieder bewusst, dass sie noch immer auf das weiße Blatt starrte. Als Kind hatte sie einen Lehrer, der die Schüler bei Unaufmerksamkeit an den Ohren gezogen hatte. Ein abscheulicher Kerl, und dennoch ertappte sich Luisa dabei, dass sie ebenjene Bestrafung fast für geeignet hielt, um sich besser auf ihr Schreiben zu konzentrieren. Es galt immerhin, die Verantwortlichen davon zu überzeugen, dass sich niemand so liebevoll um ein Gelände wie ihr Strandbad Wolzensee kümmern würde wie ein Eigentümer. Wobei sie keineswegs vorhatte, den Interessen der Stadt Rathenow und ihren Bewohnern zuwiderzuhandeln, ganz im Gegenteil. Hauptsächlich stützte sich Luisas Argumentation auf das Angebot der kostenlosen Nutzung der Liegefläche für alle Bürger. Und dann kam ihr plötzlich eine entscheidende Idee. Wie schade, dass Paul jetzt nicht hier war, um sich mit ihm zu beraten. Sie sah auf die Uhr, es war noch viel zu früh, als dass er jeden Moment zurückkäme. Da der Brief aber unbedingt so schnell wie möglich bei den Verantwortlichen auf dem Schreibtisch landen sollte, musste sie ihn sofort verfassen und ihn am besten auch beim Rat der Stadt selbst abgeben. Luisa überlegte, wie sie es formulieren sollte, dass sie für die Offiziere der Roten Armee und deren Familien einen eigenen

Strandabschnitt auf dem Gelände in Aussicht stellte. Das klang hoffentlich nicht nach Bestechung. Es war eher ihr verzweifelter Versuch, ihren Traum vom Strandbad unbedingt zu retten.

Weiterhin bat sie darum, das Gelände behalten zu dürfen, weil es ihr und ihren Angehörigen in den schlimmen Jahren des Krieges zur Heimat geworden war. Andernfalls wären die Familien Marquardt und von Rochlitz obdachlos, und das wäre doch bestimmt nicht im Sinne eines sozialistischen Staates. Sie klopfte mit dem Bleistift auf ihre Stichpunkte und würde den Brief zweimal schreiben. Einmal für den Rat der Stadt und ein zweites Mal für die russische Kommandantur. Obwohl sie wusste, dass inzwischen der Rat der Stadt wieder eigenständig Entscheidungen treffen durfte, wollte sie sich bei den Russen rückversichern, dass nichts ohne deren Einverständnis genehmigt wurde. Paul hatte hin und wieder Bemerkungen fallen lassen, aus denen Luisa ihre eigenen Schlüsse zog. Es konnte ganz und gar nicht schaden, sich in einem guten Licht darzustellen. Sie erwähnte außerdem, dass sie bereits einen Angestellten hatte und auch diesen dann wieder auf die Straße setzen müsste. Sie feilte an der Rohfassung ihres Briefs, verbesserte hier, strich dort durch und wagte sich endlich an die Reinschrift. Da sie Hajo unbedingt das Gefühl vermitteln wollte, gebraucht zu werden, stand sie auf, trat auf den Flur und rief nach ihm. Er sollte Korrektur lesen, schließlich kannte er sich bestens mit Geschäftskorrespondenz aus.

Statt seiner betrat Ellinor mit der Gießkanne in der Hand Luisas Büro, um auch hier die Grünpflanze zu gießen. »Wenn du deinen Mann suchst, er ist draußen bei seiner Mutter. Die beiden unterhalten sich angeregt, dabei sollte man meinen, dass es rund um den Haushalt genug zu tun gibt an so einem Vormittag.«

Seufzend machte sich Luisa auf den Weg, um Hajo zu holen.

Als sie gemeinsam in das Büro zurückkehrten, fuhr ihre Schwägerin wie ertappt zu ihnen herum. Offenbar hatte diese während der kurzen Abwesenheit das Schriftstück überflogen.

»Was fällt dir ein …«, platzte Luisa heraus.

»Du kannst doch nicht allen Ernstes die Liegewiese für jeden kostenlos anbieten«, fiel Ellinor ihr ins Wort und schwenkte die Kanne hin und her, da sie mit den Händen gestikulierte. »Was soll das denn für ein Unternehmen sein, in das man nur investiert, aber keinen Pfennig herausbekommt? Das ist vollkommen absurd. Ich bin geradezu verpflichtet, darüber mit deiner Mutter zu sprechen.«

»Tu dir keinen Zwang an.« Luisa spürte für den Bruchteil einer Sekunde Hajos Hand auf ihrem Arm, um sie zu beschwichtigen. »Was gibt dir überhaupt das Recht, meine Post zu lesen?«, fuhr sie ihre Schwägerin an.

»Der Brief lag offen auf dem Tisch«, erwiderte Ellinor, der es tatsächlich peinlich zu sein schien, ertappt worden zu sein.

»Wenn das Julius wüsste, dass du so mit seinem Eigentum umspringst! Krethi und Plethi hier zu deren Vergnügen im See schwimmen lässt, noch dazu, ohne eine Mark zu bezahlen. Das ist unglaublich!« Ellinors Stimme wurde immer lauter. »Wer hat dir denn diesen Floh ins Ohr gesetzt?«, wollte sie wissen, stellte die Gießkanne endlich ab und stemmte die Hände in die Hüften. »Ich hoffe nicht, dein gut aussehender Herr Rößler, der ja plötzlich andauernd hier und überall und nirgends ist, ohne dass du das mit der Familie besprochen hast.«

Luisa spürte Hajos Blick von der Seite. Wahrscheinlich hätte sie tatsächlich besser die Familie eingeweiht, bevor sie Paul zusagte, dass er hier wohnen könne. Sie erinnerte sich jedoch, dass ihr Vater niemals geschäftliche Belange mit ihrer Mutter besprochen hatte. Ganz im Gegenteil. Und Luisa führte jetzt ein Unternehmen, zu dem Paul Rößler gehörte, weil sie ihn brauchte und Punkt. Sie ließ sich von Ellinor nicht beirren.

»Wir hatten geklärt, dass ich mich darum kümmere, für unseren Lebensunterhalt zu sorgen. Und jetzt entschuldige mich, denn ich habe tatsächlich alle Hände voll damit zu tun.« Luisa reichte Hajo den Brief und beachtete Ellinor nicht weiter. »Würdest du das bitte auf etwaige Fehler kontrollieren?«

Wütend schnappte sich ihre Schwägerin die Gießkanne und rauschte davon. Während Hajo den Brief las, starrte Luisa aus dem Fenster und blickte auf den Wolzensee hinaus. Was hieß denn bitte, Paul wäre überall und nirgends? Jetzt war er bereits seit Stunden fort, und sie fragte sich langsam, ob er tatsächlich wie versprochen zurückkommen würde. Hatte er sich etwa überreden lassen, seine alte Stelle wieder anzutreten? In ihrem Magen drückte es bei dem beunruhigenden Gedanken.

»Keine Fehler«, sagte Hajo kurz, und sie drehte sich zu ihrem Mann um.

Luisa nickte. »Gut. Ich danke dir. Und sonst?«

»Was meinst du?« Hajo sah sie fragend an.

»Bist du auch dagegen?«, wollte sie wissen.

»Weder dagegen noch dafür. Es ist mir egal.«

Ja genau. Und das war das Schlimmste für Luisa. Die Gleichgültigkeit ihres Mannes. Er sah sie nicht mehr. Egal, ob sie ein Kleid trug oder Hosen. Ob sie alle genug zu essen hatten, denn er aß nur noch wie ein Spatz. Wo sollte denn da seine Kraft herkommen? Dösen, immer nur vor sich hin starren, wohin sollte das noch führen?

»Wäre es nicht gut, wenn von jetzt an du die Geschäftskorrespondenz übernimmst? Vielleicht auch die Buchhaltung, dann könnte ich für die gesamte Organisation sorgen, und du hättest wieder eine Aufgabe. Dein Tag wäre nicht so leer ...« *Wie dein Blick.* Doch schon an Hajos Gesichtsausdruck merkte sie, wie ihn bereits dieses Gespräch anstrengte.

»Wir werden sehen«, sagte er und ging mit schweren Schritten davon.

Luisa traten Tränen in die Augen, aber sie wischte sie wütend fort. Um sich abzulenken, erledigte sie die Zweitschrift, steckte die Briefe jeweils in ein Kuvert und versah diese mit Empfänger und Absender. Da sie die Schreiben selbst übergeben würde, sparte sie sich die Briefmarken.

Inzwischen war es Mittag, und wie jeden Tag unter der Woche saß Ellinor pünktlich um zwölf Uhr in der Küche vor dem Radio, um den Ansagen des Suchdienstes des Deutschen Roten Kreuzes zu lauschen. Ihre Schwägerin ließ keine Gelegenheit aus, irgendeine Spur von Julius zu finden. Luisa gab es nicht gern zu, aber für diese bedingungslose Liebe zu ihrem Mann, Luisas Bruder, bewunderte sie ihre Schwägerin. Bei all ihren Fehlern musste ihr Luisa zugutehalten, dass sie die Hoffnung, Julius würde heimkehren, niemals aufgab. Mindestens einmal pro Woche erkundigte sich Ellinor bei den Behörden nach Neuigkeiten, die über den Verbleib ihres Mannes Auskunft geben könnten. So manche Spur hatte sich in der Vergangenheit als Sackgasse erwiesen, und Ellinor war dann stets in Tränen aufgelöst nach Hause gekommen und hatte Peter erklären müssen, dass sein Papa noch immer nicht gefunden worden war. Jedes Mal hatte Luisa mit den beiden gefühlt. Der Anblick jetzt, wie Ellinor mit gefalteten Händen, das Ohr dicht an das Radiogerät gepresst, dasaß, schnitt Luisa ins Herz.

Nach der Durchsage, als klar war, dass wieder keine der Angaben auf Julius zutraf, putzte sich ihre Schwägerin die Nase. Luisa wusste, dass Ellinor weinte, auch wenn sie ihrem Blick auswich. Plötzlich tat es Luisa leid, dass sie Ellinor vorhin so angeherrscht hatte.

»Vielleicht verfasst du selbst noch einmal einen Aufruf für das Radio«, versuchte sie, ihre Schwägerin aufzumuntern.

»Ja, vielleicht«, murmelte diese in ihr Taschentuch. »Mittagessen ist fertig, es gibt Graupensuppe. Möchtest du einen Teller?«

Während sie alle gemeinsam am Tisch saßen und die Suppe löffelten, wanderten Luisas Gedanken wieder zu Paul. Er kam und kam nicht. Sie stand als Erste auf, weil sie die Briefe wegbringen wollte.

»Ich habe schon gekocht, soll ich jetzt auch noch den Abwasch machen?«, fragte Ellinor angesäuert in die Runde. »Schließlich muss ich mit Peterle Hausaufgaben machen.« Der Junge verzog das Gesicht, und es war ihm anzusehen, dass er nicht die geringste Lust dazu verspürte.

Christiane kicherte leise. »Ich helfe dir mit dem Abwasch, und Hajo beaufsichtigt Peter bei seinen Hausaufgaben. Nicht wahr?«

Hajo zeigte nicht das kleinste Anzeichen, ob er mit der Arbeitseinteilung seiner Mutter einverstanden war.

»Also, ich brauche jedenfalls mein Mittagsschläfchen in meinem Alter«, beharrte Luisas Mutter auf ihren Gepflogenheiten. »Erst recht, wo zu befürchten steht, dass hier zukünftig alles den Bach runtergeht.« Sie warf Luisa einen strengen Blick zu, der ihr klarmachte, dass Ellinor bereits gepetzt hatte. Luisa wollte keine Diskussion entfachen und verließ lieber die Küche.

Draußen schnappte sie sich ihr Fahrrad und brachte die Briefe in die Stadt, um sie in die entsprechen Briefkästen zu werfen. Flüchtig überlegte sie, direkt vorzusprechen, bekam dann aber doch kalte Füße und radelte zurück. Sie war fast zwei Stunden unterwegs gewesen, aber bei ihrer Rückkehr musste sie feststellen, dass Paul immer noch nicht da war. Langsam machte sie sich ernsthaft Sorgen. Vielleicht war er zwischendurch hier gewesen und nur noch einmal losgefahren? Peter, der mit seinem Freund Klaus auf dem Gelände Räuber und Gendarm spielte, könnte ihr bestimmt Auskunft geben. Luisa ging rasch zu ihm. »Peter, war der Paul vorhin hier?«

»Nein, Tante Luisa. Ganz bestimmt nicht. Wir beobachten alles und dulden keine Rumtreiber.« Es war klar, dass Peter die Rolle des Gendarmen übernommen hatte.

Mit einem flauen Gefühl im Magen sah sich Luisa um. Sie würde es niemals ohne Hilfe schaffen, alle Vorbereitungen für die Eröffnung zu treffen. Die Zäune mussten noch gestrichen werden, und allein am alten Betonsteg gab es viel zu viele marode Stellen, die ausgebessert gehörten. Sie seufzte. Einer Eingebung folgend, eilte sie ins Haus und ging hinunter ins Souterrain. Pauls Wohnung war nicht abgeschlossen. Luisa schob ihre Bedenken, hier herumzuschnüffeln, beiseite und trat ein. Seine wenigen Habseligkeiten lagen im Raum verteilt. Offenbar hatte er noch keine Zeit gefunden, alles in den Schränken zu verstauen. Aber sein Bett war gemacht, und ein Paar Winterstiefel stand ordentlich auf dem Abtreter neben der Eingangstür. Also würde er bestimmt zurückkommen.

Sie ging wieder nach oben und zog sich um. Dabei fiel ihr ein, dass sie unbedingt auf dem Gelände Abfallkörbe aufstellen sollte.

Als es Zeit wurde für das Abendessen, war aus dem flauen Gefühl in ihrem Magen bereits ein beständiger Druck geworden. Warum kam Paul nicht? War ihm etwas zugestoßen? Mit seinem Motorrad fuhr er oft viel zu schnell. *Ich hätte längst auf diesen Gedanken kommen müssen*, schimpfte sich Luisa im Stillen. Gleich morgen früh würde sie sich im Rathenower Krankenhaus nach Neuzugängen erkundigen. Doch was, wenn er bereits in Brandenburg gestürzt war? Wie sollte sie jemals etwas über seinen Verbleib in Erfahrung bringen, wenn er irgendwo anders im Krankenhaus lag und vielleicht nicht ansprechbar war. Nun wurde ihr wirklich übel. Sie schob den Gedanken an einen verletzten Paul vehement beiseite und beschloss, lieber davon auszugehen, dass er sein Versprechen, für sie zu arbeiten, nicht einhalten würde.

Als es dunkel wurde, gab sie es auf und musste einsehen, dass sie ihn wohl falsch eingeschätzt hatte. Es half nichts, sie ging ins Bett und lauschte auf Motorengeräusche, aber es blieb still. Eine Stille, wie sie sie normalerweise liebte, um zur Ruhe zu kommen. Hajo neben ihr war den halben Tag von seinem schrecklichen Kater geplagt worden, das wusste Luisa. Aber immerhin hatte er sich für den gestrigen Abend bei ihr entschuldigt.

»Ich habe nachgedacht«, sagte er plötzlich leise. »Ellinor hat nicht ganz unrecht mit ihren Bemerkungen.«

Luisa wusste sofort, dass er sich auf ihr Schreiben an den Rat der Stadt bezog. »Und wieso auf einmal?« Am liebsten hätte sie die Nachttischlampe angeknipst, um ihrem Mann in die Augen zu schauen, doch sie sparte besser den Strom.

»Du hast mich gefragt, ob ich die Buchführung übernehmen würde.«

Das wäre selbstverständlich eine enorme Erleichterung bei der Vielzahl von Aufgaben, die Luisa zu bewältigen hatte.

»Die Liegefläche für jedermann zur freien Verfügung, hast du dir das auch gründlich überlegt?«, fragte er. »So führt man kein Geschäft.«

»Ich weiß, dass meine Vorgehensweise heikel ist, aber ich muss ihnen etwas anbieten, um dieser Verstaatlichung zu entgehen. Hast du einen besseren Vorschlag? Paul hatte die Idee und ...« Luisa bemerkte ihren Fauxpas und hielt mitten im Satz inne.

»Paul also. Wer ist dieser Mann, wo kommt er überhaupt her? Was weißt du über ihn?«

Nicht sehr viel, musste sich Luisa eingestehen. Außer dass er sehr hilfsbereit war und sie nach Arbeit gefragt hatte. Vielleicht war sie tatsächlich verrückt, sich auf all das einzulassen. »Herr Rößler kennt jemanden aus der Verwaltung, und sein

Argument klang durchaus plausibel.« *Zumindest damals.* »Der Boots- und Reifenverleih muss natürlich ganz schnell umgesetzt werden.«

»Wir haben gerade mal ein Ruderboot und den alten Angelkahn«, warf Hajo ein.

»Ich dachte an Tretboote.« Luisa setzte sich im Dunkeln auf, zog die Knie an und legte ihre Arme darum. »Und ein kleiner Imbiss mit Bockwurst und Bratwurst und Getränken sollte her. Damit kann ich dann hoffentlich Einnahmen verzeichnen.«

»Mhm.«

»Außerdem habe ich mir überlegt, die Steganlage den Schulen zur Verfügung zu stellen, um den Kindern das Schwimmen beizubringen. Dafür müsste die Schulverwaltung einen Obolus zur Nutzung zahlen. Schließlich halte ich damit die Anlage in Ordnung. Vielleicht sollten wir einen Sprungturm bauen lassen und die Startblöcke wieder herrichten. Wenn wir Seile spannen, wie ich es auf einem alten Foto gesehen habe, als der Schwimmverein aus Charlottenburg hier noch sein Schwimmtraining absolvierte, finden sich bestimmt auch Sportler ein. Oder wir gründen einen Schwimmklub. Was meinst du?« Luisa spürte wieder, dass noch so viel wundervolles Leben vor ihr lag, um das es sich allemal zu kämpfen lohnte. Es kam ihr so vor, als hätte sie diesen verdammten Krieg nur überlebt, um das Strandbad Wolzensee aufzubauen.

Hajo antwortete ihr nicht, bemerkte sie schweren Herzens.

»Manchmal … manchmal beneide ich dich für deinen Enthusiasmus«, sagte er nach einer langen Pause.

»Du kannst daran Anteil haben, Hajo.«

»Nein.«

»Doch, wenn du es nur genug willst.«

»Ich bin müde, Luisa. Lass uns endlich schlafen.« Sie hörte, wie er gähnte.

Schlafen, ausruhen – immer wollte Hajo nur seinen Frieden. Dabei drehte sich in Luisa ein Gedankenkarussell, das sich schneller drehte als auf der Kirmes. An Schlaf war überhaupt nicht zu denken.

Pauls Gesicht tauchte vor ihrem geistigen Auge auf, aber sie schob es rasch beiseite.

Stattdessen stellte sie sich einen Schwimmklub vor, und vielleicht sollte sie nach einem Rettungsschwimmer Ausschau halten. Einen, der andere auch dazu ausbildete. Das könnte eine weitere Einnahmequelle werden. Wenn sie nur erst einmal die Genehmigung hätte. Luisa hoffte von ganzem Herzen, dass die Verantwortlichen ein Einsehen haben würden. Wenn sie ihre Liegewiese anböte, interessierte vielleicht niemanden mehr, dass sie Einnahmen erzielte, um davon ihren Lebensunterhalt zu bestreiten.

Natürlich schlug ihr das Herz bis zum Hals, weil sie ein solches Risiko einging. Aber es gab für sie keine Alternative, es musste gelingen! Sie würde alles daransetzen, andernfalls … sie erschrak. An das Andernfalls wollte sie nicht denken und ließ es auch jetzt nicht zu.

Am nächsten Morgen ging Luisa wie üblich zuerst zum Ufer des Sees, streifte ihre Holzpantinen von den Füßen und watete ins Wasser. Von Tag zu Tag wurde es wärmer. Sie freute sich bereits auf den Sommer. Pauls Motorrad war nirgends zu sehen, also war er tatsächlich nicht zurückgekommen. Irgendwann gegen Morgen war Luisa doch in einen tiefen Schlaf gefallen, weshalb sie heute später dran war als sonst. An solchen

Tagen wünschte sie sich sehnlichst echten Bohnenkaffee herbei.

Heute besänftigte sie der Blick auf die Wasseroberfläche des Sees, die wie ein Spiegel vor ihr lag, keineswegs. Was, wenn Paul doch einen Unfall gehabt hatte?

»Bis später, Tante Luisa«, rief Peter ihr zu, der sich mit seinem Ranzen auf dem Rücken auf zur Schule machte und winkte.

»Ja, und treib keinen Schabernack«, ermahnte sie ihn lachend. Als sie das Haus wieder betrat, war Ellinor in der Küche gerade dabei, ihr Frühstücksgeschirr abzuräumen. »Jetzt hat Peterle seine Brotbüchse vergessen. Oh nein!« Sie nahm die Aluminiumdose und eilte ihrem Jungen hinterher. Peter einzuholen würde nicht schwierig sein, denn er trödelte gern auf seinem Schulweg.

Christiane kam gerade mit dem Wäschekorb um die Ecke. »Guten Morgen, Liebes. Sobald ich gefrühstückt habe, werde ich die Gardinen waschen. Es wird höchste Zeit. Deine Mutter hat mich unlängst darauf angesprochen. Stell dir das vor.« Sie lachte.

Luisa schüttelte den Kopf. »Dass sie sich nicht schämt. Dies ist ihr Haus, und du bist nicht unser Dienstmädchen.«

»Lass gut sein, ich werde es einzurichten wissen, dass sie mir zur Hand gehen muss. Verlass dich drauf.« Christiane zwinkerte ihr zu. »Du siehst müde aus, hast du nicht gut geschlafen?«

»Ich warte auf die Genehmigung«, antwortete Luisa, während sie erst Margarine und anschließend Löwenzahnsirup auf ihrer Scheibe Brot verteilte.

Sofort tätschelte Christiane ihr tröstlich den Rücken. Warum brachte ihre Mutter das nie fertig? Schlief sie etwa noch, oder beschäftigte sie sich in ihrem Zimmer längst mit anderen Dingen? Immerhin kam Hajo frisch rasiert, aber auf Krücken in die Küche, obwohl er meistens bis in die Puppen im Bett zu bleiben pflegte. Luisa fand es zwar nachlässig, dass er sich nicht die Mühe gemacht hatte, seine Beinprothese anzulegen, jedoch erwähnte sie die Gehhilfen mit keinem Wort, als sie ihrem Mann das Frühstücksgedeck hinstellte und ihm von dem Muckefuck eingoss.

Als sie endlich in ihr Büro gehen wollte, kreuzte Mutter ihren Weg. »Stimmt es, was Ellinor gesagt hat? Du wirst dieses Geschäft eröffnen, und alle Leute kommen umsonst in dein ach so wunderbares Strandbad?« Dabei tätschelte sie elegant ihre tadellos sitzende Frisur. »Das ist hoffentlich ein Scherz, Luisa. Aber lass dir sagen, gewiss kein guter. Du treibst uns in den Ruin. Es wird unser sicherer Untergang, du verstehst, dass ich das nicht zulassen kann! Dein Bruder Julius ist der Erbe, und wenn er wiederkommt und nichts mehr vorfindet, wie soll ich ihm das erklären, in Gottes Namen?«

»Guten Morgen.« Luisa legte eine kurze Pause ein, um ihrer Mutter die Gelegenheit zu geben, sie zu begrüßen, aber nichts dergleichen geschah. »Du brauchst ihm gar nichts zu erklären, Mutter«, begann sie schließlich. »Ich übernehme die volle Verantwortung. Noch ist Julius nicht hier, und wir müssen die Initiative ergreifen. Auch Ellinor schimpft andauernd, hat aber keinen Gegenvorschlag.«

»Doch, den hat sie. Sie will ein Hotel bauen«, rief ihre Mutter aufgebracht.

»Nein, sie will warten, bis sie *vielleicht* gemeinsam mit Julius ein Hotel bauen wird. Aber dafür haben sie gar nicht die Mittel, also ist es erst mal keine echte Option.« Luisa ließ ihre Mutter stehen und ging in ihr Büro. Dabei hätte sie wissen müssen, dass Josepha ihr geradewegs in den Raum folgen würde und sich das nicht gefallen ließ. Als Erstes besah sich Luisa die Liste mit ihren bis zur Eröffnung des Strandbades noch anstehenden Erledigungen.

»Was fällt dir ein?«, rief ihre Mutter empört.

Luisa verkniff sich ein Seufzen. »Wer sagt, dass nicht später noch ein Hotel errichtet werden kann, wenn meine Geschäfte erst mal laufen?«

Ihre Mutter stieß ein wenig freundliches Lachen aus. »Bist du wirklich überzeugt davon, den richtigen Weg zu gehen?«

»Ja, das bin ich in der Tat.« Dabei stimmte es nur zur Hälfte. Wie in Kindertagen kreuzte Luisa Mittel- und Zeigefinger übereinander und schob ihre Hände rasch hinter den Rücken. »Ich denke an uns alle. Das ist kein Eigennutz, auch wenn es vielleicht für euch so aussehen mag.« Wahrscheinlich würde sie für diese Behauptung eines Tages in der Hölle schmoren. Aber sie wünschte sich das Strandbad Wolzensee nun einmal so sehr.

»Und dieser junge Mann?«, fuhr ihre Mutter fort. »Du hast ihn nicht wirklich hier einquartiert, sondern es nur Ellinor gegenüber behauptet, um sie zu ärgern, nicht wahr?«

Luisa schüttelte vehement den Kopf. »Warum um alles in der Welt sollte ich Ellinor ärgern? Sie trägt schwer genug daran, meinen Bruder zu vermissen. Wahrscheinlich ist sie deswegen oft so garstig.«

Ihre Mutter überlegte eine Weile und sah dann wieder hoch, weil sie noch immer auf eine Antwort wartete.

»Paul Rößler wohnt tatsächlich hier, im Souterrain. Weil ich ihm nicht viel Lohn zahlen kann und ich seine Arbeitskraft brauche. Außerdem hat er Beziehungen zu Leuten, die für uns von Bedeutung sein könnten.«

Ihre Mutter horchte auf. »Was du nicht sagst.«

Luisa nickte.

»Ich habe wirklich keine ruhige Minute mehr, seit du uns das mit dem Strandbad eröffnet hast, Kind. Aber gut, offenbar hast du dir tatsächlich vieles gründlich überlegt. Ich füge mich … vorübergehend. Dass du einen fremden jungen Mann hier wohnen lässt, nehme ich dir allerdings übel. Wir sind doch kein Armenhaus. Ich dachte, die Zeit mit den Einquartierungen hätten wir endgültig hinter uns.«

»Wohnraum ist noch immer überall knapp, Mutter. Der Bombenkrieg hat zu viele Häuser zerstört.«

»Als wenn ich das nicht wüsste.« Josepha trat ans Fenster und wischte mit dem Zeigefinger über das Brett, um zu prüfen, ob hier auch ordentlich Staub gewischt worden war. Sie zog leicht die Nase kraus.

Luisa hätte am liebsten die Augen verdreht, wagte es aber nicht. »Wenn Herr Rößler auf dem Gelände wohnt, kann er seine Arbeitszeit viel besser ausnutzen«, warf sie rasch ein.

Dieses Argument ließ ihre Mutter gelten. Mit Belangen, die Hauspersonal betrafen, kannte sie sich bestens aus. Einst hatte sie das Zepter im Hause Marquardt mit harter Hand geschwungen.

6

Die Diskussion zwischen Luisa und ihrer Mutter über Paul
Rößler wurde jäh unterbrochen, als lautstark ein Lkw heran-
rumpelte. Luisa ging zu ihrer Mutter, die bereits ans Fenster
getreten war und durch die Gardinen linste.

»Was ist denn da los?«

»Ich weiß es nicht.«

Im selben Moment sprang Paul aus dem Führerhaus. Luisa
zog die Gardinen ein Stück weit zurück. *Endlich!* Ihr fiel ein
Stein vom Herzen, und als er ihr sogar fröhlich zuwinkte,
überlief es sie heiß. Das war eindeutig verrückt. Von einem
schlechten Gewissen war er offensichtlich weit entfernt. »Mutter, entschuldige mich jetzt bitte.« Luisa ließ sie erneut stehen
und lief eilig über den Flur, nur um draußen auf dem Podest
der geschwungenen Treppe zu stoppen, weil Paul ihre Freude
falsch verstehen könnte.

»Guten Morgen«, rief er ihr schon von Weitem gut gelaunt
zu. Während sie langsam die Stufen hinunterstieg, suchte sie
nach den passenden Worten, wie sie ihn zur Rede stellen
konnte, ohne dass es allzu überheblich wirkte. Als sie jedoch
vor ihm stand und in sein strahlendes Lächeln blickte, fühlte
sie sich ob ihrer Sorgen über sein Fortbleiben ausgelacht.

»Was haben Sie sich dabei gedacht, nicht nach Hause zu
kommen und über Nacht wegzubleiben?«, fuhr sie ihn an. Sofort ärgerte sie sich über sich selbst und biss sich verlegen auf
die Lippen. Es stand ihr nicht zu, ihn so anzuschnauzen. Sollte
sie sich lieber entschuldigen? Aber immerhin war sie seine
Vorgesetzte, musste jedoch offensichtlich in diese Rolle erst
noch hineinwachsen.

»Frau von Rochlitz, ich habe doch versprochen wiederzukommen.« Er klang irritiert. »Haben Sie sich etwa Sorgen um mich gemacht?«

Erst jetzt fiel ihr auf, dass er noch immer dieselben Sachen vom Vortag trug und ziemlich schmutzig aussah. »Ja, das habe ich.« Da ihr die Situation peinlich war, zupfte sie einen nicht vorhandenen Flusen von ihrer Bluse, um seinem Blick auszuweichen.

Ein zweiter Mann sprang aus dem Lkw, grüßte freundlich, ging um das Fahrzeug herum und schlug die Plane zurück.

»Gustav Keller, mein früherer Meister, und Luisa von Rochlitz, meine Chefin«, stellte Paul sie einander vor.

»Guten Tag.« Luisa nickte und warf einen Blick auf die Ladefläche des Lkws. Sie entdeckte Pauls Motorrad und eine Gartenbank auf einem seltsamen Metallgestell. Was konnte das sein?

Paul, der plötzlich dicht an ihrer Seite stand und sie offenbar beobachtet hatte, lachte leise. »Darf ich bekannt machen? Ihr allererstes Tretboot, Frau von Rochlitz.«

»Was?« Luisa jubelte innerlich und freute sich wie ein Kind.

Seine Augen ruhten nach wie vor auf ihrem Gesicht, sodass Luisa sich zurücknahm, obwohl es ihr sehr schwerfiel, nicht vor Begeisterung zu hüpfen. Rasch benutzte sie den immer noch schmerzenden Knöchel als Vorwand, indem sie sich bückte und ihn berührte, damit nicht auffiel, wie sehr sie sich beherrschen musste. Am liebsten hätte sie sich Paul an den Hals geworfen und ihn umarmt. Aber das war ganz und gar ausgeschlossen.

Die Männer hievten das Vehikel, das Luisa jetzt schon ins Herz geschlossen hatte, von der Ladefläche. Christiane kam über das Gelände auf sie zugelaufen.

»Sieh nur, was Paul mir mitgebracht hat!«, entfuhr es Luisa und schalt sich sofort, besser auf ihre Worte zu achten. Als sie zu ihm hinübersah, schmunzelte er und zwinkerte ihr zu. Rasch wandte Luisa ihren Blick ab. »Das ist mein Tretboot«, sagte sie ein wenig atemlos zu ihrer Schwiegermutter.

»Wie wunderbar!« Christiane klatschte begeistert in die Hände. Ihr gegenüber konnte Luisa natürlich zeigen, wie groß ihre Freude war, und fiel in das Klatschen mit ein. »Ob es wohl auch schwimmt?«

»Aber, aber, wofür halten Sie mich, Frau von Rochlitz? Ich gebe zu, es hat etwas länger gedauert, weshalb ich auch jetzt erst zurückkommen konnte, aber ich versichere Ihnen, ich habe das Tretboot mit größter Sorgfalt gebaut.«

»Und unter meiner Aufsicht und Anleitung«, schaltete sich Gustav Keller ein und ließ ein rollendes tiefes Lachen hören.

Doch da Paul behände auf die Ladefläche kletterte und Luisa das faszinierende Spiel seiner Muskeln unter den hochgekrempelten Hemdsärmeln auffiel, lenkte sie das einen Moment von der fröhlichen Unterhaltung der beiden Männer ab.

»Selbstverständlich, wie konnte ich das unerwähnt lassen.« Paul lachte ebenfalls. »Es wird sich gleich herausstellen, ob es schwimmt oder wir sang- und klanglos im Wolzensee versinken. Wie wäre es mit einer Mutprobe, Frau von Rochlitz?« Er schob sein Motorrad an den Rand der Ladefläche, sprang herunter und hob mit seinem alten Meister, der mit anpackte, die schwere Maschine herunter.

Die Männer keuchten, Schweiß stand ihnen auf der Stirn.

»Ich hole etwas zu trinken. Sie haben sicher Durst, meine Herren?« Christiane ging eilig zum Haus.

»Was für eine Mutprobe soll das sein?«, fragte Luisa.

»Eine Jungfernfahrt mit dem Tretboot«, erwiderte Paul.

Luisa warf einen Blick auf die Sitzbank des Tretboots und versuchte, deren Größe abzuschätzen. »Sie meinen, wir beide gemeinsam?«, vergewisserte sie sich, obwohl ihr längst klar war, dass nur zwei Erwachsene, bestenfalls noch ein kleines Kind zusätzlich, Platz finden würden.

»Ganz recht, Sie sind immerhin die Chefin hier, oder nicht?« Paul sagte es sehr ernst, ohne einen Anflug von Albernheit.

Christiane kam mit zwei Flaschen Selters für die Männer zurück. »Trinken Sie erst mal.«

Dankbar leerten Gustav Keller und Paul die Flaschen in einem Zug. Im Anschluss hoben sie zwei weitere Sitzbänke und Untergestelle von der Ladefläche des Lkws, die sie wohl aus Platzgründen erst hier vor Ort montieren konnten.

»Haben Sie überhaupt schon gefrühstückt?«, fragte Christiane, nachdem Gustav Kellers Magen laut und vernehmlich geknurrt hatte.

»Wo denken Sie hin, gute Frau. Der Junge hat mir keine Zeit gelassen und in einem fort gedrängelt. Es war kaum auszuhalten mit ihm.«

»Nun übertreiben Sie mal nicht, Meister«, sagte Paul, während eine leichte Röte seine Wangen überzog.

Sieh an, jetzt war es Paul, dem die Aussage des Älteren peinlich war. Luisa jedenfalls fühlte sich auf eine seltsame Art geschmeichelt. Am liebsten würde sie ihn an die Hand nehmen und ihn bitten, so schnell wie möglich das Tretboot zu Wasser zu lassen und mit der Ausfahrt zu starten. Bestimmt war er genauso hungrig wie sein Kollege.

Christiane hatte die rettende Idee und ergriff die Initiative. »Ich mache rasch ein paar Stullen für eine angemessene Frühstückspause.«

Ein bisschen schämte sich Luisa, dass sie nicht selbst darauf gekommen war. »Warte, ich helfe dir, dann geht es rascher.« Als sie ihrer Schwiegermutter hinterherlief und vor den Treppenstufen ihres Hauses noch einmal den Kopf wandte, sah sie, dass die Männer die Wartezeit nutzten, um das zweite Tretboot zu montieren.

Christiane leistete Gustav Keller während seiner Frühstückspause im Freien Gesellschaft, indem sie zwei alte Stühle auf die zum Haus gehörende Terrasse stellten und sich gegenübersetzten. Paul jedoch, der offenbar Luisas Ungeduld bemerkte, nahm sich seinen Proviant vom Teller und ging mit Luisa zum Seeufer, wo er und sein alter Meister das Tretboot dicht ans Wasser in den Sand gestellt hatten, als Luisa und Christiane die Brote geschmiert hatten. Er war bereits barfuß, hatte sich die Hosenbeine hochgekrempelt und nahm einen großen Bissen. Hastig kaute er und schluckte.

»Wir haben die ganze Nacht durchgearbeitet«, erklärte er schließlich und biss erneut in sein Wurstbrot. Er klemmte sich den Rest zwischen die Lippen und bedeutete Luisa, mit anzufassen, um das Boot vom Sand aus ins Wasser zu schieben. Rasch schlüpfte sie aus ihren Schuhen und stemmte sich gegen die Sitzbank, bis die Rohre, die wie kleine Raketen anmuteten und als Tragflächen dienten, auf den Wellen zu schaukeln begannen. »Geschafft«, keuchte sie vor Anstrengung.

Paul hielt das Tretboot fest und bedeutete ihr, auf die Bank zu klettern. Während er ihr folgte, besah sich Luisa die vor der Sitzbank hoch aufragende Lenkstange, die sie an ihren alten Kinderroller erinnerte. Ähnlich verhielt es sich mit den Pedalen, dem Antrieb, denn ihr fiel wieder ein, wie ihre Brüder sich immer um ihr Tretauto gestritten hatten. Sie legte bereits ihre Füße auf die Pedale, trat sie aber nicht durch. Paul beendete zunächst sein Frühstück.

»Gemeinsam mit meinem alten Meister und den Kollegen haben wir die Boote aus den Metallabfällen der Traktorenfirma gebaut«, erklärte er schließlich. »Auf dem Gelände standen seit dem Krieg ausgediente Gartenbänke herum, die habe ich mir gleich gegriffen. Niemand hatte etwas dagegen. Sie müssen nur noch gestrichen werden.«

Luisa holte tief Luft und atmete langsam wieder aus. Dabei

spürte sie, dass sie am liebsten die ganze Welt umarmen wollte. Oder wenigstens Paul. Sie schloss die Lider, legte den Kopf in den Nacken und ließ ihr Gesicht von der Sonne streicheln. In diesem Augenblick war sie sicher, dass sie es schaffen würde, ihr Strandbad erstrahlen zu lassen. Durch ihre halb geschlossenen Wimpern hindurch tanzten Lichtmuster nach einer stillen Melodie, die nur der weite Himmel über ihnen kannte.

»Bestimmt hilft mir meine Schwiegermutter beim Streichen«, überlegte Luisa laut. »Eines in Rot, das nächste in Blau und das dritte Tretboot in Weiß«, fügte sie lächelnd und immer noch mit geschlossenen Lidern hinzu.

»Da trifft es sich gut, dass ich dieselbe Idee hatte und die Farben bereits mitgebracht habe.« Paul lachte.

Luisa riss die Augen auf und starrte ihn an. Sie konnte kaum glauben, was er soeben gesagt hatte. »Ist das wahr?«

Er legte den Kopf schief und grinste, schließlich nickte er.

Das war längst noch nicht alles. Wie Luisa nach der Bootstour erfuhr, hatte Paul auch fünf Traktorenreifen mitgebracht. Zum Glück gab es im Keller einen Kompressor, mit dem sie sie aufblasen konnten, was Paul bereits vorab überprüft hatte. Allerdings stellte sich nun auch heraus, dass sie einen Schuppen oder eine ähnliche Unterstellmöglichkeit für die Reifen brauchen würden. Eine Art Kiosk vielleicht, in dem die Ausleihe organisiert wurde. Natürlich musste auch ein Steg für die Tretboote her. Einige Damen wollten garantiert trockenen Fußes in eines der Boote steigen. Auch dafür mussten sie schnellstmöglich eine Lösung finden. Ob sie das alles bis zur Eröffnung schaffen würden, war fraglich.

»Ich habe vielleicht eine Möglichkeit gefunden, wie wir es vorübergehend handhaben könnten«, erklärte Paul, als hätte er ihre Gedanken gelesen. »Wie wäre es, wenn ich Metallpfähle aus Resten eines U-Trägers in den Boden betoniere, an denen die Tretboote mit einer Kette samt Vorhängeschloss festgemacht werden?«

Luisa wurde von Minute zu Minute deutlicher bewusst, was für ein Glücksgriff dieser Mann für sie war.

»Was bin ich Ihnen schuldig, Herr Keller?«, erkundigte sich Luisa beim Abschied von Pauls Meister.

»Lassen Sie mal gut sein, Frau von Rochlitz. Das waren alles nur Schrottreste oder fast leere Farbbüchsen, damit konnten wir in unserem Traktorenwerk nichts mehr anfangen.«

»Sie vergessen Ihre Arbeitsleistung, Herr Keller.« Luisa kam sich vor, als wäre jetzt Weihnachten und sie allein bekäme die Geschenke.

»Wenn ich einen Ausflug mit meiner Holden mache, könnte ich vielleicht eine kostenlose Bootstour bekommen? Zum Eindruck-Schinden müsste das reichen, oder nicht?«, fragte er trocken und lachte wieder laut.

»Abgemacht.« Luisa reichte ihm die Hand. »Vielen Dank, Herr Keller.«

»Ach was, bedanken Sie sich bei Paul. Sämtliche Initiativen sind von ihm ausgegangen.« Damit kletterte er behände wie ein junger Mann in das Führerhaus des Lkws, startete den knatternden Motor und fuhr laut hupend davon.

In der folgenden Woche setzte Paul die Pfähle ein, Christiane versah die Tretboote am Ufer mit den erforderlichen zwei Anstrichen, und zu dritt hievten sie die Boote schließlich ins Wasser, von wo aus Paul Hajo die Ketten reichte, damit dieser sie vertäute.

Ohne dass sie es abgesprochen hätten, bezogen sowohl Luisa als auch Paul Hajo für leichte Tätigkeiten mit ein.

Da Christiane nicht wollte, dass die restliche Farbe in ihren Büchsen eintrocknete, holte sie sich bei Luisas Mutter die

Erlaubnis, damit dem Treppengeländer zur Villa einen neuen Anstrich zu verpassen.

Ellinor, deren Fokus hauptsächlich auf ihrem Peterle lag und dem sie gleichzeitig Mutter und Vater sein wollte, griff immerhin zum Besen und fegte sämtliche Treppenstufen und im Anschluss sogar die Terrasse.

Als Peter mitbekam, dass seine Tante Luisa tatsächlich ein Strandbad eröffnen würde, bettelte er seine Mutter so lange an, bis diese schließlich einwilligte, auf Luisas Nähmaschine Wimpelketten aus zerschlissenen Hemden zu nähen. Unter Hajos Anleitung durfte der Junge sie schließlich selbst an den Zäunen des Geländes befestigen.

»Es sieht schön fröhlich aus«, lobte Luisa ihn beim gemeinsamen Abendessen und wuschelte ihm durch das blonde Haar. Ellinor blinzelte gerührt.

»Danke für deine Mithilfe«, sprach Luisa ihre Schwägerin an, die heute wieder vergeblich am Radio gehockt und auf einen Hinweis zum Verbleib ihres Mannes gehofft hatte.

Zwei Tage später erschien Sieglinde Böhmer vom Rat der Stadt in Begleitung eines russischen Offiziers. Sie war nicht so freundlich wie beim letzten Mal, sondern fühlte sich hintergangen, wie sie Luisa deutlich zu verstehen gab.

Touché. Luisa versuchte sie, so gut es ging, zu beschwichtigen, wurde jedoch zusehends nervöser beim Blick in das strenge Gesicht des Russen mit seinen tiefschwarzen Augen und dem beinahe kahl geschorenen Schädel. Er verzog auch keine Miene, als Luisa es mit einem zarten Lächeln versuchte. Schließlich nahm sie all ihren Mut zusammen. »Hören Sie, bei mir geht es um alles oder nichts. Dies hier ...«, sie hob die Hände zu einer allumfassenden Geste und bemerkte, wie schmutzig ihre Finger vom Unkrautzupfen waren, sodass sie sie am liebsten hinter dem Rücken versteckt hätte. Wie hatte sie auch ahnen können, dass sich Frau Böhmer erneut die

Mühe machen würde, nochmals hier raus zum Wolzensee zu fahren. »... ist mein Zuhause, verstehen Sie, was es bedeutet?«

»Wir haben fast alle unser Zuhause verloren im Krieg. Und der Kapitalismus, die Konzern- und Großgrundbesitzer tragen die Hauptschuld daran, dass es überhaupt dazu kommen konnte«, erklärte Frau Böhmer ruhig.

Der russische Offizier hielt sich zurück, aber Luisa war klar, dass er jedes Wort verstand. Er sah sich das Gelände interessiert an. Schließlich änderte sich der Ausdruck in seinem Gesicht, es schien plötzlich freundlicher. Fast war sie geneigt, das leichte Verziehen seiner Mundwinkel als ein Lächeln durchgehen zu lassen. Rasch folgte Luisa seinem Blick und entdeckte Paul, der auf der Wiese gegenüber der Stelle des Ufers, wo die Tretboote vertäut lagen, einen Unterstand zimmerte.

»Ist das Ihr Angestellter, Frau Rochlitz?«, fragte er mit einer tiefen, angenehmen Stimme, die jedoch nicht darüber hinwegtäuschte, dass er absichtlich das Von in ihrem Namen weggelassen hatte.

»Ja, das ist Paul Rößler. Die gute Seele meines Betriebs«, schob sie rasch hinterher, weil sie um den Stellenwert von Arbeitern und Werktätigen bei den Russen und in diesem neuen sozialistischen Staat wusste.

Ohne sich weiter zu erklären, ging der Offizier auf Paul zu. Irritiert warf Frau Böhmer Luisa einen Blick zu und folgte ihm zögernd. Luisa blieb nichts anderes übrig, als sich ihr anzuschließen.

Als der Offizier Paul erreichte, begriff Luisa vor allem an ihren Gesichtern, wie sehr beide Männer sich freuten, einander wieder zu begegnen. Sie kannten sich längst und klopften sich sogar gegenseitig auf die Schultern. War es dieser Mann, den Paul damals gemeint hatte?

Frau Böhmer, die neben ihr stehen geblieben war, kniff argwöhnisch die Augen zu schmalen Schlitzen und räusperte sich. »Ich bin über Ihre Vorgehensweise überrascht, Genosse Bereshnoi. Bitte bedenken Sie, dass Frau von Rochlitz …«, sie betonte den Adelstitel, dass es fast schon an einer Beleidigung grenzte »… aus der Familie eines kapitalistischen Großindustriellen stammt. Zudem gilt es als erwiesen, dass ihr Vater mit den Nazis gemeinsame Sache gemacht hat.«

Bereshnoi hörte aufmerksam zu. »Soweit ich informiert bin, wurde Julius Marquardt dafür erschossen«, sagte der Russe und nickte bedächtig.

Standrechtlich, ohne Gerichtsverhandlung. Bei dem Gedanken daran überzog sich Luisas Rücken trotz der frühsommerlichen Temperaturen, die den russischen Offizier wahrscheinlich veranlasst hatten, nur in ockerfarbener Hemdbluse seinen Dienst zu versehen, mit einer Gänsehaut. »Ich …«, machte Paul den Versuch, sich einzuschalten, aber der russische Offizier hob die Hand, um ihn zum Schweigen zu bringen.

Stattdessen musterte er Luisa, die sich ganz und gar unwohl fühlte unter seinem Blick. »Frau Rochlitz war damals noch ein halbes Kind, und ich gehe davon aus, dass die Tochter nicht demselben Gedankengut anhängt wie ihr Vater«, sagte Bereshnoi ruhig.

Sofort schüttelte Luisa den Kopf. Sie wollte bereits zu einer Erklärung ansetzen, als der Offizier fortfuhr: »Ich habe Ihren Brief gelesen, Frau Rochlitz.« In gewisser Weise mochte Luisa die Art, wie er das R in jedem Satz rollte. »Ihren Widerspruch. Ein Argument ist mir besonders aufgefallen«, hob er hervor. »Die Freigabe Ihres Besitzes als Liegewiese für alle. Das zeigt mir, wie groß Ihre Liebe zur Heimat ist.« Er machte eine kleine Pause. »Das hat mir imponiert.«

Luisa hielt die Luft an und wagte kaum, einen Blick auf Pauls Gesicht zu erhaschen.

»Doch seien Sie gewarnt. Wir behalten Sie im Auge. Sollte uns zu Ohren kommen, dass hier Zuwiderhandlungen gegen die Gesetze der Deutschen Demokratischen Republik auftreten, würde die Genehmigung für den Betrieb Ihres Strandbades rückgängig gemacht werden. Habe ich mich klar ausgedrückt?«

Klar wie Kloßbrühe, hätte Luisa als Kind geantwortet, wo sie die Redensart von ihren Brüdern aufgeschnappt hatte. »Sie waren mehr als deutlich, Genosse Bereshnoi«, antwortete sie stattdessen und bemühte sich, seinen Namen richtig auszusprechen.

Er nahm diese Geste sehr wohl zur Kenntnis und hob anerkennend die schwarzen Augenbrauen.

Frau Böhmer war anzusehen, dass sie nicht zufrieden war mit dem Ausgang des Gesprächs. Schließlich lenkte sie aber ein und erteilte die Genehmigung, dass Luisa von Rochlitz das Strandbad Wolzensee zum Wohle aller Einwohner der Stadt Rathenow und ihren Gästen betreiben dürfe. »Der Bescheid geht Ihnen in Kürze noch schriftlich zu«, sagte sie, als sie sich verabschiedete und Luisa sogar die Hand reichte. »Nehmen Sie meine Bedenken bitte nicht persönlich. Ich kann nicht zulassen, dass hier jemand einer falschen Ideologie anhängt, verstehen Sie?«

Luisa ergriff die dargebotene Hand. »Danke.«

»Es ist an der Zeit, dass wir etwas wagen. Diese Möglichkeiten haben Frauen drüben kaum«, fügte Frau Böhmer hinzu und meinte mit »drüben« die BRD. »Ich wünsche Ihnen viel Erfolg.«

Der Bescheid ließ nicht lange auf sich warten, und bereits zwei Tage später, am Wochenende des ersten Juni, fand die feierliche Eröffnung des Strandbades statt. Die Ankündigung hatte sogar in der Zeitung, der *Märkischen Volksstimme,* gestanden, und daher kamen viele Rathenower Familien mit Picknickkörben und ihren zusammengerollten Wolldecken unter den Arm geklemmt, um sich das Strandbad anzusehen. Christiane und Luisa wechselten sich ab, die Gäste zu begrüßen. In den von Paul provisorisch gezimmerten Unterstand hatten sie einen Tisch und einen Stuhl gestellt. Paul notierte mit dem Bleistift in einer Kladde sorgfältig die Namen und Uhrzeiten derer, die sich ein Tretboot oder Traktorenreifen ausliehen. Dass die Ausleihe keinesfalls kostenlos war, störte niemanden. Im Gegenteil schienen die Gäste davon ausgegangen zu sein und zückten bereitwillig ihre Geldbörsen, um das Kleingeld abzuzählen.

Kinder liefen lachend umher oder planschten im doch noch recht kühlen Wasser. Die erwachsenen Gäste unterhielten sich miteinander, und überall hörte Luisa heraus, wie froh die Menschen waren, dass nun bald der Sommer begann. Dennoch konnte von einem Besucherstrom noch nicht die Rede sein. Luisa ging aber davon aus, dass es sich schnell herumsprechen würde, wie schön es am Wolzensee war. Auch die täglich steigenden Temperaturen spielten eine nicht unerhebliche Rolle. Sie konnte den Hochsommer kaum erwarten. Bis dahin galt es, weitere Vorhaben auf dem Anwesen umzusetzen. Auf den Lorbeeren ausruhen würde sich Luisa noch lange nicht können, auch wenn der Eröffnungssamstag vielversprechend gewesen war.

Auch am Sonntag kamen noch viele Gäste, die neugierig waren und sich auf dem Gelände umsehen wollten und offensichtlich Spaß dabei hatten. Paul hatte am Vorabend gefragt, ob er sich ein paar Stunden freinehmen und seine Mutter aus der Heilanstalt holen dürfe, wie er es ihr versprochen hatte.

Da Hajo sich bereit erklärt hatte, am Nachmittag an der Ausleihstation auszuhelfen, hatte Luisa selbstverständlich nichts dagegen gehabt.

Gerade schob Paul gut gelaunt den Rollstuhl über den Rasen, was allerdings etwas beschwerlich war, da das Gefährt über die einzelnen Büschel holperte. Im Geiste machte sich Luisa sofort eine Notiz für das nächste Jahr, einen betonierten Weg anzulegen. Sie sollte auf die nicht allzu weit entfernte

Heilanstalt reagieren und den Kranken die Möglichkeit geben, bei einem Besuch ungehinderten Blick auf den Wolzensee zu werfen.

Als Paul Luisa entdeckte, winkte er und lächelte ihr bereits von Weitem zu. Rasch ging sie ihm entgegen.

»Darf ich Ihnen meine Mutter vorstellen?«

»Ich freue mich, Sie endlich kennenzulernen, Frau Rößler«, sagte Luisa. Die Frau im Rollstuhl sah klein und krank aus. Ihren Zustand hätte Luisa als jämmerlich bezeichnet mit der blassen Haut, die beinahe durchsichtig schimmerte, und dem bei jedem Atemzug über die blau verfärbten Lippen kriechenden Pfeifen, wenn nicht in den wässrigen grauen Augen der Schalk aufgeblitzt wäre. Lächelnd sah sie zu ihrem Sohn auf.

»Ich verstehe«, sagte sie so leise zu Paul, dass Luisa sich anstrengen musste, um die Worte zu hören. »Die Freude ist ganz meinerseits«, stieß sie an Luisa gewandt aus und schnappte immer wieder nach Luft. »Sie glauben nicht, wie sehr«, brachte sie noch heraus, bevor Paul seine Mutter ermahnte, sich nicht zu überanstrengen. Das zarte Lächeln, das bis in die Augen der gebrechlichen Frau reichte, ließ keinen Zweifel offen, wie stolz sie auf ihren Sohn war. Sofort nahm er die Hand seiner Mutter in seine und strich mit dem Daumen darüber.

»Sie müssen wissen, ich habe Mama viel von meiner Arbeit hier erzählt. Und von Ihrem Traum eines Strandbades. Ich bin mir sicher, dass, wäre sie nicht so krank geworden, meine Mutter auch hier angefangen hätte und Sie tatkräftig unterstützen würde, Frau von Rochlitz. Die Idee gefiel ihr jedenfalls sehr, stimmt's?« Er wandte sich seiner Mutter zu und streichelte ihre Wange.

Sie nickte und stieß ein kleines Kichern aus.

»Das ist aber lieb. Danke schön.« Luisa war ganz gerührt. »Jetzt muss ich leider weiter.«

Wieder begrüßte sie ihre Gäste, reichte Eltern ihre Klein-
kinder in die Tretboote oder polierte die zurückgebrachten
Reifen, um den Sand für die nächste Ausleihe zu entfernen.

Paul hatte den Rollstuhl seiner Mutter so nah am Ufer des
Sees postiert, dass sie sowohl die Liegewiese als auch die künf-
tige Schwimmsportanlage mit dem umlaufenden Betonsteg in
Augenschein nehmen konnte.

»Frau Rößler, darf ich Ihnen etwas zu trinken anbieten?
Einen Tee vielleicht?«, fragte Luisa, als sie erneut deren Weg
kreuzte.

Dankbar nahm diese Luisas Angebot an.

»Und ein kühles Bier für Sie, Paul?«

»Da sage ich nicht nein, Frau von Rochlitz. Ich helfe Ihnen
tragen. Ihr Mann könnte bestimmt auch in kühles Blondes
vertragen. Wir sind gleich wieder da«, wandte sich Paul an
seine Mutter, lachte unbekümmert und folgte Luisa.

Doch als sie zurückkamen, lehnte Frau Rößlers Kopf gegen die Rückenlehne ihres Rollstuhls, und ihr rechter Arm
baumelte an der Seite, weil er heruntergefallen war. Pauls
Mama war tot.

7

Paul war fort. Zumindest kam es Luisa so vor, als hätte er sich innerlich viele Kilometer weit von ihr distanziert. Es war nicht wie bei Hajo, der zwar zweifellos traumatisiert war, sich aber allzu oft in seinem Selbstmitleid suhlte. Paul hingegen wirkte vor Gram gebeugt. Anders konnte Luisa es nicht ausdrücken. Er arbeitete wie immer fleißig, versah von sich aus die anstehenden Aufgaben, hörte zu und nickte, wenn sie ihm weitere Vorschläge zum Ausbau des Strandbades unterbreitete, ohne ihr etwas ausreden zu wollen, wie es die Mitglieder ihrer Familie so gern taten. Nein, an seiner Arbeit für sie gab es nicht das Geringste auszusetzen. Doch in jeder seiner Bewegungen schwang Schmerz mit. Wenn er verhaltenen Schrittes ging, wo er zuvor lässig einhergeschlendert war, wenn er sich bückte und den Rücken nach unten bog, wo er sich früher geschmeidig hinuntergebeugt hatte. Wie er den Kopf hielt, als raube ihm der Kummer jede Kraft – bei allem, was er tat, spürte Luisa eine Schwermut. Allein sein Blick aus den traurigen grauen Augen zerrte an ihrem Herzen. Immer wieder fragte sie sich, wie sie ihn wohl trösten könnte, obschon er untröstlich schien. Luisa vermochte es nicht, und so ließ sie es bleiben. Sie behandelte ihn wie immer, achtete aber darauf, dass er wenigstens etwas aß und trank. Außerdem wachte sie unauffällig darüber, dass er pünktlich Feierabend machte. Aus Erfahrung wusste sie, wie sehr die Trauer um einen geliebten Menschen einen erschöpfte. Ausreichend Schlaf wirkte da wie Medizin, und sie hoffte, dass Paul abends zur Ruhe kam, um schlafen zu können. Sie erinnerte sich nur zu gut daran, wie sie sich gefühlt hatte, als sie vom Tod ihres Bruders Robert erfahren hatte. Pauls Zustand jedoch wirkte um einiges schlimmer. Es schien, als wähne er sich vollkommen allein auf dieser Welt, ohne einen einzigen Menschen, der zu ihm gehörte. Vielleicht war es tatsächlich so, Luisa wusste zu wenig über ihn und seine Familienverhältnisse.

Zur Beerdigung auf dem Neufriedrichsdorfer Friedhof hatte sich nur eine kleine Gruppe von Menschen versammelt, die Barbara Rößler die letzte Ehre erwiesen. Zu ihnen gesellten sich auch Luisa und Christiane, eine nette Krankenschwester aus der Heilanstalt, wie sie beim Kondolieren mitbekamen, und Gustav Keller, der den Arm um Paul gelegt hatte und wie ein Fels in der Brandung anmutete. Luisa entdeckte außerdem den russischen Offizier Bereshnoi und einen weißhaarigen gut gekleideten alten Mann, der ihr vage bekannt vorkam. Die nette Krankenschwester sprach ihn mit Dr. Heise an, und Luisas Gedanken kreisten im Stillen um den Namen, doch eine konkrete Erinnerung tauchte nicht auf. Es ärgerte sie ein wenig, weil sie die ganze Zeit darüber grübeln würde. Praktizierte er vielleicht jetzt in der Heilanstalt? Dafür sah er allerdings zu alt aus, so jemand war vermutlich längst im wohlverdienten Ruhestand.

Paul stand vollkommen reglos mit hängendem Kopf und Schultern am Grab. Tränen rollten über seine blassen Wangen.

Luisa verspürte den Drang, ihn in die Arme zu nehmen und ganz fest an ihr Herz zu drücken.

Ende Juni kletterten die Temperaturen auf einen Schlag auf über dreißig Grad. Rathenow erlebte eine Hitzewelle, wie es sie seit Jahren nicht gegeben hatte.

In den Schulen gab es bis zum Beginn der Sommerferien großzügig hitzefrei. Unterrichtet wurde gerade mal bis zehn Uhr am Vormittag.

Die Besucher strömten nur so in Luisas Strandbad und garantierten ihr ein gut gehendes Geschäft. Täglich wurde es im Havelland über vierunddreißig Grad heiß. Nicht wenige Gäste tummelten sich bereits morgens auf der Liegewiese am Wolzensee. Das verstärkte sich noch einmal ab dem ersten Ferientag.

Paul war hauptsächlich mit dem Ausbessern der alten Schwimmsportanlage beschäftigt, die sie aus Sicherheitsgründen für die Gäste noch abgesperrt hatten.

Christiane leerte regelmäßig die Papierkörbe auf dem Gelände oder sammelte den Müll ein, den unachtsame Besucher einfach im Gras liegenließen. Hajo blieb tagsüber fast nur hinter zugezogenen Gardinen im Bett – der Hitze wegen, wie er behauptete. Luisa hatte erwartet, dass er sie nun bei dem anhaltenden Besucherstrom tatkräftig unterstützte, aber sie wurde enttäuscht. An den Abenden raffte er sich wenigstens dazu auf, die Tageseinnahmen in das Kassenbuch einzutragen.

Ellinor ärgerte sich, dass sie nach wie vor eine Anstellung brauchte, um an Lebensmittelkarten für sich und Peter zu kommen, doch immerhin hatte sie den schweren Broterwerb des Trümmerbeseitigens auf den Rathenower Straßen seit zwei Jahren aufgeben können und arbeitete derzeit stundenweise in der Leihbücherei.

Angesichts der Hitze organisierte Luisa den Ausschank kühler Getränke, indem sie auf Kommission bei der Konsumgenossenschaft Kästen mit Himbeer- oder Waldmeisterbrause und Selterswasser orderte. Das Bier bezog sie direkt von der Engelhardt Brauerei. Ihre Gäste waren hocherfreut über diesen Service im Strandbad. Auch hier zeigte sich Paul einsatzbereit und war immer zur Stelle, wenn es galt, die schweren Getränkekästen zu schleppen.

Luisa kümmerte sich um die Ausleihe der Boote und besprach mit Hajo die Einnahmen, um erste Bilanzen zu ziehen. Es freute sie, dass ihr Mann die Buchhaltung so gewissenhaft führte.

Bald zeigte sich jedoch, dass ihr provisorischer Unterstand, in dem die Ausleihe und der Getränkeverkauf organisiert wurden, zu klein war. Luisa kam zu dem Schluss, dass sie ein Haus errichten sollten, einen Funktionsbau, in dem es auch Umkleidekabinen geben würde, mit einer Ausleihstation und einem integrierten Getränkekiosk.

Als sie mit Paul über die Details und ihre Baupläne sprach, hörte er aufmerksam zu, nickte an den richtigen Stellen, lächelte sogar, doch zu keinem Zeitpunkt erreichte dieses Lächeln seine Augen.

Luisa schnitt es ins Herz, wie sehr der junge Mann um seine Mutter trauerte. Hier würde wie immer nur die Zeit ihre heilsamen Pflaster auf die Wunde legen.

Eines Tages erschien wieder der russische Offizier auf dem Gelände, und Luisa erschrak. Sie erinnerte sich noch gut an seine Worte und die strenge Miene, als er erklärt hatte, Luisa stehe unter Beobachtung mit ihrem Strandbad. Wollte er ihr heute eine Zuwiderhandlung, wie er es damals genannt hatte, unterstellen? Mit weichen Knien und stolperndem Herzschlag beobachtete sie, wie er geradewegs auf Paul zusteuerte, nachdem er diesen entdeckt hatte. Die Männer unterhielten sich eine Zeitlang. Paul nickte dann und wann und setzte auch für Bereshnoi sein unverbindliches Lächeln auf. Aber es diente mehr als Schutzschild, als dass man es für einen deutlichen Gefühlsausdruck halten konnte. Luisa fragte sich, ob der Russe sich täuschen ließ.

»Hallo, ich möchte ein Tretboot ausleihen«, sagte eine Frau ungehalten und pochte mit ihrem Portemonnaie auf die Tischplatte.

»Entschuldigen Sie bitte.« Luisa begriff, dass die Frau sie bereits zweimal angesprochen hatte, ohne dass sie darauf reagiert hatte. Sofort riss sie sich vom Anblick der Männer los und bediente ihren Gast.

Kaum hatte Luisa das erledigt, beobachtete sie Paul und Bereshnoi weiter. Was mochten sie wohl besprechen? Wollte man ihr jetzt doch das Strandbad nehmen? Allein der Gedanke daran verursachte ihr ein Brennen im Magen. Der Russe drehte plötzlich den Kopf, sodass ihre Blicke sich trafen. Ihr Erschrecken schien ihn zu amüsieren, und er verzog, ein wenig zu spöttisch für Luisas Geschmack, den Mund. Erst dann nickte er, als würde er sie begrüßen. Sie nickte zurück und wandte sich hastig ab. Am liebsten wäre sie jetzt ins Haus gelaufen und hätte sich in ihrem Schlafzimmer verbarrikadiert. Die Angst vor den Russen saß noch immer viel zu tief, und außerdem würde es nichts nützen, wenn sie sich vor Bereshnoi versteckte. Falls er hier war, um ihr den Bescheid mit der Schließung des Strandbades persönlich zu überbringen, würde sie rein gar nichts dagegen ausrichten können. Wie sehr sie es hasste, einer solchen Willkür ausgesetzt zu sein!

»Was will denn der Russe hier?«, erkundigte sich Ellinor, die im Badeanzug und mit einem Handtuch über der Schulter neben Luisa aufgetaucht war.

»Wenn ich das nur wüsste.« Luisa nahm den Schlüssel von einem älteren Mann entgegen, der eines der Boote geliehen hatte und sich wieder zurückmeldete. »Ich hoffe, Sie hatten eine schöne Ausfahrt«, sagte sie zu ihm.

»Ja, meine Frau und ich genießen die Fahrt mit dem Tretboot immer sehr. Nächste Woche kommen wir wieder.«

»Das freut mich. Haben Sie noch einen schönen Tag.«

»Mach dir nichts draus, wenn du dein Strandbad nur für eine Saison betreiben darfst. Ist Julius erst einmal zurück, musst du deine Sonderwünsche sowieso hintanstellen. Aber das habe ich dir ja gleich gesagt. Oh, er kommt«, flüsterte Ellinor und berührte Luisas Arm.

»Wer ...«, wollte sie gerade fragen, als sie bemerkte, dass Bereshnoi direkt auf sie zukam.

»Ich gehe schwimmen«, rief Ellinor ihr zu und machte sich hastig davon.

Luisa schlug das Herz bis zum Hals. Könnte nicht Hajo jetzt an ihrer Seite sein? Eine Gruppe Jugendlicher vergnügte sich auf dem See mit den großen Traktorenreifen. Ihr Lachen war weithin zu hören. Genau das war es, was Luisa gewollt hatte. Den Menschen ein Stück Lebensfreude zu geben, einen Ort, an dem sie ihre Seele baumeln lassen konnten, inmitten wunderschöner Natur. Gerade glitzerten Sonnenlichtsprenkel auf der Wasseroberfläche und verwandelten den Wolzensee in eine Lagune voller Diamanten. Wollte Bereshnoi ihr das alles wieder kaputtmachen?

»Guten Tag, Frau Rochlitz, wie geht es Ihnen?« Er stand bereits neben ihr und folgte für den Bruchteil einer Sekunde ihrem Blick.

Bis eben ging es mir gut. »Sind Sie gekommen, um mich das zu fragen?«, erkundigte sich Luisa, ohne ihn anzusehen.

Er lachte leise. »Nein, Sie liegen richtig«, sagte er wieder mit rollendem R.

Jetzt musterte sie ihn doch. An seinem Daumen baumelte die Uniformjacke, und unter den Achseln seines Hemdes hatten sich Schweißflecken gebildet.

Ein Jammer, bei dieser Hitze Uniform tragen zu müssen. Wie viel besser fühlte sich da Luisa in ihrem luftigen schulterfreien Sommerkleid mit den dünnen Trägern und dem schwingenden Rock. Wenn ihre Mutter wüsste, dass sie bei dieser Hitze auf einen Unterrock verzichtete …

»Darf ich Ihnen etwas zu trinken anbieten, Genosse Bereshnoi? Ich habe auch kaltes Bier, das mögen Sie doch bestimmt?«, fragte sie rundheraus.

»Ah, *Bieyo! Spacieba.*« Er wischte sich den Schweiß von der Stirn und nahm die ihm angebotene Flasche dankend entgegen.

Luisa holte tief Luft, es war besser, wenn sie es hinter sich brachte. »Nun, was gibt es?« Sie machte sich auf das Unvermeidliche gefasst.

Bereshnoi nahm einen langen Zug. Als er schluckte, hüpfte sein Adamsapfel auf und nieder. Anschließend wischte er mit dem Handrücken über seinen Mund. »Paul«, sagte er schließlich.

Was heißt das?

»Er sieht schlecht aus. Es geht ihm nicht gut«, erklärte Bereshnoi.

Als ob Luisa das nicht wüsste. War der Russe etwa hier, um nach Paul zu sehen?

»Er ist ein Freund«, sagte Bereshnoi. »Ein *guter* Freund.«

Das hatte Luisa nicht gewusst. Sie hatte gedacht, dass die beiden sich seit einer früheren Begegnung kannten. Aber eine Freundschaft bedeutete noch mal etwas ganz anderes. »Ich weiß nicht, wie ich ihm helfen kann.« Wie kam sie dazu, dem Russen gegenüber ein solches Geständnis auszusprechen? Aber in diesem Moment wirkte er so vertrauenerweckend, dass sich Luisa über sich selbst wunderte. In seinen schwarzen Augen stand eine Güte, die sie zuvor nicht gesehen hatte.

»Ich weiß, wie er sich fühlt. Ich habe meine Mutter im Krieg verloren«, sagte er mit heiserer Stimme.

»Das tut mir sehr leid.«

Bereshnoi nickte und trank sein restliches Bier aus. »Achten Sie ein bisschen auf Paul. Sie mögen ihn doch. Ich komme wieder.« Mit diesen Worten reichte er ihr die leere Flasche.

Luisa fühlte sich ertappt und kniff die Lippen fest zusammen.

»Keine Sorge, ich war nicht in … wie sagt man? … offizieller Mission hier. Aber soweit mir bekannt ist, haben Sie es versäumt, eine Schankgenehmigung einzuholen, Frau Rochlitz.«

Obwohl Luisa immer noch gefiel, wie er mit rollendem R ihren Namen aussprach, bekam sie einen Schrecken. Ihr war

nicht klar gewesen, dass sie eine Schankgenehmigung gebraucht hätte. Was nun?

»Es dürfte kein Problem sein, wenn Sie sie nachträglich beantragen. Falls es Ärger geben sollte, werde ich ein gutes Wort
für Sie einlegen.«

Luisa traute ihren Ohren kaum. Vor Erleichterung presste
sie die Hände auf ihr Herz.

»Kümmern Sie sich ein bisschen um Paul«, bat er erneut.

Wenn das ihr Gegenzug sein sollte, war sie sehr gern bereit
dazu. Sie nickte eilig. »Sie können sich auf mich verlassen.«

Wieder lachte er leise. »Das dachte ich mir.«

Sie sah ihm so lange nach, bis er hinter den Birken in der
Nähe der Villa verschwand, und atmete schließlich auf. Gleich
heute Abend würde sie die Schankgenehmigung schriftlich in
einem Brief an den Rat der Stadt beantragen.

Paul schwitzte wie alle anderen Menschen in der Umgebung.
Inzwischen war es nachts auch in seiner Souterrainwohnung
zu heiß, um zu schlafen.

Am 5. Juli kletterte die Temperatur sogar auf siebenund-
dreißig Komma fünf Grad, und Paul war nicht der Einzige,
der eine Abkühlung herbeisehnte. Am Nachmittag schwebten
Wolkenberge heran, ballten sich zusammen, als wollten sie
einander festhalten, nur um danach wieder in alle Richtungen
fortgepustet zu werden. Der auffrischende Wind spielte mit
ihnen Katz und Maus, schaffte es aber nicht, die unerträgliche
Schwüle zu vertreiben.

Die Badegäste packten eilig ihre Sachen und rollten die

Decken zusammen, in der Hoffnung, trocken zu Hause anzukommen. Eilig rannten sie zu ihren Fahrrädern, sprangen auf und traten in die Pedale oder hetzten zu Fuß los. Innerhalb weniger Minuten war die Liegewiese wie leer gefegt. Inzwischen hatte der Himmel seine blaue Strahlkraft gänzlich eingebüßt. Grau und bedrohlich hing er wie eine Granitplatte über dem Wolzensee. Paul überprüfte die Anzahl der Schlüssel und Reifen und bemerkte, dass eines der Tretboote noch nicht wieder zurückgebracht worden war. Mit wachsamen Augen suchte er die Wasseroberfläche ab. Er entdeckte das rote Boot in der Nähe eines Schilfgürtels linker Hand vom Sandstrand, wo es auf den vom inzwischen tobenden Wind aufgepeitschten Wellen schaukelte. Zwei junge Mädchen hatten offensichtlich großen Spaß an diesem ungewöhnlich hohen Wellengang des Sees und verkannten dabei vollkommen die Gefahr.

Paul schob sich Daumen und Mittelfinger in den Mund und stieß einen lauten Pfiff aus. »Hallo«, rief er ihnen zu. Doch erst beim zweiten Pfiff wurden sie auf ihn aufmerksam. Er ruderte mit den Armen und bedeutete ihnen, schnellstens an Land zu fahren.

»Was ist da los?«

Er fuhr zusammen, weil er nicht bemerkt hatte, dass Luisa plötzlich neben ihm stand. »Es sind noch zwei Mädchen mit dem Tretboot draußen auf dem See.« Er streckte den Arm in deren Richtung aus.

»Ans Ufer, sofort!«, schrie sie gegen den Wind an. »Ob sie mich überhaupt hören können?«, fragte sie.

Paul zuckte mit den Schultern und ließ das Tretboot keine Sekunde aus den Augen. Wieder pfiff er und winkte den Mädchen, dass sie hier an den Strand heranfahren sollten und nicht erst bis zur Bootsanlegestelle. Die war viel zu weit von ihrem jetzigen Standort entfernt.

»Hoffentlich passiert ihnen nichts«, stieß Luisa aus.

Die ersten schweren Regentropfen platschten vom Himmel herunter. »Gehen Sie ins Haus, ich kümmere mich um alles«, rief Paul Luisa zu. Er schlüpfte aus den Arbeitsschuhen und watete ins Wasser, ohne sich die Mühe gemacht zu haben, die Hosenbeine hochzukrempeln.

»Auf keinen Fall!«, erwiderte sie.

Paul verstand ihre Gründe sofort und versuchte gar nicht erst, sie vom Gegenteil zu überzeugen.

Die Mädchen auf dem See legten sich inzwischen richtig ins Zeug und schafften es endlich, das Tretboot an den Strand zu manövrieren. Paul ging ihnen entgegen, und als er bis zu den Hüften im Wasser stand, bekam er die Kette des Tretboots zu fassen und zog es schließlich an Land.

»Habt ihr nicht bemerkt, dass ein Gewitter aufzieht?«, schimpfte er. Die Mädchen sahen betreten zu Boden und schüttelten die Köpfe.

Im selben Moment öffnete der Himmel seine Schleusen. Luisa, genauso erleichtert wie Paul, dass den Mädchen nichts passiert war, schubste sie in Richtung der Villa. »Hopp, hopp, ihr stellt euch so lange bei uns unter, bis das Gewitter vorüber ist.« Alle drei rannten los.

Paul zog das Tretboot aus dem Wasser, damit es nicht noch abtrieb. Wie ein Sturzbach fegte nun der Regen über das Land und spülte Staub und die wochenlang anhaltende Hitze von Dächern, Bäumen, Sträuchern und Gräsern. Selbst das Schilf, das mit seinen Wurzeln stets im Wasser stand, hieß die Abkühlung willkommen und atmete auf, so schien es jedenfalls. Eine Windbö wischte über die Baumspitzen, die sich lang ausstreckten, als wollten sie die Wolken um mehr anbetteln.

Donnergrollen wurde laut, und ein greller Blitz, dem ein ohrenbetäubendes Krachen folgte, zuckte über den Wolzensee. Paul wandte das Gesicht gen Himmel und schloss die Augen, während der Regen auf ihn herabprasselte, aber das machte ihm nichts aus. Im Gegenteil – hier, inmitten der tobenden Elemente, fühlte er sich nah bei seiner Mutter. Er schmeckte das Salz seiner Tränen, die sich unbemerkt mit dem Regen vermischt hatten. Unwillkürlich zog es ihn ins Wasser. Er zerrte sich das klatschnasse Hemd über den Kopf, wollte den See ganz und gar auf seiner Haut spüren. Achtlos warf er es in den Sand, die Hose sollte folgen, doch es war zu beschwerlich, sie über seine Oberschenkel zu ziehen, und so ließ er es bleiben.

Langsam, Schritt für Schritt, watete er ins Wasser, während über ihm das Unwetter seinem Höhepunkt entgegenstürzte. Je weiter Paul vorankam, desto langsamer schlug sein Herz. Die Füße hatten bereits jeden Halt verloren, und nach nur wenigen Schwimmstößen tauchte er unter. Hier in der grauen Stille des Wolzensees, wo nur das Wasser ihn umarmte, fühlte Paul die Gegenwart seiner Mutter und ließ sich direkt zu ihrer Seele treiben. Endlich ihre Nähe, ihre Liebe wieder zu spüren machte ihn sehr glücklich. Hier wollte er bleiben, hier bei ihr, für immer.

8

Luisa überließ die Mädchen Christianes Obhut und ging ins Badezimmer, um sich abzutrocknen. Sie war nass bis auf die Haut, zog sich aus und warf ihr Kleid in die Wanne. Rasch wickelte sie sich notdürftig in ein großes Handtuch und tappte barfuß in ihr Schlafzimmer, wo Hajo ausgestreckt im Bett lag und schnarchte. Er roch nach billigem Fusel. Die Fensterflügel standen sperrangelweit offen, sodass die Vorhänge sich im Wind bauschten. Luisa zog sie beiseite, um ungehindert frische Luft hineinströmen zu lassen. Mit einem Mal verdunkelte sich der Himmel, nachdem grelle Blitze ihn zunächst attackiert hatten, so sehr, dass ihr bange wurde. Der fast nachtschwarzen Schwere folgte ein polterndes Krachen, und Luisa zuckte vom Fenster zurück. Hatte der Blitz etwa ganz in der Nähe eingeschlagen? Eigentlich fürchtete sie sich nicht vor Gewitter, aber dieses hier war zu mächtig, als dass sie es einfach als schnöden Landregen abtun konnte.

Etwas lag im Dunstkreis des Unwetters und waberte mit dem prasselnden Regen durch die Luft. Luisa müsste atmen, aber irgendwie ... sie sah plötzlich Paul vor ihrem geistigen Auge, wie er leblos im Wolzensee trieb. *Kümmern Sie sich um ihn.*

Sie keuchte auf. »Nein.«

Hajo fuhr hoch und blickte sie schlaftrunken an.

So schnell sie konnte, riss Luisa den Kleiderschrank auf, zerrte blindlings ein Kleid vom Bügel und fuhr hinein. Sie eilte über den Flur und erhaschte einen Blick ins Wohnzimmer, wo ihre Mutter mit der Metallkassette im Schoß, in der sich die wichtigsten Papiere und ein Notgroschen befanden, halb unter dem Esstisch kauerte.

Christianes fröhliches Geplauder, die sich mit den zwei Mädchen unterhielt, drang aus der Küche zu ihr durch, doch Luisa trieb es vorwärts. Sie stolperte über Peters Sandalen, die ihm längst zu klein waren und er sie deshalb nicht leiden konnte, und schnappte sich das Regencape vom Haken und warf es sich eilig über. Luisa riss die Haustür auf und rannte die Treppen hinunter. Nie war ihr das Gelände zu groß erschienen, jetzt allerdings schon. Nach Luft schnappend erreichte sie die Liegewiese, hielt an und suchte die Wasseroberfläche ab. Da war nichts. Luisa hastete weiter, hinunter zum Strand, wo neben dem roten Tretboot Pauls Hemd im Sand lag. *Nein. Nein. Nein.* »Paul.« Sie schrie seinen Namen, so lange, bis sie glaubte, ihre Luftröhre stünde in Flammen.

Aus den Augenwinkeln bemerkte sie eine Bewegung. Ein dunkler Schopf tauchte aus dem Wasser auf, blickte in ihre Richtung und kam näher. Endlich ließ der Regen nach.

Jetzt erkannte sie Pauls Gesicht, er hob die Hand, als wolle er ihr winken, aber dann zog er sie wieder unter Wasser und schwamm auf Luisa zu. Bis er sich schließlich aufrichtete und mit langsamen Schritten ans Ufer watete.

Luisa bemerkte seine offenen, tief auf den Hüften sitzenden Hosen, seinen flachen Bauch, und wandte rasch den Kopf ab.

»Was ist?«, fragte er ruhig.

»Sagen Sie es mir.« Sie verschränkte die Arme vor der Brust. »Haben Sie versucht ...« Sie hielt inne, der Gedanke war unerträglich. »... sich umzubringen?«, fragte sie leise.

Wortlos stand er vor ihr, schaute ihr viel zu tief und viel zu lange in die Augen. Seine grauen Iriden glänzten silbern und schienen sich einen direkten Weg in ihre Seele zu bahnen.

Bei dem Versuch, seinem Blick auszuweichen, entdeckte

sie zwischen dem Bund der Unterhose und seinem Bauchnabel reichlich Haut. Luisa spürte ihre Brustwarzen hart werden, die sich nun gegen den dünnen Stoff ihres Blusenkleides drückten.

Zögernd kam er näher. Sie sah ihm kurz ins Gesicht, und sofort wurde ihr klar, dass er ihre Brustwarzen ebenfalls registriert hatte. Obwohl sie ihre Arme hätte davorlegen können, rührte sie sich nicht.

Es kam ihr absurd vor – er stand so dicht vor ihr, dass sie gemeinsam ihren Herzen beim Klopfen zuhören konnten. Luisa atmete seinen Duft nach Rasierseife, Sommerhitze und Seewasser ein.

»Es ging ihr doch schon besser«, flüsterte er mit einer Stimme, in der zu viele ungeweinte Tränen mitklangen. »Sie fehlt mir so.«

Plötzlich verspürte Luisa eine unerfüllte Sehnsucht und wünschte, sie könnte sich an ihn schmiegen, ihn halten. Oder war es doch eher der heiße Wunsch, endlich wieder gehalten zu werden? Ihr Verlangen nach ihm wuchs, und als sie begriff, dass seine Arme sie längst umfingen, festhielten, stützten und sie sich noch nie so geborgen gefühlt hatte, konnte Luisa nicht einmal sagen, wer von ihnen die Initiative übernommen hatte.

Und dann küsste Paul sie, wie Luisa noch nie geküsst worden war. So, als ob sein Leben davon abhinge, er ertrank oder gerettet werden musste. Gleichzeitig war sein Mund unendlich weich und schmeckte nach einem Hauch von Waldmeisterbrause. Sie spürte seine Verzweiflung, die Trauer, die ihn würgte, aber auch, wie er sich an eine Hoffnung klammerte, dass alles wieder gut werden würde, und so schlang Luisa die Arme um seinen Nacken. Da sie nicht wusste, wie sie ihn trösten konnte, ließ sie sich in diesen Kuss fallen, der jede Zelle ihres Körpers zu erreichen und zu streicheln schien. Sie vergaß, warum er falsch war, wusste nicht mehr, was sie hier verloren oder gar zu finden gehofft hatte. Paul, dachte sie nur, Paul – etwas anderes zählte nicht mehr.

Erst als in unmittelbarer Nähe das aufgeregt ausgestoßene Zwitschern einiger Bachstelzen auf Nahrungssuche erklang, fuhren sie, nach Atem ringend, auseinander.

»Ich ...«, fand Luisa als Erste ihre Sprache wieder. »Wir dürfen nicht ... Vergiss nicht, ich bin ... eine glücklich verheiratete Frau.« Selbst in ihren eigenen Ohren klang ihre Stimme fremd.

Paul nickte, legte den Kopf schief und blickte ihr tief in die Augen. »Ah ja?«

Damit ließ er sie stehen, hob sein Hemd auf, fuhr in die Arbeitsschuhe und ging langsam davon.

Luisa konnte noch immer nicht glauben, was passiert war. Sie stand reglos da und starrte auf den Wolzensee, dessen Wellen noch ein paar Schaumkrönchen auf dem Rücken trugen und jetzt, wo der Wind sich gelegt hatte, wieder gemächlich ans Ufer schwappten.

Paul sanierte wieder einmal die alte Steganlage, die sich schräg gegenüber der Villa befand. Nach dem Hitzegewitter hatten sich jetzt im August die Temperaturen erheblich abgekühlt, was es für ihn leichter machte, seiner Arbeit nachzugehen, als noch in der brütenden Hitze wenige Wochen zuvor. Doch der Großteil des Sommers lag immer noch vor ihnen, und die Schulkinder nutzten die Ferien, um sich die Zeit im Strandbad zu vertreiben. Viele kamen bereits nach dem Frühstück. Ganze Gruppen trudelten an den langen Nachmittagen ein, als hätten die Mädchen und Jungen sich vorab verabredet. Paul beneidete sie für ihre unbeschwerte Kindheit. Sie würden im Frieden aufwachsen können.

Pauls ehemaliger Meister Gustav Keller hatte sich in den vergangenen Wochen nur ein einziges Mal am Wolzensee blicken lassen. An seiner Seite ging eine Frau, die ihr grau meliertes Haar zu einem Dutt hochgesteckt hatte, der von einem schwarzen Samtband gehalten wurde. Das Paar unternahm tatsächlich eine Fahrt mit dem Tretboot. Als er sich später am Nachmittag von Paul verabschiedete, erwähnte er, dass sich wieder genug Schrottabfälle im Werk angesammelt hatten. »Wie sieht's aus, mein Junge, braucht ihr noch weitere Tretboote?« Er klopfte Paul auf die Schulter.

»Da fragen Sie am besten die Chefin.«

Gustav Keller warf ihm einen Seitenblick zu. »Dicke Luft? Du weißt, dass du jederzeit zurückkommen kannst, jetzt wo ...«

... keine Notwendigkeit mehr besteht, in der Nähe der Heilanstalt zu bleiben. Paul war klar, was sein Meister ihm damit sagen wollte, ohne dass er den Satz zu Ende sprach. »Nein, wie kommen Sie darauf?«, flunkerte er ein wenig.

Eigentlich war alles wie immer zwischen ihm und Luisa. Nur, dass das nicht stimmte. Sie hatten beide mit keinem Wort den Kuss erwähnt und arbeiteten weiterhin gut zusammen. Paul wusste jedoch, dass er ihr auswich, wenn er die Gelegenheit dazu hatte.

Gustav Keller nickte und rieb sich über den Bartschatten an seinem Kinn. »Allerdings müsst ihr euch in puncto Sitzbänke etwas einfallen lassen. Auf dem Gelände des Traktorenwerkes gibt es keine mehr. Ich könnte mich aber schlaumachen, falls ihr das wollt.«

»Wie gesagt, da fragen Sie am besten Frau von Rochlitz persönlich und sind dann auch gleich auf der sicheren Seite.«

»Na schön, du musst es ja wissen.« Gustav Keller warf ihm

einen prüfenden Blick zu, ritt aber nicht weiter auf dem Thema herum.

Da im August immer noch Hochsaison war und die warmen Temperaturen ihnen nach wie vor, besonders an den Wochenenden, viele Besucher bescherte, beschäftigte Luisa ein junges Mädchen als Aushilfe. Helena war blond, stets gut gelaunt und würde ab Herbst in Berlin studieren. Sie schien eine gute Freundin seiner Chefin zu sein, obwohl sie einige Jahre jünger sein musste. Paul mochte sie auf Anhieb, besonders, da sie ihren Frohsinn überall verstreute. Er fragte sich allerdings, in welchem Zusammenhang er ihren Familiennamen schon mal gehört hatte. Verflixt, es wollte ihm einfach nicht einfallen.

Im Laufe des Monats brachte Gustav Keller zum Abend hin immer mal wieder Tretbootteile vorbei, die Paul an Ort und Stelle montierte. Am Ende konnte das Strandbad sieben bunte Tretboote verleihen. Für den nächsten Sommer plante Luisa, Ruderboote aus Blech in Auftrag zu geben, wie sie Gustav Keller in Pauls Gegenwart erklärte.

Paul hatte es sich angewöhnt, seine Mahlzeiten allein auf einer Bank draußen am See oder in seiner Wohnung einzunehmen. Es war leichter so für ihn, als immer wieder zu sehen, dass es Familien gab, die alles miteinander teilten, während er selbst ganz allein in dieser Welt stand.

Am letzten Ferientag – Donnerstag, den 31. August – holte sich Paul gerade seine Mittagsration aus der Küche ab, als Ellinor Marquardt wieder ihren Stuhl vor das Radio schob. Heute jedoch hatte sie kaum Platz genommen, als sie bereits den Zeigefinger an die Lippen legte.

Paul vermied jedes Geräusch, nahm seinen Teller mit dem Kartoffelsalat und einer Bockwurst und schnappte sich das Besteck. Nach der üblichen Erkennungsmelodie verlas die Sprecherin ihre Meldung. »Gesucht wird Julius Marquardt, geboren am 29.01.1915, letzte Heimatanschrift Berlin-

Zehlendorf, von seiner Frau Ellinor und Sohn Peter. Wir warten auf dich in Rathenow, am Wolzensee«, bekam Paul gerade noch mit, als er auf leisen Sohlen die Küche verließ.

Da am nächsten Tag wieder die Schule begann, kamen weniger Besucher in das Strandbad. Diese Tatsache schien seine Chefin zu beunruhigen. Sie lief mit ernstem Gesicht quer über das Gelände, ein Klemmbrett unter dem Arm, und blieb hier und dort stehen, um sich Notizen zu machen.

Sein alter Meister hatte recht, es gab keinen Grund mehr, warum er noch im Strandbad bleiben sollte. Oder doch – er wollte Luisa jetzt, wo es schon für die nächste Saison noch so viel zu tun gab, nicht im Stich lassen. Sie baute auf seine Hilfe. Nur auf sich allein gestellt würde sie es nicht schaffen können. Dabei ignorierte er die Tatsache, dass sie auch jemand anderen einstellen könnte.

Vor Tagen hatte Paul aus Abbruchholz eine Form gezimmert, diese mit flüssigem Beton gefüllt und nach dem Aushärten heute Nachmittag die Schalbretter wieder entfernt. So war es ihm gelungen, Startblöcke für die Schwimmsportanlage herzustellen. Gerade hievte er einen nach dem anderen auf ihren zukünftigen Platz auf dem alten Steg, als Luisa zu ihm kam.

»Die sehen großartig aus.« Sie schlüpfte aus ihren Schuhen, setzte sich auf den Steg und ließ die Beine über den Rand baumeln, sodass ihre Zehen das Wasser berührten.

»Ihre Schwiegermutter hat sie mit der Nummer der Startbahn versehen«, sagte Paul überflüssigerweise, obwohl Luisa selbst die Pinsel von der roten Farbe befreit hatte, nachdem Christiane die Zahlen mithilfe einer Schablone auf die Startblöcke getupft hatte.

Er zog den Maurertumpen, einen Bottich, in dem er den Zement angerührt hatte, heran, um den ersten Startblock zu zementieren.

»Ich weiß«, antwortete sie und verfolgte jede seiner Handbewegungen, als er den ersten Startblock mithilfe einer Wasserwaage ausrichtete.

Als hätte sie seine Gedanken erraten, sah sie zu ihm auf. »Paul, Sie bleiben mir doch erhalten?«

Jetzt wäre die Gelegenheit, ihr zu erklären, dass es besser wäre, er ginge wieder zurück nach Brandenburg. Obwohl er sich größte Mühe gab, sich auf seine Arbeit zu konzentrieren, *nur* auf seine Arbeit, schaffte er es nicht und wagte einen vorsichtigen Blick in ihr Gesicht. Es war ein fataler Fehler, denn ihre verdammten dunklen Kulleraugen bettelten ihn an.

»Ich dachte mir«, fuhr sie hastig fort, als ahne sie den Widerstreit seiner Gefühle, »ich beschaffe von den ersten Einnahmen Holz und Stahlrohr, um einen drei Meter hohen Sprungturm zu errichten. Was halten Sie von der Idee?«

Er fand sie gut, wie fast alles, was diese Frau im Zusammenhang mit ihrem Traum vom Strandbad austüftelte. Paul bewunderte ihren Mut und ihre Stärke. Ein bisschen war sie wie seine Mutter, die alles darangesetzt hatte, sein Leben zu schützen. Wieder tat die Erinnerung weh, stach mitten in sein Herz hinein. Manchmal wünschte er sich, der selige Schleier des Vergessens würde ihn einhüllen, nur um im selben Moment davor zu erschrecken. Was, wenn er sich das Gesicht, die Stimme seiner Mutter nicht mehr würde vorstellen können?

»Paul?«

Er hatte längst aufgehört, mit der Wasserwaage zu hantieren.

»Paul, was geht Ihnen durch den Kopf?« Luisas Stimme klang weich, behutsam, und ihre Finger berührten für den Hauch eines Augenblicks seine Hand. Gerade so kurz, als hätte er sich die Verbindung nur eingebildet.

»Ich frage mich …«, begann er.

Aufmunternd nickte sie ihm zu. »... ob mein Anteil an Glück aufgebraucht ist.«

»Das dürfen Sie nicht denken.« Sie berührte wieder seine Hand, ein wenig länger dieses Mal.

»Ach nein?«

Vehement schüttelte sie den Kopf. »Ich verstehe Ihren Kummer. Wirklich, das tue ich. Aber ich weiß auch, dass es eines Tages besser werden wird. Leichter. Der Druck auf Ihrem Herzen wird nachlassen, auch wenn die Erinnerungen bittersüß bleiben werden.«

Bittersüß. Paul wog das Wort ab, es traf das, was er fühlte sehr genau. Luisa kannte sich damit aus, wie wahrscheinlich jede Familie nach diesem verdammten Krieg.

In den Augenwinkeln nahmen sie gleichzeitig eine Bewegung wahr, wandten die Köpfe und blinzelten gegen das Sonnenlicht. Ein Mann näherte sich dem Haus, blickte an der Fassade hoch und drehte sich schließlich einmal langsam um die eigene Achse.

»Kann ich Ihnen helfen?«, rief Luisa ihm zu, zog die Knie an, stemmte sich hoch und bückte sich nach ihren Sandaletten.

Der Mann entdeckte sie, hob die Hand zum Gruß und kam auf sie zu. Als er näher kam, sahen sie, wie zerlumpt und schmutzig er war. »Luisa?«

Im selben Moment wurde ihr Gesicht unter der Sonnenbräune so schneeweiß wie die Seerosen auf dem Wolzensee, die Paul bei einem Ausflug mit dem Tretboot am Sonntagmittag entdeckt hatte. Offenbar erkannte sie die Stimme der verlotterten Gestalt, die im Gegensatz zu deren Äußerem jung und dynamisch klang.

»Ich hab's geschafft.« Der Mann betrat den Steg und blieb kurz darauf stehen. »Noch dazu rechtzeitig vor deinem dreiundzwanzigsten Geburtstag, Schwesterlein.« Er breitete die Arme aus.

Luisa entglitten die Sandaletten, und schon flog sie zu ihm und umarmte ihren Bruder. »Julius!«

Der verschollene Sohn war also nach jahrelanger Gefangenschaft in den Schoß der Familie zurückgekehrt. *Von nun an wird sich hier wohl einiges ändern,* dachte Paul. Gut, dass er Luisa noch keine Antwort auf ihre Frage, ob er ihr erhalten bliebe, gegeben hatte.

9

Als Luisa am nächsten Morgen die Küche betrat, wurde sie mit einem Ständchen überrascht.

»Weil heute dein Geburtstag ist, haben wir gedacht, wir singen dir ein kleines Lied ...«, sang Christiane, die den Chor anführte.

»Aber musste es denn ausgerechnet ein DDR-Lied sein?«, raunte Josepha ihr zu.

»Warum denn nicht? Ich fand es passend für deine Tochter. Es wurde unlängst in der Musikschule angestimmt, und es klang so schön. Ich mochte es auf Anhieb.« Wie eine Dirigentin schwang Christiane die Arme in die Luft. Als Stab diente ihr eine funkensprühende Wunderkerze, die besonders Peters Aufmerksamkeit erregte.

Ansonsten herrschte im Hause Festtagsstimmung, was allerdings wenig mit Luisas Geburtstag zu tun hatte, sondern mit Julius' Heimkehr, da machte sich Luisa nichts vor. Dennoch freute sie sich mit der gesamten Familie, dass ihr Bruder den Krieg überlebt hatte und nach Hause zurückgekehrt war. Allzu viel hatte er noch nicht erzählt. Vielleicht würde er, so wie die meisten anderen, die als Soldaten Schreckliches erlebt haben mussten, darüber schweigen. Oder er würde sich später erst öffnen, wenn Ellinor ihn in ihrer unbändigen Wiedersehensfreude nicht mehr vollkommen in Beschlag nahm. Sie und Peter standen dicht bei Julius, seine Mutter neben ihnen strahlte übers ganze Gesicht und hatte vor Aufregung vergessen, dass sie noch ihr Haarnetz aus der Nacht trug. Sogar Hajo saß seitlich neben dem Chor, hatte sein Bein auf einen Stuhl gelegt und stützte den Kopf auf die Krücken.

Ihre Schwägerin hatte gestern Abend mit einer solchen Begeisterung den Badeofen angefeuert, wie Luisa es nie zuvor beobachtet hatte. Julius war in die Badewanne zitiert worden, wo Ellinor persönlich ihn abgeschrubbt, sein Haar gewaschen und es notdürftig mit der Schere zurechtgestutzt hatte. Schließlich hatte sie ihm den verfilzten Bart abrasiert. Nun sah Julius wieder zivilisiert aus, wenn auch hohlwangig und klapperdürr.

»Ich bedaure, dass ich dir von unterwegs kein Geschenk mitbringen konnte«, sagte er zu Luisa.

»Das, mein lieber Julius, glaubst du doch selbst nicht«, flachste sie und boxte ihn spielerisch gegen die Schulter.

»Papperlapapp«, mischte Ellinor sich ein. »Dass du wieder hier bei uns bist, ist ja wohl Geschenk genug.«

»Du sagst es«, gab Luisa ihr recht und beobachtete, wie ihr Bruder seiner Frau zuzwinkerte und dieser eine leichte Röte in die Wangen stieg. Offenbar hatten die beiden in der letzten Nacht ihre große Sehnsucht nacheinander ausgiebig gestillt. Sie musste schmunzeln.

Christiane hatte es geschafft, hinter Luisas Rücken heimlich eine Buttercremetorte zu backen. Wie es ihrer Schwiegermutter gelungen war, all die Zutaten aufzutreiben, blieb deren Geheimnis.

Am späten Vormittag saß Luisa in ihrem Büro und verfasste einen Brief an das Schulamt. Zum einen informierte sie darin die Schulleiter über die Möglichkeit der Nutzung einer Schwimmsportanlage, zum anderen forderte sie die Schulen beziehungsweise das Schulamt auf, einen Zuschuss zu zahlen. Im Gegenzug würde sie als Betreiberin des Strandbades dafür sorgen, dass die Anlage stets gewartet und in Ordnung gehalten wurde. Bereits im nächsten Jahr oder gar noch in diesen warmen Herbsttagen könne mit dem Schwimmsportunterricht begonnen werden, stellte Luisa in Aussicht. Der Start hinge nur noch von den Behörden ab, betonte sie.

Gerade als sie schwungvoll ihre Unterschrift unter das Schreiben setzte, schlenderte Julius in den Raum. »Wir müssen reden, Luisa«, sagte er.

Ein Blick in sein ernstes Gesicht, und ihr war klar, dass es Ärger geben würde. Ihr Magen zog sich zusammen. Aber statt zu seufzen, wie sie es am liebsten getan hätte, schraubte sie die Kappe auf ihren Füllfederhalter und lehnte sich scheinbar gelassen in ihrem Stuhl zurück. Von ihrem Platz aus konnte sie durch das Fenster ihren geliebten Wolzensee sehen. Am hinteren Rand verschmolz er mit dem Horizont und warf das Spiegelbild seines immerwährenden Gefährten auf die Wasseroberfläche. Nur mit Mühe gelang es Luisa, sich von dieser Aussicht loszureißen.

»Ich hab nicht viel Zeit, Julius«, erwiderte sie und suchte in Gedanken nach einem Vorwand, um das Gespräch so kurz wie möglich zu halten.

Ihr Bruder schüttelte auf eine Art und Weise den Kopf, die ihr arrogant und überlegen vorkam. »Ich bin wirklich stolz auf dich«, begann er ruhig und lächelte sie an. »Mir wäre nie in den Sinn gekommen, dass du dich dafür einsetzt und die Verantwortung für das Wohl unserer Familie übernimmst. Was ich bisher gesehen habe, zeigt mir, wie gut du deine Sache gemacht hast. Dafür danke ich dir. Aber ab jetzt kannst du wieder tun, was Frauen halt so machen. Dich um den Haushalt kümmern, sticken, du weißt schon … alles, wonach dir der Sinn steht.«

Am liebsten hätte Luisa ihm sein onkelhaftes Lächeln aus dem Gesicht geklatscht. »Ich halte nicht viel von solchen albernen Argumenten, und ich werde ganz sicher nicht die Rolle einer braven Hausfrau spielen.«

Ihr Bruder blinzelte irritiert. Offenbar hatte er geglaubt, wenn er ihr seinen Standpunkt klarmachte, würde sich Luisa fügen und einfach so umorientieren. So, als hätte sie nur darauf gewartet, endlich von einer schweren Aufgabe erlöst zu werden. Das war mitnichten der Fall. »Du schätzt die Lage vollkommen falsch ein.«

Er beugte sich vor, stützte beide Arme auf ihren Schreibtisch und sah ihr in die Augen – leider von oben herab. Bevor er etwas sagen konnte, sprang Luisa auf die Füße und stellte sich mit durchgedrücktem Rücken in Position, um … Ja, was genau sollte sie jetzt machen? Ruhe bewahren, ermahnte sie sich im Stillen, an seine Vernunft appellieren.

»Was soll das werden?« Ihr Bruder richtete sich nun ebenfalls auf, und schon kam ihr Größenunterschied von zwanzig Zentimetern wieder zum Tragen.

Wie überaus ärgerlich! Luisa atmete ein und aus und suchte fieberhaft nach Argumenten, die ihren Bruder von seiner Annahme, er allein hätte hier das Sagen, abbringen würden. Das Echo ihres Herzschlags pulsierte in ihren Ohren. »Ich habe ein Unternehmen gegründet, Julius.«

»Unter falschen Voraussetzungen, aber wie schon gesagt, du musstest etwas tun. Ich erkenne es durchaus an, das weißt du.« Er zog, ohne sie um Erlaubnis zu bitten, den soeben beendeten Brief zu sich heran.

»Gib ihn wieder her!« Wenn sie jetzt daran zerrte und auf ihr Recht pochte, würde sie das Schreiben womöglich zerreißen. Damit wäre niemandem geholfen, und so betete sie um Geduld.

Julius überflog die Zeilen. »Eine gute Idee, Respekt.« Er schob den Brief in ihre Richtung, trat vom Schreibtisch weg und stellte sich mit auf dem Rücken verschränkten Händen vor das Fenster. »Lass es mich so formulieren.«

Offenbar musste auch ihr Bruder nach den richtigen Worten suchen. Luisa überlegte, ob es nicht sogar klüger wäre abzuwarten, um dann seinen Argumenten zu widersprechen, bevor sie, beunruhigt wie sie war, vorschnell zu viel von ihren Plänen preisgab.

Julius starrte noch immer nach draußen, ballte jedoch immer wieder die Hände zu Fäusten, um sie gleich wieder zu öffnen. Er war nervös, da ging Luisa jede Wette ein.

»Es ist nun mal so, dass ich der Erbe bin und damit das Familienoberhaupt«, sagte er zur Fensterscheibe.

Sieh mich gefälligst an, wenn du mit mir redest. Als hätte Julius ihre Gedanken gelesen, wandte er den Kopf, bevor er fortfuhr.

»Auch dir dürfte klar sein, dass ich daher das Sagen habe. Entschuldige bitte, dass ich es so deutlich ausspreche. Ich möchte nur, dass du es verstehst.«

»Ich bin nicht dumm.« Selbst in ihren Ohren klang ihre Stimme scharf. »Also rede bitte nicht so mit mir, als wäre ich es.«

Er wirbelte herum und starrte sie für den Bruchteil einer Sekunde mit offenem Mund an. Dann schloss er ihn wieder und streckte ihr beide Hände entgegen. »Fangen wir diese Unterhaltung noch einmal von vorn an. Du hast recht, ich habe mich ungeschickt ausgedrückt.«

Luisa war auf der Hut ob seines freundlichen Tonfalls. Sie glaubte nicht recht, dass er tatsächlich bereit war einzulenken. Was sollte sie nur tun? Um sich nicht zu verhaspeln, blieb sie bei ihrer Strategie, sich zunächst anzuhören, was er vorzubringen hatte, natürlich nur in angemessener Art und Weise. Das hatte er nun begriffen. Sie schwieg und faltete dabei den Brief zusammen. Er sollte nicht denken, dass er sie aus dem Konzept gebracht hatte, aber innerlich bebte sie vor verhaltenem Zorn.

»Du hast für den Sommer also ein Strandbad eröffnet – so weit, so gut. Auch wenn du, rein rechtlich, damit über mein Eigentum verfügt hast. Was dir nicht zustand. So ist es doch, oder?«

Widerwillig nickte Luisa.

Julius nickte ebenfalls, zufrieden mit ihrer Reaktion. »Immerhin sind wir uns darin einig. Danke. Ich kann absolut nachvollziehen, warum du so gehandelt hast.«

Tatsächlich?

»Ich an deiner Stelle hätte es wohl nicht anders gemacht, wobei ich davon ausgegangen bin, dass Vater«, seine Stimme wurde rau, »oder Hajo das Ruder in die Hand genommen hätten. Du hattest keine Wahl, ich verstehe dich, wirklich. Aber jetzt bin ich wieder hier und übernehme selbstverständlich die Geschäfte. Wärst du so nett, mir einen Überblick zu geben? Wie ich hörte, hast du sogar jemanden eingestellt.«

»Ich werde nicht zulassen, dass du Paul Rößler auf die Straße setzt. Er leistet vorbildliche Arbeit«, brach Luisa ihr Schweigen.

»Das hatte ich auch nicht vor. Bei dem, was ich plane, brauche ich tatkräftige Unterstützung.« Julius zupfte an seinem Hosenträger, als wolle er seine Worte noch unterstreichen.

»Was genau heißt das?«, verlangte Luisa zu wissen.

»Ellinor hatte es dir schon mehrfach gesagt, oder nicht? Wir wollen ein Hotel bauen.«

Ob ihr Bruder das tatsächlich vorgehabt hatte? War es nicht eher der Wunschtraum seiner Frau? Julius hatte ja nicht gewusst, wie es ihnen allen ging, er war während der Gefangenschaft von der Welt abgeschnitten gewesen. Garantiert steckte Ellinor dahinter, auch wenn Luisa sich nicht vorstellen konnte, dass es ihr dabei um ein eigenes Unternehmen ging. Ihre Schwägerin war eher der Typ, die Ehefrau eines Hoteliers sein zu wollen. »Mit welchen Mitteln möchtest du ein solches Vorhaben umsetzen?«

»Ich werde mir etwas einfallen lassen, zerbrich dir nicht den Kopf darüber. Immerhin bieten der Grundbesitz und das Haus Sicherheiten für die Banken. Auch in einer DDR«, die drei Buchstaben brachte er verächtlich heraus, »werden Kredite gewährt. Diese Möglichkeit hattest du nicht, da ich der Eigentümer bin.« Wann immer es ging, rieb er ihr diese Tatsache unter die Nase.

Als Luisa bemerkte, dass sie an ihrem Daumennagel polkte, hörte sie sofort damit auf. Julius war der Letzte, den sie ihre Nervosität sehen lassen wollte.

»Deine Einnahmen reichen auf die Dauer nicht aus, um ein solches Unternehmen zu stemmen. Selbst wenn du«, er wies auf den Brief an die Schulbehörde, »unsere Anlage für den Schwimmunterricht gegen einen Obolus zur Verfügung stellst.«

Luisa hatte weitere Pläne für den Ausbau ihres Strandbades, aber das konnte Julius nicht wissen. Gerade überdachte sie, ob sie ihm doch ein paar Einzelheiten erklären sollte, als er den gekrümmten Zeigefinger über seine Lippen legte und die Stirn runzelte, als denke er angestrengt nach. »Außerdem ...«, er hielt einen Moment inne, »... ist es für das Betriebsklima auf die Dauer nicht gut, wenn dein Angestellter, dieser Herr Rößler, unter einer Frau arbeiten muss.«

Luisa sog scharf die Luft ein, aber bevor sie ihm ihre Erwiderung um die Ohren schleudern konnte, hob er die Hand.

»Mag sein, dass ich dich gerade sehr verärgert habe, Schwesterherz. Aber hast du dich mal gefragt, wie sich Herr Rößler dabei fühlen muss?«

»Schwachsinn! Wie du es darstellst, stimmt es nicht«, rief sie aus.

»Nein?«, hakte ihr Bruder nach.

Paul hatte nie auch nur angedeutet, dass er sie nur ungern als Chefin akzeptierte. Allerdings wusste sie heute, dass er nur aus einem einzigen Grund die Arbeit am Wolzensee angenommen hatte. Um in der Nähe seiner Mutter zu sein. So, wie sie ihn kannte, hätte er dafür alles in Kauf genommen. Auch einen weiblichen Chef. Luisa hätte sich am liebsten geohrfeigt, weil Julius es geschafft hatte, sie zu verunsichern.

»Du hattest eine Saison, Schwesterherz. Und wie es aussieht, eine sehr gute«, sagte er gönnerhaft. »Aber was ist mit dem Winter?«

Luisa stutzte, und ihr wurde heiß. An die langen dunklen Monate ohne Einnahmen hatte sie überhaupt nicht gedacht. Wie konnte ihr nur ein solch gravierender Fehler unterlaufen sein? Sie erschrak, denn nun hatte Julius die Oberhand gewonnen.

»Siehst du! Ich verstehe deine Enttäuschung, aber glaub mir, es hat schon seinen Grund, warum Männer Unternehmen leiten. Und wenn du unbedingt darauf bestehst, finden wir eine Aufgabe für dich. Überleg es dir, und sag mir spätestens in einer Woche Bescheid, wie du über mein Angebot denkst.« Julius hielt ihr auffordernd die Hand hin. »Und nun gib mir noch mal den Brief, bitte.«

Sie war so perplex, dass sie ihm das Schreiben reichte. Bewegungslos sah sie zu, wie ihr Bruder den Brief aus dem Kuvert zog, sich ihren Füllfederhalter schnappte und ebenfalls seine Unterschrift daruntersetzte. Zufrieden lächelte er sie an.

Hatte sich Julius damit soeben als Geschäftsführer in ihr Unternehmen gedrängt? Luisa spürte den Druck aufsteigender Tränen. Sie war fest entschlossen, ihm diese Genugtuung nicht zu gönnen. Obwohl ihr Herz vor Wut und Enttäuschung zu zerspringen drohte, zwang sie sich, ein Klemmbrett, Papier und Stift zu nehmen und ihren Bruder einfach stehen zu lassen, als sie seelenruhig aus dem Büro schlenderte.

Paul lehnte mit dem Rücken an der Wand des Bretterverschlags, der als Ausleihstation diente, und schob sich die restliche Schmalzstulle in den Mund. Zu seiner Pausenzehrung gehörte auch eine saure Gurke, die sehr gut schmeckte. Er wischte sich die Finger an seinem Taschentuch ab, bevor er nach der Flasche Waldmeisterbrause, seinem Lieblingsgetränk, angelte und zur Villa hinübersah.

Luisa kam die Stufen heruntergerannt und schoss wie ein Pfeil über das Gelände. Heute war ihr Geburtstag, er hatte am Morgen gehört, wie die Familie ihr im Chor ein Ständchen gebracht hatte. *Eigentlich müsste sie sich doch über so viel Aufmerksamkeit freuen*, dachte er. Aber im Moment sah sie keineswegs glücklich aus. Als sie ihn entdeckte, hob sie den Kopf und verlangsamte ihre Schritte, als überlege sie, eine andere Richtung einzuschlagen. Ob sie noch an den Kuss dachte, so wie er es oft tat? Wohl eher nicht, sie hatte ihre Einstellung dazu deutlich gemacht und tat ihm gegenüber so, als hätte es dieses kleine Intermezzo zwischen ihnen nie gegeben. Paul wünschte, ihm gelänge das ebenso leicht.

Offenbar hatte sie ihre Situation überdacht und war zu einem Schluss gekommen, denn sie hielt jetzt schnurstracks auf ihn zu. Beim Näherkommen merkte er sofort, dass etwas nicht stimmte. Luisa war aufgebracht, beinahe außer sich. In einem solchen Zustand hatte er sie noch nie erlebt.

Er stieß sich von der warmen Bretterwand, die die Mittagssonne festhielt, ab. »Was ist passiert?«

Ihre Schreibutensilien hatte sie fest unter den linken Arm geklemmt, beide Hände zu Fäusten geballt, sie zitterte am ganzen Körper, und in ihren Augen spiegelte sich ein tiefer Abgrund. Noch immer brachte sie keinen Ton heraus, aber er konnte ihre Unruhe spüren.

Schließlich atmete sie hektisch ein paar Mal ein und aus. »Sagen Sie mir die Wahrheit!« Ihre Worte überschlugen sich fast.

»Habe ich das nicht immer getan?« Am liebsten hätte er einen Schritt auf sie zugemacht, aber er blieb, wo er war.

Sie verzog bedauernd den Mund, als besinne sie sich, wer vor ihr stand. Frustriert warf sie die Hände in die Luft, wobei das Klemmbrett an ihrer Seite hinabrutschte und ins Gras fiel. »Verdammt.« Sie massierte sich die Schläfen.

»Sind Sie …« Er wusste gar nicht, was er fragen wollte, als ihr auch schon eine Träne aus dem Augenwinkel quoll und über ihre Wange rollte.

Wütend wischte sie sie fort, doch schon folgte ein ganzer Sturzbach. Was hatte sie nur so aufgebracht? Trauer war es jedenfalls nicht, erkannte Paul. Sie bebte vor Wut, was an sich ein gutes Zeichen war. Wenn sie vor Kummer oder Schmerz geweint hätte, hätte sich sein Magen vor Übelkeit längst zusammengezogen. So jedoch würden sie eine Lösung für ihr Problem finden, da war er zuversichtlich. »Hm?«, brummte er.

Sie antwortete nicht sofort, und er drängte sie nicht weiter. Es war offensichtlich, dass sie einen inneren Kampf ausfocht. Eine Sekunde lang dachte er, dass sie ihn anschreien würde, aber dann schloss sie die Augen, öffnete sie wieder und sah weg, auf den Wolzensee hinaus. Sie holte erneut ein paar Mal Luft, als nähme sie Anlauf. War ihr Zorn verraucht? Als sie sich wieder zu ihm umwandte, spiegelte sich auf ihrem Gesicht jetzt eher Sorge.

Und als von irgendwo aufgeregtes Entengeschnatter zu ihnen drang, stahl sich ein klitzekleines Lächeln in ihre Mundwinkel.

»Was bedrückt Sie denn nun?«, fragte er so leise, dass er noch nicht einmal sicher war, ob sie ihn hören konnte. *Sie können über alles mit mir reden.*

Luisa sah ihn an. Langsam sickerte Verzweiflung in ihre Augen und verdrängte tatsächlich die Wut, die nur noch als Hauch in den Spitzen ihrer Wimpern flackerte.

»Ist es unter Ihrer Würde, Herr Rößler, dass Sie unter einer Frau arbeiten?«, fragte sie.

»Wer behauptet das?«

»Spielt das eine Rolle? Sagen Sie mir doch einfach, wie es ist.«

Paul antwortete nicht sofort, sondern bückte sich nach ihrem Klemmbrett, hob es auf und reichte es ihr.

Als bestünde sie auf einer Antwort, ignorierte sie die Geste und starrte ihn nur weiter an.

»Ehrlich gesagt hab ich mir noch nie Gedanken darüber gemacht. Schätze, solange das Arbeitsverhältnis gut ist, kann es mir egal sein, wer die Leitung innehat.« Er ließ die ausgestreckte Hand mit dem Klemmbrett sinken.

Sie nickte. »Das dachte ich bisher auch.«

»Na also, kein Grund, seine Meinung zu ändern.«

Sie trug ein besonders hübsches Kleid, rot, mit weißen Punkten und einem Gürtel aus demselben Stoff, das er vorher noch nie an ihr gesehen hatte. Ob sie es wegen ihres Geburtstags angezogen hatte?

»So ist es«, sagte sie und zupfte an ihrem Kragen.

Offenbar formulierte sie gerade einen Gedanken. Also gab es noch ein anderes Problem.

»Mein Bruder mischt sich in mein Unternehmen ein«, erklärte sie plötzlich.

Das also war es. Langsam verstand Paul, was eigentlich los war. »Das kann er, weil …?«

»Weil Julius der älteste Sohn und Haupterbe der Familie ist.«

»Das wussten Sie aber schon vorher, oder nicht?«

»Es gibt immer mehrere Möglichkeiten«, gab er zu bedenken.

Sie verzog das Gesicht. »Ist das wieder so ein Kalenderspruch?«, fragte sie und klang leicht verärgert.

»Warum so verschnupft? Ich weiß nicht, woher meine

Mutter ihre Weisheiten gefischt hat. Aber sie hat sie mir nun mal um die Ohren gehauen, ob ich wollte oder nicht. Und im Laufe der Jahre habe ich gemerkt, dass sie recht hatte.«

»Tut mir leid, Paul.«

Er mochte es, wenn sie seinen Namen aussprach. Es vermittelte ihm das Gefühl, ihr näher zu sein. »Schon gut. Und wie geht es nun weiter? Mit Ihrem Strandbad, meine ich.«

»Ich weiß es nicht«, entgegnete sie frustriert.

»Ein weiterer Spruch aus dem unerschöpflichen Vorrat meiner Mutter lautet: Wenn Wege nicht weiterführen, such dir neue.«

Luisa stieß einen verächtlichen Laut aus. »Als wenn das so einfach wäre.«

»Ihrem Bruder gehören das Land und das Haus.«

Sie nickte.

»Aber das Unternehmen haben *Sie* gegründet, und nur Sie sind bisher als Geschäftsführerin registriert.« Er sah, dass sie daran nicht gedacht hatte und neue Hoffnung zu schöpfen begann.

»Das stimmt. In diesem Land dürfen Frauen gleichberechtigt sein, hat Frau Böhmer vom Rat der Stadt zu mir gesagt.« Ihr Gesicht hellte sich auf.

»Ja, allerdings ist Ihr Problem ja eher familiär. Rechtlich kenne ich mich nicht besonders aus. Aber es ist denkbar, dass Sie das Unternehmen auf dem Grundbesitz, der Ihnen nicht gehört, nicht hätten gründen dürfen. Aber vielleicht einigen Sie sich einfach mit Ihrem Bruder. Sie wollen ihm das Land ja nicht streitig machen.«

»Einigen? Mit Julius?« Sie lachte verbittert auf. »Er ist genau wie mein Vater. Da kann ich gleich Eulen nach Athen tragen.«

»Dann überzeugen Sie ihn.«

»Womit? Er hat mir vor Augen geführt, dass ich den ganzen Winter lang keine Einnahmen haben werde. Und wissen

Sie was? Er hat recht. Ich habe schlichtweg vergessen, mir darüber Gedanken zu machen.« Sie merkte nicht, dass sie vor Frust mit dem Fuß aufstampfte.

Paul verkniff sich ein Lachen. »Sie möchten aber trotzdem mit Ihrem Strandbad weitermachen?«

»Natürlich will ich das! Daran hat sich nichts geändert.«

»Gehen Sie Ihre Möglichkeiten durch, Frau von Rochlitz.«

»Kommen Sie mir bitte nicht schon wieder damit.« Sie sah hoch zu den Birken, von denen bereits ein paar einsame vertrocknete Blätter auf die Erde schwebten.

»Nein, warten Sie, das ist mein Ernst. Überlegen Sie mal, was Sie wirklich wollen. Wir hatten bereits ein ähnliches Gespräch, erinnern Sie sich? Damals ging es darum, ob Sie dieses Unternehmen überhaupt gründen, auch gegen den Willen der Familie. Oder hatte ich das falsch verstanden?« Er setzte am Schluss absichtlich eine Frage, damit sie ihn wieder ansah. Es funktionierte.

»Nein.«

»Soll Ihr Bruder die Geschäftsleitung übernehmen?«

»Sind Sie verrückt?«

Jetzt musste er über ihre Entschlossenheit doch grinsen. »Bitte tun Sie mir nichts«, sagte er scherzhaft, sodass auch sie lächelte. »Hören Sie einfach zu. Ich will Ihnen ganz sicher nichts Böses. Prüfen Sie Ihre Optionen, und dann handeln Sie.«

»Bei Ihnen klingt das so einfach, Paul.«

Einfach ist in meinem Leben gar nichts. Unbeirrt fuhr er fort: »Sie Geschäftsführerin oder er?« Er reckte den Daumen in die Luft. »Beide als gleichberechtigte Geschäftspartner?« Er hielt ihr jetzt Daumen und Zeigefinger hin. »Sie überlassen ihm alles und suchen sich ein neues Betätigungsfeld?« Auch seinen Mittelfinger setzte er als dritte Möglichkeit ein.

Spielerisch boxte sie ihm gegen den Oberarm. Übertrieben

wich er ihr aus und fuhr fort: »Wenn geklärt ist, wer das Sagen hat, geht's ans Eingemachte und …«

»Soll heißen?«, unterbrach sie ihn.

»Die Wintermonate.«

Luisa legte die Hände zusammen und führte die Fingerspitzen an ihre Lippen. Vielleicht um sich zu zwingen, nicht immer dazwischenzufragen, sondern die Klappe zu halten.

»Ich habe neulich in den *Rathenower Nachrichten* gelesen, dass es irgendwo so ein paar Verrückte gibt, die sich schon jetzt auf das Eisbaden im Winter vorbereiten.« Er konnte sehen, wie es hinter ihrer Stirn arbeitete. »So was könnten Sie auch hier organisieren. Mit Zuschauern zum Anfeuern und heiße Getränke verkaufen.«

Ihre Augen blitzten auf.

Paul wies auf die Schwimmsportanlage. »Was wird damit? In Rathenow gibt es die BSG – eine Sportgemeinschaft. Soviel ich weiß, mit einer eigenen Sektion Schwimmen. Vielleicht auch Kanus? Außerdem habe ich mir bereits Gedanken gemacht, wie ich einen Sprungturm konstruiere. Weil Sie mich neulich darauf angesprochen haben.«

Sie verengte die Augen zu schmalen Schlitzen.

»Haben Sie schon mal was von Preisangeln gehört?«, fragte er.

»Aber ja, natürlich.« Sie hatte begriffen, was er ihr sagen wollte, und lächelte voller Hoffnung.

»Wenn Sie Ihrem Bruder sagen, was Sie über die Wintermonate alles planen mit Ihrem Strandbad, kann er Sie unmöglich außen vor lassen.«

»Glauben Sie das wirklich?«

»Daran können Sie jetzt nicht mehr zweifeln, Lu…« Paul biss sich auf die Lippen. »Frau von Rochlitz.«

Sie lächelte und zwinkerte ihm zu. War ihr nicht klar, dass er sie am liebsten in seine Arme gezogen hätte? Hastig reichte er ihr erneut das Klemmbrett. »Am besten machen Sie sich Notizen.«

»Jawoll.« Sie griff zu, schon halb abgewandt zum Gehen. »Ach, und Paul?«

Er hob den Blick. »Ja?«

»Vielen Dank!«

»Keine Ursache.« Umständlich kramte er in seiner Hosentasche und tastete nach dem Kästchen, das er am Morgen dort hineingesteckt hatte. Nachdem er gehört hatte, wie die Familie Luisa ein Ständchen brachte, als er sich aus der Küche sein Frühstück hatte holen wollen. Er war auf dem Absatz umgekehrt, um nicht zu stören, und hatte sich später, nachdem alle ihren Beschäftigungen nachgegangen waren, zwei Stullen geschmiert. Eine hatte er sofort verschlungen, die andere für die Mittagspause aufgehoben, die jetzt endgültig vorbei war.

Luisa von Rochlitz machte einen Schritt zurück und überlegte. »Eines interessiert mich noch.«

Abwartend musterte er sie. »Und das wäre?«

»Wissen Sie immer, was Sie wollen, Paul?«

»Ich denke schon. Ja.« Er schloss seine Finger um das Kästchen in seiner Hosentasche.

»Was wollten Sie letztens nach dem fürchterlichen Sturm im Wolzensee tatsächlich?« Ihr Blick klammerte sich an seinen und ließ nicht zu, dass er sich abwandte.

»Was soll das?« Selbst in seinen Ohren klang seine Stimme plötzlich heiser, als schnüre ihm etwas die Kehle zu.

»Beantworten Sie einfach meine Frage. Bitte«, sagte sie ruhig.

Ich weiß es nicht. »Warum?«

»Sie haben mir Angst gemacht, Paul.«

»Das lag nicht in meiner Absicht.«

»Tun Sie das nie wieder!«

Er nickte langsam und fragte sich, ob er tatsächlich vorgehabt hatte, sich das Leben zu nehmen, nachdem er so vieles überstanden hatte. Auf alle Fälle hatte er den überwältigenden Schmerz der Trauer nicht mehr spüren wollen.

»Versprechen Sie mir das?« Ihre Stimme war wie ein Hauch, ein leichter Windzug, der die Blätter an den Bäumen streifte.

»Ja.« Die Situation war ihm unangenehm. Um von dem Thema abzulenken, zog er endlich das Kästchen hervor und reichte es ihr auf seiner ausgestreckten Hand. »Herzlichen Glückwunsch zum Geburtstag, Frau von Rochlitz.«

»Sie haben ein Geschenk für mich?«, fragend sah sie ihn an. »Aber das müssen Sie nicht.« Sie streckte kurz die Arme aus, als wolle sie sie um seinen Nacken schlingen, ließ es allerdings bleiben.

Es war sicher besser so. »Ich weiß.«

Schließlich nahm sie das Kästchen an sich. »Danke schön. Jetzt bin ich neugierig.«

Paul hatte gedacht, sie würde nachsehen, wenn sie für sich allein war, aber sie stupste den kleinen samtenen Deckel mit der Fingerspitze an. Unsicher schob er die Hände in die Hosentaschen. Stand es ihm überhaupt zu, ihr ein Geburtstagsgeschenk zu machen? Was hatte er sich nur dabei gedacht?

»Oh. Paul, die ist ja wunderschön!« Sie hielt die silberne Libelle gegen das Sonnenlicht, und die türkisfarbenen Steine auf den filigranen Flügeln begannen zu funkeln. »Ich kann diese Brosche unmöglich annehmen.«

»Doch. Bitte. Sie hat meiner Mutter gehört.«

»Dann sollten Sie dieses Schmuckstück erst recht behalten.« Zärtlich strich sie mit dem Finger über die türkis schimmernden Flügelchen.

»Falls es Ihnen entgangen ist, Frau von Rochlitz, ich trage keine Broschen, und Broschen sollten unbedingt getragen werden. Es wäre sehr schade, wenn sie nur in diesem Kästchen eingesperrt sein müsste.«

»Das stimmt schon, aber …«

»Kein Aber. Die Eigentümerin eines Strandbades sollte eine Libelle haben. Finden Sie nicht auch?« Er lächelte verlegen.

»Gut, dann … Ich werde sie in Ehren halten.« Luisa bettete die Brosche wieder in ihr Kästchen, klappte den Deckel zu und sah zu Paul auf. »Jetzt muss ich arbeiten, wenn ich Julius hieb- und stichfeste Argumente liefern will.«

Er nickte.

»Bekomme ich den Entwurf Ihres Sprungturms zu sehen?«, wollte sie wissen.

»Ganz bald sogar.«

»Ich verlasse mich auf Sie, Paul. In *jeder* Hinsicht. Vergessen Sie das nicht.« Damit drehte sie sich um und ließ ihn allein.

10

Luisa schloss die Tür zu ihrem Büro hinter sich. Sie wollte ungestört sein, um noch am selben Tag ihrem Bruder eine Liste von Winteraktionen zu präsentieren. Am besten direkt im Anschluss an ihre kleine Geburtstagsfeier, im Kreise der Familie, am Nachmittag.

Dank Pauls Denkanstößen brauchte sie nicht lange zu überlegen. Bevor sie begann, holte sie die zauberhafte Brosche aus dem Kästchen und setzte sie auf ihren Schreibtisch. Wäre doch gelacht, wenn die Libelle ihr kein Glück brachte.

Was zog Gäste im Winter in ein Strandbad? Das letzte Wort verband auch sie selbst nur mit dem Sommer. Sie musste aber weiterdenken, größer, und so stellte sie sich den Wolzensee mit eisverkrusteten Ufern vor, wie sich Raureif an das Schilf schmiegte und ihr eigener ausgestoßener Atem in kleinen Wölkchen vor ihrem Mund tanzte.

Sollte es so bitterkalt werden wie im Winter 1946/47, als sie auch die schmalen, hölzernen Umkleidekabinen zu Feuerholz zerhackt hatten, würde der Wolzensee zufrieren. Dann könnte sie den Rathenowern anbieten, auf ihm Schlittschuh zu laufen. Da sie bereits eine Ausschanklizenz besaß, würde sie Glühwein und auch heißen Apfelsaft als Kinderpunsch reichen. Außerdem überlegte sie, Decken zu kaufen. Oder Felle, vielleicht aus ausgedienten Pelzmänteln, die sie über die Bänke auf dem Gelände drapieren würde. Davor ließen sich Feuerschalen aufstellen, und sie könnte, selbst ohne die Möglichkeit, auf dem See Schlittschuh zu laufen, ein Winterpicknick veranstalten. Zwar reichten diese Aktionen sicher immer noch nicht aus, aber sie wären ein Anfang. Am besten machte sie feste Termine für derlei Veranstaltungen und setzte diese in die *Rathenower Nachrichten*.

Sollte es nicht ganz so kalt werden, könnte sie immerhin von Paul eine Spritzeisbahn auf dem Gelände anlegen lassen. Wenigstens als Schlitterbahn für die Kinder. Auch diesen Punkt notierte sie eifrig und dachte an Pauls Bemerkung über die Leute, die verrückt genug waren, um im eiskalten Wasser zu baden. Auch dazu würde sie an bestimmten Terminen aufrufen. *Kommen, applaudieren und Ihre Favoriten anfeuern – ein Spaß für die ganze Familie.* Luisa sah die Werbeanzeige und Plakate direkt vor sich. Als nächsten Stichpunkt schrieb sie Angelfreunde und Preisangeln und danach BSG-Schwimmen, Ansprechpartner finden. Am besten radelte sie gleich morgen in die Stadt, um so jemanden ausfindig zu machen. Wie bedauerlich, dass sie keinen Telefonanschluss mehr hatten.

Ein Gedanke zog den nächsten auf den Plan, und schon stellte sie sich einen Weihnachtsmarkt auf ihrem Gelände vor, auf dem die Händler und Gewerbetreibenden der Region kleine Stände oder Buden aufstellen würden, um ihre Waren anzubieten. Natürlich würde eine Standmiete fällig. Luisa klatschte begeistert in die Hände und hätte sich am liebsten selbst gratuliert, so wunderbar fühlte es sich an, dass ihre Ideen tatsächlich ohne größere Probleme umzusetzen wären.

Die einzige Schwierigkeit bestand darin, ihren Bruder zu überzeugen. Bis Julius so richtig im neuen Leben angekommen war, musste Luisa etwas auf die Beine stellen.

Sie wollte alleinige Geschäftsführerin bleiben, dafür lohnte es sich zu kämpfen. Aber sie würde vor allem innerhalb der Familie Verbündete brauchen. Luisa sprang so heftig auf, dass der Stuhl hinter ihr krachend auf die Dielen fiel. Rasch hob sie ihn wieder auf, schnappte sich ihre Unterlagen und huschte in den Flur hinaus. Die Tür zur Küche war angelehnt, und da sie drinnen jemanden rumoren hörte, schob sie mit dem Zeigefinger den Spalt weiter auf und erblickte ihre Schwiegermutter. »Ich dachte, du wärst in der Musikschule.«

Christiane sah auf. »Aber doch nicht an deinem Geburtstag, Liebes. Für dich hab ich mir selbstverständlich freigenommen. Und jetzt scher dich raus, ich möchte in Ruhe die Geburtstagstafel decken.« Lächelnd wedelte sie mit der Hand in der Luft, als wolle sie eine lästige Fliege verscheuchen.

»Du hast mir immer noch nicht gesagt, wie du es angestellt hast, all die Zutaten für die Buttercremetorte zu besorgen«, beschwerte sich Luisa grinsend.

»Jede Frau braucht ihre Geheimnisse.« Christiane hielt in ihren Aktivitäten inne und schien darauf zu warten, dass Luisa die Küche verließ.

»Ich möchte dir etwas zeigen.« Luisa hielt ihr das Klemmbrett mit ihren Notizen unter die Nase.

»Muss das ausgerechnet jetzt sein? Ich habe noch zu tun.«

»Ja«, beharrte Luisa. »Es muss sofort sein, bitte. Sag mir, was du davon hältst.«

»Na schön, gib schon her.« Christiane angelte nach der Brille, die sie an einer Perlenkette um den Hals trug, und setzte sie umständlich auf.

»Lies das, und ich helfe dir inzwischen. Was soll ich machen?«

Christiane überflog bereits Luisas Aufzeichnungen, drehte sich zum Küchenschrank, unterbrach kurz und zog geistesabwesend die geblümte Blechdose hervor. Luisa musste lächeln, ihre Schwiegermutter hatte offenbar vergessen, dass sie sogar heimlich echten Bohnenkaffee aufgetrieben und sie damit hatte überraschen wollen. Sofort holte sie die Mühle vom Regal, füllte die Bohnen ein, setzte sich auf einen der Stühle und begann, die Kurbel zu drehen. Schon breitete sich der wunderbare Duft frisch gemahlener Kaffeebohnen in der Küche aus, und Luisa sog tief die Luft ein.

»Das klingt alles großartig«, rief ihre Schwiegermutter aus.

»Du machst das hervorragend, Luisa!« Als Christiane den Blick vom Klemmbrett nahm und wieder hochsah, begriff sie. »Du hast meine Überraschung verdorben.« Sie zog eine ulkige Schnute, die Luisa laut auflachen ließ.

»Ach, ich freue mich doch. Aber viel wichtiger ist im Moment das da.« Luisa tippte auf ihre Notizen. »Ich muss Julius davon überzeugen, dass mein Strandbad ein solides Unternehmen sein wird.« Sie berichtete ihrer Schwiegermutter in knappen Worten von der Unterredung mit ihrem Bruder.

»Unmöglich, diese Überheblichkeit«, schimpfte Christiane. »Meine Unterstützung hast du.«

»Du bist die Allerbeste.« Luisa streichelte ihr kurz die Wange. »Ich fürchte nur, das wird nicht ausreichen. Darum werde ich mit Hajo sprechen. Er ist schließlich mein Ehemann, und er kennt sich mit Zahlen aus.«

»Genau wie dein Bruder«, gab Christiane zu bedenken.

»Deswegen braucht er einen ebenbürtigen Gesprächspartner.«

Ihre Schwiegermutter nickte. »Du bist ein schlaues Mädchen. Geh, und lass dich nicht unterkriegen. Hajo hat vorhin mit Peter Hausaufgaben gemacht und das Einmaleins gepaukt. Danach ist er nach draußen gegangen.«

Luisa schnappte sich ihr Klemmbrett. »Auf in den Kampf.« Sie eilte zur Tür.

»Aber denk dran, Rom ist auch nicht an einem Tag erbaut worden. In zwanzig Minuten gibt es Kaffee und Kuchen«, rief Christiane ihr hinterher.

Luisa nickte, obwohl sie schon längst durch den Flur hastete und ihre Schwiegermutter sie nicht mehr sehen konnte. Vom Treppenabsatz aus entdeckte sie ihren Mann, der sich mit Paul unterhielt. Wunderbar, dann brauchte sie Hajo nicht lange zu suchen. Sie hatte schon befürchtet, dass er wieder durch die Gegend stromerte, wie er es in letzter Zeit oft tat. Warum schloss er sich aus? Ertrug er sie, seine Frau, nicht mehr, oder lag das Problem woanders? Sie seufzte und würde sich später damit beschäftigen. Jetzt ging es um das Strandbad, das sie um keinen Preis an Julius verlieren wollte.

Rasch eilte sie die geschwungene Treppe hinunter und lief zur Bretterbude, ihrer Ausleihstation, wo Paul auf einem Hocker saß, einen Schreibblock auf den Knien. Hajo, der endlich wieder seine Beinprothese angeschnallt hatte, beugte sich darüber und sagte etwas zu ihm.

»Hajo, ich muss dich dringend sprechen«, unterbrach Luisa die Unterhaltung der beiden Männer.

Paul blickte hoch und musterte sie verstohlen, als suche er an ihrem Kleid nach der Brosche. Ihr blieb nichts anderes übrig, als es zu ignorieren.

»Natürlich. Was hast du auf dem Herzen?«, erkundigte sich Hajo.

»Es geht um das Strandbad. Julius drängt sich in mein Unternehmen, und das muss ich verhindern.«

»Davon war auszugehen, Luisa. Ihm gehört all das hier. Das musst du verstehen.«

»Nein«, erwiderte sie verärgert. »Es war meine Idee, ich habe das Strandbad aufgebaut. Nur, weil ich eine Frau bin, bin ich doch nicht unfähig, ein Unternehmen zu leiten.«

»Ich glaube, wir sollten diese Unterhaltung unter vier Augen führen.« Hajo warf einen bedauernden Blick zu Paul. »Entschuldigen Sie, Herr Rößler.«

Paul nickte nur, während Hajo Luisa am Ellbogen berührte und sie zur nächsten Bank dirigierte, um sich außer Hörweite zu bringen.

»Es ist nicht klug, vor den Angestellten einen Streit vom Zaun zu brechen, Luisa. Regel Nummer eins.« Hajo wies auf die Bank und bedeutete ihr, sich zu setzen, bevor auch er sich darauf fallen ließ.

»Das mag sein, aber darum geht es gerade nicht.« Sie umriss das Gespräch mit ihrem Bruder.

Hajo nickte. »Ich verstehe dich, aber versetz dich auch mal in Julius' Lage.«

Sie dachte über seine Worte nach und atmete mehrmals tief durch. Wahrscheinlich hatte er recht. Wenn die Sache eskalierte, würde Luisa den Kürzeren ziehen. So oder so musste sie zu Kompromissen bereit sein. Ihr würde nichts anderes übrigbleiben, als ihren Bruder mit den Plänen für die Wintersaison zu konfrontieren und seine Reaktion darauf abzuwarten. »Bitte wirf einen Blick auf meine Notizen und sag etwas hinsichtlich der Wirtschaftlichkeit. Meinen Berechnungen nach müsste es gehen.«

Hajo nahm ihre Aufzeichnungen und las sie sich gründlich durch. Hin und wieder nickte er, tippte mit dem Zeigefinger auf einige Zahlen und hob schließlich wieder den Kopf. »Knapp«, sagte er.

Luisa stöhnte, warf frustriert die Hände in die Luft und sprang auf. »Was soll das heißen?«

»Setz dich wieder!«

»Was schlägst du also vor?«, fragte sie, während sie seiner Aufforderung nachkam.

»Du solltest von vornherein die Preise höher ansetzen.«

»Mhm.« Aber die Menschen in der DDR verdienten nicht viel Geld. Es schien Luisa nicht richtig, an Eintrittsgeldern oder Ausleihgebühren zu schrauben. Allerdings könnte sie bei Standmieten oder Vereinsbeteiligungen noch mal nachbessern. »Gut.«

Hajo nickte.

Luisa legte die Hand auf seinen Arm. »Ich brauche deine Hilfe. Würdest du notfalls zusammen mit mir die Geschäftsführung des Strandbades übernehmen?«

»Du meinst damit, nur auf dem Papier? Und in Wahrheit darfst du schalten und walten, wie es dir passt?«

So, wie Hajo es sagte, klang es, als wäre sie selbstsüchtig und eigensinnig, und es versetzte ihr einen Stich. »Wie denkst

du über mich? Was ist falsch daran, sich einen Traum zu erfüllen?«

»Vermutlich nichts.«

Sie schob ihre Hand in seine. »Lass es uns zu unserem gemeinsamen Traum machen, Hajo. Wir haben die Chance, uns
ein neues Leben aufzubauen. Als gleichberechtigte Partner.«

»Wir können aber die Tatsache, dass dieses Stück Land
hier deinem Bruder gehört, nicht außer Acht lassen.«

Sofort geriet Luisas Mut ein wenig ins Wanken. Aber Aufgeben kam für sie nicht infrage. »Vielleicht lenkt Julius ein,
wenn er merkt, dass wir eine Einheit sind, und spürt, dass er
sich auf uns verlassen kann. Außerdem wäre hier Platz genug,
um auch ein Hotel zu errichten. Dann hätte jeder von uns ein
eigenes Unternehmen. Julius und Ellinor ihr Hotel und wir
beide das Strandbad.«

Eine Zeitlang lauschte sie seinem Schweigen, dann lächelte
Hajo. Für den Augenblick gab sie sich der Illusion hin, dass er
glücklich wäre, und ignorierte die Erinnerung an sein echtes
Lächeln. Würde sie darauf vergebens warten? Ach, bitte, betete sie im Stillen, eines Tages muss es doch wieder auftauchen!

»Wenn du das unbedingt möchtest, werde ich an deiner
Seite stehen, Luisa.«

Langsam und zäh wie Löwenzahnsirup sickerte eine Freude in ihr Innerstes, die sie ganz und gar erfüllte. Plötzlich
wollte sie tanzen, lachen und ausgelassen herumalbern. Sie
hatte soeben ihr schönstes Geburtstagsgeschenk bekommen –
von ihrem Ehemann.

»Lass uns ins Haus gehen«, sagte sie, nahm Hajo an die
Hand und zog ihn mit sich. »Jetzt sagen wir es auch den anderen. Alle sollen es wissen, uns beiden gehört das Strandbad«,
rief sie begeistert aus.

»Entweder du lässt mich auf der Stelle los, oder du zap-
pelst nicht so herum beim Laufen. Ich möchte ungern aus

dem Tritt kommen und vor meiner Frau auf die Nase fallen«, brummte er.

Letzteres wollte sie auch auf keinen Fall, und so gab sie sich die größte Mühe, nicht mehr zu tänzeln.

Nach dem Kaffeetrinken wollte Luisa ihr Vorhaben in die Tat umsetzen. Peter wischte sich gerade mit der Hand über den cremeverschmierten Mund, Ellinor blickte ihn missbilligend an und deutete auf die Leinenserviette, während sie mit abgespreiztem kleinem Finger die Tasse hob, einen weiteren Schluck nahm und den Bohnenkaffee sichtlich genoss. Julius lachte kurz auf, als er sich zu Mutter beugte und ihr etwas ins Ohr flüsterte.

»Wer möchte noch ein Stück Kuchen?«, fragte Christiane in die Runde und blickte dabei Hajo an, der höflich ablehnte.

Um das allgemeine Stimmengewirr an der Tafel zu unterbrechen, klopfte Luisa mit ihrem Löffel gegen die Kaffeetasse. Hajo, der ihre Nervosität zu bemerken schien, berührte unter dem Tisch ihr Knie. Es half jedoch wenig, und so nahm sie sich ihre Notizen zu Hilfe und schilderte allen, was sie für die Wintersaison mit dem Strandbad geplant hatte. Als sie verstummte, war es im Wohnzimmer mucksmäuschenstill.

Ellinor, Julius und Mutter starrten Luisa an, als hätte sie ihnen gerade berichtet, dass es einen Nacktbadestrand geben würde. Peter langweilte sich offenbar und hatte sich längst mithilfe seiner kindlichen Fantasie und der Kuchengabel in ein Gefecht versetzt, aus dem er bald, wie es sich anhörte, als Sieger hervorgehen würde.

Christiane versuchte die Situation zu retten, nickte Luisa aufmunternd zu und applaudierte lautlos. Ihre Mutter sagte noch immer kein einziges Wort. Hajo lehnte sich gelassen zurück und machte den Eindruck, stolz auf seine Frau zu sein. Verstohlen ließ Luisa ihren Blick zu Julius wandern, der ernsthaft beeindruckt zu sein schien. Lediglich Ellinor verzog schmerzhaft das Gesicht, als säße sie auf Stacheln.

War es tatsächlich so, dass nicht ihr Bruder, sondern seine Frau darauf erpicht war, hier am Wolzensee ein Hotel zu errichten?

»Ich muss sagen, Schwesterlein, du überraschst mich. Heute Vormittag hatte ich noch den Eindruck, du hast nicht weiter als bis zum Herbst die Strandbadsaison geplant ... und jetzt das! Offenbar hattest du in deiner Schublade längst weitere Vorhaben. Das hättest du mir gegenüber ruhig erwähnen können.«

»Nun ja, du verstehst sicher, dass ich einigermaßen verärgert über deine Einmischung war. Wie hättest du an meiner Stelle reagiert?« Luisa würde ihrem Bruder nicht auf die Nase binden, dass er ursprünglich in seiner Annahme richtiggelegen hatte.

Peter stieß während seiner imaginären Panzerschlacht gegen seine Tasse, die klirrend auf die Seite fiel und den restlichen Muckefuck über das Tischtuch kleckerte.

»Pass doch auf!«, ermahnte Ellinor ihren Sprössling sichtlich verärgert. Wobei Luisa annahm, dass nicht der Junge schuld am wutverzerrten Gesicht seiner Mutter war, sondern sie. »Du gehst am besten draußen spielen. Wir Erwachsenen müssen uns ernsthaft unterhalten.« Sie warf Luisa einen Blick zu, der genauso gut ein Dolchstoß hätte sein können.

Hajo sah zwischen allen hin und her. »Luisa macht ihre Sache gut. Sie bespricht die Details immer mit mir, und selbstverständlich überprüfe ich ihre Berechnungen. In gewisser Weise birgt jedes Unternehmen ein Risiko. Das weiß jeder Geschäftsmann.« Dabei sah er zu Julius, der zustimmend nickte. »Ich hatte nichts anderes erwartet, als dass wir uns in diesem Punkt einig sind. Was also spricht dagegen, dass Luisa und ich unser Unternehmen Strandbad weiterführen können?«

»Euer Unternehmen?«, erkundigte sich Ellinor und musterte sowohl Hajo als auch Luisa misstrauisch.

»Luisa kann ja schlecht gegen meinen Willen eine Firma aufbauen«, erklärte Hajo ruhig.

Das stimmte nicht, die Gesetzeslage in der DDR war eine andere als in der Bundesrepublik, wusste Luisa, beließ es aber dabei, um keine schlafenden Hunde zu wecken. Und immerhin lag eine gewisse Logik in Hajos Argumentation, der sich ihre Schwägerin nicht entziehen konnte.

»Nun ... nun ja ...«, stammelte Ellinor und blickte hilfesuchend erst zu Julius und dann zu Luisas Mutter. Doch Josepha Marquardt war es von jeher gewöhnt, sich aus den geschäftlichen Belangen herauszuhalten. »Trotzdem ist und bleibt mein Mann der Erbe von alldem hier, und deshalb steht ihm ja wohl ein gewisses Mitspracherecht zu.«

»Das ist richtig.« *Leider.* Luisa versuchte sich an einem freundlichen Lächeln.

»Und ich denke, ein Pachtvertrag wäre eine Alternative«, schlug Ellinor vor.

Das wäre zum jetzigen Zeitpunkt der Todesstoß für ihr Strandbad. Luisa spürte, wie bei dem überlegenen Grinsen ihrer Schwägerin kalte Wut in ihr aufstieg. »Bestimmt ist mein Bruder so kulant ...«

»Kulanz?«, fauchte Ellinor. »Wer kann sich so was denn heutzutage noch leisten? Sollen wir von deinen Almosen leben?«

Christiane schüttelte ratlos den Kopf. »Ich bringe am besten die restliche Torte ins Kühle.« Sie stand auf, griff nach der Platte und verschwand damit in Richtung Speisekammer.

»Ist es nicht so, dass ich bis dato das Erbe meines Bruders treuhänderisch verwaltet habe, weil irgendjemand schließlich etwas unternehmen *musste*? Niemand sonst hat dazu Anstalten gemacht.« Luisa sah nacheinander jedem ins Gesicht.

»Du hast uns angetrieben«, sagte Ellinor bockig. »Ich hatte blutige Hände vom Steineklopfen in der Stadt.«

»Ich etwa nicht?«, fragte Luisa. Auch ihre Mutter war in Kopftuch und Schürze angetreten, um als Trümmerfrau den Schutt zu räumen und Rathenow wieder aufzubauen. »Ohne Arbeit keine Lebensmittelkarten. Das war nicht meine Idee, und im Übrigen finde ich diese Anordnung nur gerecht.« Luisa stand auf und stellte die Kaffeetassen ineinander. »Ja, ich habe euch angetrieben, zusätzlich beim Bauern zu helfen, Kartoffeläcker zu stoppeln oder Holz in den Wäldern zu klauen. Weil die Rationen einfach nie gereicht haben. Das weißt du genau.«

Ellinor senkte schuldbewusst den Kopf.

»Unsere Männer waren nicht da, was blieb mir anderes übrig, als dafür zu sorgen, dass wir nicht verhungern oder erfrieren?« Luisa sagte es in die Runde, blickte aber Julius an. Sie begriff, dass ihr das Schalten und Walten der letzten Jahre in Fleisch und Blut übergegangen war und sie deshalb jetzt nicht einfach damit aufhören konnte. Selbst wenn sie gewollt hätte, was nicht zutraf. Herausforderungen anzunehmen und zu meistern fühlte sich viel zu gut an.

»Na schön«, räumte ihr Bruder schließlich ein. »Ich verstehe dich. Nach allem, was du geleistet hast und wie du dich für die Belange des Strandbades einsetzt, steht es mir wohl nicht zu, dir die kalte Schulter zu zeigen. Ich bin doch kein Unmensch, Luisa. Ich hatte kurzzeitig nicht daran gedacht, was die Frauen für dieses Land gegeben haben. Bitte entschuldige.«

Verblüfft blickte sie ihren Bruder an. Dass er so weit einlenken würde, hätte Luisa nicht gedacht.

»Dennoch, Ellinor hat recht. Wovon soll meine kleine Familie leben? Eine monatliche Pachtzahlung an mich kannst du dir noch nicht leisten, aber du wirst mich an den Einnahmen beteiligen müssen«, stellte Julius klar.

Luisa holte protestierend Luft.

»Nein, warte. Gib mir ein paar Tage Zeit, in denen ich mir überlege, wie wir die Sache angehen können. Ich weiß jetzt, wie wichtig dir das Strandbad ist, und werde es berücksichtigen. Spätestens in einer Woche unterhalten wir uns darüber«, schlug er vor.

Sie willigte ein.

Aber noch bevor die Frist verstrichen war, kam ein Brief vom Schulamt an, versehen mit dem Stempel *DRUCKSACHE*. Adressiert an *Julius Marquardt, Leiter des Strandbades Wolzensee*. Luisas Hände begannen zu zittern. Ihr Bruder konnte doch unmöglich … sie hielt das Schreiben so fest, dass ihre Fingerknöchel weiß hervortraten. »Julius«, rief sie aus. »Wo zum Teufel steckst du?« Sollte sie den Brief einfach aufreißen? Als sie noch darüber nachdachte, betrat Julius ihr Büro.

»Man könnte meinen, du wärst auf dem Kasernenhof in der Lehre gewesen. Was schreist du so herum?«

Sie klatschte den Brief auf den Schreibtisch. »Was hat das zu bedeuten?«, verlangte sie zu wissen.

»Das ist das Antwortschreiben, auf das du gewartet hast.« Julius zog ihren Brieföffner aus der hölzernen Garnitur, die von einer geschnitzten Eule bewacht wurde.

»Stell dich nicht dumm. Warum steht da als Empfänger dein Name und nicht meiner? Schließlich haben wir beide unterschrieben.«

Julius schien die Situation unangenehm zu sein, er wich ihrem Blick aus und zwirbelte seinen seit den Vorkriegsjahren nicht mehr vorhandenen Schnauzbart. Endlich schob er die Schneide des Brieföffners in das Kuvert, schlitzte es umständlich auf und räusperte sich.

Luisa verdrehte genervt die Augen. »Falls du es vergessen haben solltest, ich warte noch immer auf eine wahrheitsgemäße Antwort«, stieß sie aus.

»Nun ja«, begann ihr Bruder. »Ich fürchte, ich habe mich vorschnell zu einer Handlung hinreißen lassen.«

Sie dachte nicht daran, es dabei zu belassen, verschränkte die Arme vor der Brust und sah ihn wütend an.

»Du hast dich sehr verändert, kleines Schwesterlein«, sagte Julius leise.

»Wer nicht, nach allem, was passiert ist. Und spar dir dein *kleines Schwesterlein*. Ich bin kein Kind mehr. Also sag gefälligst, was du getan hast.« Obwohl Luisa es bereits ahnte und gleichzeitig nicht glauben konnte, wie ungeheuerlich übergriffig Julius vorgegangen war.

»Es war, bevor du mir deine Pläne für die Wintersaison vorgelegt hast«, wand er sich, als versuche er, seinen Kopf aus der Schlinge zu ziehen.

»Das ist noch lange keine Entschuldigung.«

»Natürlich nicht. Indem du seelenruhig am Tag deines Geburtstags aus diesem Büro geschlendert bist und mich einfach hast stehen lassen, hast du mich dermaßen gereizt, dass ich mich habe hinreißen lassen … Kurz, ich habe deinen Brief neu geschrieben, so, als hätte ich ihn verfasst und wäre der Geschäftsführer des Strandbades. Nun weißt du es.«

Ohne nachzudenken, holte Luisa aus und verpasste ihrem Bruder eine schallende Ohrfeige. Sie konnte selbst nicht glauben, was sie gerade getan hatte.

Julius' Finger umklammerten schraubstockartig ihr Handgelenk. »Tu das *nie* wieder!«, zischte er zwischen zusammengepressten Zähnen hervor.

Zitternd holte sie Luft. »Gleiches gilt für dich. Und jetzt raus hier!«

11

Es war Anfang Oktober. Paul hörte, wie der Schwimmlehrer mit lauter Stimme Kommandos rief, die er mit seiner Trillerpfeife unterstrich. Am Lachen der Kinder erkannte er jedoch, dass diese trotzdem ihren Spaß am Schwimmunterricht hatten. Auch Paul hatte während seiner Schulzeit lieber Ausflüge oder dergleichen gemacht, statt während der gesamten Zeit nur die Bank zu drücken.

Luisa war es gelungen, dass hier in ihrem Strandbad zukünftig im September und Oktober und dann wieder ab Mitte April bis zum Beginn der Sommerferien am ersten Juli sämtliche Rathenower Schulen ihren Schwimmunterricht abhielten. Die Organisation und das Einhalten eines strengen Zeitplans oblagen den jeweiligen Schulleitern. Außerdem hatte sie es nicht versäumt, bereits jetzt mit einer Anzeige in der *Märkischen Allgemeine* und den *Rathenower Nachrichten* nach einem geeigneten Rettungsschwimmer für die kommende Saison zu suchen. Es gefiel Paul, dass diese Frau, hatte sie sich erst einmal etwas vorgenommen, es auch in die Tat umsetzte.

Neben der Anzeige wegen des Rettungsschwimmers entdeckte er außerdem ihre Werbung für die Veranstaltungen der Wintersaison des Strandbades Wolzensee und einen Aufruf an Händler und Schausteller für diverses Markttreiben auf dem Gelände. Nebenbei fiel sein Blick auf die Überschrift, dass Blutspender gesucht würden. Paul las sich den Artikel gewissenhaft durch. Das Städtische Krankenhaus benötigte demnach dringend Spender aller Gruppen für lebensrettende Bluttransfusionen an Schwerkranken. Die Inanspruchnahme der bisherigen freiwilligen Spender aus den Reihen des Krankenhauspersonals hätte bereits das verantwortbare Höchstmaß erreicht. Ganz unten wurde erwähnt, dass es eine Entschädigung gäbe – bei einer Blutentnahme von 400 Kubikzentimetern käme er auf 35 Mark, würde laufend kostenlos gesundheitlich überwacht werden und erhielte zusätzlich eine Lebensmittelzulage in Höhe von 250 Gramm Fleisch, 125 Gramm Zucker, 250 Gramm Nährmittel, 125 Gramm Fett und einen Viertelliter Vollmilch pro Spende. Um sicherzugehen, dass er alles richtig verstanden hatte, las Paul sich den Artikel ein zweites Mal durch und beschloss, sich im Krankenhaus als Blutspender zur Verfügung zu stellen. Er brauchte das Geld und die Zuwendungen wirklich dringend und täte nebenbei auch noch etwas Gutes.

In einem anderen Artikel der *Rathenower Nachrichten* hieß es, Lebertran und Medikamente für Tuberkulosekranke würden nach einer Spende von Quäkern von der Volkssolidarität Westhavelland an das Gesundheitsamt übergeben werden. Tja nun, für seine Mutter käme eine solche Spende zu spät. Er selbst wollte nicht auch an dieser heimtückischen Krankheit leiden und nahm sich vor, sich zukünftig besser abzuhärten. Luisa ging jeden Morgen zum Wolzensee und watete mit nackten Füßen hinein. Er würde einen Schritt weiter gehen und eine kurze Runde im See schwimmen, um seine Grenzen auszutesten. Mal sehen, wie lange er durchhalten würde.

Gerade lief seine Chefin über das Gelände, wie sie es sich offenbar neuerdings zur Gewohnheit gemacht hatte. Stets dabei ihr allgegenwärtiges Klemmbrett.

Wieder schrillte die Trillerpfeife von der Schwimmsportanlage herüber, anschließend brandete lautes Gelächter und Gejohle von den Schülern auf. Der Schwimmunterricht war offenbar gerade beendet. Luisa unterhielt sich kurz mit dem Lehrer und schüttelte ihm zum Abschied die Hand. Der

Mann wies die Kinder an, nicht herumzutrödeln, sich rasch abzutrocknen und umzuziehen.

In etwa zehn Minuten würde der Tross das Gelände verlassen, wusste Paul, und kurz darauf käme die nächste Schulklasse zum Schwimmunterricht. So ging es weiter bis gegen ein Uhr mittags. Erst am Nachmittag konnte Paul weiter am Sprungturm schweißen, der nun langsam, aber sicher Formen annahm. Er gab es nicht gern zu, aber er war doch stolz auf seine Konstruktion. Und wenn er Luisas Blick neulich richtig gedeutet hatte, war sie ebenfalls höchst zufrieden mit seiner Arbeit, auch wenn sie sich in den vergangenen Wochen, was ihn betraf, etwas rargemacht hatte. Ob irgendetwas nicht stimmte?

Zu Beginn der Schwimmunterrichtsaison hatte sie ihn darauf hingewiesen, dass zwischen den einzelnen Schulklassendurchgängen die Abfallkörbe auf dem Gelände geleert werden müssten. Paul kam dieser Anordnung gewissenhaft nach und schnappte sich gerade den ausgebeulten Email-Eimer, als seine Chefin bereits den ersten der Abfallkörbe anvisierte. »Ich mache das schon. Guten Tag, Frau von Rochlitz.«

»Hallo, guten Tag. Ach ja, wir haben uns heute noch nicht gesehen«, sagte sie geistesabwesend.

Das stimmte so nicht, aber Paul verschwieg ihr, dass er sie jeden Morgen, wenn sie in den See hineinwatete, beobachtete. Als sie jetzt eine halb volle Flasche Korn aus dem Abfallkorb angelte, wurde ihre Miene grimmig. Plötzlich wirkte sie müde. Sie fuhr sich kurz durch ihr dunkles Haar. Die Lippen zu einem schmalen Strich zusammengepresst, schraubte sie den Verschluss auf und ließ den Inhalt der Flasche auf den Erdboden laufen.

Paul spürte, dass sie nicht darauf angesprochen werden wollte, und so versuchte er, sie auf andere Gedanken zu bringen. »Mit dem Sprungturm komme ich gut voran. Schätzungsweise werde ich nächste Woche damit fertig.«

Sofort hellte sich ihr Gesicht auf. »Das klingt großartig. Darf ich?« Dabei deutete sie an, die nun leere Flasche mit Ziel seines Eimers dort hineinzuwerfen.

Er nickte, und als er ihr die Flasche abnehmen wollte, berührten sich für den Bruchteil einer Sekunde ihre Fingerspitzen. Doch sie schien es gar nicht wahrzunehmen.

»Ich habe mein Repertoire an Aktionen um eine romantische Tretbootfahrt im Advent erweitert«, sagte sie lächelnd.

»Vorausgesetzt, dass der See dann nicht schon zugefroren ist.«

»Natürlich. Aber meistens setzt die Eiseskälte ja erst nach den Feiertagen im Januar ein.« Sie zog ihr Klemmbrett unter dem Arm hervor und klopfte darauf. »Und ich habe noch eine neue Idee.«

»Lassen Sie mal sehen«, sagte er schmunzelnd. »Ich frage mich ernsthaft, wie Sie das immer machen. Fliegen Ihnen die Einfälle nur so zu?«

»Schaut ganz danach aus«, verfiel sie nun ebenfalls in einen heiteren Tonfall. »Es handelt sich um ein Karussell.«

»Ein Karussell, das die Kinder selbst in Gang bringen können, bis es sich richtig schnell dreht?«

»Woher wissen Sie das, Paul?«

Er lachte. »Davon habe ich als Junge oft geträumt. Mein Vater käme und brächte mir als Geschenk ein solches Karussell mit, das er dann auf dem Hinterhof unserer Mietskaserne aufstellte. Und alle Kinder müssten mich vorher fragen, ob sie mitfahren dürften.« Die Erinnerung brachte ihn zum Schmunzeln.

»Aha. Sicher hätten Sie es allen Mädchen und kleineren Kindern erlaubt, wie ich Sie einschätze.«

So also sah sie ihn? Paul fühlte sich ein kleines bisschen geschmeichelt.

»Bevor ich es vergesse, Paul, die Stadt hat ein aktuelles Melderegister angefordert, und mir ist aufgefallen, dass Sie noch nicht in unserem Hausbuch stehen, ebenso wie mein Bruder Julius. Bevor es bei einer Kontrolle Ärger gibt, möchte ich die Angaben unbedingt nachtragen.«

Er nickte. »Meinen Namen kennen Sie ja.«

»Ja, und sogar Ihre Anschrift«, scherzte sie. »Mir fehlt noch Ihr Geburtsdatum.«

»Erster September 1924«, erwiderte er.

Sie musterte ihn seltsam.

Sofort fuhr er sich durch das Haar. »Wachsen mir Regenwürmer hinter den Ohren, oder warum gucken Sie so komisch?«

»Nein … ich … Sie hatten nur ein paar Tage vor mir Geburtstag.«

Täuschte er sich, oder klang da ein leiser Vorwurf in ihrer Stimme mit?

»Und Sie haben nichts davon gesagt.«

»Warum sollte ich?«

Plötzlich überzogen sich ihre Wangen mit einer leichten Röte. Offenbar merkte sie selbst, dass die Antwort auf seine Frage nirgendwo hinführte. Er arbeitete für sie, hatte keine Angehörigen mehr, die mit ihm eine Geburtstagsfeier veranstalteten, es gab also keinen Grund, dass er seine Arbeitgeberin darüber hätte informieren sollen. Er beschloss, zum ursprünglichen Gesprächsthema zurückzukehren. »Bis wann brauchen Sie das Karussell?«

»Sie können sich den Winter über damit Zeit lassen. Im März möchte ich ein Frühlingsfest ausrichten. Noch einmal wird es mir nicht passieren, dass ich unvorbereitet in eine Saison gehe. Aus Fehlern lernt man bekanntlich.« Vollkommen aus dem Zusammenhang gegriffen, nahm sie plötzlich den Email-Eimer an sich, spähte hinein und stellte ihn dann zu ihren Füßen wieder ab. »Außerdem habe ich mir überlegt, dass wir auf unserem Gelände Setzlinge von Nadelbäumen pflanzen. In ein paar Jahren könnte ich dann auf meinem

Weihnachtsmarkt anbieten, den eigenen Baum zu schlagen. Langfristig gesehen halte ich das für eine gute Investition. Ich habe kürzlich mit einem Förster gesprochen und mich beraten lassen.«

Sie klang schon jetzt wie eine echte Geschäftsfrau, und Paul war sich ziemlich sicher, dass sie, bei allem, was sie auf die Beine stellte, Erfolg haben würde. »Ich nehme an, Ihr Bruder lobt Sie über den grünen Klee.«

Das Lachen, das sie ausstieß, klang mehr als künstlich. »Ich habe Ihnen nie erzählt, was Julius sich geleistet hat.« Und dann berichtete sie ihm, dass ihr Bruder hinter ihrem Rücken einen Geschäftsbrief neu geschrieben und ausschließlich seine Unterschrift daruntergesetzt hatte.

»Übel«, sagte er nur. Aus Familienangelegenheiten hielt er sich besser heraus.

»Das trifft es ziemlich genau.«

Gerade kam die nächste Schulklasse an und bereitete sich auf den Schwimmunterricht vor. Dieses Mal wurden die Schüler von einer Lehrerin begleitet, und Luisa deutete auf die Frau im Trainingsanzug. »Überall werden derzeit Neulehrer gesucht, wussten Sie das?«

Paul hatte sich nicht darum geschert, da er hier mehr als genug zu tun hatte, aber er konnte es sich gut vorstellen. Fachleute fehlten hinten und vorn, auch in den Betrieben. Viel zu viele Männer waren im Krieg geblieben oder noch immer in Gefangenschaft.

»Nach dem Vertrauensbruch von Julius habe ich ihm den Vorschlag unterbreitet, sich als Lehrer für Mathematik zu bewerben. Christiane hat mich darauf gebracht. Ich habe auf seinem Land ein eigenes Unternehmen gegründet, und er hat mich hintergangen, damit sind wir quitt. Wobei seine Art und Weise meiner Meinung nach schwerer wiegt«, erklärte Luisa.

Das sah Paul ganz genauso, hielt sich aber mit einer entsprechenden Äußerung zurück.

»Nun, wie auch immer, Julius hat eine Anstellung in der Bürgelschule bekommen, Ellinor arbeitet nach wie vor in der Leihbücherei, und meine Mutter hat nach dem Sommer im Bellevue-Theater angefangen. Dort kommandiert sie die armen Frauen, die Karten abreißen oder als Garderobiere tätig sind, herum. Das Thema Strandbad ist vorerst vom Tisch, und sie lassen mich alle damit zufrieden.«

Paul hatte sich schon so etwas Ähnliches gedacht, da nur die Eheleute von Rochlitz die gesamte Woche über zu Hause blieben. Sehr wahrscheinlich war Luisas Mann Invalide geschrieben.

»Sie können mir doch bestimmt so ein Karussell entwerfen, nicht wahr?« Luisa sah ihn erwartungsvoll an.

»Ich versuche es.«

»Sie sind viel zu bescheiden.« Sie schenkte ihm ein warmherziges Lächeln, das ihm durch und durch ging. »Ich hoffe auf gute Einnahmen in der Wintersaison. Sicherheitshalber habe ich auch in verschiedenen Blättern in ganz Berlin inseriert und dabei betont, dass sich ein Ausflug nach Rathenow zu jeder Jahreszeit lohnt.«

Sie war die tüchtigste Frau, die er kannte – neben seiner Mutter natürlich, und ein schmerzhafter Stich jagte durch seinen Bauch.

Lächelnd rieb sie sich die Hände. »Wenn alles so läuft, wie ich es mir wünsche, kann ich im Januar das Material für das Karussell besorgen. Und später dann für einen richtigen Spielplatz mit Klettergerüsten, Rutsche und ein paar Schaukeln. Die Kinder haben viel zu lange nur in Ruinen und Trümmerhaufen gespielt, was, nebenbei bemerkt, mehr als gefährlich ist.«

Eigentlich sollte Paul zurück nach Brandenburg an seine alte Stelle gehen. Er verdiente hier im Strandbad auf Dauer zu wenig. Es gab bereits Ärger mit gewissen Leuten, den er wie immer für sich behielt. Ihm fiel wieder ein, dass er sich ja als

Blutspender hatte melden wollen, und er könnte nach Feierabend zusätzlich bei einem der Bauern in Neufriedrichsdorf helfen. Er musste seinen Verpflichtungen nachkommen, auch wenn er noch einen Teil der Beerdigungskosten abzustottern hatte. Obwohl es besser für ihn gewesen wäre, brachte er es nicht über sich, Luisa bei der Umsetzung ihrer Ideen im Stich zu lassen.

In der folgenden Woche verschlechterte sich das Wetter. Der Himmel über dem Wolzensee war bedeckt mit regenschweren Wolken, und es nieselte mitunter stundenlang. In den Arztpraxen herrschte Hochkonjunktur, denn eine Grippewelle hatte nicht nur das Havelland fest im Griff.

Paul hörte ein Gespräch zwischen Julius Marquardt und seinem Schwager mit an, in dem Luisas Bruder bedauerte, kein Auto mehr zur Verfügung zu haben, selbst wenn es nur einen Holzvergaser hätte. »Weißt du noch, wie ihr zu eurer Hochzeit mit dem Maybach vorgefahren seid?«, fragte Luisas Bruder deren Mann, der daraufhin nur nickte, aber nichts weiter sagte. Die Männer standen nur ein paar Meter von Paul entfernt, stützten die Unterarme auf der Brüstung der Schwimmsportanlage ab und blickten auf das grautrübe Wasser des Wolzensees hinaus.

Aufgrund des Wetters hatte der Schwimmunterricht kurz vor Ende Oktober vorzeitig abgebrochen werden müssen und würde erst im Frühjahr wieder aufgenommen werden.

Paul war noch mit den letzten Handgriffen am Sprungturm beschäftigt, indem er wohl zum zwanzigsten Mal in dieser Woche dessen Endmontage überprüfte. Erneut fand er keine Mängel.

Julius Marquardt warf ihm einen Blick zu. »Alles in Ordnung?«

»Soweit ich es beurteilen kann, ja. Was sagen Sie?«, stellte

Paul nicht nur eine Gegenfrage, sondern war wirklich an dessen Meinung interessiert.

Julius und Hajo traten ein paar Schritte näher und nahmen den nun fertiggestellten Sprungturm in Augenschein. Luisas Bruder legte seine Hände rechts und links auf das Geländer und rüttelte daran. »Bombenfest.« Er blickte sich zu seinem Schwager um. »Einer von uns sollte hinaufklettern.«

»Das werde ganz bestimmt nicht ich sein«, sagte Hajo von Rochlitz.

Julius sah Paul an, als würde er um Erlaubnis fragen.

Paul war nicht sicher, was er davon halten sollte. Er hatte Luisas Bruder noch nie unterwürfig erlebt. »Nur zu«, forderte er ihn daher auf, wies mit der Hand den Turm hinauf und lächelte.

»Nun«, Julius wandte sich wieder an seinen Schwager. »Da *du* gemeinsam mit Luisa für dieses Strandbad verantwortlich bist, sollte auf alle Fälle wenigstens einer der Betriebsleiter diese neuste eurer Errungenschaften einweihen. Findest du nicht?«

Paul hätte an Hajos Stelle seinem Schwager am liebsten einen Faustschlag versetzt. Doch Luisas Mann überging die Spitze. »Es bleibt ja in der Familie, mach ruhig.«

Julius Marquardt zögerte nur kurz, und Paul registrierte, dass an dessen Kiefer ein Muskel zuckte, bevor er sich daranmachte, auf den Turm zu klettern. Paul schlüpfte bereits aus seinen Schuhen und beobachtete, wie Hajo seine Zunge in die Wange schob und ihn dabei angrinste. Was hatte das zu bedeuten?

Schließlich nickte Luisas Mann, und Paul stieg ihrem Bruder hinterher. »Statt einer feierlichen Inbetriebnahme sollten Sie persönlich der erste Turmspringer sein, Herr Marquardt.«

»Ganz meine Meinung«, rief Hajo im Plauderton von unten.

Julius stand oben auf der Plattform und hielt sich mit beiden Händen am Geländer fest. »Dafür ist jetzt wohl kaum der richtige Zeitpunkt.«

»Ganz im Gegenteil«, erwiderte Paul, als er ebenfalls auf die Plattform gelangte. »Der Zeitpunkt ist geradezu perfekt, um sicher zu sein, tatsächlich als Erster hinunterzuspringen.«

Unten stand Hajo, den Kopf tief in den Nacken gelegt, als wollte er sich das Spektakel um keinen Preis entgehen lassen.

Paul ließ seine Jacke von den Schultern gleiten, öffnete die obersten Knöpfe und die Ärmelbündchen seines karierten Arbeitshemdes und zog es sich über den Kopf. Als er wieder aufsah, hielt Julius das Geländer so fest umklammert, dass seine Fingerknöchel weiß hervortraten. War der Mann wütend? Das bisschen Nieselregen konnte ihm wohl kaum etwas ausmachen. Dann endlich begriff er: Julius Marquardt litt an Höhenangst. Und sein Schwager hatte das gewusst, natürlich. Jetzt war Paul alles klar. Gut, dass er keinen Fünf- oder gar Zehn-Meter-Turm konstruiert hatte. »Ich wäre gern der zweite Testspringer, wenn Sie nichts dagegen haben, Herr Marquardt.«

»Ich überlasse Ihnen den Vortritt, Paul. Schließlich haben Sie das Ding gebaut«, presste Julius zwischen den Zähnen hervor. Er wirkte etwas blass um die Nase.

Nach allem, wie er mit Luisa umgegangen war, befand Paul, dass ihr Bruder eine kleine Lektion verdiente. »Das steht mir wohl kaum zu. Nach Ihnen.« Immerhin hatte er sich bemüht, das letzte Wort nicht extra zu betonen. Vielleicht täuschte sich Paul, aber der seltsame Laut, der von unten zu hören war, klang stark danach, als würde Hajo von Rochlitz sich eins feixen. Nun, Paul konnte ihm das nicht verübeln. Er öffnete seinen Gürtel und stieg aus der Hose. Unterhemd und Socken folgten, bis Paul nur noch in seiner schwarzen Turnhose dastand. »Herr Marquardt?«

Julius stieß einen leisen Fluch aus, lockerte den Knoten seiner Krawatte und zog den Kopf aus der Schlinge. Umständlich löste er seine Schnürsenkel, stieg aus den Schuhen, zog die Socken von den Füßen und schob sie in die Schuhe zurück.

Einen Augenblick sah es so aus, als würde er es sich anders überlegen, bis der kleine Peter über den Betonsteg gepoltert kam. »Ja, Papa, ja«, feuerte er seinen Vater mit in die Luft gestreckter Faust an. Im Gefolge die kleine Bande gleichaltriger Jungen, die seit einer Weile zu Peters ständigen Spielkameraden zählte. Paul beobachtete, wie Julius heftig schluckte, sodass sein Adamsapfel auf und nieder sauste. Fast tat der Mann ihm leid. »Augen zu und durch«, raunte er ihm zu.

Julius warf ihm einen missbilligenden Blick zu, zog aber dann den Pullover über den Kopf, schließlich auch das blütenweiße Oberhemd und den Rest seiner Kleidung. Die weiße, gerippte Baumwollunterhose behielt er an und trat vorsichtig unter dem lauten Gejohle der Jungen an die Kante des Sprungbretts. Obwohl sich sein Oberkörper mit einer Gänsehaut überzogen hatte, glänzte der schmale Rücken. *Angstschweiß*, schlussfolgerte Paul und trat hinter Julius auf das Brett.

»Lassen Sie das Schaukeln gefälligst«, zischte Julius und fuhr so heftig zu Paul herum, dass er aus dem Gleichgewicht geriet, taumelte und mit vor Schreck geweiteten Augen und einem Schrei auf den Lippen in die Tiefe stürzte.

Au wei. Paul blickte nach unten und wartete darauf, dass der Mann aus dem trübgrauen Wolzensee wieder auftauchte.

Im selben Moment schoss Julius' Kopf, wasserspuckend und hustend, an die Oberfläche. »Scheiße, ist das kalt.«

Alles war demnach gut gegangen.

Paul presste die Zehen um die Kante des Sprungbretts, federte sich mit den Knien ab und sprang. Mit dem Kopf zuerst, tauchte er beinahe kerzengerade in die Tiefe. Er spürte nach dem Luftzug das Rauschen des Wassers, tanzende Luftblasen kitzelten wirbelnd seine Haut, bevor er eine Seitwärtsrolle drehte und schwimmend wieder hochkam.

Applaus brandete auf. Zu den Kindern hatten sich jetzt auch die Frauen – außer Josepha – gesellt. Luisa und ihre Schwiegermutter klatschten begeistert in die Hände. Aus den Augenwinkeln erkannte Paul, dass Luisa mit einem Blick auf ihren Bruder und dessen besonders am Hinterteil beinahe bis an die Kniekehlen baumelnden Unterhosen nur schwerlich einen Lachanfall unterdrücken konnte. Ellinor schien eher peinlich berührt, erst recht nun, als ihr Mann unter den Steg hindurchgetaucht war und langsam an das Ufer watete – in durch die Nässe durchsichtigen Unterhosen. Hastig zog sie ihre Strickjacke aus, reichte sie Julius und bedeutete ihm, diese um seine Mitte zu wickeln.

Rasch kletterte Paul erneut auf den Sprungturm und sammelte die Kleidungsstücke ein. Das Ehepaar Marquardt war bereits an der Villa angekommen und verschwand gerade im Inneren des Hauses.

Als er die Stufen des Turms hinabstieg, wandte sich Hajo an ihn. »Gut gemacht.« An seinem Grinsen erkannte Paul, dass dies sich keineswegs nur auf den Sprung bezog.

»Geben Sie mir Julius' Sachen, und ziehen Sie sich rasch an. Ich setze gleich Teewasser auf und erwarte Sie in wenigen Minuten in der Küche zum Aufwärmen.« Luisa streckte Paul die Arme entgegen.

»Das ist wirklich nicht nötig.« Wassertropfen fielen aus seinem Haar und perlten an der Haut seines nackten Oberkörpers hinunter.

Luisa von Rochlitz griff zielstrebig in Pauls Kleiderbündel, zog seine Jacke hervor und hängte sie ihm um die Schultern.

»Danke.« Paul spürte, dass er nun doch zu frieren begann. Glücklicherweise verfügte seine kleine Souterrainwohnung über einen eigenen Zugang zum Haus, andernfalls hätte er die Villa vollgetropft, pudelnass, wie seine Turnhose noch immer war. Was ganz bestimmt bei den Marquardts für Ärger gesorgt hätte.

Der Tee schmeckte vorzüglich und wärmte ihn tatsächlich wieder auf. Erst recht, da Luisa einen großzügigen Schuss Rum in die Tasse gekippt hatte. »Den haben Sie sich redlich verdient. Der Turm ist großartig geworden!«

Keine zwei Stunden später tauchte, wie es seine Art war, sein Freund Mitja unangemeldet auf dem Gelände auf. Paul sortierte gerade seine Werkzeugkiste und lud Mitja auf einen Plausch in seine Wohnung ein. »Du wunderst dich wahrscheinlich, dass ich immer noch hier bin«, sagte er und hielt eine Flasche Bier hoch, die sein Freund jedoch ablehnte.

»Nein, *spaciebo*. Ich bin im Dienst und hab nicht viel Zeit.« Er überreichte ihm ein Kuvert.

Paul überflog die Zeilen. »Eine Einladung zur Festveranstaltung am Tag der Oktoberrevolution am 17. November im Bellevue-Theater in Rathenow?«

Mitja nickte.

Zunächst wollte Paul ablehnen, immerhin war seine Mutter noch kein halbes Jahr tot. Doch dann besann er sich darauf, dass er viel zu selten die Gelegenheit hatte, einmal einfach fünfe gerade sein zu lassen und das Leben zu genießen.

Er spürte, dass Mitja ihn musterte, und sah ihn an. »Was ist?«

»Wirst du kommen?«, erkundigte sich sein Freund, statt auf Pauls Frage einzugehen.

»Es ist schon eine Weile her, seit wir das letzte Mal zusammen gefeiert haben.« Paul nickte ihm zu.

»Ich freue mich. Wie steht es um das Strandbad?«, erkundigte sich Mitja.

»Sehr gut, denke ich.« Paul berichtete von der Inbetriebnahme des Sprungturms und lachte.

Im Laufe seiner lebendigen Erzählung fiel Mitja in das Lachen mit ein. »Ich habe gehört, dass es einen Eigentümerwechsel des Strandbades gegeben hat«, sagte er schließlich.

»Da liegt ein Missverständnis vor«, stellte Paul die Angelegenheit klar und erzählte seinem Freund von Julius Marquardts Heimkehr.

»Ich verstehe.« Mitja nickte. »Ich muss jetzt wieder los. Aber wir sehen uns bald, und dann habe ich mehr Zeit zum Reden und zum Trinken.« Er grinste. »Am Abend des 17. November hole ich dich ab, mein Freund. Übrigens wundere ich mich nicht, dass du noch immer hier wohnst.« Er klopfte Paul auf die Schulter.

»Was soll das heißen?«

»Später. *Doswidanja.*«

Paul brachte Mitja nach draußen, wo dieser in den offenen Kübelwagen sprang, den Motor startete und davonfuhr.

Verregnet, mit einem dunkel verhangenen Himmel, verabschiedete sich schließlich der Oktober und ging nahtlos in den November über. Das morgendliche Schwimmen im Wolzensee fiel Paul bei diesem Wetter täglich schwerer, aber er wollte unbedingt wissen, wo seine Grenzen waren. Oder besser, ob er es wagen würde, über diese Grenzen hinauszugehen, und so ließ er sich nicht davon abbringen, gegen den inneren Schweinehund anzukämpfen. Tapfer lief er jeden Morgen zum Nordstrand, der außer Sichtweite der Villa lag, um kurz im Wolzensee abzutauchen. Er hatte sich von Anfang an für den Nordstrand und nicht für die Schwimmsportanlage entschieden, auch wenn meistens alle noch in der Villa zugange waren. Um diese frühe Uhrzeit waberte oft Nebel über dem See, hing im Schilf und in den Baumkronen oder schlich gar wie alte Geschichten um das Haus herum.

Irgendwann würde es auch wieder heller werden, tröstete sich Paul mit dem Gedanken daran, dass die Sonne spätestens im Frühling die Oberhand gewinnen würde. Nie war ihm so deutlich bewusst geworden, wie sehr er die Finsternis verabscheute. Zu lange hatte er sich im Dunkeln verbergen müssen. Ein Schauder lief über seinen Rücken, und er schüttelte sich. Inzwischen skizzierte er erste Entwürfe für das Drehkarussell. Hin und wieder hielt er Rücksprache mit Luisa, die stets offen für seine Vorschläge war. Ansonsten gab es im Strandbad gerade nicht allzu viel zu tun für ihn bis zum Jahrestag der Oktoberrevolution. Erst danach würde die eigentliche Wintersaison starten. Als einzigen Veranstaltungstermin vorher hatte Luisa kurz entschlossen den 11. November, den Martinstag, festgelegt. Dafür hatte sie persönlich beim Bauern in Neufriedrichsdorf vorgesprochen und dieser sich bereit erklärt, mit seinem großen Pferd den Fackelzug für die Kinder über das Gelände am Wolzensee anzuführen. Ihre Schwiegermutter, die nach wie vor in einer Tanzschule unterrichtete, hatte sogar einen jungen Akkordeonspieler für den Umzug gewinnen können. Im Anschluss würden Martinshörner, süßes Gebäck, das Luisa bei der Konsumbäckerei in Rathenow in Auftrag gegeben hatte, an die Kinder verteilt werden.

Am späten Nachmittag des 17. November, als Paul gerade seinen einzigen guten Anzug aus dem Schrank nahm, ging ihm durch den Kopf, dass Luisa ein besonderes Gespür für ihre Strandbad-Aktionen besaß. Es waren viele Kinder mit ihren Eltern gekommen, sogar aus den umliegenden Dörfern. Spätestens jetzt war das Strandbad Wolzensee in aller Munde.

Er betrachtete das Revers seiner dunklen Jacke. Das letzte Mal hatte er den Anzug im Sommer zur Beerdigung seiner Mutter getragen. Seufzend strich er über den Stoff. Das gute Stück stammte noch aus dem Kaufhaus in der Steinstraße. Dort hatte seine Mutter viele Jahre lang als Verkäuferin zunächst unter Herrn Schlesinger, einem Herrenausstatter, gearbeitet, bis das Haus nach arischen Gesetzen gereinigt worden war.

Paul überlegte gerade, ob er nicht doch lieber mit seinem Motorrad in die Stadt fahren sollte, statt sich von Mitja chauffieren zu lassen, als sich ein Fahrzeug mit lautem Motor dem Gelände näherte. Unverkennbar Mitjas GAZ-67B, der Kübelwagen der Roten Armee. Rasch schlüpfte er in die Hose, warf sich das Jackett über und fuhr in seine frisch geputzten Schuhe. Im Vorbeigehen griff er noch nach einer Krawatte. Mitja würde ihm sicher, wie bereits vor der Beerdigung, mit dem Knoten behilflich sein.

Draußen war es, obwohl noch nicht einmal fünf Uhr, bereits stockfinster. Paul ging hinaus und zog die Tür zu seiner Wohnung hinter sich zu. »Seit wann bist du so pünktlich?«, rief er seinem Freund zu, der, eine Zigarette rauchend, noch im Wagen saß.

»Das habe ich von den Deutschen gelernt«, antwortete Mitja lachend. »Was aber nicht heißt, dass ich jemals zu früh komme.«

Paul grinste ob der Zweideutigkeit und wäre fast in Luisa hineingelaufen, die gerade um die Ecke bog. Er konnte nur hoffen, dass sie Mitjas Wortwitz nicht zu deuten wusste, und spürte, dass er rot wurde. Zum Glück war es zu dunkel, sodass es kein Mensch mitbekam.

»Ach, Paul, Sie sind es, ich wollte nur nachsehen, was hier draußen los ist, weil ich ein Fahrzeug gehört habe.« Sie musterte ihn. »Gehen Sie aus?«

»Ja, ich habe eine Einladung ins Bellevue-Theater.« Er hob die Hand, in der er noch immer seine Krawatte hielt.

»Die sollten Sie umbinden.« Mit dem ausgestreckten Zeigefinger deutete sie auf seine Krawatte.

»Ich weiß, aber ich komme nicht sonderlich gut klar damit.«

»Geben Sie her, ich helfe Ihnen.« Bevor Paul etwas einwenden konnte, hatte sie ihm die Krawatte aus der Hand gezogen. Gerade als sie seinen Hemdkragen aufstellen wollte, wurde sie sich offenbar ihrer Nähe zu ihm bewusst, trat einen Schritt zurück und hob schließlich den Kopf. »Verzeihen Sie.«

Paul übernahm es selbst, seinen Kragen hochzustellen. »Aber nicht doch, ich bin in solchen Dingen wirklich zu ungeschickt. Machen Sie nur.« Er lächelte.

Zögernd legte sie ihm die Krawatte um, wobei sie sich auf die Zehenspitzen stellte und Paul sich ein Stück vorbeugte, um ihr entgegenzukommen. Sie duftete nach kalter Novemberluft, brennenden Holzscheiten, Küchenkräutern und einem Hauch Pflaumenmus. Er hielt still, bis sie schließlich den Knoten hochschob, aufsah und ihre Arme sinken ließ. »Fertig.«

»Sitzt er auch nicht schief?«, erkundigte sich Paul in Ermangelung der richtigen Worte.

»Da müssen Sie sich schon auf mich verlassen.« Sie schmunzelte.

»Tue ich das nicht ohnehin?«

Sie sah ihn einen Tick zu lange an. »Wollen Sie so in dieses Fahrzeug steigen?«

Paul blickte sie verständnislos an.

»Nur im Anzug. Sie werden sich eine Lungenentzündung holen. Warten Sie hier, ich bin gleich wieder da.« Schon flitzte sie um die Ecke.

Mitja hatte sich gerade die nächste Zigarette angezündet und schaute zu ihm herüber. »Können wir jetzt los, mein Freund?« Seiner Stimme war anzuhören, dass er sich amüsierte.

»Gleich.«

Der Russe sprang aus dem Wagen und ging auf Paul zu. »Deswegen«, sagte er.

»Du sprichst gern in Rätseln, oder?«

»Deswegen bin ich nicht verwundert, warum du noch hier bist, am Strandbad Wolzensee«, half Mitja ihm auf die Sprünge.

160

Paul warf ihm einen raschen Blick zu.

»Luisa *von* Rochlitz.« Mitja ließ ihren Namen über seine Zunge rollen und sprach das »von« so genüsslich aus, als wäre es ein Honigbrötchen.

Paul spürte einen überraschend scharfen Stich. Ein seltsames Gefühl tobte plötzlich durch seine Eingeweide. So, als schnüre ihm etwas die Luft ab. Was sollte das? Nie zuvor hatte er so etwas empfunden. Eifersucht konnte es ja wohl nicht sein.

»Da bin ich wieder.« Lächelnd bog Luisa um die Ecke und reichte Paul einen Mantel. »Ziehen Sie den über während der Fahrt in diesem offenen Geländewagen.«

»Guten Abend«, begrüßte und verabschiedete sich Mitja gleichzeitig von ihr, bevor er zu dem GAZ zurückging und einstieg.

»Guten Abend. Sie sollten sich für diese Jahreszeit ein anderes Fahrzeug zulegen«, rief Luisa ihm hinterher.

Paul zog den Mantel über. »Haben Sie vielen Dank. Es kann spät werden heute. Ich hoffe, das ist kein Problem.«

»Aber nein, natürlich nicht.« Sie lächelte, dann beugte sie sich etwas vor. »Passen Sie auf, dass Genosse Bereshnoi Sie nicht verdirbt mit seinen Herrenwitzen«, flüsterte sie ihm zu.

Paul stieß ein Lachen aus. »Sicher nicht.« Er winkte ihr zu, lief eilig zum Wagen, stieg ein, und schon brauste Mitja los.

Am Bellevue-Theater prangte ein riesiges rotes Banner quer über dem Eingangsportal. Deutsch-Sowjetische Freundschaft – Festveranstaltung. Es lebe die Sowjetunion, das Bollwerk des Friedens und des Fortschritts!

Während des offiziellen Teils der Veranstaltung langweilte sich Paul fast zu Tode, nicht nur, weil er kaum ein Wort verstand. Viele der Offiziere erhielten Auszeichnungen und wurden belobigt. Meistens standen die Soldaten vorn am Podium stramm, während ein anderer ihnen Abzeichen an die Brust heftete.

Auch über der Bühne hing ein rotes Banner. *Stalin, der beste Freund des deutschen Volkes.*

Erst als der Volkschor Rathenows auftrat, lockerte sich die Atmosphäre. Während dieser Zeit saß Paul allein an einem kleinen Tisch in der hinteren Ecke des Festsaals, weil Mitja im Hintergrund der Veranstaltung alle Hände voll zu tun hatte. Die Luft im Raum war stickig, geschwängert von den schweren Parfüms der Offiziersgattinnen und einem zu hohen Zigarettenkonsum ihrer Männer. Außerdem hatte einer der Besucher an Pauls Nebentisch eine durchdringende Knoblauchfahne. Von welchem der Soldaten diese ausging, ließ sich beim besten Willen nicht deuten. Ihm wurde die Krawatte zu eng, und so versuchte Paul, ein klein wenig den Knoten zu lockern. Im selben Moment spürte er, dass eine Frau ihn beobachtete. Sie war jung und hübsch und lächelte ihm zu.

Den letzten Auftritt der offiziellen Feierstunde hatte der FDJ-Chor der Karl-Marx-Schule, dessen Gesang gefiel Paul sogar. Als endlich das Buffet eröffnet wurde, hing ihm der Magen bereits in den Kniekehlen. Auf ein Zeichen von Mitja hin reihte er sich in die Schlange der hungrigen Gäste ein. Während des Essens setzte sich sein Freund ihm gegenüber, und sie unterhielten sich angeregt. Im Anschluss erlebte Paul wieder einmal, dass die Russen zu feiern verstanden. Musik spielte auf, und es wurde getanzt, gelacht, gesungen, und der Wodka floss in Strömen.

»Sie sind Genosse Bereshnois Gast?«, erkundigte sich die hübsche junge Frau, deren Blick sich zuvor bereits mit dem von Paul getroffen hatte. »Ich bin Nataliya«, sie reichte ihm die Hand, und Paul ergriff sie aus Höflichkeit und nannte ihr seinen Namen.

Nataliya machte ihm offen schöne Augen, und er ließ sich

darauf ein. Er tanzte mit ihr, sie tranken Wein und Wodka und lachten viel. Für ein paar Stunden spielte alles andere keine Rolle mehr. Nataliyas Ausgelassenheit zu sehen gefiel ihm ausgesprochen gut. Der Alkohol tat sein Übriges, sodass auch Paul bester Stimmung war. Endlich mal nicht nur an die Existenz oder die Arbeit denken, sondern sich jung fühlen, nach allem, was hinter ihm lag. Sie feierten bis in die Morgenstunden.

Nataliya und eine rothaarige Frau, Olga, begleiteten Paul und Mitja in dessen Wohnung in der ehemaligen Stadtvilla am Park. Es dauerte nicht lange, bis Mitjas Mitbewohner Nikolai mit zwei Freunden eintraf und weitergefeiert wurde.

Nataliya lockte Paul nach nebenan in Mitjas Schlafzimmer, wo draußen vor dem Fenster Fische an einer aufgespannten Leine zum Trocknen hingen. Nachdem sie die Vorhänge geschlossen hatte, zog sie Paul in eine Umarmung, der ein leidenschaftlicher Kuss folgte. Ohne lange Umschweife machte sie sich daran, seinen Hosenknopf zu öffnen. Paul ließ sich zwar darauf ein, konnte dem Akt jedoch nicht sonderlich viel abgewinnen. Als Nataliya versuchte, ihn zu mehr zu überreden, schüttelte er den Kopf und schob sie sanft von sich.

Erst am Morgen, als es bereits hell wurde, brachte Mitja Paul zurück zum Wolzensee.

»Ich rate dir dringend von weiteren Treffen mit Nataliya ab, mein Freund«, sagte Mitja zum Abschied. »Fraternisierung wird nicht toleriert.«

»Ernsthaft?«, erkundigte sich Paul. »Du kommst mir mit Fraternisierung? Was ist denn mit der viel gepriesenen deutsch-sowjetischen Freundschaft?«

Mitja machte ein finsteres Gesicht. »Deutsch-sowjetische Freundschaft ist schön und gut, aber sie existiert wohl nur auf dem Papier. In Wirklichkeit haben die Regierungen unserer beiden Länder etwas dagegen, wenn sich Russen und Deutsche zusammentun. Nataliya läuft Gefahr, zurück in die Sowjetunion versetzt zu werden. Und du, mein lieber Paul, könntest vielleicht in deinem Umfeld ebenfalls Ärger bekommen.«

»Ach, was du nicht sagst. Und bist du nicht mein Freund?«

»Du weißt genauso gut wie ich, dass das etwas vollkommen anderes ist.«

Ohne dass Paul die Gelegenheit bekam, etwas zu erwidern, brauste Mitja davon.

Als Paul seine Wohnung betrat, war er plötzlich hundemüde. Er stieg aus den Schuhen, zerrte sich die seit dem Stelldichein mit Nataliya schief an seinem Hals baumelnde Krawatte runter und zog den Anzug aus. Auf Socken ging er zur Toilette, kam zurück und ließ sich in sein Bett fallen, wo er sofort einschlief.

Am Samstagnachmittag erwachte er mit einem fürchterlichen Brummschädel. Er hätte nur beim Wodka bleiben sollen und nicht noch Sekt oder den schweren Rotwein trinken dürfen. Vorsichtig hob er seinen Kopf an und stöhnte. Jetzt pfiff er auf Gott und Vaterland und hätte alles für echten Bohnenkaffee gegeben. Zu einem Bad im Wolzensee konnte er sich beim besten Willen nicht aufraffen. Frische Luft brauchte er aber dringend und riss zunächst die Fenster auf, um den ausgeatmeten Wodkadunst hinauszulassen. In der Zwischenzeit wusch er sich in der ungeheizten Wohnung, und als er zu frieren begann, lenkte ihn das wenigstens von dem Schlachtfeld in seinem Kopf ab. Er zog sich frische Sachen an und hängte den Anzug auf einen Bügel zum Auslüften ins Fenster. Hoffentlich verflüchtigte sich so der abgestandene Zigarettengestank. Er hatte nichts Essbares in seiner Wohnung, da er über die Küche der Villa versorgt wurde, allerdings rebellierte sein Magen ohnehin bei dem Gedanken an ein verspätetes Frühstück. Kurzerhand entschloss er sich zu einem Spaziergang, bevor es wieder früh dunkel wurde.

Gemächlich wanderte er zum Nordstrand und von dort über das Gelände, auf dem im nächsten Jahr die Setzlinge für Weihnachtsbäume gepflanzt werden sollten. Dann schlug er einen Bogen durch den Wald, um schließlich an der Gaststätte »Zum Vogelgesang« anzukommen, wo reger Besucherverkehr herrschte. Unter seinen Haarwurzeln tobte noch immer ein Krieg, als kreische Metall jammernd auf Metall. Langsam trat er den Rückweg zum See an. Statt in der Küche der Villa eine kleine Mahlzeit zusammenzustellen, ging er auf den Betonsteg der Schwimmsportanlage, stützte seine Arme auf das Geländer und blickte auf den See hinaus. Ein paar Mal atmete er tief ein und aus und hatte plötzlich das Gefühl, dass der Druck unter seiner Schädeldecke etwas nachließ.

Eine Weile herrschte Stille um ihn herum. Dann hörte er hinter sich Schritte.

»Guten Tag, Paul.« Luisa sah ihn an und hob die Brauen. »Alles in Ordnung mit Ihnen?«

»Sicher. Tut mir leid, dass ich heute Vormittag nicht zur Arbeit erschienen bin«, antwortete er und blickte wieder aufs Wasser hinaus, das eine beruhigende Wirkung auf ihn zu haben schien.

»Machen Sie sich darüber mal keine Gedanken. Sie schieben hier genug Überstunden, das passt schon. Ich hoffe, Sie hatten eine schöne Feier.« Luisa tat es ihm gleich und stützte ihre Arme ebenfalls auf dem Geländer ab.

»Danke. Durchaus, ja.« Paul warf ihr einen Seitenblick zu. »Den Mantel bringe ich Ihnen nachher.«

»Das hat keine Eile.« Sie seufzte leise. »Es ist so friedlich hier draußen.«

Er nickte kaum merklich.

»Es sind fast keine Blätter mehr an den Bäumen, ich bin sehr dankbar für den Duft und die Farben, die uns dieser

Herbst beschert.« Und dann, vollkommen aus dem Zusammenhang gerissen, fuhr sie fort: »Meine Mutter ist plötzlich krank geworden. Sie hat sich schon ein, zwei Tage zur Arbeit geschleppt. Hoffentlich hat sie nicht die Grippe.«

»Tut mir leid.«

»Mir auch. Vorhin hatte sie einen so heftigen Fieberanfall, dass ich mir nicht anders zu helfen wusste und sie in nasse Laken gewickelt habe. Haben Sie Ihre Mutter jemals nackt gesehen, Paul?« Einen Augenblick lang legte sie die Wange über ihre verschränkten Arme auf dem Geländer.

Vor Pauls geistigem Augen flackerte sofort ein schreckliches Bild auf. Er versuchte noch, abwehrend den Kopf zu schütteln, doch dabei fing es in seinem Schädel an, unerträglich zu singen und zu schwirren. Sein Herz begann zu taumeln, setzte einen Schlag aus. Paul schwankte unter der Last der lange verdrängten Erinnerung.

12

Luisa musterte Paul scharf. Plötzlich umklammerten seine Hände das Geländer des Stegs so fest, dass seine Fingerknöchel weiß hervortraten. »Ist Ihnen nicht gut? Ich hoffe, ich habe nichts Falsches gesagt. Entschuldigen Sie.«

»Nein, nein«, wiegelte er ab.

»Wirklich?« Er wirkte übernächtigt, war ein wenig blass um die Nase und zudem unrasiert. Was ihm ein verwegenes Aussehen verlieh. »Haben Sie heute überhaupt schon etwas gegessen?«

Kaum merklich schüttelte er den Kopf.

»Das ist ganz und gar unvernünftig. Kommen Sie mit in die Küche, ich mache Ihnen was zurecht.« Sie sah ihn streng an.

»Ein Kaffee wäre himmlisch. Ein echter, meine ich.« Er seufzte.

Luisa musste schmunzeln. »Da haben Sie aber Glück, es ist sogar noch welcher da.«

»Halleluja«, murmelte er so leise, dass sie zunächst annahm, sich verhört zu haben.

Christiane saß am Küchentisch mit der Brille auf der Nase und beugte sich über die neuste Ausgabe der *Rathenower Nachrichten*. Als Luisa und Paul eintraten, hob sie den Kopf. »Guten Tag, Herr Rößler. Ich habe Sie heute schon vermisst.« Sie musterte ihn, nickte aber, warmherzig wie immer. Einer der Gründe, warum Luisa so gut mit ihrer Schwiegermutter zurechtkam.

»Guten Tag«, sagte Paul ungewohnt wortkarg.

»Um ehrlich zu sein, Sie sehen etwas mitgenommen aus,

mein Lieber. Ich habe vorhin eine Kanne Kräutertee aufgesetzt und gebe Ihnen gern eine Tasse ab.«

Luisa lachte auf. »Er braucht einen Kaffee. Heiß, stark, schwarz.« Sie zündete das Gas unter dem Pfeifkessel an.

»Ah, verstehe. Mit einem Kater sollten Sie nicht so in der Gegend herumstehen, Herr Rößler. Nehmen Sie doch Platz«, forderte Christiane ihn auf, wandte sich Luisa zu und klopfte auf die Zeitung. »Hier sind einige Stellen mit Bleistift angestrichen. Warst du das?«

»Ja«, antwortete Luisa, während Paul sich auf den Küchenstuhl fallen ließ. Sie löffelte das restliche Kaffeepulver in eine Tasse, goss heißes Wasser auf und stellte sie vor Paul auf den Tisch. In vielen Gaststätten wird Tanztee angeboten, dachte ich mir, das könnte ich in der kommenden Saison auch mal ausprobieren. Was hältst du davon?«

»Eine ausgesprochen gute Idee. Ich bewundere dich, Luisa. Du hast schon so viel auf die Beine gestellt. Wenn ich überlege, wie verzweifelt wir zu Kriegsende waren.« Ihre Schwiegermutter richtete sich kerzengerade auf. »Was hast du sonst noch vor in deinem Strandbad?«

Oh, eine ganze Menge. Luisa füllte ein Schälchen mit dem Möhrensalat, den es am Mittag als Beilage zum Fisch gegeben hatte. Peter und Hajo waren recht erfolgreich beim Angeln im Wolzensee gewesen. Da sie nicht mehr genug Kartoffeln hatten, war der Brei mit Selleriestampf gestreckt worden, den sie jetzt in der Pfanne für Paul aufwärmte. Der Ärmste brauchte dringend eine warme Mahlzeit im Magen, auch wenn er sich noch dagegen sträubte. »Nach der Wintersaison, die ich mit einem großen Feuer zur Sonnenwende ausläuten möchte, soll es ein fröhliches Ostereiersuchen geben, den Tanz in den Mai, am 1. Mai dann ein Fest für die ganze Familie, mit allerlei Spielen wie Sackhüpfen, Eierlaufen, Tauziehen, und am 1. Juni haben wir unser einjähriges Jubiläum und außerdem Kindertag. Das möchte ich natürlich auch gebührend feiern.«

Aus den Augenwinkeln sah sie, wie Paul mit dem Löffel selbstvergessen in seinem Kaffee rührte.

Christiane nickte anerkennend und deutete wieder auf die Zeitung. »Im Bellevue-Theater laufen regelmäßig Kinofilme, am Wochenende sogar für Kinder zu ermäßigten Preisen. Ich habe Ellinor davon erzählt und gefragt, ob sie nicht mal mit ihrer ganzen Familie hingehen möchte. Heute läuft *Der Zauberfisch*, ein Märchenfilm. Stellt euch vor, sie fand meinen Vorschlag gut. Vorhin sind sie, Peter und Julius aufgebrochen, allesamt geradezu in fröhlicher Stimmung.« Sie sah abwechselnd von Paul zu Luisa. »Die Russen sorgen für ein reichhaltiges Kulturprogramm. Das muss man ihnen lassen.«

Wohl wahr, dachte Luisa. Weil von dem Fisch nichts mehr übrig war, schnitt sie eine dünne Scheibe vom Bauchspeck und briet sie knusprig aus. Paul trank in tiefen Zügen den Kaffee aus. In seinem linken Mundwinkel verfing sich etwas von dem braunen Grund, und Luisa hielt sich gerade noch rechtzeitig zurück, die Hand auszustrecken und darüberzuwischen. Stattdessen klatschte sie energischer als nötig den Selleriestampf auf einen Teller, legte zur Krönung den gebrutzelten Bauchspeck darüber, servierte Paul die Mahlzeit und reichte ihm das Besteck. »Lassen Sie es sich schmecken.«

»Danke.« Zögernd begann er zu essen und kaute die ersten Happen langsam, als prüfe er, ob sie seinen Magen nicht postwendend wieder verlassen wollten. Schon bald jedoch schaufelte er alles wie gewohnt in sich hinein.

Luisa musste schmunzeln. »Für den Adventsmarkt müssen ab der nächsten Woche kleine Buden gezimmert werden, Paul.«

Er nickte flüchtig, ohne den Blick von seinem Teller zu nehmen.

»Hast du denn Baumaterial?«, kam Christiane sofort zum Wesentlichen.

»Noch nicht«, gab Luisa zu. »Ich dachte an Abrissholz und

habe mich erkundigt. Man bekommt es günstig, wenn wir unserer moralischen Arbeitspflicht nachkommen und am Programm *Wir bauen auf* teilnehmen. Haben Sie eine Nachweiskarte?«, wandte sie sich wieder an Paul.

Er hatte gerade seinen Teller leergeputzt und schien jetzt aufnahmefähig für ihre Anliegen zu sein.

»Ich muss nur nachsehen, wo ich die hingelegt habe«, antwortete er.

»Es wäre natürlich besser, wenn auch Julius mitmachen würde, aber da sehe ich ehrlich gesagt schwarz«, gab Christiane zu bedenken. »Bei Hajo sieht es nicht anders aus.« Sie seufzte. »Aber *ich* stehe euch zur Verfügung«, schob sie rasch hinterher.

»Ich ebenfalls«, stellte Luisa sofort klar.

Sie und Christiane blickten zu Paul hinüber, der sich mit der Hand über das unrasierte Kinn fuhr. »Wie sollen die kleinen Buden für den Adventsmarkt aussehen? Haben Sie eine Skizze für mich?«

Luisa lächelte. »Wie gut Sie mich schon kennen! In der Tat habe ich eine vage Idee und vertraue Ihnen inzwischen vollkommen. Ich schlage vor, Sie liefern mir ein paar Skizzen, Sie wissen ja am besten, was durchführbar ist und was nicht.«

Er nickte. »Und Sie ordern das Baumaterial, nachdem wir drei wenigstens einen Arbeitseinsatz abgeleistet haben.«

»Und ich kümmere mich um alles Organisatorische«, sagte Luisa.

»Es wird schwierig werden, Bretter oder Balken mit meinem Motorrad zu transportieren«, bemerkte Paul und warf einen sehnsüchtigen Blick in seine leere Kaffeetasse.

»Ich muss erst wieder neue Bohnen besorgen.« Er tat Luisa leid.

Christiane stand auf, ging zum Küchenschrank, holte eine frische Tasse, stellte sie vor Paul auf den Tisch und goss sie randvoll mit Kräutertee. »Hier, gegen Ihren Nachdurst.«

Er sah ein wenig skeptisch aus, griff aber zu und leerte die Tasse in einem Zug.

Doch Luisa grübelte längst über seine Worte nach. Es war in der Tat ein Problem, das Baumaterial zu transportieren. »Wir könnten wirklich einen kleinen Lieferwagen gebrauchen, ich habe noch so viel vor. Nur, wo sollen wir den in diesen Zeiten auftreiben? Von den Kosten ganz zu schweigen.«

Christiane blickte sie kurz an, als läge ihr etwas auf der Zunge und sie überlege, ob sie es aussprechen sollte oder nicht. »Ich würde gern versuchen, mich des Problems mit dem Fahrzeug anzunehmen.«

»Wie meinst du das?«, fragte Luisa, die sich denken konnte, in welche Richtung sich dieses Gespräch entwickelte. Sie wollte keinen Almosen annehmen, Christiane war schon viel zu oft eingesprungen, wenn die Not zu groß wurde. Sie war es auch, die als Einzige Miete an Josepha zahlte. Und ihre Mutter hatte zugelassen, dass Luisa dieses Geld verwaltete, wie sie sich auch sonst um alles gekümmert hatte.

»Nun, genau wie ich es sage«, erklärte Christiane.

Luisa stand auf und trat ans Fenster. »Seht nur …«, sagte sie fassungslos und zog die Gardine zur Seite, um sich das Schauspiel nicht entgehen zu lassen. Christiane, die mit dem Rücken zum Fenster saß, verdrehte sich beinahe den Hals ob Luisas Reaktion. Neugierig erhob sie sich und stellte sich neben sie.

»Das ist ja unglaublich«, rief sie aus. »Paul, kommen Sie rasch.«

Mitten im November beobachtete Luisa den spektakulärsten Sonnenuntergang, den sie je gesehen hatte. Die tief stehende Sonne, so schien es, hatte alle ihre Strahlen so ausgerichtet, als würde sie von unten dem Himmel entgegenleuchten, und tauchte somit sämtliche Sträucher, Bäume, den Schilfgürtel und den Wolzensee in ein warmes goldenes Licht voller Magie. In diesem wertvollen Moment kam es ihr vor, als würden all die Lieben, die sie verloren hatte, greifbar nah durch die Luft schweben. Es tat weh und doch nicht, weil Luisa plötzlich begriff, dass die Liebe die Ewigkeit überdauerte. Eine tiefe Ruhe legte sich sanft um sie, als hätte ihre Freundin Helena sie in eine ihrer selbst genähten Flickendecken gehüllt.

Als die Sonne schließlich hinter dem See versank, blickten sie alle drei noch immer wie gebannt aus dem Fenster, und keiner von ihnen sagte ein Wort.

Christiane löste sich als Erste aus der Starre. Schweigend drehte sie sich zum Küchentisch um und wischte ein paar Krümel von der im Laufe der vielen Jahre rau gewordenen Platte.

Auch Paul bewegte sich wieder. Aus dem Augenwinkel beobachtete Luisa, wie er sein Geschirr auf den Spültisch räumte. Langsam schloss sie die Gardinen.

»Ich verabschiede mich für heute«, sagte er leise und wirkte wieder so in sich gekehrt wie am Nachmittag. War ihm eben auch seine Mutter erschienen, oder hatte er einfach nur entsetzliches Kopfweh? Sie hätte ihn gern gefragt, aber Christianes Anwesenheit hinderte sie daran. »Brauchen Sie eine Schmerztablette?«

Als er nickte, holte sie eine Flasche Selters aus der Speisekammer und drückte sie ihm in die Hand. Dann lief sie in ihr Schlafzimmer, um aus dem Nachtschränkchen ein Aspirin zu holen. Dort fand sie Hajo auf dem Bett, der mit trübem Blick zu ihr herüberblinzelte. »Ich glaube, deine Mutter hat nach dir gerufen.«

»Könntest du dich vielleicht mal aufraffen und dich erkundigen, was sie möchte?«, fragte Luisa schärfer als beabsichtigt.

»Sicher. Will ich aber nicht«, antwortete er und klang unendlich müde.

Einen Moment blieb Luisa stehen. Langsam dämmerte ihr, dass sich am Zustand ihres Mannes möglicherweise nichts mehr ändern würde. Es hatte wohl keinen Zweck, jetzt darauf herumzuhacken. »Hast du wieder getrunken?« Zum ersten Mal merkte sie, wie resigniert ihre Stimme sich anhörte. Eilig machte sie sich auf den Weg zurück in die Küche. Im Flur rief Luisa laut: »Mutter, ich komme gleich zu dir.« Paul stand bereits im Türrahmen, und sie gab ihm die Tablette.

Als sie ihre Mutter, die so schwach war, dass sie sich kaum auf den Beinen halten konnte, zur Toilette und wieder zurückbegleitet hatte, ging sie wieder in die Küche.

»Setz dich und hör mir zu«, empfing Christiane sie. »Ich kümmere mich derweil um das Abendessen. Wenn Julius, Ellinor und Peter von der Kinovorstellung zurückkommen, werden sie Hunger haben.«

»Ellinor hat heute Küchendienst«, entgegnete Luisa.

»Ist doch egal, sie wird sich freuen, wenn ich das übernehme.« Christiane lächelte und zog das große Holzbrett heran, um Brot zu schneiden. »Ich würde dir gern das Geld für einen Lieferwagen, sicher bekommen wir nur einen gebrauchten, vorstrecken«, begann sie ohne Umschweife.

Sie klang, als hätte sie die Mittel für ein fabrikneues Fahrzeug. Das irritierte Luisa nicht zum ersten Mal. Obwohl ihr Christiane näherstand als ihre eigene Mutter, hatte sie nicht die geringste Vorstellung, wie hoch deren Vermögen war und vor allem, wie sie es verwaltete. Luisa erkundigte sich nie danach. Letzten Endes würde es eines Tages Hajo zufallen und damit auch ihr. Es stand ihr nicht zu, mehr darüber in Erfahrung zu bringen. Sie wollte schon einen Einwand vorbringen, als Christiane die Hand hob.

»Hör mir einfach erst mal zu, und dann kannst du immer noch etwas dagegen sagen.« Christiane strich dünn die Margarine auf die Brotscheiben. »Es ist kein Almosen, sondern ich leihe dir das Geld zu den üblichen Bedingungen.«

»Mit Zinsen?«, fragte Luisa sofort.

»Sei nicht kindisch. Wir sind eine Familie.« Christiane rollte mit den Augen.

Luisa verschränkte die Arme vor der Brust und wartete.

»Schön, wenn du unbedingt willst, von mir aus auch mit Zinsen. Aber das ist lächerlich.« Christiane verschwand kurz in der Speisekammer und kehrte mit einem Teller voll eingelegter Gurken zurück. »Entweder leihe ich dir das Geld, und du zahlst es mir, wie es für dich passt, zurück.«

»Oder?«, hakte Luisa bereits nach und stand auf. Da sie nicht länger untätig herumsitzen konnte, holte sie Besteck und Tassen aus dem Schrank, um den Tisch zu decken.

»Oder ich bin Teilhaber deines Strandbades, solange du den Lieferwagen hast, der quasi meine Einlage ist.«

»Was verlangst du als Gegenleistung?« Wollte ihre Schwiegermutter sie auf den Arm nehmen?

»Wohnrecht auf Lebenszeit«, sagte Christiane.

»Du weißt, dass ich das nicht zu entscheiden habe, weil ...«

»... Julius alles gehört. Ja. Aber du kannst darauf großen Einfluss nehmen, mein liebes Kind. Ich möchte hier nicht mehr weg. Die weite Welt habe ich bereits gesehen und hier am See sogar während des Krieges Frieden gefunden.« Christiane schnitt die Gurken in Scheiben.

»Und sonst?«, hakte Luisa nach.

»Das ist alles«, antwortete Christiane. »Ich würde nur stiller Teilhaber sein. Für dich bleibt alles wie bisher. Du hast das Sagen, ich trete nirgends in Erscheinung. Außer vielleicht, wenn Julius dir wieder Schwierigkeiten machen sollte.«

»Ich muss darüber nachdenken.« Die Abmachung schien Luisa doch recht einseitig zu sein.

Christiane lächelte. »Tu das mein Liebes, tu das.«

Irgendwann am Abend war Luisa mit dem spektakulären Sonnenuntergang vor ihrem geistigen Auge eingeschlafen. Der nächste Morgen war ein Sonntag, und sie hatte so gut geschlafen wie schon lange nicht mehr. Später als sonst hüpfte sie fast aus dem Bett und stellte fest, dass der Platz neben ihrem leer war. Sie hatte nicht mal gemerkt, dass Hajo aufgestanden war. Hatte jemand Frühstück gemacht? Sie musste nachsehen, aber vorher wollte sie wie immer ihre Füße in den Wolzensee tauchen. Rasch erledigte Luisa ihre Morgentoilette, zog sich an, ließ nur die Strümpfe weg und verließ das Schlafzimmer. Als sie über den dunklen Flur ging, duftete es aus der Küche bereits verführerisch nach frischen Brötchen, Pflaumenmus und Kräutertee. Wer hatte gebacken? Entweder war ihr Christiane zuvorgekommen oder Ellinor. Der Tisch war für eine Person gedeckt, alle anderen hatten offenbar bereits gefrühstückt und gingen ihrer eigenen Routine nach. Gut gelaunt trat Luisa durch die Haustür und lief hinunter zum See. Gerade als sie wie üblich in der Mitte des umlaufenden Betonstegs am Ufer stand und aus ihren Pantinen schlüpfen wollte, hörte sie ein lautes Platschen.

Voller Neugier lief sie über die farblose Winterwiese unter den längst kahlen Birken, die ohne ihre herzförmigen grünen Blätter strammstanden wie einstmals die Langen Kerls vom Alten Fritz in Potsdam. Am Nordstrand entdeckte sie Paul, der in wenigen Metern Entfernung einige Schwimmzüge im Wolzensee machte und kurz darauf wieder umkehrte, um ans Ufer zu kraulen.

»Du lieber Himmel, was tun Sie da?«, erkundigte sich Luisa.

»Ich härte mich ab und trainiere für das Eisbaden am Neujahrstag«, antwortete er und grinste. Heute sah er viel besser aus als gestern, wo er so verkatert gewesen war. Vor allem hatte er seine gute Laune wieder gefunden.

»Ich hab übrigens eine Skizze für Ihre Adventsbuden gezeichnet, wenn Sie sich die heute oder morgen ansehen möchten«, rief er ihr zu.

»Sehr gern. Haben Sie schon gefrühstückt?«

»Nein.«

»Dann kommen Sie doch einfach mit und zeigen mir hinterher die Skizzen.« Er sollte besser rasch aus dem Wasser kommen, seine Lippen waren bereits blau.

»Ich esse lieber allein und möchte nicht stören. Ich glaube, Ihre Familie sieht es nicht so gern, wenn ich am Küchentisch sitze«, sagte er.

Luisa warf ihm einen langen Blick zu. Wahrscheinlich hatte er recht, daher nickte sie nur. Sie wollte keinen weiteren Ärger heraufbeschwören, und offenbar schien es Paul nichts auszumachen. »Wollen Sie nicht langsam aus dem Wasser kommen?«

»Das würde ich gern, aber es könnte sein, dass ich nichts anhabe«, antwortete er bibbernd. »Tatsächlich?«, erkundigte sie sich und lachte. »Wieso denn das?«

Er verdrehte die Augen. »Ist eine längere Geschichte.«

»Och, ich hätte Zeit.« Hatte sie das eben wirklich laut ausgesprochen und schäkerte mit ihm? Was war nur in sie gefahren?

»Also, ich nicht«, erklärte er mit Nachdruck und ruderte heftig mit Armen und Beinen.

Weiter nördlich, wo im Sommer die Seerosen schwammen, beobachtete Luisa eine Schwanenfamilie, die mit ihren graugefiederten Jungen ihre Kreise drehte. »Wie kalt ist das Wasser überhaupt?«

»Ziemlich«, er klapperte mit den Zähnen. »Ich kann nur hoffen, Sie wollen das nicht in Zentimetern wissen.«

Luisa stieß ein Lachen aus. »Ach, das klingt ja interessant. Lernt man als Konstrukteur, so umzurechnen?«

»Bitte, ich …«

»Schon gut, belassen wir es dabei. Ich geh schon mal vor, damit sie aus dem Wasser können, und richte Ihnen ein Frühstückstablett«, lenkte Luisa ein und musste erneut lachen. Sie machte sich auf den Weg, konnte es aber nicht lassen, sich rasch noch einmal umzudrehen, und erhaschte einen Blick auf seinen nackten Hintern.

Nach dem Frühstück brachte Paul sein Tablett zurück und hatte ein Skizzenblatt unter den Arm geklemmt. Bevor er jedoch mit ihr sprechen konnte, betrat Ellinor noch einmal die Küche. Ihre gute Laune vom gestrigen Nachmittag war offenbar verflogen, denn ihr Gesicht hatte wieder jenen verkniffenen Ausdruck angenommen, den Luisa absolut nicht leiden konnte.

Sie sah hilfesuchend zur Küchenuhr mit dem schönen Rosenmuster und den römischen Ziffern, als könnte sie dort einen Rat finden, und verdrehte die Augen. Paul fing ihren Blick ein, und, als wolle er sie aufheitern, hielt er wie zufällig ein Holzlineal hoch und deutete mit dem Daumen die Spanne von wenigen Zentimetern an. Luisa begriff sofort und prustete los, schlug sich aber rasch die Hand vor den Mund. Leider zu spät, denn Ellinor blickte zwischen Paul und ihr hin und her und zog die Stirn noch krauser als ohnehin schon.

»Also schön, Luisa, dein Martinsfest war ja wirklich ganz hübsch, muss ich gestehen. Mit diesem Reiter da vorn am Fackelzug … die Kinder hatten sehr viel Spaß. Ich frage mich allerdings, warum du die Martinshörnchen nicht selbst gebacken hast, statt mit dieser Konsumbäckerei Geschäfte zu machen. Selbstgebackenes schmeckt so viel besser, nicht wahr?«

Wie konnte ihre Schwägerin es wagen! Natürlich dachte sich Luisa etwas dabei, wenn sie mit staatlichen Betrieben zusammenarbeitete. Sie wollte zeigen, wie gut auch kleine Selbstständige mit der sozialistischen Gesellschaft harmonierten. Nicht, dass ihr der Rat der Stadt doch noch die Betriebserlaubnis entzog, wenn Luisa mit dem Strandbad nach und nach expandierte. Wie sie die Anlage ausbauen würde, wollte sie ihrer Schwägerin auf keinen Fall auf die Nase binden. In dem Moment fiel ihr siedend heiß ein, dass sie vergessen hatte, die Kohlenlieferung zu bestellen. Das musste sie unbedingt gleich am Montag noch erledigen.

»Ellinor, hast du sonst noch was auf dem Herzen? Es ist zwar Sonntag, aber ich muss mich schon jetzt mit der kommenden Saison beschäftigen.«

»Ach, glaub mir, das ist verlorene Liebesmüh.« Ellinor zog ein Taschentuch aus dem Ärmel und betupfte sich die Nase. »Julius war sehr nachsichtig, wie ich finde. Und euer kleines Missverständnis tut ihm natürlich leid, aber was meinst du, wie lange soll er noch darauf warten, sein Erbe anzutreten, um damit zu machen, was er für richtig hält?«

Luisa zuckte zusammen. Also hielt ihr Bruder weiter an seinen Plänen fest – sie hätte es wissen müssen. Dabei kam er doch anscheinend als Neulehrer gut zurecht.

»Und jetzt würde ich gern hier am Küchentisch in den *Rathenower Nachrichten* blättern, wie immer am Sonntagvormittag.« Ellinor zog einen Stuhl hervor und setzte sich.

Luisa gab Paul einen Wink, ihr in das Büro zu folgen.

»Hier steht, dass es nur noch vom 15. bis 20. Dezember möglich ist, seinen Bedarf an Einkellerungskartoffeln auf der Kartenstelle am Karl-Marx-Platz 4 im Hofgebäude geltend zu machen. Andernfalls kann eine Lieferung nicht mehr garantiert werden, und die entsprechenden Abschnitte verfallen ersatzlos«, rief Ellinor beim Hinausgehen in ihrem Rücken. »Ich nehme an, du hast dich darum gekümmert, da ich dich schon vor Wochen darauf angesprochen hatte, nicht wahr?«

Auch das hatte Luisa bei all den Aufgaben rund um den Ausbau ihres Strandbades verschwitzt. Sehr ärgerlich. Die Arbeit im Haushalt musste neu organisiert werden. Sie konnte sich schließlich nicht um alles kümmern. Dann stutzte sie und blieb stehen, sodass Paul beinahe in sie hineingelaufen wäre. Ellinor hatte die Lage längst erkannt und wollte Luisa vor Augen führen, dass sie als Vorstand des Haushalts versagt hatte, und ihr deutlich machen, wo ihr eigentlicher Platz war.

13

An den nächsten beiden Wochenenden leisteten Luisa, Christiane, Paul und sogar Julius ihren freiwilligen Arbeitseinsatz zum Wiederaufbau der Stadt Rathenow ab. Da die Verwaltung kaum wusste, wohin mit all dem Schutt, der ohnehin zunächst aus den Straßen verschwinden sollte, durften Luisa und ihr kleiner Trupp Ziegelsteine, Balken und Abrissholz für den Eigenbedarf nehmen, wenn sie sich selbst um den Transport kümmerte.

Leider hatte Christiane noch kein Fahrzeug auftreiben können. In Rathenow schien die Lage dafür aussichtslos zu sein. Daher wollte sie unbedingt in den nächsten Wochen nach Berlin fahren und dort ihre Fühler ausstrecken. Also bat Paul wieder einmal den Bauern aus Neufriedrichsdorf, der ihnen seinen Traktor samt Hänger zur Verfügung stellte, um das Baumaterial aus der Stadt zum Wolzensee zu kutschieren.

Die Fahrt hin und zurück dauerte ihre Zeit, der Hanomag tuckerte gemächlich vor sich hin, während seine Passagiere auf dem offenen Hänger dem Novemberwetter schutzlos ausgesetzt waren. Für den zweiten Arbeitseinsatz hatten sie sich besser vorbereitet und sich auf dem Hänger unter einer alten Plane gegen Wind und Kälte zusammengekauert. Nur Paul, der den Traktor ohne Führerhaus lenkte, hatte nicht so viel Glück, was Luisa sehr bedauerte. Sie nötigte ihm immerhin warme Ohrenschützer und eine Mütze auf.

Unter der Woche zimmerte er fünf kleine Buden aus Abrissholz für den Weihnachtsmarkt zusammen, die alle an die Konsumgenossenschaft vermietet wurden. Vorgesehen waren die Buden für Lebkuchen und süße Backwaren, Kinderspielzeug aus dem Konsumkaufhaus, Weihnachtskugeln aus Lauscha, Mützen, Socken und Handschuhe ebenfalls aus dem Kaufhaus, sowie Weihnachtsschmuck aus dem Erzgebirge. Heiße Getränke, Würstchen und Maronen würden sie im Unterstand der Bootsausleihe selbst anbieten. Dafür hatte Luisa einen Kommissionsvertrag mit dem Wirt vom nahe gelegenen Ausflugslokal »Vogelgesang« abgeschlossen.

Aus den kurzen Metallresten, die noch vom Bau der Tretboote stammten, hatte Paul Feuerkörbe zusammengeschweißt, die sie bei den Bänken aufstellten. Da Brennmaterial wie auch alles andere knapp war, nahmen sie dafür wurmstichiges Abrissholz, das anderweitig nicht mehr verwendet werden konnte.

Paul arbeitete in Vorbereitung auf den Weihnachtsmarkt auch dann noch draußen, als es in Strömen regnete, was zur Folge hatte, dass er sich eine hässliche Erkältung einfing, die sich als hartnäckig herausstellte.

Christiane konnte Peter und seine Freunde überreden, mit ihr in den umliegenden Wäldern Tannengrün und Zapfen zu sammeln, woraus sie Girlanden für die kleinen Buden bastelte. Die Kinder halfen eifrig dabei.

Einige kannte Luisa, weil sie bereits im Sommer treue Besucher ihres Strandbades gewesen waren. Auch zukünftig wollte sie Kinder und Jugendliche mit ihrem Angebot besonders ansprechen. Gerade die jungen Frauen brachten ihr sehr viel Interesse entgegen. Für sie sollte sich ein Besuch im Strandbad besonders lohnen – zu jeder Jahreszeit. Im Sommer könnte Luisa womöglich eine Modenschau auf der Terrasse ihrer Villa veranstalten, wie es sie zur Eröffnung des HO-Kaufhauses im Mai in Rathenow gegeben hatte. Überall war der Aufschwung zu spüren, und sie würde ein Teil davon sein. Es fühlte sich wunderbar an, als wäre heute bereits Heiligabend und sie bekäme zur Bescherung die meisten Geschenke. Bevor Luisa beschwingt in ihr Büro ging, um die Zahlenkolonnen für ihr erstes Geschäftshalbjahr zu addieren, beschloss sie, wie jedes Jahr am Samstag vor dem ersten Advent den Herrnhuter Stern am Eingang des Hauses aufzuhängen. Für diesen Zweck hatten sie einst ein kleines verglastes Gestell aus zwei Seitenwänden und einem Dach über der Hauslaterne angebracht, damit der Stern in der Weihnachtszeit geschützt vor Wind und Wetter sein himmlisches Licht verströmen konnte. Er war ein Geschenk von Robert, ihrem jüngeren Bruder, gewesen, der in Stalingrad gefallen war. Luisa hatte den für sie so kostbareren Stern während des Krieges, als sie im Frühjahr 1943 mit den Frauen der Familie in die Villa am Wolzensee übersiedelten, mit nach Rathenow gebracht. Die übrige Zeit des Jahres wartete der Stern zusammengelegt und in einer Holzkiste auf dem Dachboden verstaut auf seinen großen Auftritt. Luisa holte ihn aus seiner Behausung und überprüfte, ob alle fünfundzwanzig Zacken, die siebzehn viereckigen und die acht dreieckigen, heil geblieben waren. Nachdem sie den Lampenschirm der Laterne am Haus abgehoben hatte, hängte sie den Stern an seinem Stammplatz neben der Eingangstür, über die Glühbirne gestülpt, auf.

Vom Gelände draußen, wo Paul letzte Hand an die Buden legte, weil er noch kleine Schilder gefertigt hatte, wehte bellender Husten zu Luisa herüber. Sie nahm sich vor, ihn gleich am Montag zu einem Arzt zu schicken. Er schniefte und hustete seit mindestens zwei Wochen und erledigte dabei sein übliches Arbeitspensum, obwohl Luisa ihm mehrfach gesagt hatte, er möge sich hinlegen und auskurieren.

Als sie drinnen den Lichtschalter umlegte, leuchtete der Herrnhuter Stern auf. Etwas kitzelte auf Luisas Wangen, und als sie darüberwischte, begriff sie, dass sie weinte. *Robert, du mein lieber Bruder. Wenn doch nur …*

Aber Luisa hatte gelernt, dass Tränen nicht halfen. Verschwommen nahm sie wahr, dass Paul über das Gelände schlich. Sie rannte die Treppenstufen hinunter. Als er nur noch wenige Schritte von ihr entfernt war, sah sie, wie schlecht es ihm ging. Wieder krümmte ihn ein Hustenanfall. »Ich werde das nicht länger verantworten, Paul. Sie gehen jetzt sofort ins Bett, und dort bleiben sie für den Rest des Tages, haben wir uns verstanden?«

Er nickte langsam. »Ich muss nur noch …«

»Nichts da«, fiel sie ihm ins Wort. »Falls es noch etwas zu tun gibt, werde ich das erledigen. Und jetzt Abmarsch! Ich dulde keine Widerrede.« Luisa verschränkte die Hände vor der Brust.

Ein flüchtiges Lächeln stahl sich auf seine Lippen. Er musterte sie einen Moment. »Haben Sie geweint?«, fragte er leise.

Wie konnte es sein, dass dieser Mann, selbst wenn er krank war, erkannte, wie es um ihren Seelenfrieden bestellt war? Es war direkt unheimlich. Ihr Vater und auch Julius wären niemals imstande dazu. Selbst Hajo, der, zumindest früher, ihr gegenüber um vieles aufmerksamer war als die Männer ihrer Familie, war von Pauls Sensibilität weit entfernt. »Ich … ach. Es ist nur der scharfe Wind, der meine Augen tränen lässt. Und versuchen Sie nicht, von sich abzulenken«, sagte sie schnell und tat damit genau das, was sie Paul vorhielt. Mit ausgestrecktem Zeigefinger wies sie zum Haus. Er trottete ohne ein weiteres Wort um die Ecke zu seinem separaten Eingang, während Luisa die Stufen hinaufhastete und schnurstracks ihr Büro betrat.

»Tante Luisa«, hörte sie zwei Stunden später Peter rufen, der auf Socken über den Flur geschlittert kam. »Ich und Papa haben die Girlanden für den Weihnachtsmarkt aufgehangen«, rief er von ihrer Tür aus mit von der Kälte ganz roten Wangen.

»Es heißt Papa und ich, nur der Esel nennt sich zuerst«, wies Luisa ihren Neffen lachend zurecht.

»Welchen Esel?«, fragte Peter.

Luisa legte ihren Stift beiseite, stand auf, trat zu ihm und zog ihm die Pudelmütze vom Kopf, sodass sich knisternd sein Blondschopf aufrichtete. »Na, den hier.«

»Du machst Witze.« Peter entriss ihr die Mütze und zog eine Schnute. »Ich dachte, du freust dich.«

»Das tue ich auch, Peterle.« Luisa strubbelte ihm durch das Haar. Sie freute sich besonders darüber, dass Julius mitgeholfen hatte. »Ihr habt euch einen heißen Kakao redlich verdient.«

»Au ja, kochst du welchen?« Sein Blick war so flehentlich, dass Luisa gar nicht anders konnte, als für den heutigen Samstag Feierabend zu machen und ihrem Neffen in die Küche zu folgen.

Am nächsten Tag, dem 3. Dezember 1950 und ersten Adventssonntag, öffnete der Weihnachtsmarkt am Wolzensee seine Pforten. Obwohl der Himmel bedeckt blieb und sich Regenschauer immer wieder mit starkem Schneeregen abwechselten, kamen die Besucher sehr zahlreich auf das Gelände. Die Nässe in der Luft sorgte dafür, dass die Winterkälte sich durch jeden noch so dicken Mantel fraß, daher waren die Feuerkörbe stets dicht umringt. Auch der Ausschank von heißem Tee, Apfel- oder Holundersaft und Glühwein florierte. Hajo und Christiane leisteten am Getränkestand Akkordarbeit, wie Luisa feststellte, als sie ihren Rundgang machte. Überall duftete es nach Zimt, Anis, Nelken und Lebkuchen, gebrannten Nüssen und Maronen und dem würzigen Glühwein.

Auch diese Veranstaltung kann ich als Erfolg verbuchen, dachte Luisa erleichtert und sog tief die Luft ein.

Und da wandelte auch schon die Überraschung, die sie sich für die Kinder ausgedacht hatte, in einem roten Mantel von Bude zu Bude. Erst vorgestern hatte sie den alten, schweren Mantel entdeckt, der ebenso wie der Herrnhuter Stern auf dem Dachboden sein verstaubtes Dasein fristete. Allerdings hatte er seit ihrer Kindheit nicht mehr das Tageslicht gesehen, und Luisa konnte nicht einmal sagen, wie er überhaupt hier nach Rathenow gekommen war. An ein Weihnachtsfest in der Villa am Wolzensee erinnerte sie sich beim besten Willen nicht. Sie hatten immer nur die Sommerfrische hier verbracht. Christiane hatte für sie den Mantel gründlich ausgebürstet, einen der großen Hornknöpfe, der nur noch lose am Faden hing, festgenäht und Paul gebeten, auf ihrer Veranstaltung als Weihnachtsmann aufzutreten. Aber wenn sich Luisa diesen Weihnachtsmann so betrachtete, der mit seinen Filzstiefeln durch den nicht vorhandenen tiefen Schnee stapfte, gebückt von der Last seines schweren Sacks auf dem Rücken, kam er ihr recht schmal vor. Zwar war er ebenso wie Paul hochgewachsen und hatte sich wohl unter dem Mantel eines der Sofakissen vor den Bauch gebunden, in den Schultern füllte er das Kleidungsstück kaum aus. Eilig trat sie zu ihm und entdeckte hinter dem angeklebten weißen Wattebart und den dichten buschigen Brauen aus Watte ihren Bruder. »Julius?«

»Pst.« Er legte den Zeigefinger an die Lippen. »Ich sollte die Maskerade anlegen, damit mich niemand erkennt. Vor allem nicht Peter.«

»Ja, entschuldige natürlich, Weihnachtsmann. Wie schön, dass du uns hier besuchst«, rief sie laut aus, und die ersten Gäste drehten sich bereits zu ihnen um, blieben stehen und wiesen ihre Kinder auf die Anwesenheit des Weihnachtsmanns hin. »Wo ist denn Paul? Eigentlich sollte er die Aufgabe übernehmen, und du wolltest die Feuerkörbe im Auge behalten?«

»Ja, und außerdem wartet ein Stapel Klassenarbeitshefte auf mich. Ellinor hat noch mal Holz nachgelegt, keine Sorge. Sie führt ja gleich auch das kurze Kasperletheaterstück auf.« Die Idee mit dem Kasperletheater zum Weihnachtsmarkt hatte zwar Luisa gehabt, aber zu ihrem größten Erstaunen hatte ihre Schwägerin von sich aus angeboten, die Aufgabe zu übernehmen. Ellinor hatte ein Händchen für Kinder, das musste man ihr lassen.

»Scheint doch nicht so verlässlich zu sein, wie du geglaubt hast, der Herr Rößler«, brummte Julius.

Schon wagten sich die ersten Kinder in die Nähe des Weihnachtsmanns, und sie mussten ihr Gespräch abbrechen. *Nicht verlässlich?* Paul? Das konnte sich Luisa beim besten Willen nicht vorstellen. Wenn sie es recht überdachte, hatte sie ihn heute noch nicht zu Gesicht bekommen. Sie ging zurück zum Bootsverleih, wo Christiane und Hajo nach wie vor ein florierendes Geschäft mit Würstchen und heißen Getränken machten. Sie trat dicht hinter ihre Schwiegermutter. »Julius gibt den Weihnachtsmann, weil Herr Rößler nicht zum verabredeten Zeitpunkt aufgekreuzt ist. Hast du ihn gesehen, als er sich Frühstück oder sein Mittagessen geholt hat?« Christiane schüttelte nur den Kopf und füllte mit der Suppenkelle heißen Apfelsaft in Becher. »Wenn du mich hier ablöst, sehe ich nach ihm«, bot Christiane an.

»Lass nur. Ihr zwei seid bereits so gut eingespielt, ich würde den Ausschank nur aufhalten. Ich kümmere mich selbst darum.«

Christiane nickte, während Hajo die Hand ausstreckte und dann das Gesicht verzog, weil ein Dreikäsehoch ihm ein paar klebrige Pfennige hineingelegt hatte.

Luisa hatte es plötzlich sehr eilig damit herauszufinden, warum Paul nicht hier war. Statt den Haupteingang zur Villa zu benutzen, ging sie um die Ecke zum Giebel und klopfte an seine Wohnungstür. Nichts rührte sich, selbst wenn sie noch so sehr die Ohren spitzte. Zögernd drückte sie die Klinke runter und öffnete die Tür einen Spalt breit. »Paul? Sind Sie hier?«

Es kam keine Antwort, und sie überlegte, lieber nicht in seine Wohnung zu gehen, was er ihr leicht als Herumschnüffeln auslegen könnte. Da hörte sie sein verzweifeltes Husten, das sie alle Skrupel über Bord werfen ließ. Mit wenigen Schritten durchquerte sie die kleinen Räume, trat an sein Bett und erschrak. Paul war schwer krank und lag teilnahmslos unter der Decke. Das dunkelblonde Haar klebte verschwitzt am Kopf, sein Gesicht war rot vom Fieber, sodass Luisa ihre Hand auf seine Stirn legte und ihren Verdacht bestätigt sah.

Sofort sorgte sie sich um ihn, und gleichzeitig warf sie sich vor, nicht bereits gestern Abend noch mal nach ihm gesehen zu haben. Obwohl er vor Fieber glühte, klapperten seine Zähne, und er zitterte am ganzen Körper vom Schüttelfrost. Ein Arzt musste ihn sich dringend ansehen. »Paul?« Luisa strich über seine Hand.

Seine Lider begannen zu flattern. Offenbar bereitete es ihm große Mühe zu sprechen, denn er bewegte nur die Lippen und schluckte, brachte aber keinen Ton heraus.

»Paul, ich bin es, Luisa. Sie sind nicht länger allein. Ich kümmere mich jetzt um Sie und bin gleich wieder da. Können Sie mich hören?«

Er bewegte sein Kinn in ihre Richtung, was Luisa als Nicken deutete. Sie eilte hinauf in die Küche und setzte Wasser auf. In der Zwischenzeit löffelte sie hastig getrocknete Lindenblüten in die bauchige Teekanne ihrer Mutter, da sie meinte, sich daran zu erinnern, dass diese das Fieber senken würden. Als das Wasser endlich kochte, verbrannte sie sich beim Abziehen der Pfeiftülle des Kessels den Daumen und fluchte leise. Sie goss das sprudelnde Wasser in die Kanne, hielt ihren Daumen unter den kalten Wasserstrahl und sehnte das Nachlassen des Schmerzes herbei. Doch so lange konnte sie unmöglich warten. Sie schnappte sich die aktuelle Ausgabe der *Rathenower Nachrichten*, die gottlob auf dem Küchentisch lag. Auf der zweiten Seite, gleich in der ersten Spalte, entdeckte sie, als sie mit dem Finger nach unten fuhr, den Hinweis zum ärztlichen Sonntagsdienst. Dr. Kolrep in der Wernickestraße

20, und in der Altstadtapotheke, Steinstraße 7 würde Luisa ein eventuelles Rezept des Arztes einlösen können. Der Weg bis dorthin war weit, und sie verwünschte die Tatsache, noch immer kein Fahrzeug zur Verfügung zu haben. Die Lungenheilstätte am Stadtforst lag viel näher, und dort gab es ein Telefon, um den diensthabenden Dr. Kolrep anzurufen. Luisa warf sich ihre Jacke um die Schultern und rannte auf das Gelände, wo der Weihnachtsmarkt in vollem Gange war. Sie entdeckte Peter und seinen Freund Harald, die gerade ihre Becher am Getränkeausschank abgaben, und fing sie ab.

»Hast du Herrn Rößler gefunden?«, fragte Christiane sofort beim Blick in Luisas Gesicht.

»Ja, er ist sehr krank und braucht einen Arzt.« Luisa hatte jetzt keine Zeit für längere Erklärungen und legte ihre Hand in Peters Nacken. »Du musst mir helfen. Flitzt du mit deinem Freund Harald zur Heilstätte und sagst der Schwester dort Bescheid, sie möge dringend einen Arzt rufen und ihn zu uns schicken?«

Ihr Neffe stieß Harald an. »Wird erledigt, Tante Luisa.«

»Aber beeilt euch, bald ist es dunkel«, gab sie ihnen noch mit auf den Weg, bevor die Jungen zum Nordufer rannten und dort durch die Pforte schlüpften, weil es die kürzeste Verbindung war.

Luisa eilte zurück zum Haus und hatte das Gefühl, dass sich Hajos Blicke in ihren Rücken bohrten. Wahrscheinlich bildete sie sich das nur ein, und es war lediglich das Ergebnis ihrer flatternden Nerven. Sie nahm wie als Kind gleich mehrere Treppenstufen auf einmal, sah flüchtig zum Herrnhuter Stern und flehte um seinen Segen, schließlich stammte er von einer Brüdergemeine aus der Oberlausitz.

»Ist der Teufel hinter dir her?«, fragte ihre Mutter erschrocken, die gerade in Mütze und Mantel nach draußen trat.

»Nein, aber Herr Rößler ist krank, und ich habe einen Arzt rufen lassen.«

»Oje, tut mir leid, das zu hören. Brauchst du Hilfe, mein Kind?«

Ihre Mutter hatte also doch registriert, wie sehr Luisa sich während ihrer Grippeerkrankung um sie gekümmert hatte, und schien im Nachhinein dankbar dafür zu sein. »Sei so gut und sag Ellinor Bescheid, dass ich Peter zur Heilstätte geschickt habe.«

»Ja, mach ich.«

Luisa eilte ins Haus und holte aus ihrem Schrank im Schlafzimmer die selbst genähte Flickendecke, die ihre Freundin Helena ihr geschenkt hatte. »Hier stecken Blut, Tränen und Liebe drin, es ist nicht einfach nur eine Decke, Luisa«, hatte Helena damals gesagt. »Sie soll, wann immer du es brauchst, deine Seele wärmen, dir Schutz geben und Glück bringen.« In diesem Moment stellte Luisa all das nicht infrage, sondern klammerte ihre Hoffnung daran, wie es auch Helena mit ihrer eigenen Flickendecke tat, die sie wiederum von einer lieben Nachbarin in einer für Helena nur schwer zu ertragenden Zeit bekommen hatte. Hastig lief Luisa zurück in die Küche, schnappte sich die Teekanne und eine Tasse und nahm die Treppe ins Souterrain. Als sie in Pauls Wohnung trat und das Licht anknipste, fand sie ihn unverändert vor. Sie goss etwas Tee in die Tasse und stellte die Kanne auf den Nachtschrank. Behutsam breitete sie die bunte Flickendecke über seinem Deckbett aus. »Paul, ich bin wieder da, wie ich es versprochen hatte. Trinken Sie etwas Tee, wenigstens ein paar Schlucke.« Da nichts darauf hindeutete, dass er sie gehört hatte, berührte sie seine Schulter. Er reagierte nicht, und nun bekam sie es wirklich mit der Angst zu tun. »Paul? Paul!« Das zweite Mal rief sie seinen Namen laut aus.

»Mhm«, war die gehauchte Antwort.

Gott sei Dank. Sie drückte den Rand der Tasse gegen seine Lippen und versuchte, ihm etwas Tee einzuflößen, doch das meiste lief ihm aus dem Mundwinkel wieder heraus. »Paul,

Sie müssen schlucken.« Zur Bekräftigung legte sie zwei Finger auf seinen Kehlkopf. Erneut drückte sie die Tasse an seine Lippen und spürte unter ihrem Finger, wie sein Adamsapfel sich den Weg erkämpfte. Er war offenbar vollkommen kraftlos. Warum hatte er ihr nur nicht früher Bescheid gesagt, wie es um ihn stand!

Sie öffnete seinen Kleiderschrank, fand einen Waschlappen und ein Handtuch und ging nach nebenan zum Waschbecken und feuchtete den Lappen an. Zurück im Schlafzimmer wusch sie Paul das Gesicht und strich ihm sein verschwitztes Haar aus der Stirn. Kurzentschlossen fuhr sie mit dem Lappen auch in den Halsausschnitt seiner Schlafanzugjacke.

»Danke«, murmelte er so leise, dass sie nicht sicher war, ob er tatsächlich etwas gesagt hatte.

Sie versuchte noch einmal, ihm Tee einzuflößen, ihre Bemühungen waren aber kaum von Erfolg gekrönt. Seufzend überlegte Luisa, was sie noch tun könnte. Im Stillen betete sie darum, dass der Arzt bald eintreffen möge. Doch was, wenn er zunächst noch andere Patienten zu versorgen hatte?

Um sich abzulenken, ging sie in Pauls Wohnzimmer, ließ dort frische Luft herein und sah sich um. An den Wänden hing eine Fotografie, die unverkennbar ihn mit seiner Mutter an der Seite zeigte. Offenbar Pauls erster Schultag, er trug stolz den Ranzen, eine kleine Zuckertüte und strahlte mit seiner riesigen Zahnlücke in die Kamera. Er war ein niedlicher kleiner Junge gewesen. An der gegenüberliegenden Wand hing ein Gobelinbild mit einem Gartenmotiv, das vielleicht noch von seiner Mutter stammte. Ansonsten gab seine Habe nicht viel her und sagte noch weniger über Paul Rößler aus.

Luisa trat ans Fenster, um es wieder zu schließen. Von hier aus konnte man den Weihnachtsmarkt, für dessen Vorbereitung Paul so hart gearbeitet hatte, nur an den flackernden Lichtern der Feuerkörbe erahnen. Und natürlich am Duft der

Gewürze und Leckereien, der noch immer durch die Luft waberte. Nun musste die schöne Veranstaltung ohne ihren Meister stattfinden. Sie seufzte leise.

Endlich hörte Luisa Stimmen und dann Schritte näher kommen. Peter war so pfiffig und brachte den Arzt direkt zur Souterrainwohnung. Sofort öffnete Luisa ihnen die Tür. Im selben Moment polterte ihr Neffe wieder nach draußen, um ja nicht noch mehr vom Weihnachtsmarkt zu verpassen.

»Dr. Heise, nicht wahr? Das ist ja eine Überraschung. In der Zeitung stand, dass Dr. Kolrep Sonntagsdienst hat. Ich dachte, Sie wären im Ruhestand.« Luisa winkte den alten Mediziner herein. Inzwischen war ihr längst eingefallen, dass ihre Familie während Luisas Kindheit in dringenden Fällen während der Sommerfrische genau jenen Arzt aufgesucht hatte. Das war zum Glück nur äußerst selten vorgekommen. Der Mann schien seit damals geschrumpft zu sein, hatte viel dünneres und nun weißes Haar, wirkte aber noch so gepflegt wie einst.

Er nahm seinen Hut ab. »Luisa Marquardt, wenn ich mich recht erinnere.«

Also hatte er noch ein exzellentes Gedächtnis. Luisa nickte. »Stimmt.«

»In Rathenow grassiert seit Wochen die Influenza, und so helfe ich meinen Kollegen, um die Hausarztpraxen zu entlasten. Aber gerade habe ich eine ehemalige Patientin in der Heilstätte besucht und hörte, wie die Jungen bei der Aufnahmeschwester aufgeregt nach einem Arzt verlangten. Meine Tasche habe ich ohnehin immer dabei, also bin ich gleich los und habe die Kinder in meinem Auto mit zurückgenommen. Wo ist der Patient?«

»Kommen Sie.« Luisa ging nach nebenan in das Schlafzimmer, und Dr. Heise folgte ihr. »Das ist Paul Rößler, er arbeitet für mich. Vor ungefähr zwei Wochen hat er sich fürchterlich erkältet, es wollte gar nicht besser werden, und ich glaube, seit gestern hat er hohes Fieber.«

»Er arbeitet hier? Ich dachte, er wäre nach Brandenburg gezogen.«

Der Arzt schien Paul recht gut zu kennen.

Schon beugte er sich über seinen Patienten. »Guten Tag, Paul. Ich bin es, Heise, wie geht es Ihnen?«

Paul reagierte nicht, und der Arzt fühlte nach seinem Puls. »Wie lange ist er schon in diesem Zustand?«, wandte er sich wieder an Luisa.

»Ehrlich gesagt, ich weiß es nicht genau. Ich hatte so viel draußen zu tun, und als ich vor gut einer halben Stunde herkam, habe ich ihn bereits so vorgefunden.« Erneut machte sich Luisa Vorwürfe, nicht früher nach Paul gesehen zu haben.

Der Arzt legte Hut und Mantel ab, öffnete seine Tasche und zog ein Stethoskop hervor. »Knöpfen Sie ihm bitte die Schlafanzugjacke ein wenig auf.«

»Natürlich.« Luisa ging ihm rasch zur Hand.

Sofort begann Dr. Heise, Pauls Lungen abzuhören. Er nahm sich gründlich Zeit dafür. »Helfen Sie mir mal, ihn auf die Seite zu drehen.«

Auch dieser Aufforderung kam Luisa wortlos nach, und der Arzt horchte auch vom Rücken aus die Lungen ab. Dabei machte er ein ernstes Gesicht. Aber selbst Luisa konnte hören, wie sich Pauls Atem rasselnd durch die Brust quälte. Gemeinsam brachten sie ihn wieder in die Rückenlage.

Dr. Heise schob Paul ein Fieberthermometer unter die Achsel und wartete auf das Ergebnis. »Einundvierzig Grad, das gefällt mir ganz und gar nicht. Der Junge müsste ins Krankenhaus, aber das ist voll belegt mit den Influenza-Patienten, und den Transport dorthin in seinem jetzigen Zustand halte ich für viel zu gewagt.«

Luisa war derselben Meinung.

»Er hat wahrscheinlich einen leichteren Infekt nicht ernst genommen, verschleppt und sich nun eine Lungenentzündung geholt«, diagnostizierte der Arzt.

O Gott. Als Luisa merkte, dass sie ihre Finger knetete, ließ sie die Arme an die Seiten sinken.

»Können Sie ihn hier versorgen? Er braucht Flüssigkeit, das Fieber muss kontrolliert werden, und ansonsten bekommt er Sulfonamide«, erklärte Dr. Heise ruhig.

Luisa überlegte nicht lange. »Ja, wir werden uns in der Pflege abwechseln, meine Schwiegermutter und ich. Gerade erst hatten wir einen Grippefall im Haus. Zum Glück mit einem nicht ganz so schweren Verlauf. Aber meiner Mutter ging es dennoch ziemlich schlecht. Da hat uns auch meine Schwägerin unterstützt.«

»Dann haben Sie ja Routine.« Dr. Heise lächelte, als wolle er sie ein wenig aufheitern.

Mit einem Holzspatel, den sie als Kind gehasst hatte, weil er einen Würgereiz auslöste, überprüfte der Arzt Pauls Hals. Jedoch bekam der von alldem nichts mit. Dr. Heise besah sich Pauls Pupillen und betastete einige Lymphknoten.

Zu Luisas Erstaunen schob er Pauls Schlafanzughosen bis zu den Knien hoch und besah sich dessen Beine. »Ich werde ihm etwas Blut abnehmen, sodass wir im Labor den Erreger feststellen können. Im Anschluss fahre ich gleich ins Krankenhaus und gebe die Blutuntersuchung in Auftrag. Das Medikament, das ich ihm verabreiche, wird gegen mehrere Erreger wirken«, erklärte er ruhig.

»Sehr gut. Wann geht es Paul wieder besser?«, fragte Luisa beklommen, während der Arzt alles für die Blutentnahme vorbereitete.

»Ich will Ihnen nichts vormachen, aber sein Zustand ist kritisch. Die kommende Nacht wird entscheidend sein.«

Als Luisa erschrocken aufkeuchte, streifte sie sein Blick, und sie erkannte den Ernst der Lage in seinen Augen. »Bitte …« Ihr versagte die Stimme, und in ihrem Bauch kniffen gleich mehrere Knoten, die ihr den Atem nahmen und so wehtaten, dass Luisa die Arme dagegenpressen musste. »… bin gleich wieder da.« Fluchtartig verließ sie das Schlafzimmer. Der Anblick von Pauls Blut wäre derzeit mehr, als sie ertragen könnte. Eilig lief sie die Treppe nach oben, um für den Arzt ein frisches Handtuch zu holen, damit er sich nach der Behandlung die Hände waschen konnte. Sie hätte auch in Pauls Schrank Handtücher gefunden, aber sie hatte nicht in dem Zimmer bleiben können. In der Küche goss sie sich ein Glas Wasser ein und merkte, wie sehr ihre Hände zitterten. *Diese Nacht …* Wie sollte sie da ein Auge zutun? Ohne einen Schluck getrunken zu haben, holte sie ein Handtuch und ging mit langsamen Schritten wieder zurück ins Souterrain. Leise trat sie in die kleine Wohnung und hörte, wie Dr. Heise auf seinen Patienten einredete. »Paul, gib nicht auf, hörst du. Ich habe deinem Vater versprochen, alles zu tun, um dich zu retten. Du musst aber auch mithelfen.«

Luisa hielt den Atem an. Um nicht den Eindruck zu erwecken zu lauschen, räusperte sie sich. »Da bin ich wieder.« Sie machte ein paar Schritte, und als sie im Türrahmen zum Schlafzimmer stand, sah sie Dr. Heise eine Spritze aus Pauls linker Gesäßhälfte ziehen. Rasch wich sie zurück und wartete nebenan, bis sie hörte, wie der Arzt seine Utensilien zusammenpackte. Dann trat sie ein.

»Sie sehen blass aus, sind Sie in Ordnung?«, erkundigte sich Dr. Heise freundlich und musterte sie aufmerksam.

Er hatte gütige Augen, die bereits zu viel Leid gesehen hatten. Langsam nickte sie.

»In welcher Beziehung, sagten Sie, stehen Sie zu ihm?« Der Arzt schloss die Metallbügel seiner Tasche und schob die Hemdsärmel hinunter.

»Er ist mein Mitarbeiter und wohnt hier.« Eilig wies sie auf den kleinen gekachelten Raum im Flur, in dem es nur eine Toilette und ein Waschbecken gab, und folgte ihm.

»Aha.« Während er sich die Hände wusch, warf er ihr durch den Wandspiegel über dem Porzellanbecken einen langen Blick zu.

Luisa merkte, dass ihr das Blut in die Wangen stieg, und reichte ihm das Handtuch.

Er nahm es und nickte. »Danke. Ich habe Paul ein Sulfonamid und etwas gegen sein hohes Fieber verabreicht. Morgen komme ich wieder und sehe nach ihm. Er braucht in den nächsten Tagen weitere Injektionen. Falls Sie ihn durch Ihren Hausarzt versorgen lassen möchten, sagen Sie es mir. Andernfalls würde ich das übernehmen.«

»Ja, bitte.« Luisa nickte.

»Achten Sie auf seine Temperatur, machen Sie notfalls Wadenwickel, und geben Sie ihm viel zu trinken. Lüften Sie das Zimmer gut, aber decken Sie ihn dabei zu«, wies der Arzt sie an. »Mehr können wir im Augenblick nicht für ihn tun. Und achten Sie trotz allem auch auf sich.« Er lächelte so warmherzig, dass Luisa ihm ein ebensolches Lächeln zurückgab.

»Haben Sie vielen Dank, Dr. Heise. Auf Wiedersehen.«

Als der Arzt sich verabschiedet hatte, lehnte sie die Tür zu Pauls Schlafzimmer an und ging hinüber in die Wohnstube. Von hier aus konnte sie am schnellsten reagieren, falls sich Pauls Zustand veränderte. Auf dem schmalen Sofa würde sie die Nacht verbringen. Am besten holte sie sich rasch Kissen und Decke, ein Buch und ihr Klemmbrett aus dem Büro, sodass sie für den Frühling konkrete Veranstaltungen notieren konnte. Sie musste sich dringend beschäftigen, um nicht vor Sorge verrückt zu werden.

»Dein Weihnachtsmarkt war ein voller Erfolg. Du kannst wirklich stolz auf dich sein, Luisa« sagte Christiane, als sie ihr im Flur begegnete. »Wie geht es Herrn Rößler?«

»Er hat seine Erkältung verschleppt und nun eine schwere Lungenentzündung. Diese Nacht ist entscheidend, meinte der Arzt. Ich werde in seiner Wohnung wachen.«

»Du hast in letzter Zeit so viel gearbeitet und dich um alles gekümmert, Luisa. Du brauchst deinen Schlaf. Deshalb werde ich …«

»Aber nein …«, fiel Luisa ihrer Schwiegermutter ins Wort.

»Lass mich ausreden, Liebes.« Christiane hielt einen Moment ihre Hand fest. »Die anderen räumen draußen noch auf, der Rest wird eben morgen erledigt, und du isst jetzt erst mal etwas und ruhst dich anschließend aus. Solange werde ich die Sitzwache übernehmen. Du kannst mich später ablösen. In dem Fall dulde ich keine Widerrede.« Schon zog sie Luisa in eine Umarmung und machte es ihr damit unmöglich zu protestieren.

Sie hatte gut daran getan, sich von Christiane auch in den Nächten helfen zu lassen. Denn die Nächte, lang und dunkel, waren am schlimmsten. Fieberanfälle und Schüttelfrost wechselten sich ab. Paul fantasierte, rief nach seiner Mutter, was sich wie eine einzige Qual anhörte. Zuweilen schrie er einfach nur auf, als durchlebte er den schlimmsten Albtraum. Sie redeten ihm gut zu, manchmal sprach Christiane zu ihm, als wäre sie seine Mutter. Danach atmete er wieder ruhiger. Sie machten Wadenwickel, wuschen ihn kalt ab und flößten ihm Tee oder Brühe ein. Zwischendurch war er wach, aber sehr schlapp und fiel kurz darauf wieder in den Schlaf. Der Arzt kam jeden Tag, um nach ihm zu sehen und ihm eine Spritze zu verabreichen. Endlich gab er auch Entwarnung, wies aber gleichzeitig auf die Gefahr eines Rückfalls hin.

Luisa atmete erleichtert auf und versprach, darauf zu achten, dass die Lungenentzündung auskuriert wurde. Nachts jedoch schrie er wieder: »Nein, Mama, nein!« Er zitterte dabei am ganzen Leib. Am liebsten hätte Luisa die Hände auf ihre

Ohren gepresst, denn hinter jeder Silbe, die Paul ausstieß, lauerte eine Angst, die ihr eine Gänsehaut über den Rücken jagte.

14

Immer wieder hörte Paul Luisas Stimme und fragte sich, ob er das nur geträumt hatte. Er schlug die Augen auf und entdeckte sie. Sie saß auf einem Stuhl neben seinem Bett. Ihr Klemmbrett lag auf den Oberschenkeln und drohte jeden Moment herunterzurutschen. Sie prustete leise, ihr Kinn berührte fast die Brust, die sich bei jedem ihrer Atemzüge sanft hob und wieder senkte. Er streckte die Hand aus und erwog für den Bruchteil einer Sekunde, ihr kastanienbraunes Haar zu berühren, indem er sich eine der Strähnen um den Finger wickelte. Aber er tat es nicht, sondern ließ seinen Arm wieder sinken und versuchte stattdessen, sich ihr Bild fest einzuprägen. Wie lange sie wohl schon bei ihm war? Paul tat jeder Muskel weh, er wollte aufstehen, ein Stück laufen und fühlte sich doch so erschöpft, als wäre er mehrmals um den Wolzensee geschwommen. Wie viel Zeit hatte er im Bett verbracht?

Über seiner Zudecke lag eine weitere farbenfrohe Decke, die aus vielen hauptsächlich orange-roten Flicken und Ziernähten bestand. Da es nicht seine war, nahm er an, dass sie Luisa gehörte. Er ließ seinen Blick zum Fenster wandern und erinnerte sich plötzlich, dass er in den Fieberträumen darum gebeten hatte, die Vorhänge nicht zuzuziehen. Paul hasste nachtschwarze Finsternis. Der Horizont schimmerte bereits rosa, auch wenn die Dunkelheit das Land noch umarmte und besonders an den niedrigen Büschen zupfte. Die winterkahlen Birken und Pappeln wirkten auf die Distanz im Morgengrauen wie filigrane Scherenschnitte vor einem pastelligen Himmel. Er stützte sich auf die Ellbogen, konnte sich kaum daran sattsehen.

Ruckartig schnellte Luisas Kopf hoch. Wahrscheinlich hatte seine Bewegung sie aufgeschreckt. »Paul.« Sie blinzelte schlaftrunken und blickte ihn eine Sekunde lang verdattert an, als müsse sie sich erst vergewissern, ob sie nicht träumte. »Wie ... wie lange sind Sie schon wach?«

»Gerade eben erst aufgewacht«, schwindelte er.

Sie nickte und lächelte. »Geht es Ihnen besser?« Im selben Moment fiel das Klemmbrett zu Boden. Rasch bückte sie sich danach und hob es hoch, dabei unterdrückte sie ein Gähnen.

»Guten Morgen.« Paul schmunzelte. »Wahrscheinlich konnten Sie nicht besonders bequem schlafen«, sagte er, als sie sich den Nacken rieb und leicht das Gesicht verzog. »Ich hoffe, Sie haben nicht nächtelang auf diesem Stuhl gehockt.«

»Machen Sie sich um mich keine Sorgen. Mir geht's gut, was man von Ihnen nicht behaupten konnte.«

Hörte er da den Hauch eines Vorwurfs in ihrer Stimme? »Tut mir leid, dass ich Ihnen Mühe gemacht habe.«

»Als ob es darum gehen würde«, stieß sie empört aus. »Sie hätten mir sagen müssen, wie elend Sie sich fühlen, statt sich tagelang zur Arbeit zu schleppen!«

»Ach das. Es gab so viel zu tun, und ich bin nicht davon ausgegangen, dass es mich so schlimm erwischt hat. Geben Sie mir jetzt die Schuld?« Paul ließ sich wieder in die Kissen zurückfallen. Er war so ausgepumpt, dass vor seinen Augen winzige Sterne tanzten.

»Natürlich nicht. Verzeihen Sie, so sollte es nicht klingen. Ich hätte besser achtgeben müssen«, sagte sie zerknirscht.

»Auf mich? Falls Sie es vergessen haben sollten: Ich bin schon groß.«

Sie stieß ein kurzes Kichern aus. »Das ist mir durchaus aufgefallen.«

Wie meinte sie das? Paul sah an sich herunter und bemerkte, dass er ein Nachthemd trug und keinen von seinen

Schlafanzügen. Hatte sie ihn etwa an- und ausgezogen? Er spürte, wie ihm die Hitze in die Wangen stieg.

»Keine Sorge, alles Heikle hat meine Schwiegermutter übernommen«, erklärte sie höflich das Offensichtliche. »Dr. Heise kommt gegen Mittag und gibt Ihnen Ihre Spritze. Auch er wird froh sein, dass es Ihnen wieder besser geht.«

Jetzt begriff Paul auch, warum ihm ausgerechnet sein Hintern wehtat, und freute sich nicht eben auf die Aussicht. Mit Nadeln hatte er nichts am Hut.

Luisa von Rochlitz lachte. »Sie ziehen ein Gesicht, als würden Sie sich vor dem netten Doktor verstecken wollen.«

»Ach ja, bitte«, gab er zu.

»Ich kann Sie gut verstehen.« Wie um ihn zu trösten, strich sie mit dem Finger sanft über seine Schläfe. Einen irrwitzigen Moment lang war Paul versucht, sein Gesicht in ihre Hände zu schmiegen.

»Ich bringe Ihnen gleich Ihr Frühstück, aber dann muss ich Sie für einige Zeit allein lassen. Sie ruhen sich einfach weiter aus, Paul.«

Was blieb ihm anderes übrig? Immer wenn Luisa nach ihm sah, unterhielt sie sich kurz mit ihm, und so erfuhr er vom Erfolg ihres Weihnachtsmarktes oder dass sie und ihre Schwägerin das Haus jetzt weihnachtlich geschmückt hatten.

Am Nachmittag kam Dr. Heise und verkündete, dass es heute die letzte Injektion für Paul geben würde. Auf diese Tatsache fokussierte Paul seine Gedanken und biss bei der Verabreichung, mit bloßem Hintern auf dem Bauch liegend, die Zähne zusammen.

»Schön stillhalten, ist gleich vorbei. Ich weiß ja, dass es unangenehm brennt, und injiziere, so vorsichtig es geht«, sagte der Arzt ruhig.

Unangenehm? Was für eine beispiellose Untertreibung. Paul schnaubte.

»Eine schöne Flickendecke hast du da«, sagte Dr. Heise

wahrscheinlich nur, um Paul abzulenken, weil seine Pobacke wie Feuer brannte.

»Die gehört Frau von Rochlitz«, presste er hervor und atmete erleichtert auf, als der Arzt endlich die Nadel aus seinem Muskel zog.

»Aha.« Dr. Heise drückte einen Tupfer auf die Einstichstelle, räumte anschließend seine Utensilien zusammen und verabschiedete sich.

Im Haus kehrte wieder Routine ein, und Paul war zu seinem Bedauern die meiste Zeit auf sich allein gestellt. Er nahm sich vor, jeden Tag ein paar Schritte mehr zu tun und langsam auf die Beine zu kommen. Zwar dauerte es seine Zeit, bis er komplett angezogen war, weil er Verschnaufpausen einlegen musste, aber es wurde stetig besser. In Gedanken war er bereits mit dem Bau des Drehkarussells beschäftigt. Mittlerweile verbrachte er die Mittagszeit draußen an der frischen Luft und genoss es, ein kurzes Stück zu spazieren oder bei schönem Wetter auf der Bank zu sitzen und die *Rathenower Nachrichten* oder die *Märkische Volksstimme* zu lesen. Darin vertieft, traf ihn Peter an, der mit dem Ranzen auf dem Rücken aus der Schule heimkam. »Guten Tag, Paul, bist du jetzt wieder richtig gesund?«

»Beinahe.« Paul hob den Blick von der Zeitung.

»Was läuft für eine Vorstellung im Bellevue-Theater?« Der Junge wies auf das Nachrichtenblatt.

Paul sah nach. »*Die ferne Braut.*«

»Das soll ein Film für Kinder sein? Klingt für mich nach einer Liebesschnulze.« Peter zog eine Schnute.

Paul verkniff sich ein Lachen. »Du kennst dich demnach aus?«

Der Junge schüttelte den Kopf. »Aber *Braut* sagt doch wohl alles.« Er betonte das Wort abfällig.

»*Der Weihnachtsmann ist im Konsumkaufhaus in der*

Steinstraße bereits eingezogen«, las Paul vor und tippte auf das Inserat in den *Rathenower Nachrichten*.

»Willst du mich veräppeln?« Der Junge zog die Stirn kraus, und in diesem Moment sah er seiner Mutter recht ähnlich.

»Keineswegs. Es steht hier: *Er zeigt Ihnen in einer Sonderausstellung alles, was ein Kinderherz erfreut. Sie und Ihre Kinder sind zur Besichtigung herzlich eingeladen*«, las Paul auch den Rest vor.

Sofort hellte sich das Gesicht des Jungen auf. »Das muss ich meiner Mutter zeigen, kann ich die Zeitung haben?«

»Ja, bitte, nimm sie nur mit.«

Die Zeitung unter dem Arm, flitzte er zum Haus, wobei sein Ranzen auf dem Rücken wie ein sturmgepeitschtes Boot auf den Wellen hin und her tanzte.

Paul schmunzelte immer noch, als er im Büro seiner Chefin vorbeischaute und sie ihm von ihrer neusten Idee erzählte.

»Die Winterbootsfahrten im Tretboot sind derzeit unser Hauptgeschäft, insbesondere an den Adventswochenenden. Da dachte ich mir, wir verkaufen sie auch in Form von Gutscheinen als ausgefallenes Weihnachtsgeschenk für zukünftige Wintertage.«

Dass sie ganz selbstverständlich von *unser* und *wir* sprach, brachte etwas in seinem Inneren zum Klingen. Er reichte ihr die zusammengerollte Flickendecke, die er unter dem Arm getragen hatte. »Mit bestem Dank zurück. Ich brauche sie nicht mehr. Haben Sie die genäht?«

Sie schüttelte den Kopf.

Warum er diese Tatsache so sehr bedauerte, war Paul nicht ganz klar.

»Das war meine Freundin Helena Frantzen. Sie wollte es mir immer beibringen, aber Sie wissen ja, wie das ist ...«

Kurz vor den Feiertagen war das Wetter eher herbstlich mit einem Vorhang aus Nieselregen vor den Fenstern oder gar stürmischem Wind, der um jede Ecke pfiff und durch alle Ritzen drang. Nur selten stahl sich Frost in die dunklen, langen Winternächte.

Zu Weihnachten war Paul wieder ganz gesund. Doch als Blutspender hatte er sich noch nicht zur Verfügung stellen können. Es ärgerte ihn, denn er brauchte das Geld dringend.

Die Familien Marquardt und von Rochlitz machten sich am Vortag von Heiligabend auf den Weg zum Förster, um eigenhändig einen Weihnachtsbaum zu schlagen. Paul blieb allein zurück und spazierte ein Stück um den Wolzensee herum. Unterwegs sammelte er Kiefernreiser und Zapfen, nahm aber auch einige Erlenzweige mit deren verholzten Samen mit. Nicht viele, schließlich dienten gerade diese im Winter als Nahrungsquelle für Stieglitze oder Erlenzeisige.

Wieder daheim holte er sich aus dem Keller ein Einweckglas, füllte es mit Wasser und drapierte die Zweige darin. Morgen würde er statt eines Christbaums die Reiser in seiner Behelfsvase mit ein paar Strohsternen und roten Schleifen schmücken, so wie es seine Mutter in den vergangenen Jahren nach dem Krieg gehalten hatte. Er seufzte leise.

An Heiligabend schloss er sich den Bewohnern der Villa am Wolzensee an, um den Gottesdienst in der Lutherkirche zu feiern. In der St.-Marien-Andreas-Kirche war das nach dem Beschuss von Brandgranaten Ende April 1945 immer noch nicht möglich. Damals hatte das Gotteshaus fast eine Woche lang gebrannt, was Paul aber erst später erfahren hatte.

Das Essen an Heiligabend fand nach dem Gottesdienst in der Küche der Villa am Wolzensee statt. Da sowohl der Hinweg und der sich anschließende Rückweg sehr weit waren, hatten alle rechtschaffen Hunger. Luisa bestand zudem darauf, dass Paul sein Würstchen und den Kartoffelsalat gemeinsam mit ihnen einnahm und nicht allein für sich in der Souterrainwohnung. Auch ihre Schwiegermutter nickte ihm aufmunternd zu, als er die freundliche Einladung ablehnen wollte. Peter bekam vor Aufregung und mit den Gedanken an die Bescherung kaum einen Happen hinunter.

»Trödel am besten nicht rum heute«, raunte Luisa ihrem Neffen ins Ohr und lächelte ihn an.

Sofort stopfte der sich eine Gabel Kartoffelsalat in den Mund. Luisa zwinkerte ihrem Mann verschwörerisch zu.

»Ich muss mich ausruhen, ihr entschuldigt mich?« Hajo von Rochlitz erhob sich und ging langsam hinaus.

Kurz darauf hörten sie es vom Wohnzimmer aus rumoren, als zerre jemand einen Stuhl über den Parkettboden. Peter erstarrte mit vollen Backen. Seine Augen wurden kugelrund. Paul dachte wehmütig daran, wie er und seine Mutter auch an Weihnachten stets allein gewesen waren. Wie sie es angestellt hatte, jahrelang für Geschenke und sogar einen Weihnachtsbaum zu sorgen, war ihm ein Rätsel. Die Erinnerung an die schönen Jahre seiner Kindheit zeichneten wohl verantwortlich dafür, dass Paul dem Zauber von Weihnachten bis heute erlag.

Jetzt läutete nebenan ein Glöckchen, und Peter hielt es nicht mehr auf dem Küchenstuhl. Er sprang auf und stieß um ein Haar seine Teetasse um. Die Ermahnung seiner Mutter ging in der allgemeinen Aufregung unter.

Noch einmal erklang das Glöckchen, Christiane schaltete das Radio in der Küche ein, aus dem Weihnachtslieder erklangen.

»Darf ich ... darf ich jetzt ins Wohnzimmer?« Peters Stimme überschlug sich fast.

»Da musst du deinen Vater fragen, was hat er dir versprochen?«, fragte seine Mutter zurück.

Paul klang plötzlich eine andere Stimme in den Ohren. Die von Dr. Heise, wie er sagte: *Ich habe es deinem Vater versprochen.*

War das auch nur ein Fiebertraum gewesen, oder hatte der Arzt es tatsächlich gesagt? Der Mann wusste genauso gut wie Paul, dass er keinen Vater hatte.

»Ja, jetzt darfst du«, hörte er wie von Ferne Julius Marquardts Stimme.

Es war Zeit für die Bescherung, sicher wollte die Familie nun unter sich sein, deshalb verabschiedete sich Paul höflich und verließ die Küche. Die anderen verschwanden im Wohnzimmer, Paul jedoch nahm die Stufen ins Souterrain hinunter. Natürlich musste es einen Erzeuger geben, grübelte er bereits wieder. Aber der hatte in seinem Leben nie eine Rolle gespielt. Traum und Wirklichkeit waren während seiner Krankheit nahtlos ineinander übergegangen. Er irrte sich bestimmt oder hatte sich verhört.

Als Pauls Arbeitgeberin war es für Luisa selbstverständlich, ihm am ersten Feiertag ihr Präsent zu überreichen. Womit sie nicht gerechnet hatte, war, dass am nächsten Morgen am Steg ein kleines Päckchen, mit ihrem Namen versehen, gelegen hatte. Eine Walnusshälfte mit einer winzigen Weihnachtskrippe hatte sich darin befunden.

Das eher herbstlich anmutende Dezemberwetter änderte sich an Weihnachten schlagartig. Pünktlich zu den Raunächten wurde es bitterkalt, und ein Schneesturm tobte um das Haus. Die Villa ächzte bei dem Versuch, sich gegen den heftigen Wind zu stemmen. Im Laufe des zweiten Weihnachtsfeiertages beobachtete Luisa, wie Bereshnoi Paul abholte und mit ihm davonfuhr. Sofort befürchtete sie, dass Paul einen Rückfall erleiden könnte. Am nächsten Morgen entdeckte sie ihn jedoch wohlauf am Nordstrand.

In der Woche zwischen den Feiertagen wurden endlich die bestellten Kohlen geliefert, gerade rechtzeitig, weil ihr Vorrat nur noch bis zum nächsten Tag gereicht hätte. Alle packten gemeinsam mit an und bildeten – wie schon beim Beseitigen der Trümmer – eine Eimerkette, um die Kohlen in den Keller zu schaffen. Kaum hatten sie die Arbeit erledigt, begann es zu schneien, sodass Paul noch draußen blieb, um den Hauptweg zum Haus frei zu schippen. Wieder dachte Luisa mit Sorge an seine Gesundheit. Während alle außer Paul nach dem Kohlenschleppen die Treppe zur Villa hinaufgingen, legte sie den Kopf in den Nacken und blickte zum Himmel, wo die schneeschweren Wolken so tief hingen, als ob sie jeden Moment auf die Erde zu fallen drohten. »Wenn das mal gut geht«, murmelte sie vor sich hin.

»Das habe ich mich auch gefragt«, hörte sie Paul sagen, der plötzlich dicht neben ihr stand.

»Wir sollten uns abwechseln mit dem Schneeschieben. Ich werde alle darum bitten.« Sie zog die gefütterten Fausthandschuhe aus, weil sie noch vom Kohlenschleppen schwitzte.

»So meinte ich es nicht«, erklärte Paul und schob den Schneeschieber weiter. »Wussten Sie nicht, dass während der Raunächte kein Rad bewegt werden sollte?«

»Das ist doch alter Aberglaube, Paul. Wenn Sie auf das Kohlenauto anspielen, es kam am Nachmittag und nicht mitten in der Nacht. Das zählt ja wohl nicht, oder?«

»Kann man sich da sicher sein?«

Sie hörte seiner Stimme an, dass er scherzte, und folgte ihm langsam.

»Passen Sie auf, dass Sie nicht hinfallen, unter dem Schnee ist der Boden gefroren und glatt«, mahnte er. »Frau Holle zählt übrigens auch zu den alten Sagengestalten, und Sie sehen ja, wie aktiv sie gerade ist.«

»Aber nicht etwa als Reaktion auf das Kohlenauto?« Es musste am Anblick der Schneeflocken liegen, die dicht und lautlos vom Himmel schwebten, dass Luisa sich zurück in die Winter einer glücklichen Kindheit versetzt fühlte. Kein Wunder, dass sie jetzt am liebsten, wie früher bei ihren Brüdern, den Rand von Pauls Pudelmütze geschnappt und sie ihm über das Gesicht gezogen hätte. Sie freute sich, dass er die Mütze und den passenden Schal, die sie ihm zu Weihnachten geschenkt hatte, auch tatsächlich trug.

Ellinor und Julius hatten zur Bescherung der Familie verkündet, dass sie ein Kind erwarteten. Damit machten sie Luisas Mutter sehr glücklich. Luisa jedoch hatte die freudige Nachricht einen Stich versetzt, und noch immer schmerzte der Gedanke, dass Hajo sie nicht mal nachts in seine Arme nahm, geschweige denn liebte.

Innerhalb weniger Tage wurde es so bitterkalt, dass der Wolzensee zufror. Die Leute kamen und vergnügten sich mit Schlittschuhen oder Gleitschuhen auf dem Eis. Sie drehten fröhlich ihre Runden, und manche vollführten sogar kunstvolle Pirouetten. Viele Mütter hatten ihre Kleinsten warm eingepackt, dick zugedeckt und sie in kastenförmige Aufsätze auf die Schlitten gebettet, um mit ihnen über die grauweiß gefrorene Fläche des Sees zu spazieren. In der Bootsverleih-Station bot Luisa ihren Gästen Tee, Grog und Punsch für die Kinder an. Wenn die Versorgung mit Lebensmitteln irgendwann endlich besser werden würde, wollte sie auch Kartoffelpuffer und frisch gebackene Waffeln reichen. Außerdem notierte sie auf ihrem Klemmbrett den Stichpunkt *Lautsprecheranlage.* Es wäre zu herrlich, wenn das Eislaufen mit Musik untermalt werden würde. Sie dachte sofort an die Melodien von Rudi Schuricke.

Sobald das Tauwetter einsetzte, begann Paul mit der Konstruktion und dem Bau des Drehkarussells, und er tastete sich wieder vorsichtig an das Eisbaden heran. Letzteres betrachtete Luisa mit Sorge, aber sie konnte es ihm schlecht verbieten, was sie in gewisser Weise fuchste. Der Termin für den Eisbade-Wettbewerb war am 1. März, und es wagten sich tatsächlich mehrere Männer, unter ihnen Paul, und zwei Frauen in das kalte Wasser des Wolzensees.

Allein der Anblick ließ Luisa mit den Zähnen klappern, und so warf sie Paul sofort, nachdem er zurück ans Ufer watete, Hajos dicken Bademantel zu. »Ziehen Sie den an, und gehen Sie schnurstracks ins Haus, bis Sie sich wieder aufgewärmt haben.« Sie konnte einfach nicht anders.

Paul warf ihr einen seltsamen Blick zu, fügte sich aber wortlos. Die große Zahl der Schaulustigen konsumierte auch bei dieser Veranstaltung die Heißgetränke, und wieder machte Luisa ein gutes Geschäft, genauso verhielt es sich mit dem Preisangeln.

Als das erste Frühlingsgrün sich den Weg bahnte, montierte Paul das Drehkarussell auf seinem Platz auf der Wiese zwischen Villa und Bootsverleih, schräg gegenüber, aber dennoch in hundert Meter Entfernung, zur Schwimmsportanlage.

Damit war Luisa auch für das Frühlingsfest bestens gerüstet, und, wie sich herausstellte, wurde das Karussell von den Kindern dicht umringt. Schaukel, Rutsche und vielleicht ein Klettergerüst sollten bald folgen. Sie dachte sogar darüber nach, woher sie eine Tischtennisplatte bekommen könnte. Mit Schlägern und Pingpong-Bällen zum Ausleihen für die Strandbadgäste, denn zu ihrer großen Freude registrierte Luisa eine stetig steigende Zahl an Stammkundschaft.

Es gelang ihr, für den Tanz in den Mai eine junge Combo unter Vertrag zu nehmen. Die Vier Kolibris, wie sich die Männer nannten, hatten bereits erfolgreich im Sportpalast aufgespielt.

Die Resonanz auf meine bisherigen Veranstaltungen kann sich sehen lassen, dachte Luisa stolz. Einen großen Anteil am

Erfolg ihres Unternehmens hatte Paul, das wusste sie. Doch immer öfter bekam sie mit, dass er entweder früh vor der Arbeit oder später nach Feierabend woanders hinfuhr mit seinem Motorrad. Steckte eine Frau dahinter? Selbstverständlich ging sie das nichts an.

Die Vorbereitungen für den Tanz in den Mai waren in vollem Gange. Dafür musste die Terrasse vor der Villa neu verfugt, und einige Pflastersteine mussten ausgetauscht werden. Auf die Simse der eineinhalb Meter hohen gemauerten Umgrenzung stellte Luisa Blumenkästen, die sie bunt mit Stiefmütterchen, Männertreu und Tausendschönchen bepflanzte. Wieder kamen Ellinors Wimpelketten zum Einsatz, wofür Paul einige dünne Metallrohre im Boden versenkte und betonierte, um die Wimpelketten quer über die Terrasse zu spannen. Am liebsten hätte Luisa sofort in Lichterketten investiert, doch zunächst gab sie in der Tischlerei Mewes in der Großen Milower Straße in Rathenow Tische und Stühle in Auftrag. In dem Papierkorb neben der Ausleihstation entdeckte sie zwei Schnapsflaschen. Eine davon leer, die andere noch halb voll. Sie wusste, wer sie dort deponiert hatte, und würde Hajo zur Rede stellen.

Unterdessen nahmen auch die Baupläne für das Funktionsgebäude mehr und mehr Gestalt an. Mit Paul besprach Luisa die Einzelheiten und forderte ihn auf, selbst Vorschläge zu machen. Sie arbeiteten hervorragend zusammen. Als sie ihn nach einer solchen Unterredung wieder nach draußen schickte, wo er letzte Hand an die Terrassenarbeiten legen wollte, steckte Ellinor ihren Kopf in die Bürotür.

»Findest du es richtig, dass du und Herr Rößler so oft miteinander tuschelt?«, fragte sie und gab vor, sich wieder um die Zimmerpflanzen zu kümmern. Inzwischen hatte ihre Schwägerin um ihre Mitte bereits ein wenig zugenommen.

»Was soll das heißen?« Luisa sah sie verärgert an.

»Man könnte denken, zwischen euch bestünde ein ... ein

Techtelmechtel und nicht etwa nur ein Arbeitsverhältnis.« Ellinor streichelte wie zufällig ihr kleines Bäuchlein und wusste offenbar, womit sie Luisa treffen konnte.

»Ich verbitte mir solche Andeutungen.«

»Luisa, ich meine es nur gut. Hast du dich mal gefragt, warum Hajo in letzter Zeit wieder mehr dem Alkohol zugetan ist? Ihm entgehen eure *Besprechungen* ebenfalls nicht. Ich bin nicht die Einzige, die euch mit Sorge beobachtet.«

Hajo trank deutlich zu viel, das musste sich Luisa eingestehen. Auch wenn er es abstritt, so war er doch alkoholabhängig.

»Offenbar haben alle nicht genug zu tun, wenn euch noch so viel Zeit bleibt, um jeden meiner Schritte zu überwachen.« Luisa atmete tief durch, bevor sie Dinge sagte, die sie später womöglich bereute.

»Du musst es ja wissen. Im Übrigen ist es deine Pflicht, über jedwede Bauplanung *zuallererst* mit deinem Bruder zu sprechen und nicht mit Herrn Rößler. Vergiss nicht, wem das alles hier gehört.« Mit diesen Worten rauschte Ellinor davon.

Luisa ärgerte sich schwarz. Vor allem über sich selbst, weil sie Ellinor recht geben musste. Wenn sie weiterhin ihr Strandbad allein führen wollte, musste sie besonders auch Julius davon überzeugen. Christiane stand zum Glück hinter ihr und würde notfalls reagieren, Hajo sicher auch, wenn sie ihn gemeinsam darum baten. Aber seine Stimme zählte schon jetzt nicht mehr allzu viel, und je mehr er trank, desto weniger nahmen ihn die anderen noch ernst.

Als Erstes durchkämmte Luisa systematisch zunächst das Haus und anschließend das Gelände. Tatsächlich fand sie überall verstreut versteckte Flaschen mit Resten von Wodka, Korn oder Weinbrand. Ihrem Mann war es offenbar egal, was er trank, Hauptsache, es ließ ihn die Welt vergessen. Instinktiv wusste sie, dass es darum ging und nicht, ob Hajo glaubte, sie wäre ihm untreu.

Luisa sammelte sämtliche Flaschen ein und kippte die Reste aus.

15

Sommer 1951

Als Julius nach Schulschluss nach Hause kam, bat Luisa ihn um ein Gespräch.

Er müsse zunächst Klassenarbeiten durchsehen und dann den nächsten Unterrichtstag vorbereiten, wie er erklärte. Erst gegen Abend kam er ihrer Bitte nach.

Zu dem Zeitpunkt war Luisas Stimmung bereits auf dem Tiefpunkt angelangt, denn auch im Vorratskeller hinter den Einweckgläsern mit Apfelmus und Birnen hatte sie eine Flasche Schnaps gefunden. Doch als sie Hajo darauf angesprochen hatte, war dem nichts Besseres eingefallen, als abzuwiegeln.

Julius schlenderte über die Terrasse zu ihr, als Luisa gerade die Gießkanne über die Blumenkästen hielt. »Jetzt habe ich Zeit für dich, Schwesterlein. Was hast du so Dringendes auf dem Herzen?«

»Es geht um mein Strandbad«, erklärte sie, stellte die Gießkanne zu ihren Füßen ab und wies auf eine der Bänke. Sie setzten sich nebeneinander.

»Das dachte ich mir schon.«

Luisa nickte ihrem Bruder zu und umriss die Baupläne für das Funktionsgebäude.

Er unterbrach sie nicht ein einziges Mal, erledigte aber eine Mücke, die auf seinem Arm ein Abendessen tankte. »Diese Biester«, sagte er und verteilte ein wenig Spucke über der Einstichstelle. »Ich gebe zu, dass ich nach anfänglicher Skepsis durchaus anerkennen muss, wie sehr du dich für dein Strandbad engagierst, Luisa.«

Aber? Ihr war klar, dass es darauf hinauslaufen würde, und sie wappnete sich innerlich dagegen.

»Es gibt zwei Gründe, die nicht mit deinen Plänen vereinbar sind«, erklärte Julius im Oberlehrerton.

»Ach, nur zwei, die kann ich doch sicher aus der Welt schaffen.« Luisa gab sich fröhlich, bebte aber längst vor verhaltenem Zorn.

»Erinnerst du dich an den Herbst und Winter, als erst Mutter an Grippe erkrankte und kurz danach Paul Rößler mit seiner Lungenentzündung das Bett hüten musste?«, fragte Julius.

Worauf wollte er hinaus? Natürlich hatte sie das nicht vergessen. Sie musterte ihn und nickte.

»Du hast dich ganz selbstverständlich um die beiden gekümmert, nicht wahr? Um diesen Paul sogar noch mehr als ...« Julius machte eine wegwerfende Handbewegung. »Lassen wir das und bleiben dabei, dass du dich aufopfernd ihrer Pflege hingegeben hast.«

»Was bitte ist falsch daran?« Luisa merkte selbst, dass ihre Stimme lauter wurde.

»Gar nichts, genau das ist es ja. Es liegt in der Natur einer Frau, dass sie die Verantwortung für die Familie übernimmt und nur deren Wohlergehen im Sinn hat. Dazu gehört eben auch deren Pflege, wenn jemand krank wird. Auch wenn Paul Rößler nicht in dieses Bild hineingehört, da er kein Familienmitglied ist«, betonte Julius. »Allerdings passt es ganz und gar zu dir, für jemanden, der offenbar keine Angehörigen mehr hat und für den du dich verantwortlich fühlst, die Pflege zu übernehmen.«

»In der Bibel heißt das Barmherzigkeit«, entgegnete Luisa.

Ihr Bruder stieß ein Lachen aus. »Ja sicher. Aber du willst nun mal ein Unternehmen leiten und kein Kloster. Da steht dir deine eigene Barmherzigkeit im Weg. Das siehst du doch sicher ein. In der Zeit, als du für Mutter und Paul Rößler gesorgt hast, ist die Arbeit rund um dein Strandbad liegen geblieben oder wurde zumindest nur notdürftig erledigt.«

Luisa fasste es nicht, dass er ihr dies zum Vorwurf machte.

»Wenn du ein Unternehmen leiten willst, musst du jederzeit, einfach *immer*, zweihundert Prozent geben. Unser Vater hat es uns schließlich vorgemacht.«

In dem Punkt hatte Julius recht, für ihren Vater hatte stets die Firma an erster Stelle gestanden und erst an zweiter die Familie, für die die Mutter zu sorgen hatte.

»Frauen, Mütter, können da nicht aus ihrer Haut, Luisa. Auch du nicht, und das ist ja auch gut so. Wer möchte, wenn er krank ist, nicht von einer liebevollen Person gepflegt werden? Das heißt im Umkehrschluss allerdings auch, dass genau wegen ihrer Natur die Frau keiner Firma vorstehen sollte. So was ist von vornherein zum Scheitern verurteilt. So leid es mir tut.«

Für den Moment war Luisa sprachlos vor Wut. Wenn ihr Bruder tatsächlich diese Meinung vertrat, hatte sie kaum noch eine Chance, ihr geliebtes Strandbad zu behalten. Sie hatte das Gefühl, als ein mickriges Insekt im Netz einer Spinne gefangen zu sein. Aber noch immer wollte sie nicht aufgeben. Dr. Heise fiel ihr plötzlich ein, mit ihm wollte Luisa reden, ob es die Möglichkeit gab, dass in einem Krankheitsfall sich jemand um die Mitglieder ihrer Familie kümmern könnte. Möglicherweise eine ältere Krankenschwester, die sich etwas dazuverdienen wollte. Luisa brauchte dringend eine Lösung. Andernfalls fürchtete sie, verrückt zu werden vor Zorn. »Und was soll der zweite Grund sein, den du in deiner unnachahmlich umsichtigen Art angesprochen hast?«

»Ich merke schon, meine Argumente haben dich getroffen. Das war natürlich zu erwarten, Luisa.« Er lächelte jovial. »Aber genau das ist es ja, deine Emotionen stehen dir im

Weg. Wer ein Unternehmen führt, braucht einen kühlen Kopf in allen Lebenslagen. Unmöglich, das von einer Frau zu verlangen. Es geht nicht. Oder willst du etwas anderes behaupten?«

Er machte eine Pause, entweder um seine Ansprache sacken zu lassen oder zum vernichtenden Schlag auszuholen.

»Die Arbeit in der Schule macht mich nicht glücklich, Luisa. Ich sehe das alles hier und bin überzeugt, dass ich einen Neuanfang wagen sollte. Ich hatte gehofft, dass du mich am besten verstehst.«

Was ihr Bruder vortrug, klang zu vernünftig, als dass Luisa vor den anderen eine Chance hatte, dagegenzuhalten. Sie war dabei, alles zu verlieren, was sie sich erträumt hatte.

»Mir geht das Hotel nicht aus dem Kopf. Hier am Wolzensee ist doch der ideale Ort für erholungsuchende Großstädter«, sagte er ruhig.

»Dein Hotel also ... Und was ist mit meinem Strandbad?« Das ihrer Stimme anzuhören war, wie viele Tränen darin mitschwangen, ärgerte Luisa nur noch mehr.

»Wenn du ehrlich bist, gab es nie *dein* Strandbad, weil *ich* der rechtmäßige Erbe bin. Da ich mich mit dem Brief damals nicht gerade ehrenhaft dir gegenüber benommen habe, habe ich Nachsicht walten lassen, was das Strandbad anbelangt. Ich würde dir auch jetzt entgegenkommen.«

Klang Julius nur in ihren Ohren gönnerhaft? Sie sprang auf. »Ach, würdest du das, ja? Und wie genau sieht dein Großmut aus?«

»Setz dich bitte wieder!« Sein Ton duldete keinen Ungehorsam.

Luisa tat ihm trotzdem nicht den Gefallen, sollte er ruhig zu ihr aufsehen in diesem denkwürdigen Gespräch. Sie verschränkte die Arme vor der Brust und sah ihn wütend an.

Er seufzte. »Na schön. Ich überlasse dir noch die Sommersaison, sagen wir, bis Ende September ...« Luisa stieß einen verächtlichen Laut aus, aber Julius hob die Hand, um ihr Einhalt zu gebieten. »… und dann übernehme ich, trete sozusagen mein Erbe an. Ich schlage vor, über die Einzelheiten reden wir später, wenn du dich an den Gedanken gewöhnt hast.«

Daran gewöhnen? Niemals! Luisa starrte ihren Bruder an.

»Papa, kommst du?«, rief Peter von der Treppe aus.

»Ja.« Julius erhob sich nun ebenfalls. »Entschuldige mich jetzt.« Er lächelte seinem Sohn zu und ging davon.

Luisa war wie vor den Kopf geschlagen. Was konnte sie noch tun, um das Ende ihres Strandbades aufzuhalten. Sie war so durcheinander, dass sie sich die Gießkanne schnappte und die Blumenkästen versehentlich ein zweites Mal goss.

»Willst du die armen Stiefmütterchen ersäufen?«, fragte ihre Schwägerin, die offenbar nach ihrer Familie Ausschau hielt. »Julius hat mit dir geredet?«

Luisa verspürte nicht die geringste Lust, darauf zu antworten.

»Dein Gesicht spricht Bände«, stichelte Ellinor. »Mir machst du da nichts vor. Ich habe dir ja gleich gesagt, das mit dem Strandbad wird nichts.«

Luisa wirbelte zu ihrer Schwägerin herum. »Gehe ich recht in der Annahme, dass die Angelegenheit mehr oder weniger auf deinem Mist gewachsen ist?«

»Unsinn. Das glaubst du doch wohl selbst nicht.« Ellinor ballte ihre Hände zu Fäusten. »Erlaube mal«, rief sie mit kreischender Stimme.

»Ich erlaube nicht, weil ich weiß, wie gehässig du sein kannst. Mein Bruder tut mir jetzt schon leid.« Das stimmte nicht, aber Luisa wusste einfach nicht mehr weiter.

»Das nimmst du zurück!«, forderte Ellinor.

»Auf gar keinen Fall«, schrie jetzt auch Luisa.

Ehe sie es sich versah, drehte Ellinor auf der Stelle um und rannte zur Rückseite der Villa, wo sie um die Ecke bog und aus Luisas Blickfeld verschwand. Aus den Augenwinkeln sah sie Paul näher kommen, der ein weiteres Tretboot zusammengebaut hatte und wahrscheinlich Feierabend machen wollte.

»Guten Abend«, grüßte er freundlich.

Luisa, die nun wirklich fürchtete, die Fassung zu verlieren, brachte kein Wort heraus, sondern nickte ihm zu. Im selben Moment hörten sie das Hupen eines Autos, Bremsen quietschen und einen fürchterlichen Schrei, der Luisa durch Mark und Bein ging. Paul hastete bereits zum Tor, Luisa eilte ihm hinterher. Als sie den schwarz-weiß gemusterten Pepitastoff auf dem ausgefahrenen Weg erkannte, erschrak sie.

Ellinor lag zusammengekrümmt vor den Reifen eines Lieferwagens, aus dem jetzt Christiane und Josepha sprangen. »Sie ist einfach aus dem Tor gestürmt und mir vors Auto gelaufen.« Christiane rang die Hände.

Luisas Mutter nickte, sie war schneeweiß im Gesicht. Ausgerechnet heute waren die beiden mit dem Zug nach Berlin gefahren, um den Lieferwagen abzuholen, und just in dem Augenblick daheim angekommen, als Ellinor wütend losgerannt war.

Paul kniete neben Ellinor und tastete nach ihrem Puls. »Können Sie mich hören, Frau Marquardt?«

Sie nickte, hob leicht den Kopf und blickte sich verwirrt um, als hätte sie vergessen, was passiert war.

Christiane hatte Luisas Mutter untergehakt, die schwankte und irgendetwas vor sich hin murmelte.

»Geht rein und setzt euch erst mal, wir kümmern uns um Ellinor«, sagte Luisa.

Ihre Schwägerin, deren dreckverschmierte rechte Wange Abschürfungen aufwies, kauerte im Staub. Als sie Paul erkannte, verzog sie das Gesicht. »Fassen Sie mich nicht an!«, fauchte sie.

Erschrocken zog Paul seine Hände weg. »Verzeihen Sie.«

Plötzlich krümmte sich Ellinor und umschlang mit den

Armen ihren Bauch. Luisa ging in die Hocke und hielt ihr den Rücken.

»Können Sie aufstehen?«, fragte Paul.

»Ich … ich weiß nicht.« In Ellinors Augen traten Tränen. Bei ihrem Versuch, sich auf ihre wackligen Knie zu erheben, färbte sich ihr Kleid blutrot. »Oh nein«, wimmerte sie.

Einige Sekunden lang war Luisa wie erstarrt und merkte, wie sie zitterte. In ihren Ohren begann es zu rauschen.

»Luisa«, drang Pauls Stimme endlich zu ihr durch. Ruckartig hob sie den Kopf und sah ihn an. »Sie muss ins Krankenhaus. Wir brauchen ein paar Decken.«

Luisa nickte mechanisch und rannte zum Haus hinüber, wo ihr Christiane mit Decken, Handtuch und einem Kissen entgegenkam. »Kann ich helfen?«, fragte sie keuchend.

»Julius … Er ist mit Peter unterwegs, wir müssen ihm Bescheid sagen. Sie suchen und …«, Luisa war außer sich vor Sorge.

»Ich mach das«, fuhr Christiane dazwischen.

Luisa griff nach den Decken und rannte zurück, wo Paul noch immer beruhigend auf Ellinor einsprach. Sofort rollte Luisa das Handtuch zusammen und presste es ihrer Schwägerin unter dem Kleid zwischen die Beine. Paul wandte sich diskret ab, nahm die Decken und das Kissen an sich und drapierte sie auf die Ladefläche des Lieferwagens.

Ellinor weinte und hielt sich noch immer den Bauch.

»Frau Marquardt, wir bringen Sie jetzt ins Krankenhaus.« Paul beugte sich ein wenig vor. »Wollen Sie zum Auto gehen?«

»Ich … ich kann nicht. Mein Baby.« Unaufhaltsam rannen ihr Tränen über das Gesicht.

»Darf ich Ihnen helfen und Sie hochheben?«, fragte Paul sanft.

Ellinor schluchzte, nickte dann aber kaum merklich.

»Dann schiebe ich jetzt einen Arm unter Ihre Kniekehlen.«

Vorsichtig demonstrierte Paul ihr sein Vorgehen. »Und der andere stützt Ihren Rücken ein wenig. Ist das in Ordnung für Sie?«, vergewisserte er sich behutsam.

»Ja«, hauchte Ellinor.

»Gut. Ich hebe Sie jetzt hoch, und wenn Ihnen irgendetwas unbehaglich vorkommt, sagen Sie es mir«, bat Paul.

Ellinor nickte und begann am ganzen Leib zu zittern, während Paul Ruhe bewahrte und sie vorsichtig auf seine Arme lud. »Es ist nur ein kurzes Stück, machen Sie sich keine unnötigen Sorgen. Alles wird wieder gut«, versicherte er ihr.

Luisa hätte ihn in dem Moment küssen können. Er war der sanfteste Mann, den sie je getroffen hatte. Vor Rührung stiegen ihr Tränen in die Augen.

Ellinor hatte ihr Baby verloren und war am Vortag nach einer Woche Aufenthalt aus dem Krankenhaus entlassen worden. Luisas Mutter hatte es übernommen, sich um sie zu kümmern.

Während dieser Zeit hatte im Strandbad der Tanz in den Mai stattgefunden, und Luisa hatte dafür gesorgt, dass ihre Gäste nichts davon merkten, dass die Tage des Strandbades gezählt waren.

Doch zwischen ihr und Julius herrschte eisiges Schweigen. Wo immer sie konnte, ging sie ihrem Bruder aus dem Weg. Luisa fühlte sich schrecklich, es kam ihr so vor, als trage sie allein die Schuld an Ellinors Fehlgeburt.

Außerdem entzog sich Hajo ihr von Tag zu Tag ein Stück weiter. Sie kannte diesen Mann nicht mehr. Er hatte sich so sehr verändert, und ihr blieb nichts anderes übrig, als über seine Alkoholsucht hinwegzusehen. Die Frage war, wie lange sie das noch aushalten würde. Wollte sie das überhaupt noch? Ständig streifte er um den See herum und war dann stundenlang fort. Häufig lag er volltrunken in dem alten Kahn, kaum fähig, dort wieder herauszuklettern. Mittlerweile war es Luisa fast schon egal, ob er abends nach Hause kam oder nicht.

Ohne ihr Klemmbrett mit den Plänen für die nachfolgende Saison fühlte sich Luisa wie amputiert, eine Pflanze, die langsam einging. Sie beschloss, ihr Mittagessen draußen zu essen, bevor sie in der Küche der Villa, an dem Tisch, wo die Familie ihre Mahlzeiten gemeinsam einnahm, noch erstickte. So füllte sie eine Kelle des Graupeneintopfs in einen tiefen Teller, nahm sich einen Löffel aus der Besteckschublade und balancierte alles auf einem Tablett die Treppe hinunter. Am äußersten Tisch auf der Terrasse saß Paul und tunkte eine Scheibe Brot in die letzte Pfütze des Eintopfs. »Darf ich mich zu Ihnen setzen?«, fragte sie und erinnerte sich wieder an den Tag von Ellinors Unfall, als er sie bei ihrem Vornamen angesprochen hatte, um in ihrem Schock zu ihr durchzudringen. Es gefiel ihr, wie er das *Luisa* auf drei Silben betont hatte.

»Selbstverständlich.« Er lächelte, stand sogar auf und zog ihr den Stuhl unter dem Tisch hervor.

Früher, als Hajo noch formvollendet um sie geworben hatte, war ihr nicht bewusst gewesen, wie sehr sie gute Manieren schätzte. »Vielen Dank.«

»Guten Appetit«, wünschte er, setzte sich wieder zu ihr und lehnte sich entspannt zurück.

Da er sie viel zu aufmerksam musterte, tauchte sie rasch ihren Löffel in die Suppe, obwohl sie keinen Hunger hatte.

»Sie sehen müde aus. Geht es Ihnen nicht gut, Frau von Rochlitz?«, fragte er leise, als sei ihm bewusst, dass er ihr damit zu nahe trat.

Bisher hatte sie das Gespräch mit Julius für sich behalten. Möglicherweise wusste ihre Mutter dennoch davon. Doch die würde sich gemäß der alten Tradition heraushalten. Seit ihrem Ausflug mit Christiane nach Berlin verging fast kein Tag, an dem sie nicht davon schwärmte, im neu eröffneten »Kranzler's« Kaffee getrunken und Kuchen gegessen zu haben. Auch wenn die Betreiber zunächst in einem Flachbau an den Neustart gegangen waren, so hatte ihre Mutter die Atmosphäre dort dennoch sehr genossen. »Wenn ich nur an die herrlichen Nachmittage im ›Adlon‹ denke, die dein Vater und ich dort verbracht haben. Und die wunderbaren Veranstaltungen … Mir will scheinen, als wäre mit diesem verfluchten Krieg eine ganze Epoche zu Ende gegangen. Mir fehlt das alles sehr«, hatte ihre Mutter voller Wehmut und erstaunlich offen zugegeben. »Ich wünschte, ich könnte zurück nach Berlin. Die Provinz ist nichts für mich.«

Luisa spürte, dass ihr Leben sich auseinanderdröselte wie ein altes Schifftau. Sie hob den Blick, und da Paul sie immer noch ansah und in seinen grauen Augen echte Sorge stand, traten ihr jetzt gegen ihren Willen Tränen in die Augen. Sie blinzelte ein paar Mal.

»Was Ihrer Schwägerin passiert ist, war nicht Ihre Schuld«, sagte Paul leise.

»Oh doch. Wir hatten zuvor einen unschönen Streit.« Unschlüssig rührte sie mit dem Löffel in der Suppe. Dabei sollte sie dankbar sein, dass etwas zu essen auf dem Tisch stand. Luisa hatte die Hungerjahre keineswegs vergessen.

»Ich weiß, ich habe es beobachtet. Ging es um das Strandbad?«, fragte er.

Sie nickte. Paul trug ein verschlissenes Arbeitshemd mit kurzen Ärmeln und seine alte Schlosserhose, deren Ölflecken kaum noch auszuwaschen waren, und dennoch sah er ungemein gut darin aus. »Mein Bruder hat mir das Aus erklärt«, sagte Luisa, und erst dadurch wurde die Tatsache real für sie.

»Oh.«

»Ja, oh.«

»Verzeihen Sie, es steht mir nicht zu …«

»Seien Sie nicht albern, Paul. Sie haben mich von Anfang an verstanden, und ich denke, Sie tun das auch jetzt.« Luisa versuchte sich zusammenzunehmen und aß etwas von dem Graupeneintopf.

Er nickte. »Es gibt keine Möglichkeit, einen Kompromiss auszuhandeln?«

Noch während sie den Kopf schüttelte, brach sie in Tränen aus. Mit einem Schluchzen entglitt ihr der Löffel, ein wenig Suppe spritzte auf die Tischplatte und ihre Bluse. Sie wollte hier nicht weinen. Nicht auf der Terrasse, wo jedes Mitglied der Familie sie sehen konnte. Aber sie konnte die Tränenflut, einmal in Gang gesetzt, nicht mehr aufhalten.

»Kommen Sie.« Paul stand auf, zog kurz an ihrer Hand, ließ sie aber sofort wieder los.

Luisa begriff und folgte ihm eilig. Er lief zur Ausleihstation, dem Holzunterstand, der sie vor den Blicken schützte. Statt sich auf den alten Stuhl dort zu setzen, schmiegte sie sich an seine breite Brust und weinte hemmungslos. Sie wusste nicht, wie lange sie so dastanden, irgendwann merkte sie jedoch, dass Paul die Arme um sie geschlungen hatte und seine Hände sie hielten und ihren Rücken stützten. Er sah sie zärtlich an, und irgendwie milderte das ihre Wut auf Julius. Sie hob den Kopf und blickte zu ihm auf. »Hm.«

Ganz langsam löste er sich von ihr, als hätte er Angst, sie würde ihn anschreien. Dabei war seine Sorge unbegründet. Es tat viel zu gut, in seinen Armen zu liegen.

Luisa schloss die Augen, öffnete sie wieder und sah rasch weg, bevor sie der Versuchung erlag, sich erneut an ihn zu schmiegen. Mit dem Daumen strich er sachte über ihre Wange und fing eine Träne auf. »Entschuldigen Sie meinen schwachen Moment, Paul.«

Er schüttelte den Kopf. »Wenn jemand weint, bedeutet es nicht gleich, dass er schwach ist, sondern dass er in dem Augenblick mehr fühlt, als das Herz ertragen kann.«

Sie lächelte ihn unter Tränen an. »Danke.«

»Nicht dafür. Sie werden eine Lösung finden, Frau von

Rochlitz. Noch liegt der ganze Sommer vor Ihnen. Ich bin mir sicher, dass sich alles fügen wird.«

Sie war nicht so überzeugt wie er, aber sehr dankbar dafür, dass er versuchte, sie zu trösten.

»Und was Ihre Schwägerin angeht: Man rennt nicht blindlings los, ohne nach links oder rechts zu sehen.«

»Bitte sagen Sie jetzt nicht, dass Ellinor selbst schuld ist«, bat Luisa.

»Es war ein Unfall, und Unfälle passieren«, entgegnete er ruhig.

Sie wusste, dass er recht hatte, auch wenn es sich für sie anders anfühlte, und erst jetzt bemerkte sie, dass ein Pflaster auf seiner Ellenbeuge klebte. »Haben Sie sich verletzt?«

»Nein, ich spende Blut«, antwortete er.

»Es kam mir so vor, als fürchteten Sie sich vor Nadeln«, hakte Luisa nach, obwohl ihr klar war, dass es sie nicht das Geringste anging.

Paul grinste. »Es kann nicht schaden, sich seiner Angst zu stellen.«

»Wahrscheinlich.« Luisa spürte, dass auch sie lächelte.

»Außerdem wird es gut bezahlt«, fügte er hinzu.

Was wohl der Hauptgrund für die Blutspende war. Wenn die Aussicht für ihr Strandbad nicht so düster gewesen wäre, hätte Luisa ihm eine Lohnerhöhung in Aussicht gestellt. Sie hoffte, dass Paul sich nicht zu sehr in Schulden verstrickt hatte, danach erkundigen wollte sie sich aber nicht.

Es kann nicht schaden, sich seiner Angst zu stellen. Pauls Worte hallten noch lange in ihr nach und sorgten dafür, dass Luisa kurze Zeit nach diesem Gespräch beschloss, das Strandbad weiter so zu führen, als stünde es nicht vor dem Aus.

Der Schwimmunterricht durch die Schulen war längst wieder aufgenommen worden. Auch der Rathenower Schwimmsportverein trainierte an zwei Nachmittagen unter der Woche im Wolzensee und führte an einigen Sonntagen sogar Wettbewerbe durch.

Zu Ferienbeginn fanden am Ufer Lagerfeuerabende statt, die besonders von jungen Leuten angenommen wurden. So manch einer brachte eine Gitarre oder ein Akkordeon mit, und es wurde gelacht und gesungen.

Den Bau des Funktionsgebäudes jedoch legte Luisa auf Eis, ebenso eine Lautsprecheranlage am Nordstrand. Dafür gab es jeden Monat zwei Tanzabende und Mondscheinfahrten mit Picknickkörben auf dem Tretboot. Auch der normale Badebetrieb lief bestens. Für ihre Gäste bot Luisa in diesem Sommer einen kleinen Imbiss an. Die Bockwürste, Butterkekse, Süßigkeiten und Getränke bezog sie über die Konsumgenossenschaft. Die HO hatte den Kontakt zu Luisa aufgenommen und schlug einen eigenen Kiosk für den Verkauf von Eiscreme vor. Luisa handelte einen guten Preis für die Standgebühr aus. Zum Ende der Saison würde der Kiosk von HO-eigenen Mitarbeitern abgeholt werden. Mit einem Seufzen dachte sie daran.

Am 11. Juli zog, wie schon im letzten Jahr, eine heftige Gewitterfront über das Land. Danach fielen die um die dreißig Grad heißen Temperaturen um zehn Grad. Der Badebetrieb ging dennoch weiter. Auch das Leben in der Villa. Julius hatte es noch nicht gewagt, mit Luisa über die Einzelheiten der Auflösung ihres Unternehmens zu sprechen. Er kümmerte sich sehr um seine nach der Fehlgeburt niedergeschlagene Frau oder genoss die Ferienzeit.

Peter hatte eine ganze Horde Jungen um sich geschart, die die Gegend um den Wolzensee mit ihren Spielen unsicher machten.

Bis eines Tages aus südlicher Richtung der Boden durch eine gewaltige Detonation erschüttert wurde. Julius und Ellinor stürzten gleichzeitig aus dem Haus, beide kreidebleich im

Gesicht. »Das war eine Fliegerbombe«, rief er von der Terrasse aus. »Vielleicht ein Blindgänger, wo sind die Kinder?«

»Herrgott, die Kinder«, flüsterte Luisa. Ihr Rücken überzog sich mit einer Gänsehaut.

Paul schloss die Ausleihstation und kam herbeigeeilt. »Wir sollten nachsehen, ob jemand … verletzt wurde.«

Ihr Bruder und Paul waren sich auf einen Schlag einig. »Ich komme mit«, sagte Luisa bestimmt.

»Du wirst schön bei deinem Strandbad bleiben«, schnauzte Julius in seiner Angst um die Jungen.

Da auch Paul ihr zunickte, ließ Luisa von ihrem Vorhaben ab. Christiane schnappte sich das Fahrrad und radelte zur nahe gelegenen Lungenheilstätte, weil es dort ein Telefon gab, um Hilfe herbeizurufen. Erste Gäste kamen, erkundigten sich, was passiert war, und standen in Grüppchen zusammen, um auf weitere Informationen zu warten. Bald darauf ertönten die Sirenen, und Luisa wusste, dass Christiane ihr Ziel erreicht hatte und bereits auf dem Rückweg war.

Die Minuten vergingen und dehnten sich zu einer Ewigkeit aus, in der Luisa von einer Aufgabe zur nächsten flatterte und doch nichts zustande brachte. Sie spürte nahendes Unheil bis in ihre Fingerspitzen. Schließlich gab sie es auf, einer sinnvollen Arbeit nachzugehen, und begnügte sich damit, die Badegäste zurück an den Strand oder auf die Liegewiese zu dirigieren. Leider war sie nicht energisch genug, auch weil Ellinor förmlich wie ein Schatten, ständig nur drei Schritte entfernt, an ihr klebte und deren Panik ihre eigene noch mehr schürte.

Christiane, die wieder angeradelt kam, sprang fast vom Sattel, lehnte das Rad an die Hauswand und übernahm das Kommando. »Hier gibt es nichts zu sehen.«

Tatsächlich trollten sich die Besucher und gingen zu ihren Decken auf der Liegewiese zurück.

»Was für ein Glück, dass die Gegend hier kaum besiedelt ist. Nicht auszudenken …«, brach Christiane ab und kümmerte sich um Ellinor, die sich jetzt verzweifelt am Treppengeländer festhielt und auf die Ankunft von Julius wartete.

Die Martinshörner von Feuerwehr, Krankenwagen und der Polizei jagten durch die Rathenower Straßen. Luisa beobachtete ein flirtendes Paar am Strand, das sich durch nichts ablenken ließ. Auch einige Familien spielten im Wasser Ball. Die Frauen, die sich in der Sonne aalten, hoben jetzt wieder die Köpfe. Andere Gäste machten sich auf den Weg zum vermeintlichen Ort der Explosion und blickten sich neugierig um. Bald darauf kamen sie jedoch zurück und berichteten, die Polizei hätte im Umkreis von zweihundert Metern das Waldstück in südlicher Richtung komplett abgesperrt. Im Anschluss harrten alle auf ihren Plätzen der Dinge, die da kamen.

Als Julius und Paul endlich zurückkehrten und beiden die Erschütterung vom aschfahlen Gesicht abzulesen war, schrie Ellinor auf. Luisa begriff, dass etwas Schreckliches passiert sein musste.

Sie beerdigten Hajo von Rochlitz an einem warmen Sommertag unter blauem Himmel auf dem Neufriedrichsdorfer Friedhof. Paul stand hinter Luisa, die von ihrer Mutter und Christiane flankiert wurde, jede Sekunde bereit, sie, wenn nötig, aufzufangen. Seit sie die Nachricht vom Tod ihres Mannes von Pauls Gesicht abgelesen hatte, war sie verstummt.

Geboren 1921 in Wien, hatte Hajo den Krieg überstanden, war traumatisiert zurückgekehrt und hatte nicht mehr in sein

Leben finden können. Er war nur einunddreißig Jahre alt geworden und hinterließ seine junge Witwe und seine Mutter. Während der Pfarrer sprach, entstand vor Pauls geistigem Auge wieder das grausige Bild eines bis zur Unkenntlichkeit zerfetzten Körpers. Überall Blut, Knochensplitter und Gehirnmasse, bis sie die völlig verbogene Beinprothese in einem Gebüsch entdeckt hatten und Julius auf die Knie gesunken war.

»Das … kann ich Luisa unmöglich sagen.«

So hatte Paul die bisher grausamste Aufgabe seines Lebens übernommen. Luisa, als hätte sie gespürt, wie schwer er damit zu kämpfen hatte, hatte es ihm erstaunlich leicht gemacht. »Hajo?«, hatte sie im bangen Ton gehaucht, sodass Paul nur noch zu nicken brauchte.

Seitdem versuchte Paul, Luisa vor der Welt abzuschotten, behielt sie auf Schritt und Tritt im Auge, um, wann immer sie ihn brauchen würde, da zu sein. Die meiste Zeit verbrachte sie am Wolzensee. Ihr Bruder und seine Frau kümmerten sich um das Strandbad, während Josepha Hajos Mutter zur Seite stand. Zwei Mütter vereint in demselben Kummer, ein Kind verloren zu haben. Christiane litt am schlimmsten unter ihrem Verlust. Sie fühlte sich wahrscheinlich genauso mutterseelenallein, wie Paul sich vorkam. Warum starben Menschen so sinnlose Tode? Auf diese Frage würde es wohl nie eine Antwort geben.

Heute, am Tag der Beerdigung, blieb das Strandbad geschlossen. Die Familie wollte unter sich sein. Ellinor hatte draußen auf der Terrasse die Tische zum Leichenschmaus gedeckt. Da Hajo keine Freunde oder gute Bekannte gehabt zu haben schien, gesellten sich nur der Pfarrer und Luisas Freundin Helena, die Semesterferien hatte, zu ihnen.

Paul konnte seinen Blick nicht von Luisa lösen. Hatte sie in dieser einen Woche wirklich so schrecklich viel an Gewicht verloren, oder lag es an ihrem schwarzen Kleid, dass sie noch zerbrechlicher wirkte als sonst? Schwarz stand ihr zudem nicht. Sie war eine Frau, die für blumige, bunte Kleider mit weitschwingenden Röcken gemacht war. Für knallrote Kleider mit weißen Punkten oder smaragdgrüne, elegante Cocktailkleider. Wenn er nur etwas von ihrer Last auf seine Schultern laden könnte …

Er war drauf und dran, Julius ein Gespräch aufzunötigen, seine Entscheidung, das Strandbad betreffend, zurückzunehmen. Der Kerl musste doch begreifen, dass seine Schwester für den Traum vom eigenen Strandbad lebte. Aber natürlich war Paul klar, dass er sich in Familienangelegenheiten nicht einzumischen hatte.

»Ich danke allen, die meinem Mann und Christianes einzigem Kind einen so würdevollen Abschied bereitet haben«, sagte Luisa und eröffnete damit die Kaffeetafel.

Ellinor hatte Blechkuchen gebacken und kümmerte sich um die Bewirtung. Offenbar war durch die derzeit anfallenden vielfältigen Aufgaben ihre eigene Trauer ein wenig in den Hintergrund getreten. Was sicher gut für sie war.

Als die Tafel aufgehoben wurde, zerstreute sich die überschaubare Gesellschaft. Nur Christiane von Rochlitz saß noch auf ihrem Stuhl und starrte auf den Wolzensee hinaus. Die Wangen eingefallen, mit dunklen Ringen um die erloschenen Augen und dem gramgebeugten Rücken, war die einst gefeierte Tänzerin der Wiener Opernhäuser nur noch ein Schatten ihrer selbst. Bei ihrem Anblick blutete Paul das Herz.

Aus dem Augenwinkel beobachtete er, wie Luisa langsam über die Steganlage ging. Bevor er ihr folgte, wandte er sich an ihre Schwiegermutter. Damit sie nicht zu ihm aufblicken musste, ging er vor Christiane in die Hocke. »Ich wollte Ihnen noch persönlich sagen, wie leid mir Ihr Verlust tut.«

Sie verzog den Mund zu ihrem gewohnt gütigen Lächeln, das dieses Mal jedoch nicht ihre Augen erreichte. Ihre blaugrau gesprenkelten Iriden, einst voller Lebendigkeit, waren von einer schrecklichen Leere erfüllt. Sie nahm seine Hand zwischen ihre Hände. »Lieber Paul, ich danke Ihnen.«

»Wenn es etwas gibt, das ich für Sie tun kann, lassen Sie es mich bitte wissen.«

Sie nickte. »Das werde ich.«

Paul erhob sich wieder und sah, dass Luisa den Sprungturm hochkletterte. Er wollte kein Aufsehen erregen, daher zwang er sich, einigermaßen gemächlich in ihre Richtung zu gehen. Als er am Sprungturm ankam, saß Luisa bereits oben auf dem Absprungbrett und ließ die Beine baumeln. Es wirkte, als würde sie nur dort sitzen, um den Blick von oben zu genießen. Vielleicht stimmte das sogar.

Er umschloss mit den Fingern links und rechts die Handläufe, einen Fuß bereits auf der untersten Sprosse. War es richtig, sie zu stören, wenn sie allein sein wollte? »Darf ich raufkommen?«, fragte er dennoch, weil er nicht anders konnte.

»Ja.«

Fast im selben Atemzug kletterte er hinauf und tat es ihr gleich, indem er sich neben sie setzte und ebenfalls die Beine baumeln ließ. Er sah nach links zu den gelb blühenden Seerosen, die den Wolzensee mit Farbtupfern sprenkelten, und lauschte Luisas Schweigen. Schräg gegenüber schwamm ein Paar Schwäne, deren Gefieder im Glanz der Sommersonne wie Engelsflügel erstrahlten, gemächlich schaukelnd dahin. Das Bild wurde eingerahmt von vielen verschiedenen Grüntönen: dem satten Laub, feuchten Wiesen, blassem Schilf und herzförmigen Seerosenblättern. All das verlangsamte seinen Herzschlag. Eine seltsame Ruhe erfasste ihn.

Er wusste nicht, wie lange sie schon so dasaßen, als Luisa sich zu ihm umdrehte und mit ihren großen, dunklen Augen seinen Blick suchte.

»Kann ich Ihnen irgendwie helfen?«, fragte er.

Sie schüttelte den Kopf. »Das vermag niemand.«

Paul sah es anders und dachte an ihren Bruder.

»Wie konnte Hajo mich alleinlassen?« Die Anklage in ihrer Stimme war deutlich herauszuhören.

Offenbar war sie wütend auf ihren Mann. Vielleicht schützte sie die Wut aber auch vor dem Schmerz. Wer konnte das schon sagen?

»Das wollte er bestimmt nicht«, antwortete Paul. Sie saßen so dicht nebeneinander, dass er ihren Duft nach Kräutern, Sommersonne und Veilchenseife wahrnehmen konnte.

Sie stieß einen verächtlichen Laut aus. »Er hat es schon getan, als er noch am Leben war. Sein jämmerliches, beschissenes Leben hat er es genannt.«

»Da war er betrunken.«

»Das ist keine Entschuldigung«, beharrte sie und strich ihr schwarzes Kleid glatt, weil ein kurzer Windstoß es aufgebauscht und ein Stück von ihrem Oberschenkel freigeweht hatte.

Paul tat, als hätte er das nicht bemerkt, und nickte nur. Er wollte sie nicht noch mehr aufbringen, stattdessen lockerte er seine Krawatte.

»Ich weiß nicht, wie es weitergehen soll«, flüsterte sie.

»Sie kennen solche scheinbar aussichtslosen Situationen, und Sie werden auch dieses Mal einen Weg für sich finden.«

»Ach, Paul …« Luisa sah jetzt wieder auf die graue Wasseroberfläche. »Vielleicht sollte ich tatsächlich fortgehen und mein Glück woanders versuchen.«

Ihre Worte versetzten ihm einen Stich. Wenn sie ginge, würde er es auch tun. »Irgendwo ein neues Strandbad aufbauen?« Diese Aussicht würde ihm immerhin die Möglichkeit bieten, ihr zu folgen. Sie arbeiteten schließlich sehr gut zusammen.

»Wohl eher nicht. Dieser Traum scheint ausgeträumt.«

Für den Bruchteil einer Sekunde fühlte Paul Panik in sich aufsteigen, was völliger Unsinn war. Sie lebte ihr Leben und er seines, das würde immer so bleiben. »Ihrer Schwiegermutter geht es sehr schlecht.«

Versuchte er ernsthaft, sie zu manipulieren, damit die Sorge um Christiane von Rochlitz sie an diesen Ort kettete? Das war ziemlich erbärmlich.

»Sie hat ihr einziges Kind verloren und damit auch die Aussicht auf Enkelkinder.« Luisa schloss die Augen, aus denen jetzt einzelne Tränen quollen.

Hatte Luisa Kinder gewollt?

»Hajo war im Krieg so schwer verletzt worden, dass ... nun ... wir ...«

»Schon gut, ich verstehe.« Er hätte sie gern in die Arme geschlossen, aber hier auf dem Sprungturm, wo jeder sie sehen konnte, sollte er es besser lassen. Er hatte ohnehin das Gefühl, dass sie beobachtet wurden. Und richtig – als er sich umschaute, bemerkte er Ellinor auf dem Treppenpodest zur Villa, die in ihre Richtung starrte.

16

Zwei Tage nach Hajos Beerdigung, die sie in Milow auf dem kleinen Bauernhof bei ihrer Freundin Helena verbracht hatte, nahm Luisa ihre Arbeit im Strandbad wieder auf. Die Wut auf ihren Mann erwies sich als Krücke, an der sie sich festhalten konnte. So half sie ihr dabei, gleich am Morgen schnurstracks auf Julius zuzugehen.

»Danke für eure Unterstützung in der vergangenen Woche. Aber wie du selbst so treffend gesagt hast, ein Unternehmen muss immer und jederzeit geleitet werden. Darum nimm bitte zur Kenntnis, dass ich bis zum Saisonende meine Aufgaben gewissenhaft wahrnehmen werde.«

Paul, der gerade im Türrahmen zur Küche auftauchte, starrte sie mit offenem Mund an.

Julius, dem diese Reaktion nicht entgangen war, schien es unangenehm zu sein. »Paul, seien Sie so gut und lassen mich mit meiner Schwester allein.« Er räusperte sich.

»Natürlich, Herr Marquardt. Ich wollte nur mein Frühstücksgeschirr abstellen.«

Luisa schenkte Paul ein herzliches Lächeln, nur um Julius zu ärgern. »Geben Sie her, Paul.« Schon streckte sie die Hände nach dem Tablett aus, und ihm blieb nichts anderes übrig, als es ihr zu überlassen. Sie zwinkerte ihm kurz zu, sodass nur er es sah, und begriff, dass sie eine Show abzog.

Ihr Bruder sah sie an. »Ich ... ich ...«

Julius' Gestammel gab ihr Auftrieb.

»Ich war zu hart zu dir. Nach allem, was passiert ist, tut es mir leid, Luisa.«

Ein solches Eingeständnis war ihm sicher nicht leichtgefallen. Doch sie durfte jetzt keinesfalls nachgeben. »Dann hast du deine Meinung über *mein* Unternehmen geändert?«

Er öffnete den Mund, brachte aber keinen Ton heraus.

»Also nicht. Tja, nun, dann schlage ich vor, du genießt die Schulferien mit deiner Familie, und ich leite mein Strandbad. Im August soll es nämlich ein Neptunfest geben.« Ein spontaner Einfall.

»Neptunfest?«, echote Julius.

»Ganz recht. Und zwar mit allen Schikanen. Der Meeresgott steigt mit einem Ruderboot quasi aus den Tiefen des Wolzensees auf, mitsamt seinem Hofstaat: einer Nixe und mindestens zwei Häschern«, erklärte Luisa, während sie Pauls Geschirr in die Email-Schüssel stapelte und den Spültisch mit der Hüfte wieder zuschob. »Dann suchen sie sich unter den Badegästen ihre Opfer aus, die natürlich erst nach einer standesgemäßen Meerestaufe wieder in die Freiheit entlassen werden. Klingt das nicht nach einem Mordsspaß für die ganze Familie?«

»Äh ... Luisa ...«

»Was? Hältst du ein solches Fest so kurz nach dem Tod meines Mannes für unangebracht?«, hakte sie seelenruhig lächelnd nach.

Verunsichert nickte Julius.

»Mach dir keine Gedanken: Geschäft ist Geschäft. Wie es in mir drin aussieht, interessiert ja sowieso keinen. So ist es doch? Und nun entschuldige mich bitte. Ich tüftele noch am Taufgebräu. Die Grundlage bildet bei mir der Muckefuck, gemixt mit Waldmeisterbrause und darin aufgelösten Hustenbonbons, klingt herrlich scheußlich, nicht wahr? Ach, und Urkunden brauche ich ja auch noch. Ich bin nicht sicher, ob meine Handschrift gut genug dafür ist. Wie findest du die Taufnamen ›Schleimige Seegurke‹ oder ›Pupsqualle‹?«

»Luisa ...«

»Schade, dass du auf den Schlachtfeldern deinen Humor

verloren hast.« Mit diesen Worten marschierte sie hocherhobenen Hauptes aus der Küche und ließ ihren perplexen Bruder zurück.

Kaum stand sie auf dem Treppenpodest der Villa, verschwamm ihr Blick hinter aufsteigenden Tränen, und sie rannte die Stufen hinunter in den Keller, um die Waldmeisterbrause zu holen und im Stillen zu weinen.

Noch immer waren es keine Tränen der Trauer, sondern der Wut. Luisa war wütend auf Hajo, der sie mit diesem ganzen Schlamassel alleingelassen hatte. Auf ihre intrigante Schwägerin, die nicht ruhen würde, bis sie bekam, was sie wollte. Auf ihren feigen Bruder, der sich hinter einem längst überholten Frauenbild versteckte, weil er sich nicht gegen Ellinor durchsetzen konnte. Auf ihre Mutter, die, geprägt durch ihre althergebrachte Erziehung, nur ihrem Erstgeborenen beistand. Und im Augenblick gerade auf die ganze Welt, weil sie nirgends einen Platz für sich sah. Am liebsten wäre sie ausgebrochen aus diesem Leben. Um was zu tun? Sie wusste es selbst nicht.

So ließ sie ihren Tränen freien Lauf und spürte, wie es den Druck zwischen ihren Schulterblättern ein kleines bisschen milderte.

Im Keller roch es nach Kohlenstaub, Einlagerungskartoffeln, feuchten Steinen und altem Holz. Sie hörte Schritte auf der knarzenden Stiege, die auf dem Steinfußboden dumpf verhallten.

Paul stand vor ihr und musterte sie aufmerksam. Wortlos reichte er ihr ein Taschentuch, auf dem seine Initialen eingestickt waren.

Luisa nahm es und putzte sich schnaubend die Nase. »Danke. Sie bekommen es zurück.«

Er nickte und verzog seinen Mund zu einem zaghaften Lächeln. »Geht's wieder?«

Sie schniefte leise. »Ich denke schon.«

»Übermut tut selten gut«, sagte er ruhig.

»Was fällt Ihnen ein?« Richtete sich ihre Wut jetzt auch noch gegen Paul Rößler? Ihr war plötzlich nach Schreien zumute.

»Warum spielen Sie Ihrem Bruder die lustige Witwe vor, wenn es Ihnen so viel Kraft raubt?«, fragte er so leise, dass sie fast geneigt war, es sich nur eingebildet zu haben.

»Das kann Ihnen doch egal sein.« Sie wusste, dass sie ihm unrecht tat, und fühlte sich schrecklich.

»Tut es aber nicht. Und das wissen Sie auch.« Er ging zu den Getränkekästen, entnahm zwei Flaschen Waldmeisterbrause, drückte ihr eine davon in die Hand und sah ihr in die Augen. Wie brachte dieser Mann es fertig, sie nur mit seinen Blicken zu streicheln? Ihr stolpernder Herzschlag verlangsamte sich. Auch das Atemholen fiel ihr wieder leichter, dabei hatte sie gar nicht gewusst, was für ein Schlachtfeld in ihrem Inneren tobte. »Meinetwegen ziehen Sie Ihr Neptunfest durch. Und wenn Sie danach noch immer fast an Ihrer Wut ersticken und zu einem Ausbruch bereit sind, lassen Sie es mich wissen. Ich werde da sein.« Mit diesen Worten drehte er sich um und stieg wieder nach oben.

»Was denn für einen Ausbruch?«, flüsterte sie. *Wie soll das gehen?*

Am Nachmittag schnappte sie sich ihr Fahrrad und radelte wie von Furien getrieben in die Stadt, ohne selbst zu wissen, wohin. Als würde sie von einer fremden Macht gesteuert, hielt sie vor dem erstbesten Friseursalon, schob das Fahrrad in den Ständer und marschierte in den Laden.

»Guten Tag, was kann ich für Sie tun?«, sprach eine der Friseurinnen sie sofort an.

»Ich möchte mein Haar abschneiden lassen«, antwortete Luisa, ohne zu zögern.

»Folgen Sie mir bitte.«

Luisa lief hinterdrein und nahm auf dem ihr zugewiesenen Stuhl Platz.

Die Friseurin fuhr durch Luisas Haar und klemmte sich die Spitzen zwischen die Finger. »Ist es so recht?«

Luisa schüttelte an ihr Spiegelbild gewandt den Kopf. »Kürzer.«

Die Friseurin ließ ihre Hand ein Stück höher wandern.

»Nein.« Luisa deutete mit Zeige- und Mittelfinger eine schnippelnde Schere und das Maß der neuen Länge an.

Die Friseurin holte tief Luft. »Sind Sie sicher?«

»Absolut.«

»Das wird dann eine Kurzhaarfrisur«, hakte die Friseurin nochmals nach.

»Das ist mir klar. Machen Sie schon.« Luisa sah im Spiegelbild zu, wie Strähne für Strähne ihr altes Leben zu Boden sank.

Nach dem Friseurbesuch lief sie eilig ins Postamt. Dort kritzelte sie auf eine Ansichtskarte von Rathenow, die noch aus der Vorkriegszeit stammen musste, ein paar Zeilen an Helena. Sie bat ihre Freundin, ihr mit dem Neptunfest zu helfen.

Anschließend fuhr Luisa wieder nach Hause. Kaum schob sie das Fahrrad in den Keller, tauchte Paul wie zufällig auf. Dachte er wirklich, sie bemerke nicht, dass er auf sie achtgab? Einerseits war sie dankbar dafür, andererseits … Im Grunde wusste sie nicht, was sie davon halten sollte.

»Sie waren beim Friseur?«, erkundigte er sich nach dem Offensichtlichen.

Luisa nickte und strich sich über ihren ungewohnt freiliegenden Nacken.

»Sieht hübsch aus«, sagte er und lächelte.

»Danke.«

»Was hat es damit auf sich?« Er sah ihr einen Tick zu lange in die Augen.

Abgesehen davon, dass es ihn nicht das Geringste anging,

wurde ihr plötzlich klar, dass sie sich mit dem neuen Haarschnitt auch an etwas Neues wagte. »Die alte Luisa gibt es nicht mehr«, antwortete sie daher, verkniff sich eine bissige Bemerkung und ging davon.

Luisa bog um das Haus herum, überquerte die Terrasse, lief zur geschwungenen Treppe und stieg die Stufen hinauf. Vom Nordstrand wehte fröhliches Gelächter zu ihr herüber. Kinder spielten am Ufer, spritzten sich gegenseitig nass oder bewarfen sich mit Schlamm. Mehrere Tretboote waren auf dem Wolzensee unterwegs. Es brach ihr fast das Herz, dass alles, was sie bisher mit harter Arbeit aufgebaut hatte, bald schon nur noch Geschichte sein würde. Ein Stück weit entfernt in südlicher Richtung sah sie ihre Mutter und Christiane, die einander untergehakt spazieren gingen. Luisa wandte sich um und machte sich auf die Totenstille in der Villa gefasst, doch aus dem Obergeschoss drangen Stimmen in den dunklen Flur.

»Wo man auch hinsieht, sie stecken ihre Köpfe zusammen.« Sie erkannte Ellinors Stimme.

»Paul arbeitet für meine Schwester, da liegt es auf der Hand, dass sie gemeinsam Absprachen treffen«, entgegnete Julius seiner Frau.

Luisa ging vorsichtig zum Treppenaufgang und beugte sich vor. Es war ungehörig zu lauschen, aber die beiden sprachen über sie.

»Du weißt verdammt gut, was ich meine! Warum wohl hat Hajo seinen Kummer im Alkohol ertränkt?«, fragte Ellinor gehässig.

»Ist es nicht so, dass er den Krieg und seine Amputation nicht verwunden hat? Mit Luisa hatte es nichts zu tun«, hörte sie Julius sagen.

»Alles hat etwas miteinander zu tun. Alles. Und überhaupt: Ist dir noch nie der Gedanke gekommen, dass Hajo … nun ja, seinen Tod selbst herbeigeführt hat?«

»Ich glaube, du vergisst dich, Ellinor.«

»Julius! Hajo war im Krieg. Er kannte sich sehr genau mit Munition aller Art aus. Warum hat er dann das Ding angefasst? Das macht man doch nur, wenn man lebensmüde ist.«

»Wir wissen nicht, was wirklich passiert ist. Da sind ja immer mal wieder spielende Kinder in dem Waldstück. Vielleicht wollte er die Bombe sichern, bevor er den Bergungsdienst alarmiert hätte«, warf Julius ein.

»Selbst du fällst auf Luisa mit ihren großen Rehaugen rein. Na gut, sie ist deine kleine Schwester. Aber sie hat es faustdick hinter den Ohren. Du siehst ja, wie sie dieses Strandbad aus dem Boden gestampft hat. Die Besucherzahlen sprechen für sich, das hast du selbst gesagt.«

Luisa brauchte sich nicht mal anzustrengen, denn ihre Schwägerin redete immer lauter.

»Christiane hat sie schon lange auf ihre Seite gebracht, und dieser Paul verschlingt sie mit den Augen. Das konnte Hajo nicht entgangen sein. Wenn du mich fragst, er hatte genug von seinem Leben, und Luisa hat ihn in den Tod getrieben.«

Luisa hielt die Luft an. Sie hatte immer gewusst, dass Ellinor und sie nicht besonders gut miteinander zurechtkamen, aber eine solch schwere Anschuldigung hätte sie ihrer Schwägerin nicht zugetraut. Das Schlimmste jedoch war, dass Julius dazu schwieg. Wahrscheinlich dachte er gerade über die Worte seiner Frau nach. Und das traf Luisa mehr als alles andere. Sie bebte vor Wut und stürmte wieder nach draußen, wo sie beinahe ihre Schwiegermutter umrannte.

»Kind, um Himmels willen!« Christiane hielt sich an ihr fest, um nicht die Treppe hinunterzustürzen. »Ist der Teufel hinter dir her?«

»So könnte man es sagen.«

»Wie siehst du überhaupt aus.« Es war keine Frage. »Du hast dein Haar abschneiden lassen. Wie wunderschön. Möchtest du mit mir reden?«

Vielleicht sollte sie das tun. Selbst auf die Gefahr hin, dass Christiane sich von ihr abwandte. Darauf kam es nun auch nicht mehr an. Denn Luisa würde fortgehen. Hier hielt sie es nicht mehr aus. Sie nickte.

Christiane zog sie an der Hand hinter sich her. Doch statt auf einen der Tische auf der Terrasse, wie Luisa angenommen hatte, steuerte sie mit ihr im Schlepptau auf die Bootsanlegestelle zu. »Lass uns eine Runde Tretboot fahren.«

Der Vorschlag gefiel Luisa, und so hielt sie das blaue Tretboot fest, während ihre Schwiegermutter bereits auf der Röhre zur Sitzbank balancierte. Luisa löste die Kette und kletterte Christiane hinterher. Schweigend traten sie einvernehmlich in die Pedale, bis sie fast die Mitte des Sees erreicht hatten.

»Was hat dich so verstört, Liebes?«

Und mit einem Mal sprudelte alles aus Luisa heraus, als hätte sie nur auf diese Aufforderung gewartet.

Christiane unterbrach sie kein einziges Mal, auch nicht, als Luisa schluchzte und eine Pause einlegen musste. Am gegenüberliegenden Ufer vom Nordstrand schnäbelten zwei Fischreiher, die auf langen dünnen Beinen halb im Wasser standen.

Schließlich nickte ihre Schwiegermutter. »Wir haben Hajo bereits verloren, als er in den Krieg ziehen musste. Nichts und niemand konnte ihn mehr erreichen, als er mit seinem Trauma heimgekommen ist. Ich hatte zwar gehofft, dass seine Seele eines Tages wieder heilen würde, aber das blieb nur ein frommer Wunsch. Jetzt nach seinem Tod begreife ich erst, wie groß seine Verzweiflung war. Eine solche Verzweiflung empfinde ich nun auch. Ich habe überall Schmerzen und bin unendlich müde. Den Ehemann zu verlieren ist schlimm, Luisa. Aber ein Kind, das nimmt Dimensionen an, die ich nie zuvor durchlitten habe. Ich bin am Ende meiner Kräfte. Ich falle, und mir ist egal, wann ich aufschlage.«

Sie klang so bekümmert, dass Luisa sie fest in ihre Arme zog.

»Aber eines weiß ich ganz genau, Liebes. Du bist nicht schuld an Hajos Tod. Was immer auch passiert sein mag – Ellinor und dein Bruder sollten sich schämen. Mein Sohn hat zu dir gestanden, und er hätte nicht gewollt, dass du aufgibst.« Christiane strich mit den Fingern über Luisas Arm. »Wenn eine Tür zuschlägt, öffnet sich eine andere. Die Liebe schreibt die schönsten Geschichten, aber leider auch die traurigsten.«

Sie hielten sich erneut einen Moment lang in den Armen.

»Wann immer du mich brauchst, Luisa, werde ich an deiner Seite sein.«

Die alte Luisa gibt es nicht mehr. Immer wieder hallten ihre Worte Paul in den Ohren. Manchmal glaubte er, Luisa hätte sich selbst verloren. Dann wieder trat sie so forsch auf, dass es ihm vorkam, als sei sie aus ihrer persönlichen Katastrophe gestärkt hervorgegangen und wüsste genau, was sie tat. Er war nicht sicher, ob er damit richtiglag.

Eine Woche nach ihrer äußeren Verwandlung mit der neuen Frisur setzte sie ihre Idee vom Neptunfest in die Tat um und bat ihn, die Rolle des Meeresgottes zu übernehmen. Paul hätte vor dieser Aufgabe am liebsten gekniffen und Julius Marquardt gebeten, ihn zu vertreten. Doch das wollte er Luisa nicht zumuten.

Also fügte er sich, zog das alte Hemd an, dass Luisa ihm reichte und anschließend mit grünlichem Schlamm beschmierte. Sie hatte ein verlassenes Vogelnest gefunden, das sie ihm kurzerhand verkehrt herum über den Kopf stülpte und die langen Enden der Seerosenblätter darin verknüpfte.

Brummelnd ließ er diese Prozedur über sich ergehen. Gestern hatte er auf ihre Anweisung hin einen für Neptun typischen Dreizack aus einer alten Obstkiste geschnitten und am Stiel einer Harke befestigt. Luisa selbst putzte sich mithilfe ihrer Freundin Helena zur Nixe heraus, indem sie sich mit dem zerschlissenen Netz aus einem Kescher behängte und Seerosenblüten hineinflocht. Sie sah hinreißend aus.

Das Fest wurde zu einer großen Gaudi, bei der sich sogar der zugeknöpfte Julius und seine gehässige Schnepfe von Ehefrau, die nicht müde wurde, selbst in Pauls Gegenwart Luisa spitze Bemerkungen zuzuraunen, amüsierten.

Am Wochenende darauf fand unter großem Applaus eine Modenschau statt, von der sich Paul glücklicherweise fernhalten konnte. Auf diese Art war er den Spannungen innerhalb der Familie für ein paar Stunden nicht ausgesetzt.

Gegen Ende August eilte Ellinor morgens, wenn Paul sich sein Frühstück abholte, auffallend oft zum Abort, wo sie sich, wenn er die Geräusche hinter der geschlossenen Tür richtig deutete, übergab. Sie war wieder schwanger, und Paul hoffte, dass sie dadurch endlich ihre kleinen Boshaftigkeiten sein ließe und stattdessen … tja nun. Tat, was Schwangere halt so taten – stricken oder Ähnliches.

Mit jedem Tag, der verging, wurde Luisa bekümmerter. Nicht, wenn sie arbeitete und sich kompetent und viel beschäftigt gab. Aber in den Momenten, in denen sie sich unbeobachtet wähnte, sah Paul schon an der Art, wie sie den Kopf hielt, dass sie sich schrecklich verletzlich fühlte. Er konnte das nicht mehr lange mitansehen.

»Paul?«

Er schrak zusammen, hatte Christiane nicht kommen hören. Sie musterte ihn streng. Sofort fühlte er sich unwohl unter ihrem Blick, der sich tief in seine Seele zu bohren schien, und wich ihm schließlich aus.

Sie holte tief Luft. »Haben Sie eine Idee, wie Sie Luisa auf andere Gedanken bringen können?«

Fragte sie ihn das ernsthaft? Ihm fielen gleich mindestens ein Dutzend Dinge ein, die er mit ihr anstellen würde. Keines davon war jedoch geeignet, um es mit ihrer Schwiegermutter zu erörtern. Rasch bückte er sich und tat, als hätte sich ein Steinchen in seine Pantinen verirrt, damit sie nicht sah, wie sich seine Wangen verfärbten.

»Vielleicht halten Sie mich für verrückt. Aber holen Sie Luisa aus ihrer Wut heraus. Zeigen Sie ihr, dass es außer einem Strandbad Wolzensee noch etwas anderes gibt, wofür es sich zu kämpfen lohnt. Und danach bringen Sie sie mir unversehrt zurück, Paul. Haben wir uns verstanden?«

Hatte er sie verstanden? Ihm fiel fast die Kinnlade herunter, dennoch nickte er ihr zu.

»Ich verlasse mich auf Sie.« Schon schwebte sie anmutig davon.

Nächtelang grübelte Paul darüber nach. Eine ungefähre Ahnung formte sich allmählich zu einer sehr klaren Idee. Doch es bräuchte einen konkreten Anlass, um Luisa seinen Vorschlag zu vermitteln. In der letzten Augustwoche war ihm das Glück hold, denn sie selbst präsentierte ihm einen solchen auf dem Silbertablett, mitten in ihrer Besprechung.

»Findet zum Schulbeginn der Schwimmunterricht wieder hier am Wolzensee statt?«, erkundigte er sich.

»Ja, natürlich«, erwiderte sie. »Die Saison endet für mich, wie im Jahr zuvor, am 31. Oktober, und solange gedenke ich mein Strandbad auch zu führen.«

»Gut.« Paul nickte. Er würde am nächsten Montag die Seile in der Schwimmsportanlage spannen, die die einzelnen Bahnen kennzeichneten.

Luisa klopfte mit dem Ende ihres Bleistifts auf dem Klemmbrett herum. Sie wirkte mit den Gedanken ganz woanders, was er ihr kaum verdenken konnte. Wahrscheinlich überlegte sie längst, wohin sie nach der Saison gehen würde. Ihm war aufgefallen, dass sie seit ein paar Tagen keine schwarze Trauerkleidung mehr trug. Natürlich hatte er bemerkt, wie Ellinor und ihr Mann Luisa daraufhin missbilligend beäugten. Er konnte sich allerdings sehr gut vorstellen, dass genau diese Reaktion Luisas Absicht war.

Als hätte sie seine Gedanken erraten, sah Luisa jetzt an sich hinunter und nestelte am Kragen ihres blauen Schürzenkleides. »Es gibt da noch etwas, worum ich Sie bitten wollte, Paul.«

»Ja?«

»Meine Freundin Helena geht nach ihren Semesterferien wieder zurück nach Berlin. Sie möchte einige Kleinmöbel aus ihrem Zimmer in Milow mitnehmen, die sie aber nicht allein im Zug transportieren kann. Sie hat mich gefragt, weil wir ja nun den Lieferwagen haben, ob jemand sie und ihr Gepäck nach Berlin bringen könnte. Meiner Schwiegermutter möchte ich das nicht zumuten und …«

Und ihren Bruder würde sie nicht um Hilfe bitten. Paul verstand sie gut. Er nickte. »Darf ich Ihnen einen Vorschlag machen?« Mit seiner Frage entlockte er ihr tatsächlich ein kleines Lächeln.

»Ich bitte sogar darum.«

»Wir bringen Ihre Freundin gemeinsam nach Berlin und gehen abends dort noch in ein Restaurant zum Abendessen.« Nun war es heraus, und Paul wunderte sich darüber, dass er seinen eigenen Herzschlag übernatürlich laut klopfen hörte.

Luisa musterte ihn mit hochgezogenen Brauen. Immerhin lehnte sie nicht rundheraus ab, hielt er ihr zugute. Dabei wappnete er sich bereits gegen ihre höfliche Ausrede, die zwangsläufig folgen würde. Wenigstens hatte er es versucht.

»Na schön, ertappt. Ihnen kann ich ja nichts vormachen, Paul«, sagte sie plötzlich zu seinem großen Erstaunen. »Wenn

Sie denken, ich würde Ihren Geburtstag ein zweites Mal vergessen, kennen Sie mich schlecht. Allerdings hatte ich vor, so lange wie möglich so zu tun als ob. Vielleicht erscheint Ihnen das kindisch.«

Paul lachte auf. Er hatte nicht eine Sekunde auf eine Geburtstagsüberraschung spekuliert, aber von ihm aus sollte sie das ruhig glauben. Es passte vortrefflich, dass der erste September dieses Jahr auf einen Sonnabend fiel, und plötzlich wusste er genau, wohin er mit ihr gehen würde, um sie aus ihrer Wut zu holen. Wenigstens für ein paar Stunden sollte Luisa in das Berliner Nachtleben eintauchen, so wie er das nach dem Krieg mit den Kollegen der Schlosserei getan hatte. Spüren, dass sie lebte, mit jeder Faser ihres Körpers. Er freute sich schon jetzt darauf, sie dabei zu beobachten. »Dann darf ich Ihre Bemerkung also als ein Ja verbuchen?«

Täuschte er sich, oder grinste sie verschmitzt?

»Sie führen doch etwas im Schilde!«

»Und wenn es so wäre? Ich habe das Gefühl, die *neue* Luisa kann der Versuchung, ihre Familie zu provozieren, nicht widerstehen.« Damit hatte er sie. Paul sah es am Aufblitzen in ihren großen dunklen Augen, die ihr bis dato immer etwas Kindliches verliehen hatten. Sollte da tatsächlich ein Hauch von Mädchenhaftigkeit gewesen sein, änderte sich das gerade schlagartig, wie Paul mit einem offenen Blick in ihr Gesicht begriff.

Sie nickte sachte. »Also schön. Unter einer Bedingung.« Auf ihre typische Weise verschränkte sie die Arme vor der Brust.

»Und die wäre?« Er hörte selbst, wie rau seine Stimme klang, als hätte er zuvor jede Menge Sand inhaliert.

»Ich bezahle das Essen am Abend«, stellte sie klar.

»Auf keinen Fall.«

»Sparen Sie sich Ihre Widerrede. Es ist mein Geburtstagsgeschenk für Sie. Das werden Sie mir doch nicht abschlagen wollen, oder? So unhöflich sind Sie nicht, Paul.«

Damit setzte sie ihren Rundgang über das Gelände fort, blieb hier und dort stehen und notierte wie üblich Stichpunkte auf ihrem Klemmbrett. Wahrscheinlich brauchte sie diese Routine, auch wenn die Zeit viel zu schnell verging und das Strandbad bald nur noch eine Erinnerung sein würde.

Was seine eigene Zukunft anbelangte, hatte Paul keinen Schimmer, und es war ihm auch egal.

Am späten Abend hielt Mitjas GAZ-67B vor dem Haus, und kurz darauf pochte sein Freund gegen den Rahmen der wegen des lauen Sommerabends offenstehenden Wohnungstür. Er hatte eine Flasche Wodka und ein Paket mit Lebensmitteln als Geschenk für Paul dabei und ließ sich nicht davon abbringen, in den Geburtstag hineinfeiern zu wollen.

17

Am 1. September fuhren sie zu dritt nach Berlin. Als sie am Nachmittag die Habseligkeiten in Helenas Studentenbude geräumt hatten und Luisa ihrer Freundin Pauls Geburtstag auf die Nase band, zog diese ihn fröhlich in die Arme und gratulierte herzlich. Obwohl Helena einen festen Freund hatte, den sie heiraten würde, wie sie rundheraus erklärte, machte es ihr offenbar nicht das Geringste aus, Paul links und rechts ein paar Küsschen aufzudrücken.

Schließlich verabschiedeten sich die Freundinnen voneinander und warfen sich verstohlene Blicke zu, sodass Paul ihnen zuwinkte und zum Wagen vorausging.

Luisa folgte kurz darauf, kletterte auf den Beifahrersitz und verströmte dabei den Duft nach Veilchen und einer lauen Sommernacht, außerdem hatte sie offensichtlich ein dezentes Parfüm aufgetragen, dass sie nur äußerst selten zu benutzen schien. Andernfalls hätte er diese Note längst schon einmal bemerkt.

»Lassen Sie uns fahren.« Sie zupfte am Saum des weitschwingenden Rocks, der zu einem dunkelblauen schulterfreien Kleid mit einem V-Ausschnitt gehörte und das schlicht und gleichzeitig elegant wirkte. Außerdem trug sie die Libellenbrosche. Lächelnd sah sie ihn an.

Paul startete den Motor, fädelte sich in den Verkehr ein und versuchte, sich anhand der Straßenschilder zu orientieren. Als er das letzte Mal in Berlin gewesen war, bevor seine Mutter so schwer erkrankte, hatte alles noch anders ausgesehen. Wie überall in den Städten, wo die Menschen noch immer täglich mit Aufräumarbeiten und der Beseitigung von

Schutt zu tun hatten, veränderten sich die Straßenzüge im Stundentakt.

In einem kleinen Gartenlokal an der Spree aßen sie zu Abend. Je später es wurde, desto gelöster gab sich Luisa. Der Abstand zu ihrer Familie schien ihr gutzutun.

»Wann müssen wir aufbrechen?«, fragte sie leise und schwenkte leicht ihr Weinglas.

»Das liegt ganz bei Ihnen.«

Sie warf ihm über den Rand des Glases einen Blick zu, den Paul nicht zu deuten wusste.

»Wie meinen Sie das?« Nachdem sie den Wein ausgetrunken hatte, tupfte sie sich mit der Serviette den Mund ab.

»Ich habe Zeit.« Er lehnte sich zurück und streckte unter dem Tisch seine Beine aus. »Wann haben Sie sich das letzte Mal einen Tag freigenommen?«

»Das war ... nach dem Tod meines Mannes.«

Mist. Er hatte sie ablenken wollen und durch seine ungeschickte Art stattdessen das Gespräch genau auf dieses Thema gelenkt. »Verzeihen Sie, ich meinte davor.«

»Da gibt es nichts zu verzeihen, Paul. Ich weiß, ich müsste trauern, aber in mir ist nur ... Wut trifft es wohl am ehesten. Meistens jedoch ist da einfach eine Leere, die ich nicht erklären kann. Ich habe Hajo geliebt, glaube ich.« Sie lächelte unsicher, als hätte sie zu viel von sich preisgegeben, und winkte den Ober heran, um die Rechnung zu verlangen.

Falls der Mann in der weißen Jacke sich darüber wunderte, sah er höflich darüber hinweg, dass an ihrem Tisch die Dame die Spendierhosen anhatte, und wünschte noch einen schönen Abend.

Luisa schenkte ihm ein hinreißendes Lächeln und blickte anschließend wieder Paul an. »Wissen Sie, was mir an Ihnen am meisten gefällt?«

»Sagen Sie es mir.«

Sie griff nach ihrer Handtasche. »Dass Sie sich nichts daraus machen, dass ich eine Frau bin.«

Da lag sie vollkommen falsch. »Ist das so?«

»Es stört Sie nicht, für mich zu arbeiten, es ist Ihnen nicht unangenehm, dass ich das Abendessen bezahle, all das spricht in meinen Augen für Sie, Paul. Sie sehen mich als gleichwertigen Menschen. Das tun leider die wenigsten Männer.« Sie stand auf.

Paul tat es ihr gleich, ging um den Tisch herum und zog ihren Stuhl ein Stück beiseite, um sie ungehindert daran vorbeigehen zu lassen. Hajo von Rochlitz hatte seine Frau doch auch als Menschen gesehen. Zumindest war es Paul so vorgekommen.

Langsam gingen sie nebeneinanderher.

»Ich weiß, was Sie denken«, sagte Luisa. »Hajo und ich, wir haben uns viel zu wenig gekannt. Der Krieg und …« Sie zuckte mit den Schultern. »Wie jung ich damals war, fast noch ein Mädchen, den Kopf voll romantischer Flausen. Die Realität sah anders aus, als Hajo nur einen Tag nach unserer Hochzeit seinen Einberufungsbefehl erhielt. Statt Hochzeitsreise, für die ich mir längst ein paar Kleider hatte nähen lassen, ging mein Ehemann an die Front. Als er Jahre später zurückkehrte, war er ein Fremder für mich.« Am Lieferwagen blieb sie stehen und drehte sich zu Paul um. »Ich möchte jetzt noch nicht nach Hause.«

»Sondern?«

Sie zuckte mit den Schultern. »Keine Ahnung. Egal, Hauptsache, irgendetwas anderes.«

»Ich habe da eine Idee«, schlug er vor. »Es wird Ihnen gefallen …« Er grinste und hielt ihr die Beifahrertür auf.

Sie verließen die russische Besatzungszone und fuhren in den amerikanischen Sektor. Dort parkten sie in einer Seitenstraße und gingen ein kleines Stück zu Fuß. Dann blieb Paul stehen, und Luisa sah ihn fragend an. Er deutete auf die Steintreppe hinter zwei von Bomben zerstörten Häusern, die hinunter in ein Kellerlokal führte.

»Waren Sie schon mal hier?«, fragte Luisa und blickte sich erstaunt um, als sie das Gewölbe betraten. Zigarettenqualm hing in der Luft und brannte in den Augen. Paul nickte ihr zu. »Ist schon ziemlich lange her.«

Gerade betraten Musiker die kleine Bühne im finstersten Winkel des Tanzschuppens. Paul suchte nach einem freien Tisch, aber bis auf die Barhocker waren alle Plätze besetzt. Ohne lange nachzudenken, hielt er ihr die Hand hin, um ihr beim Hinaufklettern derselben zu helfen. Als ihre Fingerspitzen die seinen berührten, wurde Paul von unerträglicher Sehnsucht geflutet. Er schüttelte den Kopf, um den duseligen Nebel aus seinem Hirn zu vertreiben.

»Ist etwas nicht in Ordnung?«, fragte sie und musterte ihn, während sie den Barhocker erklomm.

Stimmengewirr und fröhliches Gelächter schwebten über dem Raum. Als Luisas Augen sich an den Qualm und die diffuse Beleuchtung gewöhnt hatten, nahm sie von ihrem erhöhten Platz aus die Umgebung genauer unter die Lupe. Der Tanzschuppen konnte eigentlich nur als Kaschemme bezeichnet werden, ging es ihr durch den Kopf. Schade, dass ihre Mutter sie hier nicht sehen konnte, sie wäre reichlich entsetzt darüber. Der Gedanke ließ sie frohlocken, obgleich sie wusste, wie kindisch es war.

Ein Scheinwerfer sprang an und beleuchtete einen Mann auf der Bühne, der vor die Musiker trat. Schon setzte Applaus ein, vereinzelt waren Pfiffe zu hören, doch er schaffte es dennoch, sich für seine Ansage Gehör zu verschaffen, und kündigte die Band, wie er es nannte, an. Luisa warf Paul einen Seitenblick zu, in dessen Mundwinkel ein heimliches Lachen schimmerte. Kannte er die Männer auf der Bühne? Die letzten Worte des Ansagers wurden bereits von den dumpfen Klängen eines Kontrabasses begleitet. Als die Musik schließlich einsetzte, hielt Luisa den Atem an. Das Publikum sprang begeistert auf, wippte, klatschte, tanzte im selben Rhythmus, und auch Luisa ließ sich von der elektrisierenden Stimmung anstecken. Augenblicklich füllte sich die Tanzfläche, und die Paare fegten mit einer rasanten Schrittfolge über das Parkett, wie Luisa es niemals zuvor gesehen hatte.

Erst als Paul lachend mit dem Zeigefinger ihr Kinn berührte, wurde ihr klar, dass sie mit offenem Mund die Tanzpaare anstarrte und er sie dabei ertappt hatte. Rasch klappte sie ihren Mund zu und beugte sich ein Stück vor, damit er sie bei der Lautstärke überhaupt verstehen konnte. »Was, um Himmels willen, ist das?«

Paul ließ die Hände neben seine Ohren kreisen, um ihr klarzumachen, dass er keines ihrer Worte verstanden hatte. Er beugte sich zu ihr und senkte den Kopf, sodass Luisa ihre Frage direkt in sein Ohr wiederholen konnte. Dabei kam sie ihm so nah, dass ihre Wange zart seinen Unterkiefer streifte. Sie sog den Duft seiner Rasierseife ein. Neben einem Hauch des Rotweins, der aus seinem Mund schwebte, von dem sie wusste, wie weich er sich auf ihren Lippen angefühlt hatte.

»Boogie-Woogie.« Seine Antwort kitzelte an Luisas Ohr, doch sie widerstand dem Drang, mit den Fingern darüberzureiben. Atmete stattdessen eine Nuance ein, die nach Paul duftete. Sie rief sich innerlich zur Ordnung. *Boogie-Woogie?* Davon hatte sie noch nie etwas gehört. Die Worte klangen bereits zweifelhaft und führten keineswegs subtil, sondern mit Getöse zu einer beispiellosen Anrüchigkeit.

»Möchten Sie tanzen?« Wieder dieses Kitzeln, als Paul sie dicht an ihrem Ohr fragte.

Seine Nähe verursachte ein Kribbeln, machte sie vollkommen verrückt. Hastig schüttelte sie den Kopf. Luisa konnte unmöglich mit ihm so herumturnen wie die Paare auf dem Parkett, hatte außerdem nicht die geringste Ahnung von der Schrittfolge dieses skandalösen Tanzes.

Lachte Paul sie etwa gerade aus? Was fiel ihm ein?

»Unerhört, nicht wahr?« Obwohl er fast schreien musste, fühlten sich seine Worte wie ein Flüstern an. Waberten durch ihre Gedanken und trafen zielsicher auf den richtigen Nerv.

Die männlichen Tänzer waren in der Überzahl amerikanische GIs, darunter einige Schwarze. Diese tanzten besonders wild, als hätten sie den Rhythmus schon mit der Muttermilch eingesogen. Luisa spürte, wie ihre Füße im Takt wippten, ohne dass sie es beabsichtigt hatte.

Paul, der sie ansah, als warte er nur auf eine Antwort von ihr, grinste. »Hier kennt Sie kein Mensch«, hauchte er ihr ins Ohr.

Mehr brauchte es nicht, und so reichte sie ihm die Hand und traf auf seine längst ausgestreckte Rechte. Danach verlor sich Luisa in den Klängen des Boogie-Woogie, Paul wirbelte sie herum, hielt sie in den Armen, tobte mit ihr über das Parkett, schnell und stark, und … Sie fand keine Worte für ihre Empfindungen, folgte einfach seinen Bewegungen und pfiff auf den Rest der Welt.

Als die Musiker schließlich eine Pause einlegten, bahnten sie sich einen Weg zur Bar. »Mensch, Paul?«, hörte sie einen von ihnen rufen.

Schon wurde er umringt, mit Schulterklopfen und fröhlichen Zurufen bombardiert, und Luisa stand etwas abseits der Männer, schnappte außer Atem nach Luft und beobachtete die Szene. Da sie Durst hatte, trat sie ebenfalls an den Tresen und gab dem Barmann zu verstehen, dass sie etwas zu trinken wolle. Paul trat zu ihr und stellte sie seinen Bekannten vor. »Luisa von Rochlitz – und das sind die Hotters, bestehend aus Michael, Achim, Fred, Gerd und Hans.«

Achim pfiff sogleich anerkennend durch die Zähne. Ein Blick aus Pauls sturmgrauen Augen ließ ihn sofort wieder verstummen.

Der Abend war ein einziges großes Vergnügen, das bis in die Nachtstunden hinein andauerte. Erst nach drei Zugaben durften die Musiker ihre Instrumente zusammenpacken. Luisa fühlte sich trunken vor Lebendigkeit und kein bisschen müde, als sie bedauernd neben Paul auf den Beifahrersitz schlüpfte. »Ich hätte noch stundenlang weitertanzen können«, sagte sie seufzend und schloss mit einem lauten Krachen die Tür.

»Pst, Sie wecken noch die Leute auf«, ermahnte Paul sie und startete den Motor, dessen lautes Knattern die Stille der Nacht ein weiteres Mal zerriss, sodass Luisa kichern musste.

»Sie haben einen ziemlichen Schwips«, bemerkte Paul, als er in den nächsten Gang schaltete und beschleunigte.

»Das ist allein Ihre Schuld, wer hat mich denn in diesen Schuppen entführt?«, erwiderte Luisa und grinste ihn an. Sie fühlte sich munter wie ein Fisch im Wolzensee.

Paul sagte nichts, sondern sah nach vorn auf die Straße. Luisa plapperte wie ein Wasserfall, kannte sich kaum selbst noch, genoss aber diesen herrlichen Zustand.

An der Sektorengrenze wurden sie zwar streng beäugt und gefragt, wohin es gehen solle, aber als Paul »nach Hause« antwortete und wie nebenbei den Namen seines russischen Freundes fallen ließ, winkte man sie durch.

Rumpelnd fraß sich der Lieferwagen durch die Schwärze der Nacht. Als sie durch ein Waldstück holperten, kämpfte Luisa doch mit der Müdigkeit.

»Möchten Sie, dass ich anhalte und Sie ungestört schlafen können?«, hörte sie Paul wie durch einen Wattebausch sagen.

»Nein«, flüsterte sie und nickte ein.

Als sie wieder zu sich kam, streckte sie gähnend die Arme aus. »Wo sind wir denn?« Blinzelnd sah sie sich um.

»Am Tor vor dem Nordstrand.«

Und richtig, jetzt erkannte sie ihren Standort auch. Auf leisen Sohlen schlich sich bereits die Morgendämmerung heran.

»Gehen Sie ruhig ins Haus, ich bleibe noch ein bisschen hier und sehe der Sonne beim Aufgehen zu«, erklärte Paul. Er hatte sein Jackett ausgezogen, die Krawatte gelöst und ging bereits vor zum Strand.

Statt seinem Vorschlag zu folgen, blieb sie bei offenen Türen im Wagen sitzen. Irgendwo zirpten ein paar Grillen das Morgengrau herbei. Paul war aus ihrem Blickfeld verschwunden, und kurz darauf hörte sie Wasser planschen. Sie kletterte vom Beifahrersitz und folgte ihm. Sie entdeckte seine Sachen im Schilf ein Stück weiter links von der eigentlichen Badestelle entfernt. Verblüfft stellte sie fest, dass er im See schwamm und nicht, wie sie angenommen hatte, lediglich mit den Füßen im Wasser stand.

Er kraulte, sein Kopf verschwand für eine Weile, tauchte knapp auf und erneut wieder unter. Vögel begannen lautstark zu zwitschern und hielten ihren Morgenplausch. Luisa liebte diesen Ort so sehr, und ihn bald verlassen zu müssen schnitt ihr ins Herz. Wie aus dem Nichts tauchte ihre Verzweiflung plötzlich wieder auf und fiel so rasch über sie her, dass sie taumelte. Ihre Wut bahnte sich einen Weg, war nicht mehr aufzuhalten und entlud sich in einem einzigen verzehrenden Schrei, der sich durch ihre Kehle brannte. Hinter ihrem Tränenschleier sah sie, dass Paul in schnellen Zügen auf das Ufer zusteuerte. Wahrscheinlich hatte ihr Schrei ihn alarmiert. Sie atmete heftig, spürte ihren Körper beben, merkte, dass die Kraft, die sie in den letzten Wochen aufgebracht hatte, sie verließ, und sank auf die Knie. Es war gespenstisch still, als hätte sie sogar die Vögel verschreckt.

Paul kam auf sie zugerannt, mit nichts als einer klatschnassen Turnhose am Leib. »Was ist passiert?«, flüsterte er.

Sie schüttelte den Kopf, hockte im Sand und starrte auf die Wasseroberfläche, die wie ein Spiegel vor ihr lag. Dort draußen gab es weder Eile noch Zank, keine Wut, keine Trauer, nur Stille und Frieden. War es das, was Paul damals nach dem Tod seiner Mutter gesucht hatte?

Ich will dieses Strandbad behalten, schraubte sich die Erkenntnis wie von Zahnrad zu Zahnrad getrieben durch ihr Innerstes. Gab ihrer Wut neue Nahrung und der tiefen Ohnmacht ein Zehnfaches an Gewicht. Sie musste etwas tun, irgendetwas. Vor allem musste sie ihre schmerzhafte Sehnsucht stillen, jetzt.

»Luisa?«, fragte Paul behutsam und hockte sich neben sie.

Der vordere Saum ihres Kleides hing im Wasser und war bereits aufgeweicht. Es kümmerte sie nicht. Sie stemmte beide Hände flach gegen Pauls nackte Brust, so hart, dass sie ihn zu Fall brachte und er rücklings vor ihr im feuchten Sand lag. Sein Blick hielt sie fest. Er sagte kein Wort, aber sie sah Begehren in seinen Augen aufblitzen. Eilig zerrte sie sich das Kleid über den Kopf und warf es achtlos beiseite.

Paul rührte sich immer noch nicht. »Bist du sicher, dass du das willst?«

»Absolut.« Sie hakte den Büstenhalter auf und hörte, wie Paul die Luft einsog. In der nächsten Sekunde zog er sie in die Arme, streichelte ihren Rücken, ihre Brüste, umfing sie mit seinen starken Armen, sodass sie gemeinsam bis dicht an das Ufer rollten und dann wieder in die entgegengesetzte Richtung zurück.

Er erstickte ihre Gier mit atemlosen Küssen, während sie längst an seinen Turnhosen friemelte, bis er endlich seine Hüften anhob und sie ihm den Stoff hinunterstreifen konnte.

Sie spielte mit seiner Erregung, bis Paul einen unwilligen Laut ausstieß. »Nicht. So. Forsch.« Für den Moment legte er seine Hände auf ihre und schickte ein »Bitte« hinterher.

»Verzeih, es ist schon so lange her, dass …«

Er zupfte ihre Entschuldigung mit seinem Mund von ihren Lippen und schluckte sie hinunter. Zwischen ihnen loderte es wie Feuer. Atemlos schmiegte sie sich an ihn, hielt sich an seinen Schultern fest. Paul fuhr mit seinen Händen über ihre Taille, tastete sich weiter vor, umfing ihre Brüste, die ihr plötzlich schwer vorkamen, und streichelte sie weiter. Er berührte sie an Stellen, die nie zuvor jemand angefasst hatte, oder aber es war zu lange her, sodass sie sich nicht daran erinnerte. Als ein Wimmern zu hören war, begriff sie zunächst nicht, dass sie selbst es ausgestoßen hatte. Paul zog sie so fest an sich, dass Luisa glaubte, ihre Herzen schlügen gegeneinander. Plötzlich saß sie auf ihm, wusste aber nicht, wie das geschehen war. Er stellte die Knie auf, und instinktiv lehnte sie ihren Rücken gegen seine Oberschenkel.

»Du bist so schön«, sagte er, und allein mit dem verhangenen Blick aus seinen grauen Augen streichelte er ihre Haut. Als er seinen Finger in sie schob und sie dabei beobachtete, hätte sie vor Scham versinken sollen, doch dem war nicht so. Luisa ertrank in seinen Zärtlichkeiten, bäumte sich plötzlich auf, erstaunt darüber, dass er sie nur mit den Händen dazu gebracht hatte. Dann drehte er sie auf den Rücken, spreizte ihre Beine, und endlich drang er in sie ein.

Bevor sie nichts mehr denken konnte, merkte sie noch, dass sie Paul ganz und gar umschlang und ein Teil ihrer Seele nach oben getragen wurde und durch die Luft davonschwebte.

Luisa lag an seiner Brust, schmeckte Salz auf ihren Lippen und begriff, dass sie hemmungslos weinte. Paul hielt sie fest, versuchte ihre Tränen fortzuküssen und strich sanft über ihren Rücken.

»Alles wird gut«, versicherte er ihr und schmiegte seine Wange an ihre. »Schsch.« Mit dem Finger zeichnete er den Schwung ihres Mundes nach.

Er lächelte, aber in seinen Augen machte sich zunehmend Ratlosigkeit breit. »Hab ich was falsch gemacht?«

»Nein. Nein, im Gegenteil. Das darfst du nicht einmal denken. Ich weine nur, weil …« Luisa zuckte mit den Schultern. *Weil mein Herz gerade überläuft.* Ihr war klar, dass es nicht recht war, was sie hier taten, aber sie bereute es nicht.

Sie sah in sein Gesicht und begriff, dass er ihre Antwort fürchtete. »Du … du hast es fertiggebracht, dass ich um Hajo trauern kann.«

Paul wirkte skeptisch. Kein Wunder, sie traute ihren Worten selbst nicht. Doch die Heftigkeit der Gefühle, die dieser Mann in ihr ausgelöst hatte, erschütterte Luisa, daher schwieg sie. Eine Weile wollte sie noch so an ihn geschmiegt liegen bleiben.

Schließlich wurde sie müde, sodass sie sich aufrappelte, bevor sie noch, nackt wie sie war, an Ort und Stelle einschlafen würde.

Er strich sanft mit dem Zeigefinger über ihre Wange. »Lass uns von hier verschwinden. Wir sollten im Haus sein, wenn die anderen den Sonntag beginnen.«

Luisa war klar, dass Paul recht hatte. Wortlos reichte er ihr Schlüpfer und Büstenhalter, wrang seine Turnhose aus und zog sie an. Sie angelte nach ihrem Kleid und schlüpfte hinein.

»Ich gehe am besten zu Fuß über das Gelände zur Villa, und du fährst mit dem Lieferwagen zum vorderen Tor«, schlug sie vor.

Für den Bruchteil einer Sekunde sah er sie seltsam an. Dann schnappte er sich seine Sachen, streifte sein Hemd über und ging wortlos auf den kleinen Laster zu.

War er ihr böse, dass sie nicht in diesem Zustand mit ihm zusammen gesehen werden wollte? Er musste doch verstehen, dass es weiteren Ärger nach sich gezogen hätte. Luisa rannte, so schnell sie konnte, über die Liegewiese, vorbei an der kleinen Ausleihstation, den Anlegeplätzen der Boote, ließ auch das Karussell rechts liegen und erreichte atemlos die Schwimmsportanlage, die sich schräg gegenüber zum Haus befand. Von Seitenstichen geplagt, nahm sie gleich zwei Stufen auf einmal, eilte durch die Tür, den Flur entlang in ihr Schlafzimmer. Noch war alles still im Haus, hastig wusch sie sich, rieb mit dem Handtuch den Sand vom Rücken und schob sich unter die Decke. Innerhalb von Sekunden war sie eingeschlafen.

Stunden später, wie ihr ein Blick auf den Wecker verriet, schreckte sie mit einem unguten Gefühl hoch. Sie hörte polternde Schritte aus dem Flur vor ihrer Schlafzimmertür und kämpfte damit, die Müdigkeit abzuschütteln.

»Nein, bitte, das können Sie nicht machen«, drang Ellinors Gezeter zu ihr durch und ließ sämtliche Alarmglocken in ihrem Kopf schrillen.

Luisa sprang auf, durch die Heftigkeit wurde ihr ein wenig schwindelig, doch darauf nahm sie jetzt keine Rücksicht. Eilig riss sie die Kommodenschublade auf, schnappte sich frische Unterwäsche, fuhr hinein, zerrte die Schranktür auf, zupfte das erstbeste Kleid vom Bügel, kämmte notdürftig mit den Fingerspitzen ihr Haar und lief in die Richtung, aus der der allgemeine Aufruhr kam.

Sie hörte fremde Stimmen in russischer Sprache, laut und Angst einflößend. Was war hier los? Wollte man ihr jetzt offiziell das Strandbad absprechen? Um das Zittern ihrer Hände zu verbergen, schob Luisa sie auf den Rücken. Die Haustür stand weit offen, ihr Bruder lehnte am Treppengeländer, flankiert von zwei russischen Soldaten, die Maschinenpistolen auf ihn richteten. Sie geriet ins Taumeln, ihr Magen rebellierte.

»*Dawej, dawej*, los, mitkommen«, rief ein dritter Uniformierter, dessen Schulterklappen ihn als Offizier auswiesen.

Aus den Augenwinkeln sah Luisa, wie ihre Mutter ein Stück weit abseits versuchte, Peter von der hässlichen Szene abzulenken und ihn in das Waldstück zu scheuchen. Wahrscheinlich gab sie vor, Verstecken mit ihm spielen zu wollen.

Ellinor weinte hemmungslos, sie stand auf halber Treppe mit gefalteten Händen, flehte die Soldaten an. Christiane kam aus Richtung Ausleihstation herbeigeeilt, und im selben Moment erschien Paul auf der Terrasse. Er legte den Kopf in den Nacken und verfolgte das Geschehen oben auf dem Treppenabsatz.

»Was geht hier vor?«, verschaffte sich Luisa Gehör, dankbar, dass ihre Schwiegermutter jetzt die Stufen heraufeilte und sich neben sie stellte.

»Julius Marquardt ist Nazi, SS-Offizier.« Der Russe warf Luisa einen finsteren Blick zu. »Verhaftet. Mitkommen!« Damit bohrten sie ihrem Bruder hart die Mündungen der Kalaschnikows in den Rücken. Nur mit Mühe gelang es Julius, sich am Geländer abzufangen, um nicht die Treppenstufen hinunterzustürzen.

Hilflos mussten sie mitansehen, wie er von den Russen abgeführt wurde. Die Soldaten stießen ihn auf die geschlossene Ladefläche eines Militärlasters und braußten mit lautem Motor davon.

Ellinor weinte noch immer, als sie jedoch Paul entdeckte, streckte sie den Arm aus und richtete den Zeigefinger auf ihn. »Der da ist schuld. Er hat meinen Julius an seinen Russenfreund verraten!«

Luisa zuckte zusammen, aller Augen waren auf Paul gerichtet – nur Christiane bohrte ihren Blick in Luisas Gesicht.

18

Als Paul den Hass in Ellinors Augen sah, stand er wie gelähmt vor den drei Frauen. Was konnte er zu seiner Rechtfertigung sagen? Würde sich nicht jedes Wort falsch anhören?

Sein erster Gedanke war, seine Sachen zu packen und bereits heute das Strandbad zu verlassen und nicht erst bis zum Saisonende damit zu warten. Innerhalb weniger Minuten hatte sich sein Leben vollkommen auf den Kopf gestellt.

Nun, da die Russen weggefahren waren, eilte auch Luisas Mutter zu ihnen zurück. »Ist das wahr?«, schrie sie Paul an. Offenbar hatte sie Ellinors lautstarke Anklage gehört.

Er brachte keinen Ton heraus und schüttelte nur den Kopf.

Im selben Moment stürmte Ellinor auf ihn zu und schlug ihm derart heftig ins Gesicht, dass sein Kopf nach hinten flog. Schmerz durchzuckte ihn, ihr Handballen hatte auch die Nase getroffen. Zu seinem Entsetzen füllten sich seine Augen mit Tränen, während auf seiner Wange die Abdrücke ihrer fünf Finger brannten. Die Gesichter vor ihm verschwammen hinter dem Tränenschleier. Er spürte ein warmes feuchtes Rinnsal, unglücklicherweise blutete er bereits aus der Nase. Wortlos drehte er sich um und ging zurück in seine Wohnung. Dort rang er nach Atem und merkte, dass er die Luft angehalten hatte.

Er stand am Waschbecken, wo er seinen Herzschlag in den Ohren pochen hörte, und versuchte mit dem Handrücken, das Blut unter seiner Nase abzuwischen. Anschließend hielt er seine Hände unter den Kaltwasserstrahl und blickte auf den rot gefärbten Strudel, der kreisend im Abfluss verschwand.

Als es hinter ihm an der Tür klopfte, fuhr er herum. Die Hoffnung, es wäre Luisa, zerstob, als Christiane vor ihm aufragte.

»So wird das nichts.« Sie nahm sein Handtuch vom Haken, ließ Wasser darüberlaufen und wies in Richtung Wohnzimmer. »Setzen Sie sich.«

Paul war so durcheinander, dass er gehorchte, hinüberging und sich in den Sessel fallen ließ. Sofort legte sie ihm das kühle Handtuch in den Nacken und gleichzeitig ihr Taschentuch unter die Nase. Seinen halbherzigen Protest, es würde schmutzig werden von seinem Blut, beachtete sie gar nicht erst.

»Ich kann mich täuschen, aber ich denke, ich habe mit Ihnen ein Hühnchen zu rupfen, Paul.« Dabei presste sie noch immer das kühle Handtuch gegen seinen Nacken.

Als er es übernehmen wollte, stieß sie sanft gegen seine Hände. »Nehmen Sie die Arme herunter, Paul. Und dann erzählen Sie mal. Hatte ich nicht gesagt, Sie sollten mir Luisa unversehrt zurückbringen?«

Paul spürte, dass er rot anlief. »Ich … wir …«

»Stammeln Sie nicht so herum. Es interessiert mich nicht, ob Sie miteinander geschlafen haben. Mir ist klar, dass jeder Mensch in seiner Verzweiflung körperliche Nähe braucht. Aber so, wie meine Schwiegertochter Sie nach Ellinors Anschuldigung angesehen hat, haben Sie ihr das Herz gebrochen, falls Sie für die Verhaftung ihres Bruders verantwortlich sind. Ich werde nicht hinnehmen, dass irgendjemand auf dieser Welt Luisa etwas antut. Ich liebe sie, als wäre sie meine eigene Tochter.« Sie nahm das Handtuch, ging damit zum Waschbecken, machte es erneut nass und kam wieder zurück. Sie sah Paul fest in die Augen.

Selbst wenn er gewollt hätte, wäre es ihm unmöglich gewesen, ihrem Blick auszuweichen. Langsam schüttelte er den Kopf. Was spielte es noch für eine Rolle? Sollten doch alle glauben, was sie wollten. Wichtig war einzig, was Luisa über ihn dachte. Er musste mit ihr reden.

»Ich weiß nicht, was passiert ist.« Das war die Wahrheit. Die aber wahrscheinlich niemanden hier interessieren würde. Er starrte die Blutflecken auf dem einst schneeweißen Taschentuch an.

»Wie kommt Ellinor dann dazu, Sie zu beschuldigen, Paul?«

Er zuckte mit den Schultern.

»Josepha hat Sie mit dem russischen Offizier, der hier manchmal aufkreuzt, im Bellevue gesehen«, sagte Luisas Schwiegermutter und ließ ihn noch immer nicht aus den Augen.

Sie tratschten also über ihn. Das hätte er sich längst denken können. »Tja, das war eine offizielle Festveranstaltung, und ich war, wie übrigens alle Werktätigen der Stadt, herzlich eingeladen.«

Christiane nickte. »Ich habe es in den *Rathenower Nachrichten* gelesen. Das eine schließt jedoch das andere nicht aus, nicht wahr?«

»Richtig. Ich kann nicht beweisen, dass ich Julius Marquardt nicht verraten habe, ebenso wie Sie es mir nicht nachweisen können, dass ich es war.« Wie hatte er nur in eine dermaßen vertrackte Situation geraten können? Noch vor ein paar Stunden hatte er Luisa in seinen Armen gehalten und sich am Ziel seiner Wünsche gewähnt – und jetzt das. Frustriert stieß er die Luft aus.

»Was soll das heißen?«, hakte Christiane nach und ließ ihn noch immer nicht aus den Augen.

Paul sah wenig Sinn darin, auf ihre Frage zu antworten. Zumal er sich längst nicht sicher war, ob er tatsächlich schuld an der Verhaftung war. Er erinnerte sich plötzlich an jenen Tag, als er sich mit Mitja wegen des angeblichen Betreiberwechsels des Strandbades unterhalten hatte. Er hatte seinem

Freund gegenüber den Namen Julius Marquardt ausgesprochen. Das stimmte. Aber diese Tatsache allein stellte keinen Verrat dar. Oder etwa doch? Hatte es genügt, um Mitjas Neugier zu wecken, sodass er Nachforschungen zu Luisas Bruder angestellt hatte? Der Gedanke verhieß nichts Gutes, und so verdrängte Paul ihn rasch wieder. Das Gefühl der Beklommenheit jedoch blieb. Er wandte sich ab.

Christiane trat einen Schritt zur Seite, beugte sich vor und musterte wieder sein Gesicht. »Ich hoffe, Ihre Nase ist nicht gebrochen.«

Sie klang, als sorge sie sich um ihn und sei nicht etwa hier, um ihm auf den Zahn zu fühlen.

Obwohl sie mit den Fingern vorsichtig seine Nase abtastete, zuckte Paul zurück. Es tat noch immer empfindlich weh, und prompt stiegen erneut Tränen in seine Augen. Was ihn erst recht ärgerte.

»Verzeihung. Ellinor kann offenbar ziemlich austeilen. Was haben Sie jetzt vor, Paul?«

Meinen Kram zusammenpacken, aufs Motorrad steigen und davonfahren. Aber vorher musste er mit Luisa reden.

»Sie können nicht einfach alles hinschmeißen, junger Mann«, sagte Luisas Schwiegermutter, als könne sie seine Gedanken lesen. »Wenn Julius vorerst nicht wiederkommt, wird Luisa Ihre Hilfe brauchen. Das ist Ihnen hoffentlich klar.«

Und jetzt erst begriff Paul, was die Verhaftung für Luisa bedeutete: dass sie vorerst weiterhin ihr Strandbad würde führen können. Flüchtig blitzte der Gedanke in ihm auf, ob vielleicht Christiane von Rochlitz …

»Nichts da, Herr Rößler. Ich nehme an, es ist reine Spekulation … oder trauen Sie mir das ernsthaft zu?«, fragte sie ihn rundheraus.

»Ich hab nichts gesagt«, brachte Paul zu seiner Verteidigung hervor.

»Das brauchen Sie auch nicht. Ihr Gesicht spricht Bände.

Daher bin ich mir ziemlich sicher, dass Sie mit der Verhaftung nichts zu tun haben.« Sie lächelte ihn an. »Und das mit Ihrer Nase wird schon wieder. Kopf hoch.«

Da sie Anstalten machte, noch einmal sein Gesicht zu berühren, zog er vorsichtshalber den Kopf weg. Doch sie nahm nur das blutige Taschentuch an sich.

»Keine Angst. Am besten reden Sie jetzt mit Luisa«, schlug Christiane vor und verabschiedete sich.

Paul atmete tief durch. Er stand auf, ging wieder zum Waschbecken und betrachtete sein Spiegelbild. Der Mann, der ihm entgegenblickte, sah ziemlich mitgenommen aus. So konnte er Luisa auf keinen Fall unter die Augen treten. Rasch beugte er sich vor und wusch sich das angetrocknete Blut ab.

Plötzlich drängte sich eine Frage in den Vordergrund. Warum war Luisa nicht zu ihm gekommen, sondern ihre Schwiegermutter? Bedeutete es etwa, dass Luisa ihrer Schwägerin Glauben schenkte? Übelkeit stieg in Paul hoch.

Er musste dieses Problem sofort aus der Welt schaffen. Als er an sich hinuntersah, entdeckte er auf seinem Hemd Blutflecken. Rasch zog er es aus, nahm sich ein frisches aus dem Schrank, streifte es über und verließ seine Wohnung. Er überquerte die Terrasse, blickte sich unauffällig nach Luisa um, konnte sie aber nirgends entdecken. Instinktiv ging er hinüber zur Liegewiese, wo sich am Sonntagabend nach dem Ende der Sommerferien keine Menschenseele mehr aufhielt. Der Strand war leer, und der Wolzensee döste friedlich in der Abendsonne, auch wenn die Dämmerung bereits nach den ringsum stehenden Laubbäumen griff.

Aus den Augenwinkeln nahm er eine kleine Bewegung wahr, und, wie er richtig vermutet hatte, entdeckte er Luisas zierliche Gestalt abseits des offiziellen Badestrandes dicht am Schilf, exakt an der Stelle, wo sie sich im Morgengrauen geliebt hatten.

Langsam näherte er sich, doch noch bevor er sie erreichte, wirbelte Luisa herum. »Du bist es«, stieß sie aus.

Paul blieb stehen. »Wen hast du erwartet?«

Sie hob nur die Schultern, antwortete aber nicht.

»Wir müssen reden«, sagte er leise.

»Ich glaube nicht.« Mit diesen Worten wandte sie sich um und sah auf den Wolzensee hinaus.

Plötzlich begann Pauls Herz zu rasen, und nackte Panik sprang von hinten auf seinen Rücken, der sich sofort mit einer Gänsehaut überzog. Luisa jetzt und heute für immer zu verlieren machte ihm Angst. Was verbarg sich hinter ihrem Schweigen? Sie stand nicht einfach nur da, sondern ballte ihre Hände zu Fäusten, genauso angespannt, wie er es war. Ob sie hören konnte, dass sich sein Atem durch die Lungen quälte?

»Luisa?« Sie reagierte nicht. »Bitte.« Falls sie begriff, dass er sie gerade anflehte, war es ihm egal.

Langsam drehte sie sich zu ihm um. »Warum?«

Er verstand nicht, was sie meinte.

»Hast du es für Geld getan?« Sie hob den Kopf, das Kinn wie im Trotz vorgeschoben. Ihre Lippen zitterten leicht vor Empörung.

»Was? Nein!«

Sie starrte ihn herausfordernd an.

»Du traust es mir also zu, ja? Nach allem …«

»Paul, versteh doch. Ich weiß nicht mehr, was ich glauben soll!«

Er nickte nur, seine Kehle war wie zugeschnürt.

»Ich weiß fast nichts über dich«, warf sie ihm vor.

»Zweifelst du an meiner Loyalität?«, fragte er so leise, dass sie ihn kaum gehört haben konnte.

Einen Wimpernschlag lang schloss sie die Augen. Öffnete sie wieder und schüttelte den Kopf.

Paul atmete auf.

»Das ist es ja gerade …«

Ihre Worte wischten seine kurz empfundene Erleichterung mit einem Schlag beiseite. Pauls Herzschlag begann zu stolpern.

»Ich könnte es nicht ertragen, wenn du mir zuliebe meinen Bruder aus dem Weg geräumt hast.«

Ihr Satz traf ihn, als hätte sie ihm einen Faustschlag in den Magen verpasst. »Hat deine Schwägerin dir das eingeredet?«

Luisa nickte und sah dabei verzagt aus. Am liebsten hätte Paul sie in die Arme genommen, aber er wagte es nicht.

»Ihre Argumente sind nicht ganz von der Hand zu weisen. Du brauchst Geld. Dafür gehst du Blut spenden oder hilfst nach Feierabend dem Bauern in Neufriedrichsdorf«, sagte Luisa ruhig. »Ich nehme an, du schuldest jemandem Geld.«

»Das stimmt.« Er nickte. »Aber das heißt noch lange nicht, dass ich hingehe und deinen Bruder denunziere.«

Sie schwieg für einen Moment, schien über seine Worte nachzudenken.

»Ich wusste ja nicht mal, dass Julius in der NSDAP war«, brachte Paul zu seiner Verteidigung vor. »Oder gar in der SS gedient hat. Woher auch? Oder stimmt das etwa nicht?«

Jetzt wich Luisa seinem Blick aus. »Doch.«

Paul konnte nicht verhindern, dass ihm ein abfälliges Schnauben entfuhr.

»Mein Vater, Julius … unsere Familie hat schreckliche Fehler begangen.«

Er konnte sehen, wie sehr sie sich schämte. »Wie viele andere während des Krieges. Ihr habt dafür bezahlt, denke ich.«

Sie bückte sich und hob eine Muschel auf.

»Wenn du das möchtest, werde ich noch heute von hier verschwinden«, bot Paul an und spürte plötzlich, dass sich alles in ihm dagegen sträubte.

Da sie mit dem Rücken zu ihm stand, konnte er ihr Gesicht nicht sehen. Als sie nach unendlich quälenden Sekunden den Kopf bewegte, hielt er es für ein Nicken. Er fühlte sein

Herz schmerzhaft in der Brust schlagen und dann sinken. Unwillkürlich hielt er den Atem an.

Langsam drehte sie sich um. Glänzten Tränen in ihren Augen? Eine Weile starrte sie ihn einfach nur an.

Ein Fisch, der munter seine Spielchen trieb, dabei die Wasseroberfläche durchstieß und sofort wieder in einem eleganten Bogen darunter verschwand, beendete Luisas Lethargie. »Ich muss darüber nachdenken«, sagte sie leise und ging langsam davon.

Tu das.

Einen Moment war er versucht, sie mit seinen Küssen zu überzeugen. Doch dann kam er sich erbärmlich vor.

Luisa konnte keinen klaren Gedanken fassen. Wie sie es geschafft hatte, Paul am Ufer stehen zu lassen, war ihr schleierhaft. In seiner Gegenwart hatte sie stets das Gefühl, die Zeit bliebe stehen. Gerade eben hätte ihr sein Anblick fast das Herz zerrissen. Wie er so dagestanden hatte, den Kopf gesenkt, ihr anbot fortzugehen, mit einer Stimme so dünn, als würde sogar der Windhauch dieses lauen Spätsommerabends, der das Schilf rascheln ließ, sie mit sich nehmen können. Das war mehr, als Luisa an diesem Tag noch ertrug.

Paul musste von Julius' Verhaftung genauso überrascht gewesen sein wie sie alle. Die zwei obersten Knöpfe an seinem Hosenschlitz hatte er offensichtlich vergessen zu schließen, und Luisa fand nicht den richtigen Augenblick, um ihn darauf hinzuweisen. Andererseits … Nein, sie schaffte es nicht, das Bild, das sie sich über ein Jahr lang von ihm gemacht hatte, mit der boshaften Stimme in ihrem Kopf, die in ihren Gedanken herumgeisterte und versuchte, Argwohn zu streuen, zu verbinden. So dreist konnte Paul nicht sein und ihr das Unschuldslamm nur vorspielen. Im Gehen presste sie die Hände gegen ihre Schläfen, als würde sie so das Karussell in ihrem Kopf zum Stillstand bringen können.

»Luisa?«

Sie blieb stehen und entdeckte Christiane, die auf der Bank vor der Bootsanlegestelle saß. Zu ihren Füßen stand einer der Picknickkörbe, die sie auch an ihre Strandbadgäste verliehen, gefüllt mit einem Abendbrot für zwei Personen.

»Lass uns gemeinsam rausfahren auf den See.« Christiane hob den Korb an. »Jede Wette, du hast heute noch keinen Bissen zu dir genommen, Liebes.«

Hinter Luisas Augen pochten Tränen. Wieder einmal war es ihre Schwiegermutter, die sich so rührend um sie kümmerte. Dabei war sie es doch, die Trost und Zuspruch nach dem Tod ihres einzigen Kindes bitter nötig hatte. Luisa zwang sich zu einem Lächeln.

»Es wird bald empfindlich kühl auf dem Wasser.« Ihr Versuch einer lahmen Ausrede wurde von Christiane wie so oft mit einer Handbewegung fortgewischt, als würde sie eine lästige Fliege vertreiben.

»Auch daran hab ich gedacht.« Christiane wies auf ihren Schoß, wo über dem schwarzen Kleid zwei dunkle Strickjacken gefaltet lagen, weshalb Luisa sie erst jetzt bei genauerem Hinsehen entdeckte.

Natürlich. Luisa gab sich geschlagen, vielleicht wäre es ein Fehler, in diesem Augenblick allein sein zu wollen, und so kletterte sie als Erste auf die Sitzbank des roten Tretboots. In den Nachtstunden hätte sie noch ausgiebig Gelegenheit, stundenlang einsam vor sich hin zu brüten. Sie nahm den Korb von ihrer Schwiegermutter entgegen, schob ihn unter die Sitzbank und ergriff Christianes Hand, um ihr beim Einsteigen behilflich zu sein.

Die Dämmerung war inzwischen dazu übergegangen, der Landschaft ringsum die Farbe zu stehlen.

Kaum dass Christiane Platz genommen hatte, trat sie in die Pedale. Nachdem sie ein gutes Stück Abstand zwischen das Ufer und sich gebracht hatten, stellte sie ihre Füße auf den Boden. Sie angelte nach dem Picknickkorb, kramte zwei Teller hervor und stellte sie Luisa in den Schoß. Aus dem in ein dickes Handtuch gewickelten Topf zog sie eine Hühnerkeule hervor und legte sie auf den obersten Teller, den sie schließlich zusammen mit einem Stück Brot Luisa reichte. »Iss. Das wäre dein Mittagessen gewesen. Aber ich glaube, du hattest den Schlaf nötiger als eine Hühnerkeule mit Klößen und Rotkohl.«

Das Fleisch war noch warm und verströmte einen Duft, der Luisa fast gegen ihren Willen das Wasser im Mund zusammenlaufen ließ. Sie biss hinein, und Christiane reichte ihr eine Serviette. »Isst du nichts?«, erkundigte sich Luisa und tupfte sich die fettigen Lippen ab.

»Doch.« Christiane hatte sich eine Scheibe Brot mit den Resten des kalten Huhns belegt und knabberte daran herum.

Jetzt erst fiel Luisa auf, wie sehr ihre Schwiegermutter seit Hajos Tod an Gewicht verloren hatte. Dabei war sie immer schon sehr schlank gewesen und wirkte durch ihre Größe richtiggehend dünn. »Danke«, sagte sie und versuchte sich an einem besonders herzlichen Lächeln. »Danke für alles. Du versuchst immer, das Beste für mich zu geben. Ich weiß das, spreche es aber viel zu selten aus.«

Christiane legte einen Arm um Luisas Schultern. »Das brauchst du auch nicht. Was für eine Mutter wäre ich, wenn ich auf ewiger Dankbarkeit bestehen würde.«

»Ich habe dich sehr lieb«, flüsterte Luisa.

»Ich weiß, mein Herz. Und nun iss weiter, damit das

Hühnchen nicht zu kalt wird. Ich habe Brause dabei oder Wein. Wonach steht dir der Sinn?«

»Wahrscheinlich sollte ich einen klaren Kopf behalten«, antwortete Luisa und biss erneut von der köstlichen Keule ab.

»Was wirst du tun?«, fragte Christiane schließlich, nachdem sie beide ihr Abendessen beendet hatten.

Wenn sie an ihren Bruder in einer schmutzigen Zelle der russischen Kasernen dachte, zog ein Krampf ihren Magen zusammen.

»Luisa, ich hoffe, dir ist klar, dass Julius selbst für seine Entscheidungen geradestehen muss. Du hast nicht das Geringste damit zu tun.«

»Geradestehen oder zur Rechenschaft gezogen werden sind zwei paar verschiedene Schuhe. Ich habe Angst um ihn. Er ist nun mal mein Bruder.«

»Natürlich.« Christiane reichte ihr ein Glas Wein und prostete ihr zu. »Auf die Hoffnung, die wir bis jetzt nie aufgegeben haben.«

Luisa nickte und nahm einen Schluck.

Ihre Schwiegermutter nippte ebenfalls an dem Wein. »Du hast immer noch die Verantwortung für das Strandbad, weißt du.«

»Mhm.«

»Das bedeutet, du solltest weiterhin Einnahmen akquirieren.«

Christiane hatte recht. Solange sie nichts über Julius' Verbleib wussten, würde Luisa wieder die Geschicke der Familie lenken. Weil sie es einfach auch am besten konnte, wie sich gezeigt hatte. In dem Moment war sie stolz darauf, und hier auf dem Tretboot gab es niemanden, der sie kleinmachte oder an ihr herumkritisierte. Plötzlich überschlugen sich die Ideen in ihrem Kopf. Der September bot sich förmlich an für ein Herbstfest mit Stockbrotbacken. Rübensirupkochen und Spiele für die Kinder waren ebenfalls Optionen. Als Erstes würde sie in den *Rathenower Nachrichten* inserieren, dass im Strandbad Wolzensee weiterhin Bootsfahrten, auch zu besonderen Anlässen, angeboten wurden. Zum Martinsfest sollte wieder ein Fackelumzug stattfinden, mit Paul als Sankt Martin auf einem Pferd vorneweg. Luisa stutzte: Paul. Wie sollte sie mit ihm umgehen? Sie hob den Kopf, und ihr Blick verhakte sich mit dem von Christiane.

»Glaubst du an seine Unschuld?«, flüsterte ihre Schwiegermutter.

Es lag auf der Hand, dass sie nicht von Julius sprach. »Und du?«

Christiane nickte. »Ich bin mir sicher, dass er viel für dich empfindet.«

»Gerade deshalb könnte es passen, dass er meinen Bruder …« Luisa wollte den Satz nicht einmal zu Ende denken, geschweige denn aussprechen. Alles in ihr sträubte sich, Paul als Spitzel anzusehen. Sie würgte fast an ihrer eigenen Spucke. Niemand hatte sie jemals so angesehen wie Paul. So geküsst wie er. Er würde fortgehen und für immer aus ihrem Leben verschwinden, wenn es das war, was sie sich wünschte. Doch ihn nie mehr wiederzusehen, ihm nicht tagtäglich mehrmals über den Weg zu laufen, seinem Lächeln zu begegnen, könnte sie nicht ertragen.

»Morgen früh wirst du wissen, was du tun musst, Luisa. Das hast du immer getan«, redete ihr Christiane gut zu. »Und …«

»Ja?«

»Meinen Hajo, du vergisst ihn nicht, oder?« Die Stimme ihrer Schwiegermutter klang tränenerstickt.

Luisa griff nach ihren Händen. »Nein. Wie könnte ich das?«

»Versprichst du es mir, auch wenn in deinem Herzen längst ein anderer wohnt?«

Sie lagen sich eine Weile in den Armen und weinten.

Schließlich putzte sich Christiane die Nase. »Wir sollten wohl an Land und ins Bett gehen. Ab morgen gibt es im Strandbad wieder einiges zu tun.«

Zurück in der Villa wünschte Christiane ihr eine gute Nacht und betrat mit dem Picknickkorb in der Hand die Küche. Ein paar Türen weiter befand sich Luisas Schlafzimmer. Sie ging hinein, knipste das Licht an und war viel zu aufgewühlt, um jetzt schlafen zu können. An Julius zu denken verbot sie sich ebenfalls. Luisa ging zu dem kleinen Hängeregal an der Wand, wo einige ihrer liebsten Bücher aufgereiht standen. Ihr Blick fiel auf den besonders schönen Einband mit der filigranen Goldprägung von *Die zwei Schwarzbraunen*, einem Jungmädchenroman, den sie damals im entsprechenden Alter verschlungen hatte. *Wie viel ist inzwischen geschehen!* Sie seufzte, strich über die Buchrücken und konnte sich doch nicht für eines entscheiden. Ruhelos ging sie auf und ab. Gestern um diese Uhrzeit war sie im Begriff gewesen, gemeinsam mit Paul das Tanzlokal zu betreten.

Sie verließ auf leisen Sohlen ihr Schlafzimmer, im Haus war alles still. Auch von oben, wo Christiane, ihre Mutter und die Familie ihres Bruders wohnten, drang kein Laut durch die Decke.

Luisa nahm die Stufen ins Souterrain, blieb vor der einstigen Dienstbotenwohnung stehen und lauschte. Paul hustete. Ob er noch wach war? Sie klopfte leise nur mit dem Knöchel eines einzelnen Fingers an seine Tür. Noch einmal versuchte sie es, prompt näherten sich zögernd, wie ihr schien, seine Schritte.

Er öffnete einen Spalt breit und blinzelte in das Treppenhaus. »Luisa?«, lallte er ungläubig und wischte sich über das Gesicht.

»Hast du etwa getrunken?« Seit Hajos Alkoholabhängigkeit reagierte sie empfindlich auf übermäßigen Genuss von Spirituosen aller Art.

»Wundert dich das?«

»Darf ich reinkommen?«

Statt zu antworten, trat Paul einen Schritt zur Seite und knipste in dem zuvor nur von einer Kerze erleuchteten Raum das Licht an.

Luisa schlüpfte hinein und schloss die Tür hinter sich. Paul saß inzwischen wieder blinzelnd auf dem Sofa und kippte einen Schnaps hinunter. Unschlüssig stand sie in dem kleinen Wohnzimmer und überlegte krampfhaft, was sie ihm sagen wollte.

»Möchtest du auch einen?« Er wies auf die Flasche Wodka.

Sie schüttelte den Kopf.

»Dann setz dich wenigstens.« Mit der Hand wies Paul auf das Sofa. »Du bist sicher gekommen, um mich vom Strandbad zu jagen.«

»Wird es jetzt immer so sein, dass du, sobald es Probleme gibt, dich mit Wodka abschießt?«, erkundigte sie sich.

»Ist eigentlich nicht meine Art.«

»Gut, denn du hast einen Arbeitsvertrag mit mir, und ich gedenke daran festzuhalten. Ich brauche deine Unterstützung mehr denn je.«

Er starrte sie an, als hätte sie vorgeschlagen, jetzt nackt auf dem Tisch zu tanzen. »Ich hatte gehofft, dass du einverstanden bist.« Sie lächelte und nahm nun doch auf dem Sofa Platz. Die Situation war ihr unangenehm. »Es tut mir leid.«

»Was tut dir leid?«

Paul war offenbar wenig bereit, es ihr leicht zu machen. Sie konnte es ihm nicht verdenken. Ihr an seiner Stelle wäre es genauso gegangen. »Dass ich in Erwägung gezogen habe, Ellinor könnte recht haben. Wirklich geglaubt ... also ... es ...«

»Schon gut. Es war alles etwas viel für dich in letzter Zeit.« Paul stand auf und öffnete die Tür, die nach draußen führte.

Kühle Nachtluft wehte herein und vertrieb den Geruch nach Alkohol und alten Möbeln. Er ging nach nebenan, und als er wiederkam, glänzten einige seiner Haarspitzen feucht, als hätte er sich Wasser ins Gesicht gespritzt. Nachdem er die Tür wieder geschlossen hatte, setzte er sich in den Sessel. »Was möchtest du mir noch sagen?«

Sie hob den Blick.

»Deswegen bist du doch hier, oder nicht? Red schon, ich kann dir folgen. So betrunken bin ich nicht.«

»Nach einer halben Flasche? Ich bitte dich«, entfuhr es ihr.

Sein Blick ließ sie verstummen, und am liebsten hätte sie sich auf die Zunge gebissen, um nicht weiter auf seinem Alkoholkonsum herumzureiten. Da Luisa auf den Wodka starrte, nahm er die halb volle Flasche, überprüfte den Schraubverschluss und stellte sie unter den Tisch. »Ich habe mit Mitja angestoßen, an meinem Geburtstag. Ist das vielleicht verboten?«

Sie schüttelte den Kopf. »Es war ein Fehler«, begann sie leise. Bemerkte, dass sie ihre Finger knetete, und legte die Hände flach auf ihre Oberschenkel. »Wir hätten nicht miteinander schlafen sollen.«

»Das sehe ich anders.«

Zum ersten Mal gelang es Luisa nicht, von Pauls Gesicht abzulesen, was er dachte.

»Wenn du das möchtest, werden wir es nicht wiederholen. Dir gehört das Strandbad, und ich arbeite für dich. In Ordnung, ich habe es verstanden.«

Wie er es aussprach, klang es schlüssig, und doch fühlte sich Luisa schlecht. Sie könnte ihm sagen, wie sehr sie es genossen hatte, von ihm angefasst, gestreichelt, geküsst zu werden. Vor allem seine Küsse waren zum Dahinschmelzen. Nie zuvor hatte sie so empfunden, war sie bereit gewesen, sich einfach fallen zu lassen, wie in seinen Armen. Allein der Gedanke, sie würde so etwas nie wieder fühlen, machte sie unsagbar traurig. Aber es war für ihre Gesamtsituation besser, sie brächte wieder die nötige Distanz zwischen sich und ihn.

Sie musste vernünftig und vor allem mit kühlem Kopf entscheiden, wenn sie ihrer Familie nicht noch Nahrung für ihren Argwohn gegen sie, Paul und das Strandbad liefern wollte. Es war ganz sicher besser so.

»Was willst du wissen?«, fragte er leise und sah ihr in die Augen.

Wie schön er war, sein Mund und … *Nimm dich zusammen!* »Ich verstehe nicht.«

»Du hast gesagt, du weißt fast nichts über mich. Also frage ich dich jetzt, was du wissen möchtest?« Er sprach ruhig, im Gegensatz zu dem, was sich in seinen eisgrauen Augen abspielte, wo sich ein Sturm zusammenbraute. Vielleicht täuschte sie sich aber auch.

Sofort fielen ihr wieder seine Fieberträume ein. Warum sollte sie sich nicht danach erkundigen, wenn er es ihr schon anbot? Andererseits ging es sie nicht das Geringste an, sie war nur seine Arbeitgeberin. Mehr nicht. »Wie ich schon sagte, es tut mir leid. Ich hätte besser den Mund gehalten.«

»Wie du willst. Du kannst mich jederzeit wieder fragen.«

Sie nickte und stand auf. »Also dann hätten wir ja alles geklärt.«

»Haben wir das?« Paul erhob sich ebenfalls aus dem Sessel.

»Sicher.« Sie tat, als müsse sie gähnen.

»Luisa?« Paul sah ihr eindringlich in die Augen. »Ich habe deinen Bruder an niemanden verraten. Mir ist wichtig, dass du das weißt.«

»Ja.« Sie drehte sich um und ging zur Tür.

»Gute Nacht«, rief er ihr nach.

Sofort dachte sie wieder an Julius. Zögernd blieb sie stehen und drehte sich langsam um. Sie musste ihn das jetzt fragen, sonst käme sie nicht zur Ruhe, wenn sie nicht alles in ihrer Macht Stehende versucht hätte. »Paul?«

»Ja?«

»Ich habe eine große Bitte.« Luisa konnte nicht anders und

kniete vor ihm nieder. »Würdest du mit deinem Freund Bereshnoi sprechen und dich für meinen Bruder einsetzen?«

»Einen Nazi, einen SS-Mann?«, stieß Paul aus.

Mit dieser Heftigkeit hatte sie nicht gerechnet und senkte den Kopf.

»Steh auf!« Er packte sie an den Schultern und zog sie unsanft hoch.

So kannte sie ihn nicht. Erschrocken schnappte sie nach Luft und duckte sich ein wenig. Sofort nahm Paul seine Hände herunter und starrte sie an. »Entschuldige. Ich wollte dir nicht wehtun oder Angst machen.«

Luisa nickte.

»Es ist nur … Entschuldige«, wiederholte er leise.

Was er ihr wohl hatte sagen wollen? Es musste mit dem, was im Krieg mit ihm oder seiner Mutter passiert war, zusammenhängen. Da war sich Luisa sicher. »Schon gut. Vergiss, worum ich dich gebeten habe.«

Er schüttelte abwehrend den Kopf. »Du weißt nicht, was du da von mir verlangst.«

Sie sah, dass er schluckte und sein Adamsapfel zuerst hochstieg, dann hinunterfiel. »Wahrscheinlich hast du recht.«

»Nein, warte. Ich … werde sehen, was ich tun kann.«

Tränen traten in ihre Augen. »Ich danke dir, Paul.«

19

Am nächsten Tag, dem ersten Schultag, drehte Luisa mit ihrem Klemmbrett unter dem Arm ihre Runden über das Gelände, als hätte es die Episode mit dem vorzeitigen Ende des Strandbades nie gegeben. Paul konnte es nicht lassen, sie zu beobachten. Zwar lagen Schatten unter ihren dunklen Augen, die dadurch nur noch größer wirkten, aber ansonsten sah sie aus wie immer. Die ganze Nacht über hatte er nicht aus dem Kopf bekommen, wie sie ihn um ihres Bruders Willen angefleht hatte. Julius Marquardt, dieser Mistkerl, hatte eine Schwester wie Luisa überhaupt nicht verdient. Alles in Paul sträubte sich dagegen, für jemandem wie ihn auch nur einen Finger zu rühren und vor einer rechtmäßigen Bestrafung zu bewahren. Wahrscheinlich hatte der Mann hundertfaches Unrecht auf sich geladen. Paul ging das Gelände ab und sammelte herumliegendes Papier, Kronkorken und Unrat ein. Am Strand entdeckte er sogar Scherben, die er vorsichtig aufhob. Nicht, dass sich noch jemand der Badegäste daran schnitt. Eine am Kopf grün gefiederte Ente sah ihm aus sicherer Distanz dabei zu. Sie schnatterte aufgeregt, als bedanke sie sich für seine Umsicht.

»Gern geschehen«, brummte er in Richtung des Enterichs und deutete eine Verbeugung an.

Hinter ihm erklang ein Lachen, und Paul fuhr herum.

»Mir war nicht klar, dass du auch mit Enten sprichst«, sagte Luisa, und ihrer Stimme war anzuhören, dass sie noch immer mit einem Heiterkeitsanfall kämpfte. Es war offensichtlich, die weitere Arbeit mit ihrem geliebten Strandbad hatte ihr ungemein Auftrieb gegeben.

»Nur mit den männlichen«, erwiderte er. Das fröhliche Aufblitzen in ihren Augen wärmte ihn.

»Bevor es im Oktober zu kalt draußen wird, wollte ich noch einen Tanz in den Herbst anbieten und dachte da an die Hotters. Meinst du, sie würden herkommen und ihre Boogie-Woogie-Nummern zum Besten geben?«

Er konnte sich kaum sattsehen an Luisas Verwandlung. Über Nacht hatte sie zu ihrer alten Stärke zurückgefunden. Sie strahlte Zuversicht aus. »Warum nicht. Der Wirt in dem Tanzlokal in Berlin hatte ein Telefon, wenn ich mich recht erinnere. Da kannst du eine Nachricht für die Jungs hinterlassen.«

»Das mache ich, bin sowieso bereits auf dem Sprung in die Stadt.« Sie strich sich eine Strähne ihres dunklen Haars hinter das Ohr.

Dorthin sollte er auch fahren, um wie versprochen mit Mitja zu reden. »Wir könnten den Lieferwagen nehmen und gleich noch deine Einkäufe erledigen.«

»Das ist eine gute Idee. Am besten jetzt gleich.« Sie sah an sich herunter, als zöge sie in Erwägung, das Kleid zu wechseln.

Gemeinsam gingen sie über die Liegewiese zum Haus. Als sie die Terrasse fast erreicht hatten, bemerkte Paul, dass die Gardine hinter dem Fenster im zweiten Stock sich bewegte. Dort, wo sich das Schlafzimmer von Ellinor Marquardt befand.

Offenbar war sie heute nicht zur Arbeit gegangen und weinte sich wegen ihres Mannes die Augen aus. Ohne dass er es wollte, tat ihm die Frau leid.

Als Paul in der russischen Kommandantur in Mitjas Büro stand und sein Anliegen vorbrachte, starrte ihn sein Freund an, als sei er nicht ganz richtig im Oberstübchen.

»Ist dir dein Verstand abhandengekommen?«, fragte Mitja prompt. »Wie weit gehst du für diese Frau? Hast du vergessen, dass die Faschisten millionenfaches Leid über die Menschen gebracht haben? Denk an deine Mutter«, half er Paul auf die Sprünge.

»Gar nichts habe ich vergessen«, schnauzte er seinen Freund an.

»Dein Ton gefällt mir nicht, Paul.«

Paul hasste es, zwischen den Stühlen zu sitzen, und konnte sowohl Mitjas als auch Luisas Standpunkt verstehen. »Geht es nicht auch um Vergebung?«, fragte er leise. Noch immer beunruhigte ihn die Tatsache, dass er seinem Freund Julius Marquardts Namen im Zusammenhang mit dem vermeintlichen Betreiberwechsel des Strandbades genannt hatte. »Hast du Nachforschungen über den Mann angestellt, weil ich ihn dir gegenüber erwähnt habe?«, sprach er es endlich aus.

Mitja schüttelte den Kopf, und Paul atmete erleichtert auf. Nur gut, dass sich im Nachhinein nicht noch ergeben hatte, er hätte Luisa gestern Nacht belogen.

Außer dass sein Freund mit den Fingerspitzen auf der Schreibtischplatte trommelte, war es still im Raum. Paul blickte wenige Sekunden lang Stalins Porträt an der gegenüberliegenden Wand an. Langsam trat er ans Fenster und sah auf die Straße, wo mehrere Militärfahrzeuge über das löchrige Pflaster donnerten. Das Telefon auf Mitjas Schreibtisch schrillte. Sein Freund riss ungehalten den Hörer von der Gabel und meldete sich. »Bereshnoi.«

Die Unterhaltung wurde auf Russisch geführt, und so verstand Paul nur winzige Brocken. Als er sich vom Fenster wegdrehte, gab Mitja ihm durch Handzeichen zu verstehen, dass er jetzt keine Zeit für ihn habe. Langsam ging Paul zur Tür und trat in den Flur. Das Gefühl, seine Aufgabe hier nur unzureichend erfüllt zu haben, ließ sich nicht abschütteln, und so blieb er vor der geschlossenen Bürotür stehen, um einen günstigen Moment für einen zweiten Anlauf zu erhaschen.

Lange brauchte Paul nicht zu warten, denn kurz darauf

riss Mitja die Tür auf und wäre beinahe in ihn hineingelaufen. Er stieß einige russische Worte aus, die verdächtig nach einem Fluch klangen. »Was?«, fragte er schließlich.

»Kannst du irgendetwas in der Angelegenheit tun?«, antwortete Paul. Er musste für Luisa eine konkrete Aussage mitnehmen.

»Was hast du für einen Sturschädel?«

Paul ging nicht auf die Frage ein, sondern sah seinem Freund in die Augen.

Mitja stieß ein Brummen aus. »Geh jetzt, ich habe zu arbeiten.«

»Bitte«, sagte Paul und beschloss, wegen diesem Mistkerl Julius Marquardt nicht weiter auf die Mithilfe seines Freundes zu beharren, falls dieser weiter ablehnte.

»Ich kümmere mich um die Angelegenheit«, blaffte Mitja und stiefelte im Eiltempo davon.

»Danke«, rief Paul ihm hinterher.

Als er Luisa eine kurze Zusammenfassung des Gesprächs gab, machte sie Anstalten Paul, um den Hals zu fallen. Doch dann lächelte sie nur und nahm für einen Moment seine Hand zwischen ihre Hände. »Meine Familie schuldet dir viel.«

»Nein. Schon gut«, wehrte er ab.

In den folgenden Tagen war Luisa ganz in ihrem Element. Innerhalb kürzester Zeit stampfte sie mehrere Veranstaltungen bis zum Ende des Jahres aus dem Boden und kümmerte sich um den reibungslosen Ablauf des Schwimmunterrichts. Paul stand ihr an der Steganlage gegenüber, während sie die Vorhaben besprachen.

»Im Grunde müsste ich auch bereits an das nächste Frühjahr denken, aber ich halte mich besser zurück, um keine Klatsche einzustecken«, sagte sie, nachdem sie ihn über ihre Pläne ins Bild gesetzt hatte. Es klang fast, als ging sie nicht davon aus, dass ihr Bruder bald wieder aus der Haft entlassen würde.

»Am besten ich fange schon im Oktober mit dem Aufstellen der Buden für den Adventsmarkt an«, überlegte er laut und schnitt ein anderes Thema an.

»Du hast freie Hand bei der Umsetzung«, versicherte ihm Luisa, deren Blick an Ellinor hängen blieb, die gerade auf sie zukam. Sie reichte Paul ihr Klemmbrett mit den Notizen, damit er sich die Termine in sein Heft übertragen konnte.

»Ich muss dich sprechen«, sagte Ellinor grußlos und ignorierte Paul komplett.

»Gerade kam ein Brief. Julius wurde mit sofortiger Wirkung aus dem Schuldienst entlassen«, schnappte Paul auf, als er bereits zur Ausleihstation hinüberging. Dort setzte er sich auf den Schemel und holte seine kleine Kladde hervor.

»Wie stellst du dir das eigentlich vor?«, wehten Ellinors Worte zu ihm herüber. »Ich benötige eine komplette Babyausstattung. Weißt du überhaupt, was allein ein Kinderwagen kostet?«

»Wir finden eine Lösung, es ist ja noch Zeit«, versuchte Luisa ihre Schwägerin zu beschwichtigen.

»Na, da bin ich ja jetzt schon gespannt.« Ellinors Stimme klang weinerlich. »Ich begreife nicht, wie du so einen hier noch weiter beschäftigen kannst.«

Mit *so einen* war offensichtlich er gemeint.

»Weil Paul nichts mit der Verhaftung deines Mannes zu tun hat«, entgegnete Luisa.

»Wer bitte sollte denn sonst dahinterstecken? Und überhaupt: Seit wann nennst du ihn beim Vornamen?«, verlangte ihre Schwägerin zu wissen.

»Du lieber Gott, Ellinor. Das ist mir so rausgerutscht. Ich sagte dir bereits, dass wir eine Lösung finden werden. Schließlich sind wir eine Familie. Zur Not biete ich dir an, zusätzlich zu deiner Arbeit in der Bibliothek im Strandbad auszuhelfen. Gegen Bezahlung natürlich.«

»Hach, denk doch bitte nach, Luisa. Mein Bauch wird nach und nach die Form eines Wasserballs annehmen. Welche Arbeit sollte ich denn in deinem Strandbad übernehmen? Mit Herrn Rößler gemeinsam Rasen mähen, Buden zusammenzimmern und herumliegenden Müll aufsammeln?«

Für eine Schwangere war dies in der Tat nicht der ideale Arbeitsplatz, musste Paul Luisas Schwägerin widerwillig beipflichten.

Zwei Wochen später legte Luisa letzte Hand an die Gestaltung der Terrasse für den heutigen Tanzabend. Peter trottete herbei. Er kam allein und lehnte sein Fahrrad – Julius hatte ein gebrauchtes besorgt und ihm zum Geburtstag geschenkt – an die Hauswand. Seit sein Vater verhaftet worden war, hatte sich die Zahl seiner einstigen Spielkameraden täglich minimiert. Er tat Luisa leid.

Peter deutete auf die Obstkiste, die als Gepäckträger diente. »Ich hab dir was mitgebracht, Tante Luisa.«

Beim Nähertreten entdeckte sie Astern, zwei kleine Sonnenblumen, Wildrosen und Dahlien.

»Für deinen Tanzabend. Sieht viel schöner aus mit Blumen auf den Tischen, stimmt's?« Peter vermied es, sie anzusehen, und nahm stattdessen die Blumen aus der Kiste.

Luisa wuschelte ihm durch das Haar. Er hatte so eine nette Art, dass sie sich manchmal fragte, ob der Junge tatsächlich das leibliche Kind seiner Eltern war. »Wie lieb von dir, Peter. Wo hast du sie denn her?«

Er nuschelte etwas Unverständliches.

»Du hast sie doch nicht etwa geklaut?« Ein Blick in sein Gesicht, und schon bereute Luisa ihre Frage. Er hatte ihr einfach eine Freude machen wollen, und sie hatte nichts Besseres zu tun, als sich nach der Herkunft der Blumen zu erkundigen. »Na, sicherlich aus dem verwilderten Garten, den ich letztens in Neufriedrichsdorf bemerkt habe«, fügte sie rasch hinzu.

Peter nickte so vehement, dass klar war, er hatte die Blumen stibitzt.

»Ich glaube, das Anwesen gehört einer älteren Frau. Vielleicht könntest du sie fragen, ob du ihr im Garten helfen darfst. Bestimmt hat sie ein paar Pfennige Taschengeld für dich. Warte kurz, ich hole Vasen für die Tische.« Luisa eilte in die Küche, holte Vasen und entnahm der Haushaltskasse zwanzig Pfennige, die sie dem über das ganze Gesicht strahlenden Peter in die Hand drückte. Sofort füllte er die Vasen mit dem Wasser des Wolzensees und verteilte sie anschließend auf die Tische.

Ellinor kam die ausladende Treppe der Villa herunter. »Peter, stell dein Fahrrad in den Keller, und wasch dir die Hände. Oma wartet in der Küche mit dem Abendessen auf dich. Ich muss noch arbeiten.« Sie warf Luisa einen vorwurfsvollen Blick zu.

Ellinor würde heute Abend den Eintritt kassieren und die Bestellungen für die Getränke entgegennehmen, die Luisa ihren Gästen anschließend servieren wollte. Paul schleppte im Hintergrund die Flaschenkästen und unterstützte Luisa, wenn es notwendig wurde.

Gerade hielt ein klappriger Lieferwagen vor dem Tor, und die Hotters sprangen einer nach dem anderen heraus. Sie schnappten sich ihre Instrumente und kamen lachend und johlend auf die Terrasse, wo Paul sie als Erster begrüßte. Wie sie es schon in Berlin getan hatten, klopften sich die Männer gegenseitig auf die Schultern.

Die ersten Gäste trafen ein, wurden von Ellinor willkommen geheißen und an ihre Tische geführt.

Als der Abend bereits in vollem Gange war, tauchte plötzlich Mitja Bereshnoi auf. Wegen der Musik hatten sie nicht gehört, dass sein Kübelwagen vor dem Gelände stoppte.

Luisa bemerkte, dass alle Farbe aus Ellinors Gesicht wich. Krampfhaft hielt sich ihre Schwägerin am Treppengeländer fest.

Die Gäste bekamen kaum etwas davon mit, und falls doch, beachteten sie den russischen Offizier nicht weiter, sondern tanzten ausgelassen Boogie-Woogie nach Kompositionen von Glenn Miller und Bennie Goodman, wie Fred, mit dem Luisa vor zwei Wochen auch telefoniert hatte, ihr vorhin erklärt hatte.

Bereshnoi bahnte sich einen Weg zu Pauls provisorischem Tresen. Luisa drückte ihrer Schwägerin kurzerhand das Tablett mit den Gläsern in die Hand.

»Würdest du das bitte in die Küche bringen und Christiane zur Hand gehen?«

Ellinor, offensichtlich mit der Situation überfordert, gehorchte, ohne zu widersprechen.

Luisas Schwiegermutter hatte angeboten, die Gläser zu spülen, und sie konnte sicher sein, dass Christiane auch alles blitzblank polierte. Pragmatisch hatte diese am Morgen gemeint: »Wir müssen für einen Gaststättenbetrieb halt improvisieren.«

Leider. Zu gern hätte Luisa es gewagt, von einem schicken Restaurant am Strandbad zu träumen. Möglicherweise in der ersten Etage der Villa. Ihr Bruder hatte all ihre Pläne zunichtegemacht. Aber in ihren Gedanken sah Luisa den Gastraum bereits vor sich. Die Besucher hätten einen malerischen Blick auf den Wolzensee, und bei schönem Wetter bot die Terrasse zusätzliche Plätze, mit Sonnenschirmen und einigen Strandkörben, wie es sie in den Ostseebädern gab.

Luisa beobachtete Bereshnoi, der ein Bier von Paul entgegennahm und grinste. Hatte er Nachrichten, die Julius betrafen, oder war er einfach nur privat hier, um seinen Freund zu besuchen?

Über die Tanzenden hinweg warf Paul ihr einen Blick zu, und plötzlich hielt Luisa die Spannung nicht mehr aus. Sie eilte zum Tresen und tat, als würde sie nicht bemerken, dass die Gäste an Tisch zwei sie heranwinkten. »Guten Abend, Genosse Bereshnoi.« Hoffentlich verrutschte ihr Lächeln nicht.

»Frau Rochlitz, ich freue mich, Sie zu sehen. Mit einer neuen Frisur?«, sagte der russische Offizier freundlich.

»Ja.«

Er ließ seinen Blick über die Tanzenden gleiten. »Amerikanische Musik. Legen Sie es auf Ärger an, Frau Rochlitz?«, fragte Bereshnoi in seiner unnachahmlichen Art, das R zu rollen.

»Aber nein, wie kommen Sie darauf? Musik ist schließlich international«, rechtfertigte sich Luisa und erschrak insgeheim doch etwas.

»Wollen wir es hoffen.« Pauls Freund hob die Bierflasche an und nahm einen kräftigen Zug.

Verunsichert beobachtete sie Paul, der gerade einer jungen Frau aus Bier und Brause ein Potsdamer mischte. Diese machte ihm schöne Augen und stöckelte schließlich davon, als Paul nicht auf ihren Flirtversuch reagierte.

Im Stillen triumphierte Luisa, fühlte sich jedoch ertappt, als Paul den Kopf drehte und ihr in die Augen sah. Hastig wandte sie sich ab, nahm ihren Mut zusammen und fragte den Russen, ob sie ihn kurz sprechen dürfe.

Er nickte, stellte die Flasche auf den Tresen und zeigte in Richtung Nordstrand. Kaum hatten sie sich mit wenigen Schritten in Bewegung gesetzt, legten die Musiker ihre erste Pause ein. Die Gäste bestürmten in ausgelassener Stimmung

Paul hinter seinem Tresen, um sich etwas zu trinken zu holen und mit anderen ins Gespräch zu kommen.

Mit Unbehagen schielte Luisa zu der Schlange, die sich innerhalb von Minuten am Tresen gebildet hatte. Eigentlich sollte sie Paul jetzt zur Hand gehen. »Leider habe ich nicht viel Zeit«, sagte sie zu dem Offizier. »Sie sehen ja, was hier los ist.«

»Der Erfolg gibt Ihnen recht, Frau Rochlitz.«

»Danke.« Dass Bereshnoi das »von« in ihrem Namen absichtlich wegließ, störte sie längst nicht mehr. »Wissen Sie etwas über den Verbleib meines Bruders?«

»Er befindet sich noch in Rathenow. Es geht ihm, wie sagt man, den Umständen entsprechend gut.«

Gott sei Dank. »Was passiert jetzt?« Sie zwang sich, nicht weiter über *die Umstände* zu grübeln, so wie sie es die letzten beiden Wochen auch gehandhabt hatte.

Bereshnoi warf ihr einen langen Blick zu, als versuche er abzuschätzen, wie viel sie von der Wahrheit vertrug. »Wir prüfen seine Aktivitäten während des Krieges. Schlimmstenfalls erwartet ihren Bruder die Höchststrafe – zehn Jahre Arbeitslager in Sibirien.«

Luisa presste eine Hand auf den Mund. Sie hatte die Gräuelgeschichten darüber gehört und immer gehofft, es würde sich nur um Gerüchte handeln.

»Er war an der Ostfront, was wissen Sie über seine Einsätze dort?«, fragte Bereshnoi.

Luisa zuckte mit den Schultern. »Ich habe keine Ahnung. Er hat nie irgendetwas erwähnt. Ab 1942 kam er nicht mehr auf Heimaturlaub, ein paar Monate danach hieß es, er sei vermisst. Erst vor einem Jahr ist er zurückgekehrt«, antwortete Luisa wahrheitsgemäß, und doch wurde ihr unter dem durchdringenden Blick des Russen angst und bange.

»Es ist unmöglich, dass Ihr Bruder einer Bestrafung entgeht. Vollkommen ausgeschlossen.«

Luisa nickte, aber ihre Gedanken rasten, ebenso wie ihr Herzschlag.

Bereshnois Blick ruhte ununterbrochen auf ihrem Gesicht, als wolle er sich nicht die geringste Regung entgehen lassen. »Das alles hier«, er breitete die Arme aus, »gehört ihrem Bruder?«

Ihr war klar, dass der Satz zwar wie eine Frage klang, der Russe aber längst über die Eigentumsverhältnisse Bescheid wusste. Daher nickte Luisa. In seinen tiefschwarzen Augen blitzte etwas auf, was zuvor nicht da gewesen war. Es kam ihr so vor, als hätte Bereshnoi soeben eine Entscheidung getroffen. »Sie hören von mir«, sagte er, und damit war das Thema für den heutigen Abend von seiner Seite aus erledigt.

»Entschuldigen Sie mich.« Luisa ließ ihn stehen und gab vor, Paul zu Hilfe zu eilen. Nach außen hin schenkte sie ihren Gästen ein Lächeln, reichte ihnen Getränke, räumte leere Gläser von den Tischen, aber vor ihrem geistigen Auge sah sie Mannschaftsunterkünfte in einem russischen Gulag und frierende, ausgezehrte Männer mit stumpfem Blick, die harte körperliche Arbeit verrichten mussten.

Nicht daran denken!

Fred und Achim von den Hotters unterhielten sich gerade mit Paul, als Luisa das Tablett mit den leeren Gläsern auf dem Tresen abstellte, von wo Christiane oder Ellinor es holen würden. Sie schnappte auf, dass sich die Musiker erkundigten, wer der hochdekorierte Offizier denn sei, und sah, wie sie große Augen machten, als Paul den Russen als seinen Freund bezeichnete.

»Warum interessiert euch das?«, wollte Luisa wissen, die sich eigentlich nur von der Angst um Julius ablenken wollte.

»Die Amis lassen uns keine Schallplatten pressen«, erklärte Achim, während Paul die leeren Flaschen in die Kästen sortierte.

Luisa begriff nicht, worauf Achim hinauswollte.

»Im russischen Sektor gibt es den Musikverlag AMIGA, da dürfen Musiker Schallplatten pressen lassen.«

Achims Antwort verblüffte Luisa. Offenbar legten die Russen größeren Wert auf Kultur als die anderen Alliierten. Sie sah zu Paul hinüber und wischte mit einem Lappen über den Tresen. »Was meinst du, ob Bereshnoi dafür sorgen könnte, dass die Hotters bei AMIGA eine Platte aufnehmen dürfen?«, fragte sie, als die Musiker wieder zu ihren Instrumenten eilten und unter johlenden Zurufen vonseiten der Gäste erneut loslegten. Innerhalb von Minuten füllte sich die Tanzfläche.

Paul verdrehte die Augen. »Der jagt mich noch mal zum Teufel, wenn er mir andauernd einen Gefallen tun soll.«

»Wie kommst du darauf, mein Freund?« Bereshnoi hatte sich unbemerkt zu ihnen gesellt und stieß ein tiefes Lachen aus.

Luisa wurde aus dem Mann nicht schlau. Sie schnappte sich das Tablett mit den leeren Gläsern wieder und brachte es selbst in die Küche nach oben.

Dort saß Ellinor in Tränen aufgelöst am Tisch, während Christiane tröstend auf sie einredete.

»Ich kann nicht allein zwei Kinder durchbringen.« Ellinor schluchzte.

»Wir sind alle für dich da und halten zusammen, wie wir es seit dem Krieg getan haben«, versuchte es Christiane ruhig und warf Luisa einen Blick zu.

Im selben Moment betrat ihre Mutter die Küche. »Nennst du das vielleicht füreinander da sein, wenn diese Hottentotten-Musik das gesamte Gelände erschüttert?«, blaffte sie. Sogleich marschierte sie schnurstracks zum Fenster und sah hinaus auf die Terrasse. »Sieh dir diese wilden Verrenkungen an. Das ist einfach nur ekelhaft. Soll das etwa ein Tanz sein? Pfui Teufel. Ich rede mit dir, Luisa!«

»Diese Veranstaltung spült uns ein hübsches Sümmchen

in die Kasse, Mutter.« Luisa spürte, dass ihr gleich der Kragen platzen würde.

»Wenn doch nur dein Bruder wieder heimkäme und für Ordnung sorgte. Dann würde hier nicht das ganze Gesindel nach Negermusik mit den Hüften kreisen«, rief ihre Mutter.

Ellinor nickte zustimmend, sagte aber nichts. Sie wollte offensichtlich nur ihren Julius zurückhaben.

Aber würde der jemals kommen?

20

Der November war nass, kalt und dunkel, und Luisa konnte das Gefühl, ständig zu frieren, nicht abschütteln. Zudem verging fast kein Tag, ohne dass Ellinor oder ihre Mutter sich beschwerten.

Vor allem hatte Josepha sich in den Kopf gesetzt, in eine kleine Wohnung zurück nach Berlin zu ziehen. Wenn die Witwenrente wegfiele, träfe es die Haushaltskasse in der Villa am Wolzensee empfindlich, darüber war sich Luisa im Klaren und suchte vorsorglich bereits nach einer Lösung.

Über kurz oder lang wäre der Auszug ihrer Mutter vielleicht nicht die schlechteste Idee.

»Willst du mich jetzt etwa im Stich lassen? Immerhin ist dein zweites Enkelkind unterwegs«, jammerte Ellinor.

Luisas Mutter seufzte theatralisch.

Der einzige Lichtblick momentan waren für Luisa die Abende, die sie gemeinsam mit Christiane in deren Schlafzimmer verbrachte, wo sie es sich mit heißem Tee und Helenas selbst genähter Decke gemütlich machten. Sollten ihre Mutter und Ellinor sich doch gegenseitig ihr Leid in der Wohnstube klagen, wo ihre Schwägerin meistens nach Feierabend im Sessel saß und Babysachen strickte.

Für den morgigen Tag erwarteten sie die Kohlenlieferung.

Paul, Christiane und sie würden wahrscheinlich allein dafür sorgen müssen, den Vorrat in den Keller zu schippen. Paul. Er war dazu übergegangen, sie wieder zu siezen, wenn sie sich unterhielten und jemand anderes aus der Familie in der Nähe war. Er respektierte ihren Wunsch nach Distanz, aber es fühlte sich nicht gut an.

»Wie geht es deiner Freundin in Berlin?«, erkundigte sich Christiane und bewunderte, wie schon so oft zuvor, Helenas Decke. »Du solltest dich mal wieder mit ihr treffen. Einen Tag deine Arbeit und die Verantwortung zu vergessen täte dir gut, Luisa.«

Keine schlechte Idee, sie würde ihrer Freundin einen Brief schreiben und Helena für einen der Weihnachtsfeiertage einladen.

Kaum hatte sie am nächsten Morgen gefrühstückt und sich in ihr Büro zurückgezogen, um ihr Vorhaben in die Tat umzusetzen, wurden die Kohlen geliefert. Um diese Uhrzeit hatte sie noch nicht damit gerechnet, aber so wären sie mit dem Schippen fertig, bevor am Nachmittag die Dunkelheit hereinbrach.

Ihre Mutter wollte sich um das Essen kümmern, und so arbeiteten Paul, Christiane und Luisa Hand in Hand und schleppten die vollen Eimer zum offenen Kellerfenster, wo sie sie auf einer Rutsche auskippten und die Kohlen hinunterkullerten. Der Staub kitzelte Luisa in der Nase.

Gegen Mittag stand eine schmutzige Gestalt am Tor und kam schließlich näher. »Julius!«, entfuhr es Luisa.

Da ihr Rücken bereits schmerzte, konnte sie sich nicht so flink bewegen wie sonst, dennoch lief sie ihrem Bruder entgegen und umarmte ihn.

Julius sah fürchterlich aus. Noch immer trug er dieselben Sachen wie bei seiner Verhaftung, als es sommerlich warm gewesen war. Er stank zum Himmel. Starr vor Dreck klapperte er mit den Zähnen und war vollkommen durchgefroren.

Luisa brachte ihn ins Haus und rief nach ihrer Mutter, die in der Küche Kartoffeln schälte und beim Anblick ihres hohlwangigen Sohnes aufschrie.

Am nächsten Tag hatte Luisa einen gemeinen Muskelkater und wollte den Brief an Helena, der bis jetzt nur das gestrige Datum und die Begrüßungszeile enthielt, weiterschreiben. Sie war fast fertig, als Julius ihr Büro betrat. »Wir sollten reden, Luisa.«

Ihr Bruder war sauber, rasiert, ausgeschlafen, aber furchtbar dünn in seinem warmen Pullover und der Hose aus Wollstoff. Er schloss hinter sich die zuvor nur angelehnte Tür und stützte sich mit dem Rücken dagegen, die Beine überkreuzt. »Hast *du* dafür gesorgt, dass mich die Russen wieder laufen lassen?«

»Wie kommst du jetzt darauf?« Luisa schraubte die Kappe auf ihren Füllfederhalter.

»Hast du?«

Sie schüttelte den Kopf. »Das war Paul. Herr Rößler.«

»Dann werde ich mich noch bei ihm bedanken.« Julius sah aus, als passe ihm das ganz und gar nicht.

»Bereshnoi solltest du nicht vergessen. Er sitzt an der richtigen Stelle«, fügte sie leise hinzu.

Julius schnaubte nur verächtlich. »Die Russen haben mich vor ein paar Tagen unseren Behörden überstellt. Das Gericht hat mich zu einer Geldstrafe und Arbeitsdienst verurteilt.«

»Das ist doch ein Glück für dich, Julius. Stell dir vor, sie hätten dich nach Sibirien …«

»Ja«, unterbrach ihr Bruder, aber sein finsteres Gesicht sorgte dafür, dass sie vergaß, was sie hatte sagen wollen.

Julius stieß sich von der Tür ab und schob die Hände in die Hosentaschen. »Außerdem haben sie mir die Auflage verpasst, nie mehr als Lehrer zu arbeiten und erst recht keinen Betrieb zu führen. Weißt du, was das für mich heißt?«

Luisa starrte ihn an. Er würde kein Hotel leiten dürfen und ihr auch nicht das Strandbad wegnehmen können, um es zu seinem Unternehmen zu machen. Ihre Gedanken rasten durcheinander.

»Ich sehe, du begreifst«, sagte Julius. »Aber freu dich nicht zu früh.«

Freute sie sich denn an seinem Unglück?

»Ich habe beschlossen, mit meiner Familie in den Westen zu gehen. Da können wir neu anfangen, und dafür werden wir Geld brauchen.« Julius sah sie an.

Ihm gehörte das Grundstück hier, und sie verstand plötzlich, was er ihr wirklich sagen wollte. Es durfte nicht wahr sein!

Paul nahm den Hammer und die Blechbüchse mit den Nägeln zur Hand und bereitete sich auf den Feierabend vor.

Schweigend hatte Luisa mit ihm die Buden für den Weihnachtsmarkt mit Tannenzweigen dekoriert. Gestern war sie überglücklich gewesen, nachdem ihr Bruder aus der Haft entlassen worden war. Heute sah es offensichtlich anders aus.

Paul respektierte ihren Wunsch auf Distanz, dazu gehörte für ihn vor allem, nur belanglose Gespräche, die Arbeit betreffend, mit ihr zu führen. Doch Teufel auch, gerade wirkte sie so geknickt, dass er nicht anders konnte und sie darauf ansprach. »Gibt es Probleme?«

Sie schloss die Fensterluken an den Buden und hob den Blick. »Wann nicht?«, murmelte sie mehr zu sich selbst.

»Falls ich irgendetwas tun kann …« Er war ein Idiot. Wenn er immer wieder für sie in die Bresche sprang, käme er nie von ihr los.

»Julius will, dass ich ihn ausbezahle.« Als hätte sie Paul bereits zu viel anvertraut, wünschte Luisa ihm einen schönen Feierabend und ließ ihn stehen.

Das würde ja bedeuten, sie müsste das Strandbad verkaufen. Paul war fassungslos. Liebend gern hätte er ihrem Bruder in den Hintern getreten und den Kerl samt seiner Bagage fortgejagt. »Luisa, warte!« Er lief ihr nach.

»Das kann er unmöglich von dir verlangen«, sagte er, als er sie erreicht hatte.

Sie stieß ein bitteres Lachen aus. »Oh doch.«

»Nach allem, was du für ihn getan hast?« Paul wollte es nicht wahrhaben. Es musste noch einen Weg geben, mit dem beide Geschwister zufrieden wären.

Sie hatten die Villa erreicht. Morgen, am ersten Advent, würde der Weihnachtsmarkt am Strandbad eröffnen, und Paul fragte sich, ob es die letzte Veranstaltung unter Luisas Leitung sein sollte. Obwohl sie ihm noch eine Antwort auf seine Frage schuldete, ging sie die Stufen hinauf. Rasch eilte Paul in den Keller, um Hammer und Nägel zu verstauen. Er wusste, dass Luisa die Abende mit ihrer Schwiegermutter verbrachte, und musste ihr zuvorkommen. Er beschloss, sofort sein Abendessen aus der Küche zu holen, in der Hoffnung, dort noch einmal auf Luisa zu treffen. Zunächst lief er in seine Wohnung, wusch sich, zog sich um und benutzte ausnahmsweise nicht die Außentreppe. Er hatte Glück, Luisa stand allein in der Küche und trocknete das Geschirr ab, das in der Email-Schüssel des Abwaschtischs aufgetürmt lag. »Lass uns reden, Luisa.«

»Ich hab zu tun.« Sie drehte sich nicht zu ihm um, sondern nahm einen tiefen Teller und wischte mit dem Geschirrtuch wie wild darauf herum, als wolle sie das Blumenmuster entfernen.

Sachte legte er seine flache Hand auf ihren Rücken. »Ich versuche, dir zu helfen.« Da er ihr Zittern spürte, nahm er die Hand wieder fort.

Sie fuhr herum. »Dann mach du weiter.« Und drückte ihm Geschirrtuch und Teller gegen den Bauch.

Nicht darauf gefasst, reagierte er zu spät, und der Teller landete krachend auf den Dielen, wo er in unzählige Scherben zersprang.

»Pass doch auf«, herrschte Luisa ihn an, als im selben Moment ihre Schwägerin die Küche betrat.

Die hatte ihm gerade noch gefehlt.

»Störe ich?«, fragte sie in einem äußerst süffisanten Tonfall.

Sie stören immer. Doch Luisa kam ihm zuvor.

»Aber nein.« Sie bückte sich und holte hinter dem Vorhang unter dem Spültisch Kehrschaufel und Handfeger hervor.

»Wer's glaubt.«

Am liebsten hätte Paul sie hinausgeworfen. Aber er beherrschte sich, hockte sich hin und sammelte die größeren Scherben ein.

»Herr Rößler wollte nur sein Abendessen holen.« Luisa hörte sich an, als mahle sie vor unterdrückter Wut mit den Zähnen.

»Ja, ja.« Ellinor lachte gehässig auf.

Luisa schleuderte ihr die Kehrschaufel mit solcher Wucht vor die Füße, dass diese erschrocken aufschrie. »Was fällt dir ein?«

Doch da rannte Luisa bereits aus der Küche, den Flur entlang, und kurz darauf krachte die Tür zu ihrem Schlafzimmer ins Schloss.

Paul warf die Scherben in den Mülleimer und folgte ihr. Für den Bruchteil einer Sekunde überlegte er, ob es richtig war, was er tat, drückte dann aber die Klinke herunter und trat in den Raum.

Sie stand am Fenster und rührte sich nicht. »Schließ ab!«

Kaum war er ihrer Bitte nachgekommen, zog sie ihren

Rollkragenpullover über den Kopf und sah ihn an. »Mach, dass ich mich besser fühle.«

»Luisa, das ist vielleicht keine gute Idee ...«,

Doch sie eilte um das breite Doppelbett herum und warf sich an seine Brust. Jeden weiteren seiner Proteste erstickte sie mit ihrem Mund.

Später lag sie in seinen Armen, ihr Rücken gegen seinen Bauch gepresst, und ihre Finger strichen zart über seine Handflächen. *Ich liebe dich*, dachte er in die Stille hinein, fest entschlossen, den Augenblick noch etwas auszukosten.

»Danke«, flüsterte sie.

Er hörte ihren Magen knurren. »Geh etwas essen.«

»Ich hab keinen Hunger.«

»Das kam mir anders vor.« Paul küsste ihr Haar.

Sie stieß ein leises Lachen aus.

»Was hast du nun vor?«, fragte er.

»Ich weiß nicht, wie es weitergehen soll«, gestand sie ihm, setzte sich, umschlang mit den Armen ihre aufgestellten Beine und stützte das Kinn auf die Knie.

»Mit uns?« Paul hörte selbst die Sehnsucht in seiner Stimme und schalt sich einen Narren. Es gab kein *Uns*.

Luisa seufzte. »Mit allem.«

»Aber ich.« Die Worte waren heraus, bevor er sie durchdacht hatte.

»Wie meinst du das?« Luisa hob den Kopf und sah ihn an.

Fürsorglich legte Paul die Zudecke um sie. »Wir heiraten, nehmen einen Kredit auf, zahlen deinen Bruder aus und machen mit dem Strandbad weiter.«

Sie starrte ihn an, legte die Hände zusammen und berührte mit den Fingerspitzen ihren Mund. Sie schien zu überlegen. Ein wenig mehr Euphorie hätte er schon erwartet.

»Paul, warum sagst du das?«

Bitte? Lag das nicht auf der Hand? »Du willst das Strandbad, und so bekommst du es.« Und er bekäme sie. »Ich liebe dich, Luisa.«

Langsam nickte sie. »Ich weiß. Aber … lass uns morgen noch mal darüber sprechen.« Sie beugte sich vor und hauchte einen Kuss auf seinen Mund. »Und jetzt gehen wir in die Küche und essen etwas.«

»Was willst du deiner Familie sagen, was wir hier seit Stunden getan haben?«, fragte er.

»Nichts.«

Wahrscheinlich war das gut so. Doch für ihn fühlte es sich nach einer Zurückweisung an.

Paul hatte die Nacht allein in seiner Wohnung verbracht und fieberte dem nächsten Gespräch mit Luisa entgegen.

Die Küche fand er leer vor und stellte sich sein Frühstückstablett zusammen. Vom Fenster aus beobachtete er Luisa, die draußen mit den Füßen im Wasser an der Steganlage stand und auf ihren geliebten Wolzensee blickte. Ob sie gerade eine Entscheidung traf?

»Herr Rößler, guten Morgen«, begrüßte ihn Christiane, in der Hand ein Bund Möhren.

Er erwiderte ihren Gruß, trat vom Fenster weg, goss heißes Wasser auf die Kräuterteeblätter und wollte so schnell wie möglich aus der Küche verschwinden.

»Die Familie zerreißt sich das Maul über Sie und meine Schwiegertochter.« Christiane tat ihm den Gefallen und sah ihn nicht an, sondern begann, die Möhren zu putzen.

Er versuchte die Hitze, die in seine Wangen schoss, zu ignorieren. »Luisa hat sich dieses Strandbad verdient. Es bedeutet ihr alles, und ich werde ihr dabei helfen.« Paul schnappte sich das Tablett. »Sie entschuldigen mich?«

Nun blickte Luisas Schwiegermutter doch auf und lächelte ihn seltsam an.

Luisa hatte das letzte Mal so gut geschlafen, als sie mit Paul aus Berlin zurückgekehrt war. Und sie sich unten am Strand geliebt hatten, schoss es ihr durch den Kopf. Genau wie gestern Abend. Heute fühlte sich plötzlich alles so leicht an. Paul liebte sie, und gemeinsam mit ihm könnte sie all ihre Probleme lösen. Im See schwamm eine Ente mit grün gefiedertem Kopf. Ob es derselbe Erpel war, mit dem Paul sich unterhalten hatte? Die Erinnerung ließ sie lächeln, bis sie wieder in der Realität ankam.

Sie wollte selbstbestimmt bleiben, und darin lag ihr Dilemma. Waren sie erst verheiratet, würde sie Abstriche machen, Kompromisse eingehen müssen, wo sie es nicht wollte, und alles ginge wieder von vorn los. Im Krieg hatte sie freie Hand gehabt, so seltsam es klingen mochte. Dann war Hajo heimgekehrt, verletzt an Leib und Seele, und es war ihm egal gewesen, was sie trieb.

Paul war anders, aber er verbarg irgendetwas vor ihr. Sie spürte es genau, und dennoch tat er ihr gut. Das machte die Sache so schwierig für sie.

»Hallo?«, rief jemand aus Richtung des Tores.

Luisa blickte sich um. Der Weihnachtsmarkt öffnete erst am Nachmittag seine Pforten, kamen jetzt etwa schon erste Gäste? Oder würde die Frau in einer der Buden verkaufen?

»Da sind Sie aber früh dran«, sagte Luisa auf dem Weg zum Tor. »Kommen Sie rein.«

Die Fremde zog einen Bollerwagen hinter sich her, auf dem ein kleiner Junge mit einer blauen Pudelmütze saß, der seine Hände um ein Bündel gelegt hatte. Luisa schätzte ihn auf vier, fünf Jahre. »Kann ich Ihnen helfen?« Dabei lächelte sie das Kind an, das sich neugierig umsah und abwechselnd zu ihr und seiner Mutter blickte.

»Ich wollte zu Paul Rößler. Der wohnt doch hier, oder?«

Luisa musterte die Frau genauer. Sie wirkte übermüdet, ihre Kleidung war abgetragen, die Schuhe verbeult, und auch der Junge sah ungepflegt aus. »Ja, im Souterrain.« Sie nickte und wies mit der Hand, sie solle vorgehen.

Gemeinsam liefen sie um die Villa herum zu der Tür zu Pauls Wohnung. Das linke hintere Rad des Bollerwagens eierte ein wenig. Luisa lächelte den Kleinen an, der sie in einem fort musterte.

Als hätte Paul auf seine Besucher gewartet, öffnete er die Tür und starrte die Frau an. »Reni?« Sein Blick huschte zu Luisa, dann zu dem Jungen im Bollerwagen und wieder zurück.

»Guten Tag, Paul. Darf ich vorstellen, das ist Theo, dein Sohn, der ab jetzt bei dir wohnen wird. Seine Papiere habe ich in dem Wäschebündel verstaut. Ach, Moment, ich hab noch was vergessen.« Sie drehte sich auf den Hacken um und lief eilig über die Terrasse.

Paul blies die Wangen auf, stieß die Luft aus und schien auf die Rückkehr dieser Reni zu warten. Schließlich ging er vor dem Bollerwagen in die Hocke. »Guten Tag, Theo. Wir kennen uns noch nicht.« Er reichte seinem Sohn die Hand. Dass es sich bei dem Kleinen tatsächlich um sein eigen Fleisch und Blut handelte, bezweifelte Luisa keine Sekunde. Er war seinem Vater wie aus dem Gesicht geschnitten.

»Deine Hände sind eiskalt, möchtest du vielleicht einen warmen Kakao trinken?«, fragte Paul den Jungen.

Der nickte so heftig, dass die große Bommel an seiner Mütze auf und ab hopste.

Luisa kam die Sache komisch vor, und sie äugte um das Haus herum, wo Reni denn blieb, konnte sie jedoch nirgends entdecken. Beunruhigt lief sie ihr nach, aber die Frau schien wie vom Erdboden verschluckt. »Hallo?«, rief sie laut.

Es kam keine Antwort. Luisa rannte zurück. »Sie ist weg.«

Paul starrte sie an und blinzelte. Tränen traten in seine Augen. Er schlang die Arme um Theo, zog ihn an sich und weinte still.

Luisas spürte einen stechenden Schmerz in der Brust. Hatte diese Reni gerade ohne ein Wort des Abschieds ihr Kind zurückgelassen? Sie war fassungslos. Gleichzeitig drängten sich tausend Fragen, den Mann vor ihr betreffend, auf. Sie hatte sich Paul bereitwillig geöffnet und wusste offensichtlich nichts über ihn. Doch der kleine Theo tat ihr unendlich leid, und so schluckte sie die Worte hinunter, die ihr auf der Zunge lagen, und zwang sich zu einem warmen Lächeln. Später konnte sie Paul immer noch Löcher in den Bauch fragen. Wehe, er log sie an. »Komm ins Haus, Theo. In der Küche ist es warm, und der Kakao wird dir schmecken. Wie schön, dass du deinen Papa besuchen kommst. Stell dir vor, heute Nachmittag gibt es hier einen Weihnachtsmarkt. Möchtest du da hingehen?« Am Ende versagte ihr beinahe die Stimme.

Theo machte große Augen und kletterte aus dem Bollerwagen. Er drehte sich zur Terrasse und blickte immer wieder in die Richtung, wohin seine Mutter verschwunden war.

Paul griff sich das kleine Bündel, das aus einem schmutzigen Kopfkissenbezug bestand, und wich Luisas Blick aus. Bereitwillig folgte Theo ihm. Gemeinsam stiegen sie die Treppe zur Villa hinauf und gingen in die Küche. Dort lud Christiane die Abfälle und das Grün der Möhren in eine kleine Schüssel, die Peter immer als Hühnerfutter zum Bauern trug und dafür oft mit frischen Eiern belohnt wurde.

»Wen haben wir denn da?«, fragte ihre Schwiegermutter verblüfft und lächelte den Jungen an, der sich schüchtern hinter Pauls langen Beinen verbarg.

Luisa angelte einen kleinen Stieltopf aus dem Schrank und stellte ihn auf den Herd. »Das ist Theo, Herrn Rößlers Sohn, und so, wie es aussieht, wohnt er ab jetzt bei seinem Papa.«

»Na, sieh mal einer an.« Christiane musterte erst Paul aufmerksam, und als dieser sich zur Speisekammer begab, um Milch zu holen, sah sie sich Theo genauer an. Über dessen Kopf formte sie mit ihren Lippen lautlos: *Hast du das gewusst?*

Luisa schüttelte den Kopf, schnappte sich den Schneebesen, die angeschlagene Tasse ohne Henkel und das Kakaopulver. »Theo, möchtest du nicht deine Mütze absetzen und den Mantel ausziehen? Danach kannst du dich an den Tisch setzen.«

Paul kam zurück und goss Milch in den Stieltopf und auch etwas in die Tasse. Doch Luisa schob ihn sanft zu Theo, der mit seinen kleinen Fingern mit den Mantelknöpfen kämpfte.

»Ich helfe dir«, sagte Paul leise und beugte sich vor. Als er seinem Sohn die blaue Mütze vom Kopf zog, standen dessen Haare statisch aufgeladen zu Berge.

Es sah so komisch aus, dass Luisa lächeln musste. Theo war die kleine Version seines Papas, nur mit Locken, die jetzt allmählich wieder ihre normale Form annahmen.

Die Marquardts, einschließlich Luisas Mutter, begafften Theo während des Essens die ganze Zeit über, als wäre er eine lästige Schmeißfliege, die in ihre Suppe gefallen war.

Nur Peter schaukelte unter dem Tisch mit den Beinen und grinste den Kleinen breit an. »Willst du mit meinen Bauklötzen spielen?«, fragte er.

»Mit vollem Mund spricht man nicht. Sitz still, Peter.« Ellinor verzog gequält das Gesicht und musterte Theos dreifach geflickten Pullover.

»Ich frag doch nur«, maulte Peter.

»Wir werden sehen, und jetzt iss hübsch ordentlich«, befahl seine Mutter.

Luisa tat vor allem Paul leid, der normalerweise allein in seiner Wohnung aß und dem Christiane, wahrscheinlich Theo zuliebe, angeboten hatte, mit ihnen zusammen in der Küche zu speisen. Ihm war die Situation sichtlich unangenehm.

Der Kleine schlief nach dem Mittagessen noch auf dem Küchenstuhl ein, hatte zuvor aber steif und fest behauptet,

nicht müde zu sein. Luisa bot Paul an, Theo in ihr Schlafzimmer zu tragen. Von dort aus stieg er die Stufen ins Souterrain
hinunter und blieb eine Weile fort. *Wahrscheinlich braucht er
Zeit zum Nachdenken*, dachte Luisa, während sie mit ihrer
Schwiegermutter die Händler zu ihren Buden führte und die
ersten Gäste begrüßte.

Julius und Christiane übernahmen den Ausschank heißer
Getränke, Ellinor hatte es sich nicht nehmen lassen, wieder
ein Kasperletheater für die Kinder aufzuführen, und Paul
tauchte mit Theo im Schlepptau nach dessen Mittagsschlaf
auf der zum Weihnachtsmarkt umfunktionierten Liegewiese
auf.

Vom Stand der Konsum-Bäckerei wehte ein köstlicher
Duft nach Dominosteinen, Quarkbällchen und Mutzenman-
deln, einem in heißem Fett ausgebackenen Schmalzgebäck,
über das Gelände. Der große runde Hängegrill der Fleischerei,
auf dem Bratwürste und Pferdebouletten vor sich hin brutzel-
ten, war von Anfang an dicht umringt. Erstmalig verkaufte
auch ein Fischer geräucherten Aal, Havelzander und Fisch-
suppe. Dieses Jahr spazierten noch mehr Gäste über den
Weihnachtsmarkt als im Jahr zuvor. Im Stillen freute Luisa
sich über ihren Erfolg.

Sie entdeckte Peter, der an einer der Buden Büchsen warf
und jubelte, als er eine Wundertüte gewann. Neben ihm reckte Theo seine Nase in die Luft, weil er über den Tresen schau-
en wollte, aber zu klein war. Paul hob seinen Sohn hoch und
erklärte ihm das Büchsenwerfen. Prompt wollte der Kleine es
auch einmal versuchen. Der Wurf ging ins Leere, enttäuscht
zog Theo einen Flunsch. »Soll dein Papa das mal versuchen?«,
bot die freundliche Bertreiberin an.

»Ja.« Theo klatschte in die Hände, als Paul sich mit den
Bällen bewaffnete, übertrieben zielte und der Büchsenstapel
scheppernd hintenüberfiel. Nun durfte sich auch Theo eine
Wundertüte aussuchen und strahlte übers ganze Gesicht.

Paul blickte sich suchend um, fand Luisa und kam auf sie zu. »Könntest du eine Weile auf Theo achten, ich müsste mal …« Über die Köpfe der Kinder formte er lautlos mit den Lippen *Weihnachtsmann spielen*.

»Natürlich, geh ruhig.« Luisa beugte sich zu dem Kleinen, während ihr Neffe bereits seine Wundertüte aufgerissen und das Fläschchen mit der Lauge zum Seifenblasen-Pusten hervorgekramt hatte. An der Spitze seines Strohhalms schillerte ein durchsichtiges Gebilde, das hin und her wackelte und wie eine schiefe Kugel aussah.

Theo staunte mit offenem Mund. »Wann kommt meine Mami?«, fragte er dann, und Luisa versetzte es einen Stich.

»Das weiß ich leider nicht. Aber bei deinem Papa ist es ja auch sehr schön. Oder gefällt es dir nicht bei uns?«

»Doch«, antwortete er kleinlaut, schien offensichtlich aber nicht ganz überzeugt.

Um seinetwillen schickte Luisa ein Stoßgebet zum Himmel, dass sich dessen Mutter besinnen und zurückkommen würde.

Dieses Jahr gab es auf ihrem Weihnachtsmarkt am Strandbad Wolzensee einen großen, breitschultrigen Weihnachtsmann, wie er im Buche stand. Theo indes erkannte seinen Vater in dem langen roten Mantel, einem vorgeschnallten Bauch, das Gesicht hinter dem weißen Rauschebart aus Watte verborgen, nicht.

Als in der Dunkelheit der Herrnhuter Stern am Haus sein warmes gelbes Licht verströmte, sah Theo mit weit in den Nacken gelegtem Kopf ehrfürchtig zu ihm auf. Für ein paar Sekunden stand er vollkommen still, und Luisa fragte sich, ob er sich mit einem Herzenswunsch an den lieben Gott wandte.

Sie spürte, dass ihr Tränen über die Wangen liefen.

»Weinst du, Tante Luisa?« Peter stupste sie von hinten an und legte kurz seine Arme um ihre Mitte.

»Ein bisschen vielleicht.« Gerührt strich sie mit dem Zeigefinger über seine Wange, kramte in den Tiefen ihrer Manteltaschen nach einem Taschentuch und putzte sich die Nase.

Theo stand noch immer staunend vor dem Stern und bekam nicht mit, dass sein Vater sich zu ihnen gesellte.

Heute war bereits der 2. Dezember, nur noch wenige Wochen, und das Jahr wäre zu Ende, überlegte Luisa, winkte Paul zu und ging zurück zur Liegewiese, wo die Händler und Gewerbetreibenden ihre Sachen zusammenpackten. Das Jahr 1951, in dem sie zur Witwe geworden war. Als sie sich noch einmal zur Villa umdrehte, war Paul mit Peter und seinem Sohn längst im Warmen. Sie brauchte keinen Mann an ihrer Seite, der ihr sein eigenes Kind verschwiegen hatte. Erneut traten ihr Tränen in die Augen, die sie, fast schon wütend, fortblinzelte.

21

Paul atmete tief durch. Es war nicht leicht, Theo jeden Abend zu trösten, wenn er nach seiner Mami weinte. Der Junge war jetzt seit zwei Wochen bei ihm, Reni hatte sich nicht gemeldet, und Paul ahnte, dass sie es auch nie mehr tun würde. Aber das wagte er seinem Sohn nicht zu sagen. Bisher war Theo an seiner Seite geblieben, wenn Paul seiner Arbeit nachging, dennoch es wäre wohl besser, ihn in einem Kindergarten anzumelden, wo er tagsüber mit Gleichaltrigen spielen konnte und mit Mahlzeiten versorgt wurde.

Wenn Peter aus der Schule kam, steckten die Jungen gern die Köpfe zusammen oder tobten draußen herum, doch Peters Mutter sah das nicht gern.

Paul warf einen Blick auf seinen Sohn, der neben ihm im Doppelbett schlief und leise vor sich hin prustete. Er hatte Renis Locken geerbt, ansonsten schien er nicht viel von seiner Mutter mitbekommen zu haben. Warum hatte sie nicht vernünftig mit Paul geredet, statt Theo hier einfach abzuladen wie ein altes Möbelstück, das nicht mehr gebraucht wurde? Bei dem Gedanken krampfte sich sein Magen zusammen. In dem Bündel, das Theo bei sich gehabt hatte, lag ein Zettel, auf dem Reni hastig ihre Gründe gekritzelt hatte. Paul konnte nicht mehr sagen, wie oft er in den letzten Tagen die Zeilen immer und immer wieder gelesen hatte. Ein dicker Kloß drückte in seiner Kehle. Wenn doch seine eigene Mutter Theo noch hätte kennenlernen dürfen. Reni hatte davon nichts wissen wollen.

Sachte, um Theo nicht zu wecken, der sich am gestrigen

Abend viel zu lange in den Schlaf geweint hatte, stand Paul auf.

Er wusch sich, zog sich an und überlegte, das Frühstück zu holen, aber was, wenn Theo ausgerechnet dann wach wurde und sich allein und verlassen glaubte? Draußen war es bereits hell. Er öffnete seine Wohnungstür, trat ins Freie und ging nur ein paar Schritte, bis er auf den Wolzensee blicken konnte. In der Nacht hatte es Frost gegeben, Raureif haftete an den kahlen Ästen der Birken, die sich der hellen Wintersonne entgegenstreckten. Über dem See waberte in Rosa gefärbter Nebel. Ein Schwarm Schneegänse donnerte in Pfeilformation, für den Menschen unverständliche, lautstarke Signale ausstoßend, am Himmel entlang. Es war der dritte Adventssonntag, rief Paul sich ins Gedächtnis und bedauerte einmal mehr, dass Luisa ihm aus dem Weg ging.

Es war offensichtlich, dass sie von seinem Angebot und dem Liebesgeständnis nicht viel hielt. Er arbeitete für sie, war alleinerziehender Vater, und damit hatte es sich. Da sie nach wie vor die dunklen Winterabende mit ihrer Schwiegermutter verbrachte, fanden die beiden möglicherweise eine Lösung, wie Luisa ihr Strandbad behalten und Julius Marquardt seinen Erbanteil bekommen könnte.

Zu Theo war Luisa allerdings sehr herzlich, aber im Grunde hatte Paul auch nichts anderes von ihr erwartet. Sie war eine starke, eine sehr liebevolle Frau – und er wollte unbedingt mit ihr reden.

Gerade in diesem Augenblick stieg sie langsam die Treppenstufen der Villa hinunter, und als sie ihn auf halber Höhe entdeckte, war es für sie zu spät, so zu tun, als hätte sie ihn nicht gesehen.

»Guten …«, in der offenen Haustür zur Villa erschien Ellinor Marquardt und blickte ihrer Schwägerin hinterher. »… Morgen, Frau von Rochlitz«, grüßte Paul, und Luisa nickte ihm zu.

Sie wandte sich wie nebenbei um und sah, wer sie beobachtete. »Guten Morgen, Herr Rößler. Ich wünsche Ihnen einen schönen Adventssonntag. Gerade sieht es hier draußen einfach zauberhaft aus, finden Sie nicht?«

Luisa trug einen grauen Wintermantel, warme Stiefel mit robusten Sohlen und hatte sich einen dicken Schal aus weinroter Wolle mehrmals um den Hals gewickelt. *Du siehst zauberhaft aus.*

Paul konnte kaum den Blick von ihr wenden. Aus den Augenwinkeln bemerkte er, dass ihre Schwägerin wieder im Haus verschwunden war, und bevor er noch begriff, was er tat, stellte er sich Luisa in den Weg. »Muss ich einen Termin vereinbaren, damit du Zeit findest, mit mir zu sprechen?«, fragte er leise.

»Was redest du für einen Unsinn?« Sie strich sich eine vorwitzige Strähne hinter das Ohr. »Gibt es denn ein Problem?«

»Du meidest mich, als hätte ich mir Pest oder Cholera eingefangen. Ist es wegen Theo?« Er sah ihr tief in die großen braunen Rehaugen.

»Es geht mich nicht das Geringste an, was du treibst, und unterstell mir bitte nicht, ich hätte etwas gegen dein Kind. Das wäre reichlich unfair.« Sie wich seinem Blick aus und tat, als würde ihr der Anblick des nebelverhangenen Wolzensees die Sprache verschlagen.

»Luisa, bitte. Lass uns reden. Es ist mir sehr wichtig, dass ...«

»Paul, versteh doch. Ich bin dir von ganzem Herzen dankbar, was du für mich getan hast«, unterbrach sie ihn mitten im Satz. Aber ...«

»Luisa, Frühstück ist fertig«, rief ihre Schwiegermutter da aus dem Küchenfenster, und Paul verwünschte sie in diesem Augenblick, weil Luisa sich sofort umwandte und ihr zurief: »Ich komme.«

»Entschuldige mich.« Mit forschen Schritten stieg sie die Treppe wieder hoch.

Sie ließ ihn stehen wie einen dummen Jungen, verflixt noch eins.

Am nächsten Tag arbeitete Paul draußen, während Luisas Schwiegermutter drinnen im Haus Theo hütete, der sich einen Schnupfen mit einer Bindehautentzündung zugezogen hatte. Zum Glück hatte sein Sohn kein schlimmes Fieber, Paul hätte nicht gewusst, was er in seiner Hilflosigkeit tun müsste. Vielleicht sollte er Dr. Heise besuchen und den Arzt vorsorglich in Bezug auf Kinderkrankheiten zurate ziehen. Der Gedanke brachte ihn zurück zu einer verschwommenen Erinnerung an seine eigenen Fieberträume, als er letztes Jahr mit einer Lungenentzündung im Bett gelegen hatte.

Ich habe deinem Vater versprochen, alles zu tun, um dich zu retten. Woher kam dieser Satz plötzlich aus dem Nichts? Wie ein Echo aus weiter Ferne mit der Stimme Heises hallten die Worte in seinem Inneren nach. Sein Erzeuger war nie ein Thema für Paul gewesen, seine Mutter hatte ihm vollauf genügt. Er hatte gespürt, dass sie nicht über den Mann hatte sprechen wollen, und es akzeptiert, weil er ihr nicht hatte wehtun wollen. Aber jetzt gab es Theo, der vielleicht eines Tages mehr darüber wissen wollte. Paul beschloss, noch in dieser Woche den alten Arzt aufzusuchen.

Er versuchte angestrengt, eines der Tretboote aus dem Wasser zu hieven, um es zu warten. Ein Jammer, dass Julius Marquardt nicht mit zupackte, doch der musste jeden Tag in aller Herrgottsfrühe zum Arbeitsdienst in der Stadt antreten und kam erst sehr spät und vollkommen ausgelaugt wieder nach Hause.

Gerade als Paul sich den Finger klemmte, das Tretboot noch immer halb im See hing, weshalb er es nicht loslassen konnte, was höllisch wehtat, stieß er einen lauten Fluch aus und sah sich plötzlich Luisa gegenüber.

Rasch eilte sie ihm zu Hilfe und griff zu. Gemeinsam schafften sie es, das rote Tretboot in einem erheblichen Kraftaufwand an Land zu ziehen. Sie schnappten beide nach Luft.

»Warum haben Sie denn nicht vorher was gesagt, Herr Rößler?«

Jetzt siezte sie ihn also auch schon, selbst wenn niemand von der Familie in der Nähe war. Paul wurde wütend. »Seit wann interessiert es dich, ob ich etwas mit dir besprechen möchte?«

Sie warf ihm einen langen Blick zu und schluckte. Falls Luisa ihm eine gepfefferte Antwort hatte geben wollen, wurde sie durch lautes Rufen aus Richtung der Villa daran gehindert. »Guten Tag.« Eine fremde Frau mit einer Aktentasche unter dem Arm kam mit forschen Schritten näher.

»Heidrun Denske, vom Jugendamt, ich suche Herrn Paul Rößler«, stellte sie sich und gleichzeitig ihr Anliegen vor.

Paul grüßte zurück und nickte. »Dann haben Sie mich gefunden.«

»Sehr gut. Uns ist gemeldet worden, dass sich hier ein fremdes Kind aufhält und es nicht sicher ist, ob es dem Jungen gut geht, der ausgesprochen häufig weinen soll. Er hört auf den Namen Theo oder Theodor.« Sie legte den Kopf ein wenig schief und blickte zu Luisa. »Darf ich fragen, wer Sie sind? Die wehrte Frau Gemahlin vielleicht?«

»Luisa von Rochlitz, ich bin …«

»Sie ist *nur* meine Arbeitgeberin«, unterbrach Paul sie. Bei seiner Betonung des Wörtchens »nur« fuhr Luisas Kopf hoch. Er vermied es, sie anzusehen.

Frau Denske blickte zwischen ihnen hin und her, wandte sich dann aber wieder an Paul. »Handelt es sich um ein Findelkind? Das hätten Sie melden müssen, Herr Rößler. Insbesondere in Anbetracht der Lage, dass immer noch unzählige

Kinder nach ihren leiblichen Eltern suchen oder umgekehrt. Sie verstehen sicher ...«

Paul räusperte sich und atmete tief durch. Wer hatte das dem Jugendamt gesteckt? Einer der Marquardts, vermutete er und hätte am liebsten laut aufgebrüllt. Was, wenn sie ihm seinen Jungen wegnahmen? Ihn vorübergehend in ein Heim steckten, bis sie seine Mutter ausfindig gemacht hatten? Dort, wo sie früher gewohnt hatte, lebte sie nicht mehr. Paul hatte längst nach ihr gesucht – bisher ergebnislos, und vor drei Tagen hatte er beschlossen, es bleiben zu lassen. Er würde Theo bei sich behalten, komme was wolle. Schlimm genug, dass seine Mutter ihn nicht mehr wollte.

Paul spürte, wie sich Luisas Blick in sein Gesicht brannte. Ihre großen Augen wirkten überrascht. Sie konnte sich demnach den Besuch der Jugendamt-Mitarbeiterin ebenso wenig erklären wie er selbst. »Theo ist kein fremdes Kind, sondern mein Sohn, den seine Mutter nicht mehr versorgen konnte.« *Eher loswerden wollte.*

»Aha, so ist das. Dann kennen Sie sicher auch den vollständigen Namen des Kindes«, sagte Frau Denske sachlich.

»Theo Stephan, seine Mutter ist Renate Stephan, zuletzt gemeldet in der Großen Milower Straße in Rathenow«, gab Paul ordnungsgemäß an.

»Wir werden die Sachlage prüfen, Herr Rößler. Kann ich das Kind jetzt sehen, um mir einen Eindruck zu verschaffen?«

Die Tonlage der Frau stellte klar, dass der Satz nur der Höflichkeit halber als Frage formuliert worden war. Paul hatte keine Chance abzulehnen, wenn er nicht Gefahr laufen wollte, seinen Sohn zu verlieren. Ihm blieb nichts anderes übrig, als zuzustimmen, und so nickte er. Auf dem Weg zum Haus spürte er, dass sein Herz immer schneller zu schlagen begann. Er würde Theo nicht hergeben, um nichts in der Welt, und erst jetzt begriff er, was damals während des Krieges in seiner Mutter vorgegangen war. Luisa folgte ihm mit etwas Abstand.

Eher widerwillig führte er Frau Denske in die Küche, wo Christiane am Herd stand, in einem Topf rührte und sich mit Theo, der auf der Chaiselongue lag, lachend unterhielt. Paul stellte die Frauen einander vor.

Auf dem Küchentisch stand noch die Flasche mit dem Borwasser, mit dem sie Theo die Augenlider gereinigt hatten.

»Ich würde mich gern allein mit Theo unterhalten«, sagte Frau Denske, lächelte schwach und inspizierte aufmerksam den Raum und Pauls Sohn.

Christiane zog den Topf beiseite, nickte und verließ die Küche, wobei sie Paul einen fragenden Blick zuwarf. Er hatte jetzt nicht den Nerv, irgendetwas zu beantworten. Draußen auf dem Flur tat Luisa so, als entferne sie eine Spinnwebe in der Ecke, und sah ihn ebenso gespannt an wie ihre Schwiegermutter zuvor.

»Was ist denn hier los? Eine Generalversammlung im Hausflur?«, ereiferte sich Ellinor Marquardt und schob ihren Schwangerenbauch vor sich her.

Paul spürte, dass er zu schnell atmete und kurz davorstand, die Fassung zu verlieren. Fehlte noch, dass er jetzt zu flennen anfinge. Bitte nicht vor dieser Frau. *Noch ist nichts entschieden*, redete er sich gut zu, schob die Hände in die Hosentaschen und versuchte, die Anwesenden auszublenden.

Luisa tat Paul unendlich leid. Er lehnte mit dem Rücken an der Wand, die Augen geschlossen, seine langen dunklen Wimpern lagen wie halbmondförmige Schatten auf den Wangen und sollten wohl seinen inneren Aufruhr verbergen. Aber sie fühlte, was in ihm vorging, und wusste um seine Not.

»Es ist jemand vom Jugendamt hier«, erklärte sie ihrer Schwägerin und widerstand damit dem Drang, Paul zu berühren.

»Ach ja?«, hakte Ellinor nach.

Der Tonfall ließ Luisa aufhorchen.

»Dabei geht es Theo doch gut bei seinem Papi, nicht wahr. Es soll ja Mütter geben, die wegen ausbleibender Alimente einfach den Kopf verlieren. Was bin ich froh, in geordneten Verhältnissen zu leben.« Lächelnd tätschelte sie ihren Babybauch.

Paul biss sich mit den oberen Schneidezähnen so stark in die Unterlippe, dass es zu bluten begann.

»Sei still!«, herrschte Luisa Ellinor an. »Du warst es, habe ich recht? Du hast es dem Jugendamt gesteckt.«

»Pfff.«

Christiane berührte Luisa sanft am Arm. »Es hat keinen Zweck, mit gehässigen Menschen zu diskutieren.« Sie wandte sich an Ellinor. »Pfui, kann ich nur sagen.«

»Erlaube mal …«

Frau Denske steckte ihren Kopf aus der Küchentür und blieb irritiert stehen. »Herr Rößler.«

Paul riss die Augen auf, zog hastig die Hände aus den Hosentaschen und stieß sich von der Wand ab.

»Sie bekommen in Kürze eine Vorladung. Dann wird Ihnen das Ergebnis zur Prüfung des Sachverhalts mitgeteilt«, erklärte die Dame vom Jugendamt.

Christiane schob Ellinor vor sich her über den langen Flur, nötigte sie, nach draußen zu gehen, und verließ sicherheitshalber gemeinsam mit ihr die Villa.

Frau Denske schüttelte leicht den Kopf, als müsse sie sich wieder konzentrieren. »Theo geht es hier gut, wie ich mich überzeugen konnte. Eine Inobhutnahme durch das Jugendamt ist aus meiner Sicht nicht angezeigt. Sie versichern glaubhaft, dass der Junge Ihr Sohn ist. Das erlebe ich in der Regel genau andersherum. Ob es der Tatsache entspricht, wird sich zeigen. Wir werden mittels einer Blutanalyse einen Vaterschaftstest veranlassen, sollte auf Theos Geburtsurkunde ein anderer Vater angegeben sein.«

Paul nickte, wischte sich mit dem Handrücken über den Mund und merkte erst jetzt, dass er blutete. Luisa drückte ihm schweigend ihr Taschentuch in die Hand. Ohne ein Wort darüber zu verlieren, presste er es gegen die Lippe und verabschiedete sich von Frau Denske.

Luisa folgte Paul in die Küche, wo Theo sich auf der Chaiselongue mit seinem ramponierten angeschmuddelten Teddy unterhielt, dem ein Ohr fehlte und dessen rechter Mundwinkel bereits ausfranste. Vielleicht würde sie mit Theos Erlaubnis sein Lieblingsspielzeug in den nächsten Tagen reparieren dürfen.

Paul setzte sich zu seinem Sohn, zog ihn in seine Arme und küsste immer wieder dessen Locken. Wenn sie es nicht besser wüsste, hätte Luisa das zarte Kind mit den weichen Gesichtszügen für ein Mädchen gehalten. In dem Moment bereute sie, so hart zu Paul gewesen zu sein. Sie hätte sich seine Version der Geschichte anhören und nicht von vornherein davon ausgehen sollen, dass er diese Reni geschwängert und sich der Verantwortung entzogen hatte.

Luisa war fest entschlossen, ihren Fehler wiedergutzumachen, und linste in den Topf auf dem Herd, in dem noch der Holzlöffel steckte. »Sieh einer an«, sagte sie zu Theo. »Hat Christiane etwa extra für dich Milchreis gekocht?«

Der Junge nickte heftig und grinste verschmitzt. »Oma Christiane.«

»So heißt sie?«, wollte Luisa wissen.

»Hat sie gesagt.« Wieder nickte Theo und strampelte sich

schließlich aus Pauls Armen frei. »Milchreis mit Zucker und Zimt.«

»Du bist wohl ein Schleckermäulchen.« Luisa warf Paul einen Seitenblick zu und entdeckte aus den Augenwinkeln ein Glas Apfelmus auf dem Küchentisch.

»Mhm«, machte Theo und zog die Buchstaben in die Länge.

»Was? Das wusste ich ja noch gar nicht.« Paul begann den Jungen am Bauch zu kitzeln, bis dieser gluckste und lachend aufschrie.

Nach dem Mittagessen radelte Ellinor mit dem Fahrrad zur Nachmittagsschicht in die Bibliothek. Luisas Mutter zog sich zur Mittagsruhe zurück, und Christiane räumte die Küche auf. Eigentlich wollte Luisa mit der Planung der nächsten Strandbad-Saison beginnen, aber Julius' Drängen auf Auszahlung seines Erbes hing wie ein Damoklesschwert über ihr. Trotzdem tauchte vor ihrem geistigen Auge wieder ein Restaurant auf, im ersten Stock der Villa, mit Blick auf den See. Eingerichtet mit dunkel gebeizten Möbeln, den Mittelpunkt bildete ein Segelschiffmodell, mit Fischernetzen an der Decke, in denen große bunte Glaskugeln verflochten waren, und Dekorationen aus Muscheln auf den Tischen und Fenstersimsen. Bestimmt würde ihr bald noch mehr dazu einfallen.

Paul lümmelte neben Theo auf der Chaiselongue. Die beiden steckten die Köpfe zusammen und flüsterten miteinander. Der Junge gähnte.

»Ich denke, es wird Zeit für dich, ein Mittagsschläfchen zu halten«, sagte Christiane, nachdem sie mit dem Abwasch fertig war und Luisa das Geschirr abtrocknete. »Möchtest du bei mir schlafen, Theo?«

Der Kleine sah seinen Vater an, und als dieser nickte, schwang er seine Beine von der Chaiselongue und schob die

Füße in Peters ausrangierte Hausschuhe, die ihm noch um einiges zu groß waren.

Paul drückte ihm einen Kuss in die Locken und stand ebenfalls auf.

»Wartest du einen Moment?«, bat Luisa ihn und deutete mit der Hand, er möge sich an den Küchentisch setzen. Rasch trocknete sie noch das Besteck ab und sortierte es in die entsprechenden Fächer ein. Paul kam schweigend ihrer Bitte nach und zog die *Rathenower Nachrichten* heran. Offenbar unbewusst rieb er sich während des Lesens den linken Ringfinger, der sich bläulich verfärbt hatte.

»Hast du dich verletzt?«, fragte Luisa.

»Eingeklemmt, als ich das Tretboot herauswuchten wollte«, antwortete er, ohne von den Inseraten aufzusehen.

»Paul?« Sie trat näher an ihn heran, aber er wollte sie offensichtlich auflaufen lassen. Luisa konnte es ihm nicht verdenken. »Es war dumm von mir.«

Er las weiter oder tat zumindest so.

»Du kümmerst dich rührend um Theo.« Sie flüsterte beinahe, beugte sich vor und folgte Pauls angestrengtem Blick, der auf einer Anzeige des Konsums ruhte, in der die Genossenschaft für Kittifix, den Kleber für alles, warb und der in sämtlichen ihrer Verkaufsstellen erhältlich war. *Wenn sich meine Beziehung zu Paul doch auch wieder kitten ließe*, schoss es ihr durch den Kopf. Sie vermisste seine Nähe, schob sich noch dichter an ihn und atmete seinen ganz speziellen Duft nach Rasierseife, Winterfrische, Holzfeuer und etwas Süßem ein, das sie nicht näher bestimmen konnte. Vielleicht waren es der Zimtzucker, das Apfelmus, oder es hatte gar etwas mit dem kleinen Theo zu tun. Eine Sekunde schloss Luisa die Augen und holte tief Luft. Als sie die Lider wieder öffnete, las sie unter der Klebstoffwerbung: *Ich erkläre hiermit, dass ich für die Schulden meiner Ehefrau nicht aufkomme. Gustav Krüger,*

Schwalbenweg 18. Erschüttert las sie den Text erneut, dieses Mal laut.

»Was für ein Arschloch!«, stieß Paul aus.

Luisa freute sich von Herzen, dass er endlich wieder eine echte Regung zeigte, und hoffte, den Moment für sich nutzen zu können. Sie holte einen frischen Lappen, hielt ihn unter den Kaltwasserstrahl, wrang ihn etwas aus und wickelte ihn zur Kühlung um Pauls Finger. »Tut es sehr weh?«

Er warf ihr einen langen Blick zu und schien zu überlegen, ob sich ein Gespräch mit ihr lohne.

Rasch kam sie ihm zuvor, setzte sich schräg gegenüber, um ihn ansehen zu können, und suchte fieberhaft nach den passenden Worten.

Aber Paul war schneller. »Was tut dir leid?«, fragte er ruhig.

Sie war erleichtert. »Ich habe mich dumm benommen, als diese Reni mit Theo aufgetaucht ist. Weil ...« Es stimmte nicht, dass sie annahm, Paul hätte die Frau geschwängert und sitzen gelassen, wie sie sich so gern eingeredet hatte. »Warum hast du mir Theo verschwiegen? Immerhin haben wir ...« Sie spürte, wie ihr das Blut in die Wangen stieg, und konnte nicht weitersprechen.

»Das ist es also, ja?«, hakte er nach. »Ich hätte dir von meinem Kind erzählen sollen?«

Sie nickte.

Plötzlich musterte Paul sie gnadenlos. »Du bist zwar *nur* meine Arbeitgeberin ...«

Wie er es sagte, klang es grässlich, und dass er am Ende eine Pause einlegte, machte es nicht besser. Ihr war klar, dass sie selbst die Schuld daran trug. Sie wünschte, sein Blick würde sie nicht weiter attackieren.

»... aber könnte es sein, dass du ... eifersüchtig bist?«, fragte er seelenruhig und verriet mit keiner Regung, was er davon hielt.

Für den Moment verschlug es Luisa die Sprache. Sie räusperte sich, während ihre Gedanken durcheinanderstolperten. Noch immer brachte sie es nicht fertig, sich seinem Blick zu entziehen. *Eifersucht?* Das war doch lächerlich. Sie hatte keine Ahnung, bis dato kannte sie nichts dergleichen. *Eifersucht.* Das Wort lag schwer auf ihrer Zunge, es schmeckte wie bittere Medizin und fühlte sich an wie Bauchweh und eine Wunde am Herzen zusammen. Das also war Eifersucht, überlegte sie, als sie den Gedanken zuließ, weil sie ehrlich zu sich selbst sein wollte. Und endlich auch zu Paul. »Möglich«, hauchte sie.

Sie beobachtete, wie er seine Mundwinkel zunächst in die Länge zog und schließlich hob. Er grinste sie an. Instinktiv trat sie ihm unter dem Tisch gegen das Schienbein.

»Aua.« Dennoch lachte er, auch wenn er übertrieben das Gesicht verzog und sich hinunterbeugte, um an der Stelle zu reiben. »Du bist eifersüchtig.«

Sie verdrehte die Augen.

»Ich habe dir gesagt, dass ich dich liebe, und du bist eifersüchtig. Also …«

»Also was?«, fuhr Luisa aufgebracht dazwischen.

Er lachte fröhlich, und dieses Lachen wärmte sie.

»Du magst mich auch. Wenigstens ein bisschen. Aber du magst mich. Was fangen wir damit jetzt an?«, fragte er, plötzlich wieder ernst.

Sie zuckte mit den Schultern. »Erzähl mir von dir, Paul.«

»Was möchtest du wissen?« Er lehnte sich zurück und polkte am kalten Umschlag seines Ringfingers herum.

Alles. »Wie kam das mit Theo?« Dafür interessierte sie sich brennend.

»Die hanebüchene Geschichte mit den Blümchen und den Bienen hast du verstanden, oder?« Er klimperte unschuldig mit den Wimpern.

Luisa lachte laut auf und presste sich gespielt empört die Hand auf den Mund.

»Dafür muss ich weiter ausholen«, begann Paul leise, und etwas an seinem Tonfall verursachte ihr eine Gänsehaut.

»Ich habe mit meiner Mutter zusammengelebt, wir hatten es gut. An einen Mann an ihrer Seite erinnere ich mich nicht«, begann Paul. »Sie arbeitete im Kaufhaus an der Schleusenbrücke in der Rathenower Steinstraße zunächst beim Herrenausstatter Schlesinger.«

»Eines der wenigen Gebäude, das nicht vollkommen zerstört wurde im Krieg«, warf Luisa ein.

Paul nickte. »Die Schlesingers und viele andere wurden schon bald nach Hitlers Machtergreifung deportiert. Meine Mutter durfte weiter als Verkäuferin unter dem neuen Besitzer des Kaufhauses arbeiten, weil sie arisch war. Doch je länger der Krieg andauerte, desto beunruhigter wurde sie. Eines Tages, im Sommer 1942, kurz vor meinem achtzehnten Geburtstag, fuhren wir beide mit dem Fahrrad übers Land nach Bützer. Wir stellten unsere Räder an einer roten Backsteinmauer ab und gingen hinunter zur Havel. Dort erklärte sie mir, dass ich untertauchen müsse.«

Luisa stützte die Ellbogen auf den Tisch. »Erzähl weiter, ich höre dir zu.«

»Sie war fest entschlossen, ihr einziges Kind und damit alles, was sie noch an Familie hatte, zu beschützen und nicht für diesen Krieg zu opfern.«

Wieder überzog Gänsehaut Luisas Rücken. Sie wünschte, sie hätte Pauls Mutter näher kennengelernt. Voller Hochachtung vor dieser tapferen Frau stiegen ihr Tränen in die Augen.

Paul hatte kaum je darüber gesprochen. Nur Mitja kannte die Geschichte. In Luisas Blick trat ein verräterischer Schimmer. Wenn er ihr jetzt nicht die Wahrheit erzählte, würde es immer zwischen ihnen stehen, und das wollte er auf keinen Fall. Vielleicht war es an der Zeit, sich der Erinnerung zu stellen, aber wann immer sein Gedächtnis sie nur angestupst hatte, war Paul der kalte Schweiß ausgebrochen, und er hatte einen Rückzieher gemacht. Manchmal im Dunkeln schlich sich die Vergangenheit heimlich an ihn heran. Sie hatte ihre scharfen Klauen längst in seine Seele geschlagen, ihn schwach und verletzlich gemacht.

Als ahne Luisa, was in ihm vorging, nahm sie seine Hand und strich zart mit dem Daumen darüber.

Paul brachte es nicht fertig, Luisa anzusehen, schloss die Lider und ließ sich in die lange verdrängten Erinnerungen fallen. Die Hoffnung, dass seine Liebe zu Luisa alle Wunden heilen würde, hielt ihn aufrecht.

»Paul, hör mir jetzt gut zu«, hatte seine Mutter gesagt, und er vermisste plötzlich das Lächeln in ihrer Stimme, deshalb drehte er sich zu ihr um.

Sie standen am Ufer, verborgen vor den Blicken anderer, unter herabhängenden Zweigen von Erlen und Weiden. »Du musst untertauchen, bevor du achtzehn Jahre alt wirst und von der Wehrmacht eingezogen werden kannst.«

Paul starrte seine Mutter an, als hätte sie chinesisch rückwärts gesprochen. »Ich bin doch kein Feigling«, protestierte er. »Das Vaterland braucht jeden Mann, und es ist meine Pflicht ...«

»Das Vaterland kann mich mal! Ich bin deine Mutter, ich habe dich unter meinem Herzen getragen, dich unter Schmerzen geboren. Mein Wort sollte für dich oberste Priorität haben. Ist das bei dir angekommen?«

Was war nur in sie gefahren, so kannte er sie nicht. Aber um des lieben Friedens willen nickte er.

»Gut. Ab jetzt bist du ein Ausreißer, der seiner Mutter nichts als Scherereien macht. Ich weiß nie, wo du bist, weshalb ich deine Post einschließlich Einberufungsbefehl nicht an dich weiterleiten kann«, sagte sie so resolut, als würde sie ihm die Leviten lesen.

Paul lachte. »Aber mein liebstes Mamilein, das würde ich dir niemals antun«, zog er sie auf. Doch sie stimmte nicht in seine Fröhlichkeit ein. Zum ersten Mal in dieser seltsamen Unterhaltung machte sich ein flaues Gefühl in seinem Magen breit.

Sie deutete mit der Hand nach rechts. »Diese rote Backsteinmauer, die hier entlang zum Ufer führt, gehört zu einem Anwesen, das man im Ort das Kapitänshaus nennt. Merk dir das. Falls der Tag kommen sollte, an dem du aus deinem Versteck flüchten musst, schlag dich nach Bützer zum Kapitänshaus durch.«

Paul versuchte, sich alles genau einzuprägen. »Welchem Versteck?«

»Du gehst noch heute in die Schrebergartensiedlung Charlottengarten in Rathenow«, antwortete seine Mutter bestimmt, als schicke sie ihn zum Kohlenholen in den Keller.

»Heute?« Das konnte unmöglich ihr Ernst sein.

Sie nickte so vehement, dass jede Widerrede ausgeschlossen war. »Dort gibt es eine Laube, mit einem Kanonenofen und einem Keller, der für dich mit allem notwendigen ausgestattet wurde.«

»Extra für mich?« Es handelte sich hoffentlich um einen schlechten Scherz.

Aber seine Mutter scherzte keineswegs. Am späten Nachmittag brachte sie ihn persönlich als Laubenpieper dort unter. »Wann immer jemand kommt oder dir eine Situation nicht geheuer ist, verschwindest du in den Keller. An der Wand unter der Stiege steht ein Weidenkorb mit Deckel, quetsch dich hinein. Unter gar keinen Umständen kletterst du dort wieder raus, bevor die Gefahr vorüber ist«, bläute sie ihm ein.

»Woher soll ich wissen, wann die Luft rein ist?«

»Folg deinem Instinkt. Ab und an wird jemand kommen und dir Lebensmittel, Kohlen oder frische Kleidung bringen. Derjenige verwendet ›Küchenkräuter‹ als Parole. Sollten die Worte ›Rote Beete‹ fallen, gilt das als Warnung, und du machst dich unsichtbar.«

Na, das hatte sich seine Mutter ja fein ausgedacht. Paul hasste Rote Beete.

»Genau aus dem Grund wirst du es nicht vergessen.« Sie stieß ein bitteres Lachen aus. »Ich bemühe mich, dich mit Büchern zu versorgen. Lese und lerne, dann vergeht die Zeit. Treib Sport, Liegestützen oder was weiß ich ...« Ihr versagte die Stimme.

»Mama.« Paul wollte sie in seine Arme ziehen, doch sie streckte ihm beide Handflächen entgegen.

Einen Moment später atmete sie tief durch und hatte sich wieder etwas gefasst. »Geh am besten nur in der Dunkelheit an die frische Luft, oder vergewissere dich, dass dich niemand sieht. Und wenn alles ausweglos ist, alles, hörst du, Paul?«

Er nickte, da sie ihn eindringlich wie niemals zuvor ansah.

»Dann musst du fort und flüchtest dich irgendwie nach Bützer in das Kapitänshaus. Mit dem Wort ›Küchenkräuter‹ findest du dort Einlass.« Seine Mutter sah aus, als wolle sie ihm noch etwas sagen, aber sie schwieg. Überwältigt von dem Gefühl, sich ihre Stimme für lange Zeit einprägen zu müssen, blinzelte Paul in die Abendsonne. Warum war ihm plötzlich zum Heulen zumute?

Seine Mutter verlor die Beherrschung und warf sich schluchzend an seine Brust. »Vergiss nie, dass ich dich liebe. Mehr als alles andere auf der Welt. Pass auf dich auf. Du musst leben.« Sie küsste seine Wangen, küsste ihn auf die Stirn. Paul schloss die Augen, hielt seine Mutter in den Armen, spürte ihre Küsse auf seinen Lidern, der Nasenspitze, über dem ganzen Gesicht verteilt. Und plötzlich löste sie sich von ihm und rannte, als wäre der Teufel hinter ihr her, davon.

Anfangs fiel es ihm schwer. Er verfluchte seine Lage, war wütend, hätte am liebsten das Inventar der Laube zerschlagen, doch dann lag eines Tages ein alter Jutesack neben der Tür. Paul fand ihn, zog ihn ins Innere und sah hinein. Ein Stück Speck in Zeitungspapier gewickelt, Konserven, ein Glas Leberwurst, Margarine, Kommissbrot, Zwieback und eine Büchse Tee waren darin. Er sortierte alles im Keller ins Regal und entdeckte unten im vermeintlich leeren Sack ein Stoffetui, es enthielt einen Brief seiner Mutter.

Paul, mein lieber Junge. Verzweifle nicht. Ich denke jeden Tag an dich. Du musst leben. Meine Liebe ist immer bei dir. Für dich bin ich stark, jeden Morgen, jede Stunde. Kämpfe! Ich küsse dich, deine Mama.

Von da an tat Paul sein Bestes, um sie nicht zu enttäuschen. Wie sie es schaffte, ihm sogar Bücher über Forstwirtschaft (die ihn nicht wirklich interessierten – er sie aber dennoch seiner Mutter zuliebe las), Gartenbau (die er systematisch durcharbeitete, um sich darin auszuprobieren) und Maschinenbau (die er mit dem größten Vergnügen verschlang) zukommen zu lassen, war ihm schleierhaft. Seine Mutter war stark für ihn, dann konnte er das auch sein, und das Gefühl, ein Drückeberger, Verräter oder gar Feigling zu sein, fiel nach und nach von ihm ab.

Paul war schrecklich einsam. Er stellte sich einen festen Tagesplan auf, weil, wie er merkte, er damit besser klarkam. Er gab sich Zeiten zum Essen, Schlafen, Lernen, sportlicher Ertüchtigung, Aufräumen und Gärtnern, die er genaustens einhielt. Meistens war er allein. Doch immer wenn die Melancholie quälend wurde, tauchte jemand auf, der mit ihm unbedingt über Küchenkräuter philosophieren wollte, was Paul unendlich glücklich machte und ihn zum Lachen brachte. Wenn die Person auf einen kurzen Plausch blieb, war das der Höhepunkt der gesamten Woche, oft für länger. Zwischendurch fand er am Brennholzstapel Kartons, Kisten, Taschen oder Stoffbündel, in allen befanden sich Lieferungen, wie Paul es insgeheim nannte. Manchmal kam eine Frau, aber in der Regel immer der schlanke freundliche Mann, der ihm seinen Namen nicht verraten wollte. »Es ist besser so, glaub mir«, erklärte dieser. Paul wurmte diese Tatsache, und er machte sich einen Jux daraus, sich eine Liste anzulegen, um wie bei Rumpelstilzchen beim nächsten Zusammentreffen seine Vorschläge herauszuposaunen. »Wie kann man nur so stur sein«, kommentierte sein Besucher.

Ein Jahr verging, dann ein zweites. Es grenzte an ein Wunder, dass niemand von ihm Notiz nahm. 1944 befand sich in einer der Lieferungen ein kleiner Schnipsel. Es handelte sich nicht um die Handschrift seiner Mutter. *Kann vorerst nicht mehr kommen. Pass auf dich auf. Markus.* Daneben ein hingekritzeltes Gesicht mit herausgestreckter Zunge. Paul grinste und warf den Zettel sofort in den Ofen.

Markus sah er nie mehr wieder. Erst viel später erfuhr er, dass er untergetaucht, verraten, aufgespürt und hingerichtet worden war.

Im April 1945 wurde Rathenow bombardiert. Paul fragte sich, ob es jetzt an der Zeit war, den Schrebergarten zu verlassen. Er fühlte sich abgeschnitten vom Rest der Welt und wollte raus, bevor er durchdrehte.

Seit hundert Tagen hatte er mit keinem Menschen mehr gesprochen. Die Luft roch nach Qualm. *Es kann nicht mehr lange dauern*, hatte im letzten Brief seiner Mutter gestanden. Aber was, wenn sie sich irrte? Am nächsten Tag glaubte Paul zu halluzinieren, denn er hörte ihre Stimme. Er wollte schon vor die Tür stürmen, als er, wie er es sich angewöhnen musste, durch die vergilbten Gardinen spähte und einen Soldaten hinter seiner zierlichen Mutter aufragen sah.

»Unerhört, darf man hier nicht mal nach Winterkartoffeln, Möhren oder im Boden vergessenen Roten Beeten suchen?«, schrie seine Mutter den bulligen Mann hinter ihr an.

Paul erstarrte, fasste sich aber sofort und flüchtete lautlos in den Keller, zog die Falltür hinter sich zu und warf sich in den Weidenkorb, in dem er nur selten Zuflucht gesucht hatte. Oben donnerte jemand gegen die Haustür, kurz darauf polterten Schritte auf dem Dielenboden genau über ihm. Paul hielt die Luft an. Geschirr ging zu Bruch, Möbel wurden verschoben, dann die Stimme seiner Mutter. »Lassen Sie mich gefälligst los!«

Unter gar keinen Umständen aus dem Versteck kommen! Dieser Satz hämmerte durch Pauls Gedanken. Er presste sich die Hände gegen die Ohren. Als seine Mutter anfing zu schreien, setzte sein Herz aus. Paul hielt es nicht länger hier unten. Er trat fast den Korb entzwei, hechtete die Stiege hoch, warf sich mit der Schulter gegen die Falltür, die krachend oben gegen die Wand schlug.

»Na also, da ist ja unser kleiner Vaterlandsverräter.« Der vierschrötige Soldat zog sich aus Pauls Mutter zurück, wurschtelte seinen schlaffen Schwanz in die Hose und grinste siegessicher.

Paul wagte zunächst nicht, zu seiner Mutter zu sehen, tat es aber schließlich doch und schwankte. Sie kauerte im zerrissenen Kleid auf dem Boden, der Schlüpfer schlackerte um ihren linken Knöchel, die Strümpfe waren blutig, und ihre Scham lag frei. Paul schrie, weil er die Wirklichkeit nicht ertragen konnte, und riss sich den Pullover über den Kopf, um seine Mama damit notdürftig zu bedecken. Er konnte kaum noch etwas sehen, weil ihm die Tränen übers Gesicht strömten. Seine Mutter starrte durch ihn hindurch, als wäre er ein Geist. Bei seiner Berührung zuckte sie zurück, sofort zog er die Hand weg und richtete sich auf. Im selben Moment stieß der Soldat den Pistolenlauf in Pauls Nacken, entsicherte, und Paul schloss die Augen. Es war vorbei.

Luisa sprang auf und umarmte ihn. Nur langsam fand Paul in die Realität zurück. Er atmete heftig, weil sich der Krampf in seiner Brust erst allmählich löste.

»Es tut mir so leid.« Luisa hauchte unzählige Küsse in sein Gesicht. »Das mit diesem Markus ist ja schrecklich. Kennst du seinen vollen Namen?«

»Markus Frantzen. Meine Mutter hat mir ein bisschen von ihm erzählt. Viel wusste sie auch nicht. Er stammte offenbar aus Milow und hatte dort einen kleinen Bauernhof«, berichtete Paul.

Luisa wurde blass. »Dann kann es sich nur um Helenas Vater handeln. Wir müssen ihr unbedingt davon erzählen.«

Jetzt wurde Paul klar, warum ihm der Name Frantzen so bekannt vorgekommen war, als Luisa damals den ihrer Freundin erwähnt hatte.

Sie umarmte ihn noch einmal. »Du lebst, du hast es überstanden. Gott sei Dank, du lebst! Hat deine Mutter dich gerettet?«

Paul schüttelte den Kopf. Was danach passierte, war für ihn immer noch wie ein Wunder.

Geschütze dröhnten, das Rasseln von Panzerketten drang von irgendwoher, die Front rückte immer näher, und er würde sterben, ohne als Soldat in diesem Krieg gekämpft zu haben. Er wünschte nur, seine Mutter müsste das nicht mitansehen, und hoffte, sich nicht in die Hosen zu pinkeln vor Angst.

Plötzlich donnerten Stiefel so schwer auf den Dielen, dass der Boden unter Pauls Füßen vibrierte. Ein ohrenbetäubender Schuss krachte durch den Raum, Holz zersplitterte, und gleichzeitig löste sich der Druck in Pauls Nacken in Luft auf. Hinter ihm sackte der Soldat in sich zusammen. Es roch nach Blut, Schweiß und fremdem Tabak.

Langsam, mit erhobenen Händen, drehte Paul sich um und sah sich drei russischen Soldaten in ockerfarbenen Uniformen mit rotem Stern gegenüber. Sie hatten rotgeränderte Augen und stießen harte Laute aus, die Paul nicht verstand. Der Offizier unter ihnen machte zwei Schritte vorwärts, erfasste die Lage, ging vor Pauls Mutter in die Hocke und flüsterte in einem tröstlich anmutenden Singsang, dessen Melodie beinahe wie *Heile, heile Gänschen* klang, obwohl es um eine Katjuscha zu gehen schien.

Pauls Mutter zitterte am ganzen Leib. Der Russe richtete sich wieder auf und wandte sich an Paul. »Ihr versteckt? Ihr Juden?«

Paul hörte seinen Herzschlag in den Ohren pochen. Sollte er es wagen und sich für einen versteckten Juden ausgeben? Der Offizier verengte die Augen zu schmalen Schlitzen und musterte ihn. Paul zögerte. Schon deutete der Russe auf Pauls Gürtel und zog leicht daran. Musste er seine Hose ausziehen? Bevor er richtig begriff, schob er die Schnalle auf, hielt inne, doch der Russe nickte. Unsicher machte Paul weiter, öffnete die Knöpfe und zögerte wieder.

»*Dawej*«, rief der Russe, »mach schon!«, und zerrte ungeduldig Pauls Unterhose herunter.

Paul schluckte und lief rot an, während der Soldat einen langen Blick auf seinen Penis warf. »Nix Jude. Faschist.«

»Nein«, widersprach Paul und zog die Hosen hoch.

Die beiden anderen Soldaten hielten plötzlich ihre Maschinenpistolen im Anschlag. Da kam Leben in seine Mutter, sie sprang hoch, stellte sich vor Paul und schrie immer wieder: »Mein Kind. Mein Kind. Mein Kind.«

»Ruhe«, brüllte der Offizier, der offenbar mehr Deutsch verstand, als er vorgegeben hatte, und ließ sich von Paul die Lage erklären.

Während Paul redete, sank seine Mutter gegen ihn. Sie konnte sich kaum noch auf den Beinen halten, und Paul umschlang ihre Taille.

Die Soldaten waren drauf und dran, Paul zu erschießen. Er sah es ihnen an. Aber der Offizier mahnte sie zur Besonnenheit und schien Paul Glauben zu schenken. »Wo Zuhause?«, erkundigte er sich.

»In der Havelstraße in Rathenow«, nannte ihm Paul die Adresse.

Auf das Kommando des Offiziers fuhren sie stadteinwärts, aber das Haus in der Havelstraße, in dem sich ihre Wohnung befand, war stark zerstört worden und durfte wegen Einsturzgefahr nicht betreten werden. Man nahm sie mit zum russischen Hauptquartier in der Steinstraße. Von dort waren es nur wenige Meter bis zu dem Kaufhaus, wo seine Mutter gearbeitet hatte und wo im oberen Stockwerk Dr. Heise praktizierte. Dahinauf trug Paul seine Mutter.

Keinen Monat später war der Krieg vorbei.

Seine Mutter erholte sich, und Paul tanzte mit seinem Befreier Mitja Bereshnoi und feierte das Leben. In dem russischen Offizier hatte er einen Freund und Beschützer gefunden.

Nach diesem verdammten Krieg glaubte Paul, dass alles möglich wäre, und stürzte sich voller Tatendrang in jeden anbrechenden Tag. Er räumte tonnenweise Schutt aus den Straßen, nahm jede Arbeit an, die sich ihm bot, am liebsten dort, wo viele Menschen zugange waren. Gab es irgendwo etwas zu feiern, Paul war mit von der Partie. Sein unstillbarer Hunger nach Leben wirbelte durch seinen Kreislauf, als zischten Champagnerperlen in seinem Blut. Es gab so viel nachzuholen. Nur am Rande registrierte er, dass seine Mutter immer stiller und schwächer wurde. Lebensmittel waren knapp wie nie, es fehlte an Brennstoffen. Paul begann eine ordentliche Lehre zum Schlosser bei einem strengen Meister, und er lernte viel. Die Arbeit war körperlich schwer, doch das machte ihm nichts aus. Vorläufig wohnte er in dem kleinen Zimmer mit seiner Mutter über dem Kaufhaus, wo weitere Familien untergebracht waren, die alles verloren hatten. Später dann fuhr er mit den Arbeitskollegen an den Sonnabenden nach Feierabend nach Berlin, um durch die Kneipen zu ziehen.

Auch in Rathenow konnte man sich vergnügen, nach der Arbeit oder den Streifzügen über den Schwarzmarkt. Dort traf Paul auf die mehr als zehn Jahre ältere Reni, deren Einsamkeit sprichwörtlich mit den Händen zu greifen war. Als sie sich anblickten, verstanden sie einander sofort. In der Dunkelheit der Nacht wirkte sie verführerisch, mit den strahlendsten Augen, die er je gesehen hatte. Ihr Lächeln, die reinste Aufforderung. Sie machte es ihm so leicht, warum sollte er nein sagen. Das erste Mal im Leben schlief Paul mit einer Frau, obwohl er von nichts eine Ahnung hatte. Es war egal, denn Reni wusste alles und brachte es ihm bei. Paul war ein Meisterschüler, bis er sich eines Nachts vergaß und Reni schwanger wurde.

Er hatte sie eine Zeitlang nicht gesehen, als sie ihm im Sommer 1947 wieder über den Weg lief. Im Licht des Tages sah sie blass und müde aus und viel zu dünn. In den Nächten war ihm das nie aufgefallen. »Was ist los, bist du krank? Wir hatten eine Verabredung«, stellte er sie zur Rede.

Warmer Wind fuhr durch ihre Locken, die Sandaletten

hatte sie mit Draht zusammengefriemelt. In jeder Hand schleppte sie einen Eimer Kohlen durch die Stadt. »Der nächste Winter kommt bestimmt«, sagte sie leise.

Paul nahm ihr die Eimer ab.

»Du hast nicht aufgepasst«, warf sie ihm vor.

»Wie bitte? Was?«

»Ich bin schwanger, Paul, und brauche Geld.«

Abrupt blieb er stehen, starrte auf die Kohlen, dann direkt in ihre müden Augen und hoffte, dass er mit seiner plötzlich aufkommenden Ahnung falschlag. »Ich heirate dich und sorge für euch«, bot er sofort an. Was vielleicht nicht der romantischste Heiratsantrag war.

Sie lachte bitter. »Ich bin schon verheiratet, und mein Mann stand gestern Abend vor der Tür. Entlassen aus der Gefangenschaft und jetzt …«

»Hast du es ihm schon gesagt?« Pauls Gedanken überschlugen sich. Er suchte verzweifelt nach einer Lösung.

Reni schüttelte den Kopf. »Ich habe vier Kinder, Paul. Vier, die ständig Hunger haben, aus ihren Sachen wachsen, krank sind oder Arbeitsmaterial für die Schule benötigen. Ich kann nicht noch ein Kind bekommen. Es muss weg. Zumal Kurt rechnen kann und an einer Hand abzählen wird, dass er nicht der Vater ist.«

Vier Kinder? »Warum hast du mir das nie erzählt?«, fragte Paul kleinlaut.

»Als wenn dich das interessiert hätte. Du wolltest mich doch nur flachlegen.«

Schuldbewusst senkte er den Kopf. Er brauchte es – zu spüren, dass er lebte. Und genau das bedeutete Geschlechtsverkehr für ihn.

»Und jetzt willst du mit den Kohlen die Tötung meines Kindes bezahlen?«, fragte er mit erstickter Stimme und sprach damit seine größte Sorge aus.

»Versteh doch …«

»Nein.« Fassungslos schüttelte er den Kopf. »Das darfst du nicht!«

»Als wenn *du* das zu bestimmen hättest.« Reni zerrte an den Eimern, um sie ihm aus der Hand zu reißen.

»Hör auf!« Er bewegte sich ein Stück weg von der Straße, um nicht von den Leuten angegafft zu werden, die ihnen bereits komische Blicke zuwarfen.

Reni folgte ihm. Verärgert sah sie zu ihm auf. »Das Leben ist nicht nur, fröhlich zu sein und zu singen.«

»Ich arbeite viel, hast du das vergessen?« Paul wurde langsam wütend.

Sie schüttelte den Kopf. »Es ändert aber nichts an der Tatsache, dass mein Mann wieder da ist und genau weiß, dass wir nur vier Kinder zusammen hatten.«

»Gib mir Zeit. Höchstens ein, zwei Tage. Ich bitte dich«, beschwor Paul sie.

»Und dann kommst du uns besuchen und teilst mir deine Entscheidung mit? Wie stellst du dir das vor? Mein Mann wird dir dein schönes Gesicht zerschlagen und dich zum Teufel schicken. Jungs wie dich verspeist er zum Frühstück.« Wieder versuchte sie, ihm die Eimer zu entwinden.

»Reni, bitte. Tu es nicht! Ich komme für mein Kind auf, gebe dir jeden Monat Geld und einen Teil meiner Lebensmittelmarken. Ich bezahle alles.« Zum ersten Mal huschte ein verschlagener Ausdruck über ihr Gesicht.

»Ich überlege es mir. Und jetzt gib mir die Eimer«, verlangte sie. »Geld nützt mir nichts. Außerdem hast du ein Lehrlingsgehalt.«

Er schüttelte den Kopf. »Ich trage dir die Kohlen nach Hause und besorge Zigaretten für dich.« Die einzige Währung, für die man noch etwas bekam. Mitja würde ihm helfen.

Reni ließ sich schließlich überreden, das Kind auszutragen. Im Februar 1948 wurde Theo geboren. Wie er es versprochen hatte, bezahlte Paul. Doch schon bald wurde Reni gierig und verlangte immer mehr. Fast sein gesamter Lohn ging dabei drauf. Seine Mutter stellte ihn zur Rede, und er erzählte ihr alles. Sie brachte mehr Verständnis für seine Situation auf, als er erwartet hätte. Auch Mitja erfuhr an einem feuchtfröhlichen Abend in seiner Wohnung von Pauls Dilemma.

Er schloss die Lehre mit sehr guten Ergebnissen ab und bewarb sich in Brandenburg, wo er eine besser bezahlte Stelle bekam.

Als Reni davon erfuhr, forderte sie erneut mehr Geld. »Ich kann deinen Sohn nur davor bewahren, von seinem Stiefvater schlecht behandelt zu werden, wenn dieser bei Laune gehalten wird. Da ist es nicht gerade förderlich, wenn es an allem fehlt.«

»Wehe, ich erfahre, dass mein Sohn geschlagen wird. Er kann nichts dafür.« Paul war außer sich.

»Dann überleg dir genau, was du tust, und droh mir nicht.« Reni war in Begleitung ihrer ältesten Tochter, als sie am Wochenende in der Wohnung seiner Mutter aufkreuzte.

»Meine Mutter kränkelte, erholte sich schlechter von den akuten Schüben, die immer häufiger auftraten«, erzählte Paul.

Luisa nickte. »Deswegen hast du hier am Strandbad nach einer Arbeit gesucht?«, fragte sie.

Er merkte, dass sie immer noch seine Hand hielt, die ganze Zeit über gehalten hatte. Verblüfft hob er den Kopf und sah sie erst jetzt wieder wirklich an. »Ja. Aber ich habe weniger verdient, und das hat Reni gar nicht gefallen. Sie hat ihre Entscheidung getroffen und will nicht mehr für Theo sorgen.« Der Gedanke schnürte ihm die Kehle zu.

»Unglaublich. Was ist das nur für eine Mutter?«, rief Luisa.

In der Woche darauf musste Paul tatsächlich im Gesundheitsamt antanzen, denn da Reni verheiratet war, hatte man im

Standesamt automatisch ihren Ehemann als Kindsvater in Theos Geburtsurkunde eingetragen. Die Blutanalyse bestätigte jedoch eindeutig Pauls Vaterschaft, und nachdem er im Jugendamt nochmals den Fall geschildert hatte und Reni auf das Sorgerecht verzichtete, wurde es Paul übertragen.

Da er ohnehin in der Nähe war, entschloss er sich, Dr. Heise einen Besuch abzustatten. Der Mann wohnte immer noch über dem Kaufhaus, das jetzt von der Konsumgenossenschaft betrieben wurde.

»Was führt dich zu mir?«, fragte der Arzt überrascht und freudig zugleich.

Paul berichtete ihm von Theo, und nachdem sie sich eine Weile über Kinderkrankheiten unterhalten hatten, wagte er endlich, die Frage zu stellen, die ihn umtrieb. »Kennen Sie meinen Vater?«

Dr. Heise nickte bedächtig. »Ich kannte ihn.«

Während Paul darüber nachdachte, ob die verwendete Vergangenheitsform bedeutete, dass sein Vater nicht mehr lebte, hörte er die Standuhr ticken.

»Ein Ehrenmann.« Der Arzt nippte an seinem Kaffee.

Warum hat er dann meine Mutter nicht geheiratet, fragte sich Paul und kannte plötzlich den Grund. »Er war verheiratet?«

Dr. Heise nickte und stellte seine Kaffeetasse ab. »Ja, nicht sehr glücklich, allerdings es gab triftige Gründe, warum er sich nicht scheiden lassen konnte. Aber er hat deine Mutter immer unterstützt. Finanziell ging es ihr gut. Oder meinst du, sie hätte sich vom Lohn einer Verkäuferin eure schöne Wohnung leisten können?«

Paul stockte, er hatte als Kind alles als so selbstverständlich hingenommen. Wenn er jetzt darüber nachdachte, war ihm klar, dass es stimmte, was Dr. Heise sagte. All die Geschenke, die seine Mutter ihm zum Geburtstag oder an Weihnachten gemacht hatte. Die teuren Fachbücher, die er in seinem Versteck gelesen hatte, waren offenbar auch von seinem Vater gewesen. Erst nach dem Krieg wurde ihre finanzielle Lage schlecht. Das hieß ... »Ist er während des Krieges gestorben?«

»Ja. Dein Vater gehörte zum Kreisauer Kreis, einer Allianz gegen Hitler, und ich musste ihm versprechen, dich zu beschützen. Gemeinsam haben wir dein Untertauchen geplant.«

Paul war sprachlos. Nichts davon hatte er gewusst. »Gibt es noch weitere Angehörige?«

»Dein Halbbruder Clemens ist 1949 mit seiner Frau in den Westen gegangen.«

Irgendwie stimmte ihn die Antwort froh. Er war nicht mehr mutterseelenallein auf der Welt. Paul hatte Theo, Luisa – und nun noch einen unbekannten Bruder.

Luisa blickte hoffnungsvoll in die Zukunft und plante längst wieder die nächsten Veranstaltungen.

Im März 1952 hatte ihre Nichte Marlies im Rathenower Krankenhaus das Licht der Welt erblickt und ihre stolzen Eltern Ellinor und Julius Marquardt sehr glücklich gemacht. In der Villa am Wolzensee wohnten nun bereits drei Kinder, was Christiane hellauf begeisterte.

Julius hatte allerdings noch mehrere Jahre Arbeitsdienst vor sich und machte keinen Hehl daraus, dass die Situation für ihn unhaltbar sei. Er blieb bei seinem Entschluss, sich der Strafe durch Flucht in den Westen zu entziehen. Luisa wusste, dass ihr nicht mehr viel Zeit blieb, um eine Lösung für sie beide zu finden. Er brauchte dringend Geld, und es stand ihm ja auch zu, da gab es nichts dran zu rütteln. Nur, woher sollte sie es nehmen? Auf mehrere Raten verteilt wäre ein Ansatz, aber darauf wollte sich Julius nicht einlassen.

»Traust du mir etwa nicht?«, fragte Luisa ihn rundheraus nach der Taufe der kleinen Marlies, Anfang Mai.

»Sei nicht albern. Ich denke, die Politik wird es nicht möglich machen«, gab ihr Bruder zu bedenken.

Und damit konnte er richtigliegen.

Am selben Abend lud ihre Schwiegermutter Luisa wieder zu einer Tour mit dem Tretboot ein. Im Abendlicht glänzte die Wasseroberfläche des Wolzensees silbern. In der Windstille dehnte er sich wie ein blank geputzter Spiegel vor ihnen aus. Nur durch das Geschaukel des Tretboots breiteten sich in dessen Umkreis gemächlich einige harmlose kleine Wellen aus.

»Wie steht es um Paul?«, fragte Christiane plötzlich und sah Luisa von der Seite an.

»Er ist glücklich, seinen Sohn bei sich zu haben, und findest du nicht, dass er einen liebevollen Vater abgibt?« Luisa ging immer das Herz auf, wenn sie die beiden zusammen beobachtete.

»Ja, das ist reizend. Und wie schnell Theo seine Mutter vergessen hat. Vielleicht nicht ganz aus dem Gedächtnis verloren, aber er fragt nicht mehr nach ihr.«

Das war Luisa auch schon aufgefallen.

»Allerdings wollte ich auf etwas anderes hinaus, Luisa. Es ist mir nicht entgangen, wie du Paul ansiehst und er dich. Liebst du ihn?«

Sie konnte und wollte ihrer Schwiegermutter nichts vormachen. »Ich habe gelernt, dass Liebe allein nicht reicht.«

»Ist das so?« Christiane nahm die Füße vom Pedal. »Ich erzähle dir jetzt mal etwas. Ich entstamme einer Künstlerfamilie, bin in Wien aufgewachsen und habe eine klassische Ballettschule absolviert. Noch in der Ausbildung fiel ich einem

Opernregisseur auf, und dieser charismatische Mann beeindruckte mich zutiefst. Er förderte meine Karriere, ich wurde die Solotänzerin Anna Lena und trat später unter diesem Künstlernamen auch allein auf. Als ich merkte, dass ich schwanger war, ließ mich der verheiratete Opernregisseur fallen wie eine heiße Kartoffel. Da war nicht mehr die Rede davon, dass seine Ehe am Ende sei und er ohnehin längst die Scheidung anstrebe.«

Luisa starrte ihre Schwiegermutter an und hörte nun ebenfalls auf zu trampeln.

»Noch sah man mir nichts an, ich erfüllte meine Arrangements, hatte Verträge, und fast jeden Abend saß ein bestimmter glühender Verehrer im Publikum in der ersten Reihe. Nach den Auftritten erwartete mich in meiner Garderobe stets ein wunderschönes Blumenbouquet mit einer kleinen Karte: *Mit der allergrößten Bewunderung, Ihr Carl von Rochlitz.* Er war in keiner Weise aufdringlich, es folgten Einladungen zum Essen oder Spaziergänge, er ließ sich nicht davon abbringen und dachte sich immer etwas Neues aus, um mein Herz zu erobern. Er war schon vierzig Jahre alt und gestand mir, dass er sich unsterblich in mich verliebt habe. Ich lehnte ab, er war so ein netter Mann, nicht besonders attraktiv, aber charmant und fürsorglich vom Scheitel bis zur Sohle, wenn du verstehst, was ich meine.« Christiane lächelte.

Luisa nickte – so wie Paul. Nur, dass der unglaublich gut aussah, selbst unrasiert und mit leicht zerzausten Haaren. Sie liebte seinen Humor und besonders sein umwerfendes Lächeln.

Christiane musterte sie. »Ah ja«, murmelte sie sofort. »Carl machte mir weiter Avancen, mein Widerstand schmolz trotz meiner schlechten Erfahrungen, und dennoch wollte ich verhindern, dass er sich Hoffnungen machte. Ich beichtete ihm meine Schwangerschaft. Carl war zauberhaft, wie er sich anschließend um mich kümmerte. Er liebte mich so sehr, dass er mich gegen den Willen seiner Familie heiratete, um mich zu einer ehrbaren Frau zu machen.«

Luisa schluckte vor Rührung.

»Als er 1928, nur sieben Jahre später, plötzlich starb, setzte ein erbitterter Erbstreit mit den von Rochlitzens ein. Nach dem Bruch mit seiner Familie wegen unserer Heirat hatte Carl mit seinem Geld eine Papierfabrik übernommen und diese erfolgreich ausgebaut. Hajo hat nie erfahren, dass Carl nicht sein leiblicher Vater war, ebenso wie ich es deinen Eltern gegenüber nicht erwähnt habe, als mein Sohn sich in dich verliebt hatte.«

Das konnte Luisa nur allzu gut verstehen.

»Als Hajo in den Krieg zog, habe ich die Papierfabrik gewinnbringend verkauft. Das Vermögen habe ich auf ein Schweizer Konto überwiesen und bin zu euch nach Berlin gezogen, von wo wir dann ja bald an den Wolzensee übergesiedelt sind. Du bist alles, was ich noch an Familie habe, Luisa. Und wenn du aus Rücksicht auf mich dein persönliches Glück hintanstellst, könnte ich mir das nie verzeihen.«

Luisa schlang die Arme um Christiane. »Nein, nein, das ist es nicht. Ich möchte unabhängig sein, mein Strandbad führen, wie ich es will, und niemanden um Erlaubnis bitten. Für mich kommt nur noch eine Beziehung auf Augenhöhe infrage.«

Christiane zog sie an sich. »Ich glaube, die hättest du bei Paul. Meinst du nicht, Liebes?«

Luisa überlegte. »Er könnte glauben, dass ich ihn nur heirate, damit wir zusammen einen Kredit aufnehmen können, um Julius auszuzahlen.«

Christiane setzte sich aufrecht hin und nahm Luisas Hand. »Das braucht ihr nicht. Hajo hätte Carls Erbe angetreten, und nun steht es dir zu. Der richtige Zeitpunkt, auf den ich immer gewartet habe, ist jetzt gekommen. Ich verfüge eine Schenkung und habe das Geld bereits schriftlich angefordert. Du kannst Julius sagen, dass du ihn auszahlst.«

Luisa fehlten die Worte. Hektisch trat sie in die Pedale. Sie musste sofort mit ihrem Bruder sprechen.

Innerhalb eines Monats waren Julius und Ellinor mit ihren beiden Kindern fort. Sie ließen sich spätabends von Christiane nach Bützer an die Havel fahren, wo im Schutz der Dunkelheit ein westdeutsches Frachtschiff festmachte, die Passagiere mit ihrem wenigen Hab und Gut an Bord nahm und weiterfuhr. Julius hatte über ihren Cousin alles eingefädelt. Seine Mutter zog kurz darauf zurück nach Berlin, sie hielt es keine Sekunde länger am Wolzensee aus, wie sie betonte.

Erst danach erfuhren sie von Bereshnoi, dass der Vater eines Schülers Julius auf dem Schulhof als den SS-Mann erkannte, der ihm im Krieg begegnet war, und ihn angezeigt hatte.

Christiane, Luisa und Paul mit Theo waren nun wie eine kleine Familie und beschlossen, in der Villa nach oben unters Dach zu ziehen. Die geschwungene Außentreppe erhielt neben der Eingangstür rechts und links ein großes Podest, das fortan als zweite Terrasse diente. Ihre ehemaligen Wohnräume wurden zu einem Restaurant umgebaut. Voller Eifer überwachte Luisa die Fortschritte der Arbeiten.

Dank der Hilfe von Mitja Bereshnoi, der sich als Leumundszeuge zur Verfügung stellte und beteuerte, dass weder Luisa noch ihre Schwiegermutter vorhatten, die DDR zu verlassen, ließen die Behörden bald von ihnen ab, nachdem Julius samt Familie geflüchtet war.

»Du kannst stolz auf dich sein«, erklärte Paul ihr beim gemeinsamen Abendessen.

»Das bin ich auch«, sagte Luisa und schenkte sowohl ihm als auch Christiane ein Lächeln.

Paul lachte. »Bescheidenheit ist eine Zier.«

Luisa trat ihm unter dem Tisch gegen das Schienbein.

Als Paul den Teller von sich schob und schließlich aufstand, humpelte er übertrieben. »Ich gehe dann mal noch meine Runde über das Gelände machen.« Er stöhnte mit spielerisch schmerzverzerrtem Gesicht.

»Blödmann.« Luisa grinste.

»Das habe ich gehört«, sagte er vorwurfsvoll und drehte sich an der Küchentür noch einmal um.

»Das solltest du auch.«

Er winkte ihr zu, und sie hörten ihn die Treppe im Haus hinuntereilen.

Christiane schüttelte den Kopf. »Ihr zwei beide.« Wie meistens übernahm sie es, die Küche aufzuräumen, während Luisa sich um Theo kümmerte und ihn bettfertig machte. Anschließend las sie ihm noch eine Geschichte vor und fragte sich, wo Paul so lange blieb. Jeden Abend wünschte er seinem Sohn eine gute Nacht, diese Momente waren ihm kostbar. Auch dafür liebte sie Paul, der sie allerdings kein zweites Mal gefragt hatte, ob sie ihn heiraten wolle. Luisa war nicht sicher, wie sie mit dieser Tatsache umgehen sollte. Längst teilten sie alles miteinander, besprachen sich, so wie sie es sich immer gewünscht hatte, aber sie lebten in wilder Ehe.

»Kommt mein Papa nicht?« Der vierjährige Theo blickte sie unter schweren Lidern an.

»Dem werde ich gleich die Ohren langziehen. Er ist Bummelletzter. Ich gehe und hole ihn.« Luisa kitzelte Theo am Bauch. »Warte hier.« Lächelnd lief sie aus dem Kinderzimmer, rannte die Treppen hinunter nach draußen, wo Christiane mit einem Buch vor der Nase auf der oberen Terrasse saß. »Hast du Paul gesehen?«

Ihre Schwiegermutter sah kurz auf und schüttelte nur den Kopf.

Luisa verzog das Gesicht, eilte die geschwungene Treppe hinunter und rannte zum Nordstrand. Ein beklommenes Gefühl machte sich in ihrem Magen breit. Sie entdeckte Paul nirgends. Das konnte doch nicht sein. Wenn er sagte, dass er …

und dann erregte eine Bewegung in den Augenwinkeln ihre Aufmerksamkeit. »Paul?« Sie blieb stehen.

Er antwortete nicht. Aus der Ferne drang nur ein Froschkonzert zu ihr durch. Erst gestern hatte sie an der Steganlage eine Kröte entdeckt. Luisa schüttelte sich.

Erlaubte sich Paul einen Scherz und versteckte sich vor ihr? »Komm raus, das ist nicht witzig.« Sie ging weiter bis an den Strand und schließlich noch ein Stück hinter zum Schilf, wo sie sich das erste Mal geliebt hatten.

Bei der nächsten leichten Biegung stand sie plötzlich Paul gegenüber und entdeckte im selben Moment den russischen Soldaten hinter ihm, mit einem Maschinengewehr im Anschlag. »*Deserteur*«, formten Pauls Lippen lautlos.

Luisa erstarrte. Ihr Puls raste, sie konnte kaum atmen. Der Gedanke, Paul jetzt, wo alles gut war, zu verlieren, brachte sie fast um den Verstand. Ihr Mund war staubtrocken, aber sie konnte nicht zulassen, dass ihm etwas passierte. Sie liebte ihn doch, liebte ihn, schon seit er die Ratte damals befreit hatte. »Bitte«, brachte sie mühsam über die Lippen. »Lassen Sie uns gehen. Wollen Sie Geld?«

»Schsch«, machte Paul und legte den Zeigefinger auf den Mund. »Er hat Angst, braucht etwas zu essen«, flüsterte er.

Luisa blinzelte. »Und warum bedroht er dich dann mit einer Waffe?«

»Er ist verzweifelt, und als du kamst, dachte er offenbar, dass er auffliegt, und war kurz davor durchzudrehen«, erklärte Paul und wandte sich an den Soldaten. »*Drug*, Freund«, sagte er und zeigte dabei auf Luisa, die hastig nickte.

Der Russe starrte sie aus blutunterlaufenen Augen an.

»Wir holen etwas zu essen und zu trinken«, sagte sie mit entsprechenden Gesten und rannte zum Haus. Zu ihrer großen Erleichterung folgte Paul ihr.

Er war es auch, der noch einmal mit einem gefüllten Korb zu dem russischen Soldaten zurückging. In der Zwischenzeit schaute Luisa nach Theo. Er schlief und sah aus wie ein kleiner Engel, mit den Fäustchen links und rechts neben seinem Gesicht. Sie zupfte die Decke zurecht und schlich auf Zehenspitzen wieder hinaus.

Als Paul endlich wiederkam, warf sie sich an seine Brust. »Ist dir überhaupt klar, was für einen Schreck ich bekommen habe?«

Er zog sie in die Arme. »Es tut mir leid.«

Luisa atmete tief durch. »Paul Rößler, willst du mich heiraten, oder stört es dich, dass eine Frau mit einem Strandbad dir einen Antrag macht?«

Er grinste. »Warum?«

Warum was? Endlich begriff Luisa. »Weil ich dich liebe, du Idiot.«

Paul lachte schallend, und dann küsste er sie, dass sie beinahe ihren Namen vergaß. »Wolltest du noch etwas sagen?«, fragte er.

»Ich weiß gar nichts mehr.« Sie sank gegen ihn.

»Nun, das glaube ich nicht. Was hast du als Nächstes mit deinem Strandbad vor?«, neckte er sie.

»Vielleicht ein Zeltlager für Kinder in den Sommerferien, ach, und das Mehrzweckgebäude und …«

Wieder küsste er sie. Als er sich von ihr löste, sah er ihr tief in die Augen. Niemand blickte sie so an, wie Paul es vermochte, als wäre Luisa das Kostbarste auf der Welt. »Dann sage ich ja.«

Sie schnappte nach Luft, trunken vor Glück.

Paul strich mit den Lippen sanft über ihr Ohrläppchen. »Und, Luisa?« Als er von ihr abließ, machte es sie kirre.

»Mhm?« Sie verlor sich in den Tiefen seiner Augen, die denselben Farbton hatten wie das Wasser des Wolzensees.

»Hör niemals auf zu träumen«, flüsterte er.

Dieses Versprechen fiel ihr leicht.

Danksagung

Mein Dank geht zuallererst an meine liebe Kollegin Hanna Aden, die mir durch ihren Schreibratgeber »Finde den Weg zu deiner Story« die Tür in eine neue Welt geöffnet und einen Dominoeffekt ausgelöst hat.

Weiter an meine DELIA-Kolleginnen: Kerstin, Jana, Leonie, Ria und Micaela.

Ganz lieben Dank meiner Verlagslektorin Johanna Voetlause und meiner Außenlektorin Dr. Ulrike Brandt-Schwarze sowie dem gesamten Team von beHeartbeat, Lübbe.

Dieter Seeger, Dr. Werner Coch, Karin Schröder, Sybille Becker und Mitglieder der fb-Gruppe Rathenow, früher & heute – allen voran Jörg Knudsen und Kerstin Frenkel waren mir bei der Recherche eine unschätzbare Hilfe.

Mein Dank geht außerdem an Günter Berg und Franziska Tometschek, meine Agenten für den Start unserer Zusammenarbeit.

Nicht zuletzt danke ich Anja (Kupferklümpchen, ja, dich meine ich) für deine Begeisterung.

Danke an all meine Leserinnen und Leser, von denen mich viele bereits von Anfang an begleiten, mir Feedback geben, Rezensionen schreiben oder meine Bücher einfach weiterempfehlen. Ohne euch würde ich diesem Beruf nicht nachgehen. Ihr habt mir geholfen, meinen Traum wahr werden zu lassen, und nun hoffe ich, dass euch diese Geschichte vom Wolzensee genauso begeistert hat wie mich. Ich konnte alles noch einmal erleben, was ich als Kind so sehr geliebt habe, die schöne Villa, die Fahrt mit dem Tretboot, grüne Brause und wunderbare Sommer voller Zauber. Die Figuren sind allesamt erfunden, der Schauplatz ist es jedoch nicht, auch wenn es ihn, so wie im Roman, leider nicht mehr gibt.

Der erste Band der berührenden Saga rund um die Familie Haynbach.

Elaine Winter
MODEHAUS HAYNBACH –
TAGE VOLLER
HOFFNUNG

336 Seiten
ISBN 978-3-404-18372-2

Deutschland, 1922: Die junge Näherin Claire kann ihr Glück kaum fassen, als der adelige Helmut von Haynbach um ihre Hand anhält. Doch dann der Schock: Helmuts Eltern verstoßen ihren Sohn! Das junge Ehepaar weiß nicht wohin – und die Geburt ihres ersten Kindes rückt näher. Helmut möchte für seine Familie sorgen, doch niemand traut dem Grafensohn harte Arbeit zu. In ihrer Verzweiflung muss Claire erkennen, dass sie die Fäden des Glücks in ihren eigenen Händen hält ...

Lübbe

Eine junge Frau, das Gestüt ihrer Träume und eine verbotene Liebe, die alles ins Wanken bringt

Frieda Radlof
GUT ROSENTHAL - DAS
GESTÜT IN POMMERN

336 Seiten
ISBN 978-3-404-18981-6

Pommern, 1886. Charlotte liebt das Abenteuer, ihre wilde Stute und das raue Land ihrer Heimat. Der Graf von Eichberg, den sie heiraten soll, lebt auf einem der prächtigsten Gestüte in Pommern: Gut Rosenthal. Lotte will ihrer Rolle als Gutsherrin gerecht werden, doch die Zuneigung ihres Mannes zu erwidern fällt ihr schwer. Sie vermisst ihr Pferd, die Freiheit im Sattel und das Drängen ihres Mannes nach einem Erben setzt ihr zu. Sie sucht Ablenkung in den Ställen – und trifft Johann, den Stallmeister. Mit ihm erlebt sie eine nie gekannte Verbundenheit. Mehr als sehnsüchtige Blicke sind undenkbar, erst recht, als Lotte endlich ein Kind erwartet. Aber was ist mit ihrem eigenen Glück?

Lübbe

*Ein Leben auf den Brettern, die die Welt
bedeuten*

Valentina May
DAS THEATER AM
PARK – STIMMEN
DER HOFFNUNG
Auftakt zur großen
emotionalen
Theater-Familiensaga

416 Seiten
ISBN 978-3-404-18979-3

Hannover 1914: Das Theater am Park erlebt glanzvolle Zeiten.
Familienoberhaupt Fritz von Uhlenberg will sich endlich zur
Ruhe setzen und bestimmt seinen Sohn Albert zum Nachfolger.
Für Tochter Leonora hingegen hat er einen wohlhabenden
Ehemann ausgesucht. Doch Leonora träumt von einer Karriere als
Opernsängerin und rebelliert gegen den Heiratsplan des Vaters.
Als dann der Erste Weltkrieg ausbricht, verändert sich alles:
Albert zieht an die Front, und das Theater verliert Personal,
Publikum und Gelder. In dieser schweren Zeit ist es Leonora, die
um den Erhalt und die Zukunft des Theaters kämpft. Doch kann
sie als Frau in einer von Männern dominierten Welt bestehen?

Lübbe

Was wären wir ohne Träume, die uns Flügel verleihen?

Jessica Weber
DIE SPIONIN DES
KAUFMANNS

416 Seiten
ISBN 978-3-404-18978-6

Hamburg, 1624: Lisbeth lebt mit ihrer Familie im ärmlichen Gängeviertel. Gemeinsam mit ihrem Bruder Johann, der eine Anstellung bei dem reichen Kaufmann van Heuvel ergattern konnte, kämpft sie unermüdlich für ihren Traum: Die Geschwister wollen ein Handelshaus aufbauen und das Armenviertel endlich hinter sich lassen. Doch van Heuvel hat ganz andere Pläne für Lisbeth. Als Johann plötzlich verschwindet und die Familie kaum noch über die Runden kommt, bleibt Lisbeth keine andere Wahl. Sie muss sich auf einen gefährlichen Handel mit van Heuvel einlassen ...

Ein mitreißender historischer Roman über eine mutige Frau, die auch in schweren Zeiten ihren eigenen Weg geht.

Lübbe

Vom Zauber der Bücher und der Liebe

Jana Schikorra
DIE KLEINE BÜCHEREI
DER HERZEN
Ausgezeichnet mit dem
Lovelybooks Community
Award

ISBN 978-3-404-19274-8

Katherine erbt eine kleine Bücherei in der irischen Kleinstadt Howth. Die liebenswerten Dorfbewohner wünschen sich sehnlichst, dass Kate die Bücherei wieder eröffnet. Den Grund dafür findet sie zwischen den Seiten der Bücher: Briefe der Dorfbewohner. Was immer sie beschäftigt, aufwühlt oder glücklich macht, dort kann sich jeder seine Gedanken von der Seele schreiben und in seinen Lieblingsbüchern verstecken. Während Kate noch mit sich hadert, ob sie in Howth bleiben und dieses besondere Erbe fortführen will, trifft sie auf Cadan. Der charmante Fotograf bahnt sich schnell einen Weg in ihr Herz, und bald hat Kate mehr als nur einen Grund, um in Irland zu bleiben …

Lübbe